谭正璧学术著作集

螺 斋 曲 谭

谭正璧 谭 寻 著

上海古籍出版社

图书在版编目(CIP)数据

螺斋曲谭/谭正璧,谭寻著. —上海：上海古籍出版社，2012.12
（谭正璧学术著作集）
ISBN 978 - 7 - 5325 - 6683 - 9

Ⅰ.①螺… Ⅱ.①谭…②谭… Ⅲ.①关汉卿(？～1279)—古代戏曲—戏剧文学评论②汤显祖（1550～1616)—古代戏曲—戏剧文学评论③传奇剧（戏曲）—戏剧文学评论—中国—唐代 Ⅳ.①I207.37

中国版本图书馆 CIP 数据核字(2012)第 236719 号

本书由上海文化发展基金图书出版专项基金资助出版

谭正璧学术著作集
螺斋曲谭
谭正璧 谭 寻 著

上海世纪出版股份有限公司
上 海 古 籍 出 版 社 出版
（上海瑞金二路 272 号 邮政编码 200020）
　　（1）网址：www.guji.com.cn
　　（2）E-mail：gujil@guji.com.cn
　　（3）易文网网址：www.ewen.cc
上海世纪股份有限公司发行中心发行经销
江苏金坛古籍印刷有限公司印刷
开本 890×1240 1/32 印张 8.75 插页 3 字数 220,000
2012 年 12 月第 1 版 2012 年 12 月第 1 次印刷
印数：1—1,300
ISBN 978 - 7 - 5325 - 6683 - 9

Ⅰ·2630 定价：32.00 元
如有质量问题，请与承印公司联系

螺斋曲谭

聊斋志异

目　录

第一编　元代杂剧家关汉卿

第二编　明代传奇《临川四梦》作者汤显祖

第三编　论唐人传奇与后代戏剧

第一编　元代杂剧家关汉卿

一、关汉卿的生平

关汉卿是十三世纪一个继承宋、金戏剧传统，创造具备戏剧条件的新体戏剧——"杂剧"的伟大人民戏剧作家。他生于汤显祖（1550—1617）、莎士比亚（1564—1616）前三个世纪，他在对戏剧创造性的贡献、作品内容多样化的成功，以及全心倾向于人民、全力为人民而写作等方面，是超过汤显祖和莎士比亚的。

但是，这样一个伟大的人民戏剧作家，他的家世出身，以及一生经历，由于直接史料的缺乏，我们几乎一无所知。他给人民创造了这么丰富多彩的戏剧作品，而人民对他这样不重视，没有把他详细的历史资料保留下来，似乎是很不公平的。但这不是人民的过失，而是中国封建社会传统思想和黑暗统治所造成的。戏剧在旧中国向来不被视为正统文学，因而对它的作者更视若无睹；加上他生长的时代，一切旧有文化都遭受蹂躏，这一枝在民间繁殖孳长而不为正统文人所珍视的花朵，固然由于它本身受人民喜爱而得在民间繁荣发展，而作者却终被忽视，乃是当然的。有许许多多的小说与戏曲以及其他同为人民喜爱的艺术作品，往往佚去作者姓名，原因都是一样。同时许多元人杂剧作品至今还考不出作者姓名，关汉卿及其他保留姓名到现在的作者，还可算是侥幸者。

据元末人钟嗣成《录鬼簿》所著录，只知关汉卿是"大都人，太医院尹，号已斋叟"。和他经常来往的杂剧作家，有杨显之、梁退之（一作梁进之）、费君祥等，受他影响较大的有高文秀。从其他资料中，也仅知他和散曲家王和卿常相讥谑，他的夫人也能作诗，他和当时以善演杂剧闻名的妓女朱帘秀也曾有过来往。关汉卿是杂剧创造者,同时又是个行家,自己亦能粉墨登场,从他自己所作的散曲里,可知他长时期生活在青楼行院中,晚年到过杭州。如是而已!

现在就根据这一些资料,来做一番对他一生历史的追索。先从他出生地说起。《录鬼簿》说他是大都人,《元曲选》在他所作的杂剧名下,也署着"元大都关汉卿撰",而元刊的关作《双赴梦》题名上有"大都新刊"字样,可见他和大都的关系是很密切的。但他到底是不是就是大都人呢?据清乾隆二十年《祁州志》所载,他是祁州任仁村人,《元史类编》又说他是解州人,因之有人疑心他原籍是山西解州人,后来才流寓河北祁州的。而元朝的大都,就是现在的北京,亦在河北。任仁村在今河北省安国县,旧称蒲阴,宋属祁州,元属中书省,中书省所属,即可称大都,故一般都称他是大都人。

他做过太医院尹,到底是在金在元,也有不同的说法。照《录鬼簿》所载,只说他做太医院尹,如果在前代,应当著明,因为《录鬼簿》是元人著的书,所以当然说他是在元朝。但明人蒋一葵的《尧山堂外纪》却说他"金末为太医院尹,金亡不仕",语气十分肯定。而太医院这一官署,又是开始设立于金代,元代也有(见《历代职官表》),所以近人王国维说他做这个官"未知其在金世欤?元世欤?"至于"尹"是什么官职,史籍上却无记载,大约即是官吏之意,关汉卿做的可能只是一种令史之类的小官。但据明抄《说集》本及天一阁藏明抄本《录鬼簿》和明末孟称舜刊《酹江集》附录《录鬼簿》残本,"太医院尹"都作"太医院户",蔡美彪据此考出:元代户籍中有所谓"医户"者,例属太医院管领。这里面除正式"医人"外,当时有些人为了医户可以避免差役,因而通过各种途径冒入医户;还有些人父兄虽行医,其弟兄子侄已不再继续此业,而且已经析居,但仍由太医院管领,和一般民户不同。蔡氏根据郏经《青楼集序》"不屑仕进"一语,又在其他史料中都没有发现关汉卿和医术有关的任何记载,因此他肯定:"元代医户的实际情形却对这一问题作了较合理的解答。"(见《关于关汉卿的生平》一文)但这个肯定还可商榷。因为元末人熊自得的《析津志》(析津即今北京)却把关汉卿列入《名宦传》(见《永乐大典》卷四六五三"天字韵"引),关汉卿如果没有做过"太医院尹"或其他的官,何以会列入"名宦"之内呢? 所以"医户"之说,还未能作为定论。

至于他号"已斋叟",有的本子"已"都作"己",也不一律。但据《析津志》"关一斋,字汉卿"一语,似当以"已"字为是。因为"已"、"一"为同音字,仅四声不同,而在元人著作中,由于字音相同而通用的例子很多,如"朱帘秀"或作"珠帘秀"就是一例。但到底他是号"一斋"还是"已斋",那也还是一个不能立即解决的问题。

本来他做过哪一朝的官,只要看他的在世年代就可作决定。但他的在世年代在过去都只有臆测的说法。本来根据他自己所作散套《南吕·一枝花·咏杭州景》和小令《大德歌》中"唱新行《大德歌》"句,几乎一致公认他死于元成宗大德年间(1297—1307),而推定他的生年当在金宣宗贞祐(1214—1217)或金哀宗正大(1224—1231)年间。这些说法现在知道全都不确。据孙楷第考定:关汉卿非金遗民,其生当在蒙古乃马真后称制元年与海迷失后称制三年之间(1242—1250),其卒当在元仁宗延祐七年(1320)以后,泰定帝泰定元年(1324)以前。虽不能云必是,应去事实不远。他是根据明抄《说集》本《青楼集》朱帘秀条和元人诗文传记来考定的。《青楼集》朱帘秀条云:

> 姓朱氏,行第四。杂剧为当今独步,驾头、花旦、软末泥等,悉造其妙。胡紫山宣慰尝以《沉醉东风》曲赠……冯海粟待制亦赠以《鹧鸪天》……关已斋亦有南吕数套,梓于《阳春白雪》(今本无。蔡美彪疑即咏杭州景的《一枝花》套),故不录出。

胡紫山名祗遹,他的《紫山大全集》中有《朱氏诗集序》,即为朱帘秀作;冯海粟就是以作《鹦鹉曲》出名的冯子振。此外王恽的《秋涧先生大全集》中有诗词为朱帘秀作,卢疏斋亦有与朱氏赠答的散曲,见《太平乐府》与《乐府群玉》。据此知关汉卿与胡、王、冯、卢诸人同时相值。胡紫山卒于元成宗元贞元年(1295),活了六十九岁。王恽卒于大德八年(1304),活了七十八岁。两人同生于金哀宗正大四年(1227)。冯海粟生于元宪宗七年(1257),约卒于泰定四年(1327)后。卢疏斋生于蒙古太宗七年(1235),卒于元成宗大德四年(1300)。关汉卿的生年是根据胡、王、卢的生年来考定的。而与关汉卿讥谑的王和卿,死于元仁宗延祐七年(1320),其时关汉卿尚在,因知关汉卿卒年当在延祐七年之后,而泰定元年(1324)周德清所作《中原音韵序》中明说"关、郑、马、白"都已前卒,因知关汉卿必卒于泰定元年之前。这样来考定关汉卿的在世年代,似乎是比较可信的。由此也可以肯定,关汉卿如为官,不可能在金朝,必在元代。

前述与关同时相值的五个人,除王恽外,《录鬼簿》都录入"前辈名公乐章传于世者"之列。王和卿和关汉卿互相讥谑的事,出自元人陶宗仪的《辍耕录》:

> 大名王和卿,滑稽佻达,传播四方。……时有关汉卿者,亦高才风流人也,王常以讥谑加之,关虽极意还答,终不能胜。王忽坐逝,而鼻垂双涕尺余,人皆骇叹。关来吊唁,询其由,或对云:"此释家所谓坐化也。"复问:"鼻悬何物?"又对云:"此玉筯也。"关云:"我道你不识,不是玉筯,是嗓。"咸发一笑。或戏关云:"你被王和卿轻侮半世,死后方才还得一筹。"凡六畜劳伤,则鼻中常流脓水,谓之"嗓病";又爱讦人之短者,亦谓之"嗓",故云尔。

据孙楷第考证,大名乃太原之误,王和卿名鼎,太原人。

此外常和关汉卿交往的人,据《录鬼簿》所载,还有:

　　1. 杨显之,大都人,关汉卿莫逆之交。凡有文辞,与公较之,号"杨补丁"是也。作剧八种。

　　2. 梁退之(一作进之),大都人,警巡院判,除县尹,又除大兴府判,知和州,与汉卿世交。作剧二种。

　　3. 费君祥,大都人,字圣父,与汉卿交。有《爱子论》(一作《爱女论》)行于世。作剧一种。

除以上诸人外,《录鬼簿》中又录及受他影响的高文秀。他是"东平府学生员,早卒,都下人称小汉卿",著有杂剧三十四种,种数之多,仅次于关汉卿,可知"小汉卿"之名,或许乃是从他作品的数量来的。然从"都下人称小汉卿"一语,可见关汉卿在世时,必较高文秀尤为都中人所称道。但高文秀不幸早卒,否则他的创作量很可能超过关汉卿。因为他"早卒",《录鬼簿》又把他列于庾吉甫、马致远之间,很可能他是他们后一辈的人,而且是受关汉卿影响,或是曾经追随关汉卿的人。

关汉卿的家世出身既不详,他的家庭情况也仅知有一位能作诗的妻子。《尧山堂外纪》曾记他的家庭轶事云:

　　关汉卿尝见一从嫁媵婢,作小令《朝天子》云:"鬓鸦,脸霞,屈杀了将陪嫁。规模全是大人家,不在红娘下。巧笑迎人,文谈回话,真如解语花。若咱得他,倒了蒲桃架。"

近人吴梅《顾曲麈谈》还有下文(当有出处,待考)云:

　　夫人见之,答以诗云:"闻君偷看美人图,不似关王大丈夫。

金屋若将阿娇贮,为君唱彻《醋葫芦》"。关见之,太息而已。

关作小令《碧玉箫》,写的可能就是他和那媵婢的关系。那支小令写道:

> 席上樽前,衾枕奈无缘;柳底花边,诗曲已多年。向人前未敢言,自心中祷告天。情意坚,每天空相见。天,甚时节成姻眷?

如果是事实,这一支散曲恰是很曲折地道出了他热恋情人而又不能成功的焦灼心情。然而也可能因此之故,使他离开了家庭,走入浩瀚的人海,同妓女优伶们在一起,过着风流浪漫的艺术生活,并由此获得多种多样的生活体验,写出了丰富多彩的戏剧作品,成为一位中国历史上少有的伟大作家。这当然只能是一种猜测,还需要可靠的材料来证实。《朝天子》一曲,亦见收于《太平乐府》,署周德清作。所以这段风流佳话,还需另有旁证,方能确定。

尽关汉卿一生,除了可能做过一时的"太医院尹"外,恐怕其余的岁月,几乎都消磨在这种不寻常的生活里。也可能"太医院尹"是个闲散官职,尽有余暇出来过他无拘无束的浪漫生涯。这正是一个有正义感、是非感而又有才气、有学识、有智慧的知识分子,生当异族统治下言动不自由时代的最适当的生活途径。同时代有的知识分子投机迎合,谄媚邀宠,博取高官厚禄;有的隐居山林,逃避现实,惟恐为人所知;他独是走向人海,寄寓在风月花柳场中,借编演戏剧来与黑暗政治作斗争。关汉卿之所以获得成功,这种正确的生活道路的选择,乃是一种主要的推动力量。是这种力量促使他获得充实的生活经验,从而进入了艺术的王宫。

他有《南吕·一枝花·不伏老》散曲一套,是晚年时对他一生浪漫生活的自供。从这里可以看出他的性格、他的艺能和他所以能写出那样丰富多样的戏剧作品的原因：

〔一枝花〕攀出墙朵朵花，折临路枝枝柳；花攀红蕊嫩，柳折翠条柔，浪子风流。凭着我折柳攀花手，直熬得花残柳败休。半生来折柳攀花，一世里眠花卧柳。

〔梁州第七〕我是个普天下郎君领袖，盖世界浪子班头，愿朱颜不改常依旧。花中消遣，酒内忘忧，分茶攧竹，打马藏阄，通五音六律滑熟，甚闲愁到我心头。伴的是银筝女银台前理银筝笑倚银屏，伴的是玉天仙携玉手并玉肩同登玉楼，伴的是金钗客歌《金缕》捧金樽满泛金瓯。你道我老也，暂休，占排场风月功名首，更玲珑，又剔透。我是个锦阵花营都帅头，曾玩府游州。

〔三煞〕子弟每是个茅草岗沙土窝初生的兔羔儿乍向围场上走。我是个经笼罩、受索网、苍翎毛老野鸡，踏踏的阵马儿熟，经了些窝弓冷箭蜡枪头，不曾落人后。恰不道人到中年万事休，我怎肯虚度了春秋！

〔黄钟尾〕我是个蒸不烂、煮不熟、捶不匾、炒不爆、响珰珰一粒铜豌豆，恁子弟每谁教你钻入他锄不断、砍不下、解不开、顿不脱慢腾腾千层锦套头。我玩的是果园月，饮的是东京酒，赏的是洛阳花，攀的是章台柳。我也会围棋、会蹴踘、会打围、会插科、会歌舞、会吹弹、会咽作、会吟诗、会双陆。你便是落了我牙、歪了我嘴、瘸了我腿、折了我手、天赐与我这几般儿歹症候，尚兀自不肯休。

〔尾声〕则除是阎王亲自唤、神鬼自来勾、三魂归地府、七魄丧冥幽。天那，那其间才不向烟花路儿上走！

这是一篇艺术作品，当然可以有夸大的描写，但决不会全是虚构。《析津志》也说他："生而倜傥，博学能文，滑稽多智，蕴藉风流，为一时之冠。"他是以一个博学多智之身,长时间的在青楼行院之中,与妓女优伶们生活在一起,而当时的妓女多数就是优伶,朱帘秀就是此中最有名的一人。臧懋循也说他"躬践排场,面敷粉墨,以为我家生活,偶优倡而不辞"(《元曲选序》)。可以证实关汉卿不但为她们编戏,自己也参加她们的演出。所以他不但在这种生活中获得社会人事的体验与题材,也获得丰富的舞台经验,因此而成为"当行"的剧作家。臧懋循论当时的曲家(《元曲选序》)说:

> 曲有名家,有行家。名家者出入乐府,文采烂然,在淹通闳博之士皆优为之。行家者随所妆演,无不摹拟曲尽,宛若身当其处,而几忘其事之乌有。能使人快者掀髯,愤者扼腕,悲者掩泣,羡者色飞,是惟优孟衣冠,然后可与于此。故称曲上乘,首曰当行。

臧氏所说名家,乃指作剧的文士,所作以文词见长,不一定能适合演出;行家才是戏剧的专门作家,故所作都能合演出条件,而为观众所欢迎。关汉卿的所以成为行家,是他的生活所促成,自不待言,同时也因他是杂剧的创始者之一。

《录鬼簿》录元代杂剧作家,首列"前辈已死名公才人有所编传奇(元人通称杂剧为传奇)行于世者五十六人",即以关汉卿为首,是不为无因的。明人朱权《太和正音谱》评论元曲高下,列马致远为第一,关汉卿为第十,称他是"可上可下之才",但因为他是"初为杂剧之始,故卓以前列"。可见他是一个只知重"名家"而不懂"行家"价值的人;但他对关汉卿"为杂剧之始"的功绩,却还不曾否认。元人周德清也说:"乐府之盛、之备、之难,莫如今时……其备则自关、郑、白、马。"郑是郑光祖,白是白朴,马是马致远,后人并关称为元曲四大家。周氏说的"备",是说备具戏剧条件的正式戏剧是到了关汉卿等出来才创造成功的,而关汉卿尤为四人中的第一人。

这一解释,并不牵强,还有证据。元人贾仲明吊关汉卿的《凌波仙》词说:

> 珠玑语唾自然流,金玉词源即便有,玲珑肺腑天生就。风月情,忒惯熟;姓名香,四大神物(有人疑"物"字不协韵,当是"洲"字之误,不确,"物"字亦可协韵)。驱黎园领袖,总编修师首,捻杂剧班头。

这首词赞美关汉卿,非常确切适合。贾氏所说的"捻杂剧班头",也正是为杂剧家之首,也就是"为杂剧之始"的意思。那么他所指"四大神物"是指哪四个杂剧作家呢?关、郑、白、马吗?不是,乃是指关、白、庚、马。庚是庚吉甫,《录鬼簿》说他"名天锡,大都人,中书省掾,除员外郎、中山府判",作剧十五种。这是有证据的。也是在《录鬼簿》中,贾仲明吊马致远的《凌波仙》词里说:"姓名香,贯满梨园……共庚、白、关老齐眉。"这不是偶然的赞许,必是当时的群众意见。但他把关列于庚、白之后,乃由于字音须适合词律之故,绝不是定的先后次序。而《录鬼簿》首列的正是这四个人,中间虽插入高文秀,但他有"小汉卿"之称,可以包括在关的名下,不必另列。况且他又是早卒的年轻人,不能当"老"字之称。所以元曲四大家,应是"关、白、庚、马",而不是"关、郑、白、马"。本来关、白、马都是元初人,而郑却是后一辈人,与前辈并列,有些不伦不类。文学史上所称"王、杨、卢、骆","王、孟、高、岑"……都是以同时的同辈相提并列,从来没有在四人中突然插入一个后一辈的。那为什么会这样的呢?大约由于庚吉甫的作品十五种,当时已全部失传,而郑光祖作品的题材风格,和庚吉甫却很相似,而在当时又有一定的声誉,因而把他来凑进去了。无论如何,关汉卿"捻杂剧班头"、"为杂剧之始"是勿庸置疑的。

这位首创杂剧的当行作家,曾经到过杭州,那时已是宋亡

(1279)后多年,所以杭州早已恢复了原来的繁华。他有《杭州景》《南吕·一枝花》一套写他这一次游历所见:

〔一枝花〕普天下锦绣乡,寰海内风流地,大元朝新附国,亡宋家旧华夷,水秀山奇。一到处堪游戏,这答儿忒富贵。满城中绣幕风帘,一哄地人烟凑集。

〔梁州第七〕百十里街衢整齐,万余家楼阁参差,并无半答儿闲田地。松轩竹径,药圃花蹊,茶园稻陌,花坞梅溪,一陀儿一句诗题,行一步扇面屏帏。西盐场便似一带琼瑶,吴山色千叠翡翠,兀良望钱塘江万顷玻璃。更有清溪、绿水,画船儿来往闲游戏。浙江亭紧相对,相对着险岭高峰长怪石,堪羡堪题。

〔尾声〕家家掩映渠流水,楼阁峥嵘出翠微。遥望西湖暮山势。看了这壁,觑了那壁,纵有丹青下不得笔。

这当然绝不会是宋才亡时的景象。也许在他到杭州游历的时候,当地书坊因他是个有名作家,向他收买了作品替他出版,因而我们今天还可谈到《古杭新刊的本关大王单刀会》。这自然也只是一种臆说,不一定是正确的。

此后,在元成宗大德年间,曾写过许多首《大德歌》。在元仁宗延祐七年,他的朋友王和卿死后,他曾亲去吊唁。除此之外,在他晚年,我们便不知他有些什么事迹了。

二、作品形式和内容的特点

上、形式的特点

关汉卿的作品，无论从形式或内容方面来看，都有它一定的特点。因为他既是杂剧创始者，又是一个实践的行家，所以无论在文章结构上、词调运用上、故事安排上、人物刻画上，都有他特殊的风格和独有的创造性。

总括现存的关汉卿作品，在形式方面，至少可以发现有三个特点，就是：（一）体制完整，适合演出；（二）乐调配合剧情气氛；（三）善于运用口语典故。

（一）体制完整，适合演出

要讲清楚这一个特点，必须探本溯源，从词曲怎样演变为戏曲这一关键讲起。

在文学史上，诗演变为词，词演变为曲，曲包括散曲与戏曲，这是最通常的说法。但从戏剧立场来讲，似乎不如说诗歌演变为词曲，词曲演变为戏曲来得适当些。那么词曲是怎样演变成为戏曲的呢？原来词曲在创始时，主要是配合音乐，用来歌唱，本来只是一调一词，一调一曲，犹之诗歌的一首、散文的一篇，各自独立运用。后来进展为连用词调的多首词曲或连接多首不同调牌的词曲来歌咏一个题目，主要也是用音乐来伴奏，说唱一个故事，或载歌载舞，表演一个故事。这样，遂和戏曲形式逐渐接近。这种长篇连续的词曲，前者有：鼓子词、转踏（又名传踏，亦名缠达）、大曲、法曲等；后者有：诸宫调、赚词、散套等。

1. 鼓子词　这是一种用来说唱长篇连续故事的词曲,著名的有宋人赵令畤的《元微之崔莺莺蝶恋花鼓子词》,乃是用商调《蝶恋花》十二首歌咏《会真记》故事。此外,有欧阳修用《采桑子》十一首歌咏西湖名胜,也属同一体裁,但只唱不说。它们都是后代弹词、鼓词等说唱文学的原始形式。

2. 转踏　这是一种舞蹈用的词曲。现在所见的《调笑转踏》(宋人毛滂、秦观、晁无咎等都写过此种作品),都是以一首八句七言诗和一首《调笑令》来歌咏古代一个美人(如西施、昭君、绿珠等等)的故事,七言诗的末二字,就是词的首二字,用的是修辞法里的顶真格,这样连续七个到十二个的故事,成为一套。也有连续几个一诗一词而专门歌咏一个故事的,如石曼卿的《拂霓裳转踏》,乃专用来歌咏开元、天宝遗事的。

3. 大曲　也是一种舞曲,用同调的词曲一二十遍歌咏一个故事,每遍的名称各各不同,有所谓散序、排遍、攧、入破等,它们的次序先后也有一定。今存有宋人董颖的《薄媚》、曾布的《水调歌头》、史浩的《采莲》等。

4. 法曲　与大曲大略相似,显著的区别现在已不易考出。

5. 诸宫调　这是联合很多首不同宫调的词曲来歌咏一个故事的最早的一体,相传是北宋泽州人孔三传所创。他曾在汴梁唱《耍秀才诸宫调》,又编成传奇灵怪,入曲说唱。这也是一种最早的说唱,不同处在于现在的说唱多用七言句,而它所用乃是各种不同的宫调。今存仅有金人董解元的《西厢挡弹词》,失名的《刘知远诸宫调》,元王伯成的《天宝遗事》(无全本,但佚存曲很多,有辑本)。

6. 赚词　这是取同一宫调中的不同曲调歌咏一个故事,始于南宋绍兴时张五牛大夫。此种词曲今仅见佚存于《事林广记》卷二中的一首,乃是用《鹧鸪天》词做引首,正文是《中吕宫·圆里圆》等十曲,一韵到底,且有《尾声》,形式有似金、元散套。

7. 散套 也是取同一宫调中的不同曲调为一套,相当于杂剧中的一折。但杂剧以曲词代言,叙事另用科白,而散套则以叙事为主,且也只用来歌唱。

上列七种词曲,除转踏、大曲、法曲都是歌唱或说唱兼舞蹈外,其余都是只唱或说兼唱而没有舞蹈。所以就表演形式来讲,转踏、大曲、法曲更接近戏曲,乃是由词曲演变为戏曲最近的一座桥梁。

历来被认为原始戏剧的宋人官本杂剧与金人院本,本是同一品种在不同时代的异名。这些所谓杂剧院本,内容包括有大曲、法曲、诸宫调、普通词曲、俗曲等,非常复杂。所以所谓宋人官本杂剧与金人院本,实际乃是一个通名而非专名。宋杂剧中的《王子高六么》,乃是在北宋元丰时已盛行的大曲。宋、金杂剧院本的演出情形,一般为:先做寻常熟事一段,叫做"艳段",次为正杂剧两段,末做"杂扮"(或名"杂旺",又名"技和",一作"拔和")一段,名为"散段"。元杂剧通常为四段,每段称为一"折",有时还加"楔子",不在"折"数之内,乃是宋、金杂剧院本的更进一步。形式上同是四段,宋、金杂剧院本的"艳段"与"散段"都在正杂剧之外,正杂剧两段也不是相续的一个故事,所以等于四个短剧,不过有同时必须这样演出的惯例罢了。元杂剧四折前后相承,演的只是一个连续的故事,所以剧情人物都很复杂,体制也逐渐完整了。

关汉卿就是完成元杂剧完整的体制的最早的一人,说他是"杂剧之始",并非过誉。他继承了宋、金杂剧院本的优良传统,截长去短,加以补充整编而创造成一种体制新颖完整的戏剧,我国才开始有了正式的戏剧。这种戏剧(指元杂剧)优胜于宋、金杂剧院本之处,有如下的几点:

1. 大曲与法曲虽连续多遍的词曲只用一调,但各遍次序前后不容颠倒,字句也不能随便有所增减,格律既严,运用极不自由。元杂剧虽也有一定体制,但部分宫调可以增损字句,其他方面也比较自由。

2. 诸宫调虽同一宫调中的曲调皆可以用,但各宫调同时并用,而且一调一韵,因而移宫换韵,转变太多,曲词不易雄肆奔放。元杂剧一折一宫调,一韵到底,全剧宫调一般也只换四次,所以易于雄肆奔放。

3. 大曲、法曲以叙事为主,诸宫调虽部分为代言,但大体亦为叙事。元杂剧则用"科""白"叙事,曲词全部代言,分工甚细,因而更适宜于剧场演出。

不但如此,就是较之前此及同时在南方盛行的戏文与后来的传奇,它们都没有一定的折数,所以在演出的时间支配上,远不如元杂剧易于掌握。而元杂剧四折的分配,第一折是剧情的产生,第二折是发展,第三折是顶点(也就是最高潮),第四折是收束,和现代话剧的分幕规律很有相似之处。四折不够时还可以加用"楔子",等于话剧的有"序幕",更易于灵活运用。后来杂剧尽有不限四折的,而楔子也不一定用于第一折之前,但关汉卿,这个创造那种完整戏剧的剧作家所写的作品,据现存者而言,却从未破过他自己所创的体例。

(二)乐调配合剧情气氛

关汉卿作品形式方面的第二特点,是每个杂剧中所配合的每一角色,在每一个演出阶段中唱出的曲调所用的乐调,处处都能配合剧情气氛和人物情感。这个特点,如果作者不深通音律,不富于生活实践和舞台经验是不易做到的。

所谓中国古典戏剧,实际上是一种歌舞剧,所以往往只称"戏曲"而不名"戏剧",以别于现代的话剧。其实歌剧、话剧同属戏剧,不过表演技术不同而已。中国戏曲所用的乐调,旧时称为宫调,最先共有八十四宫调,乃是十二律与七音相配合而成。后来精简成为四十八宫调(包括十二宫三十六调),自宋以来,用到的只有十九宫调(七宫十二调),到了元朝,只存六宫十一调,所以称为十七宫调。但今存元杂剧一百四十五种所用,仅有五宫四调;而今存关汉卿的作品所用,仅四宫三调。这样的逐渐简化,可能是由于本来只用于歌咏,表演时不必全凭记忆,可以对着歌谱而唱,所以不嫌其多,而舞蹈与戏剧便不能这样做,决不能手里拿了唱本上场,为了便于记忆,免得临场舛错,自以尽可能精简为适当,所以表演形式愈来愈复杂,而歌唱的乐调反愈来愈用得少了。一说是由于古代的声律失传,或是后代已不能适用,因此乐调亦愈来愈少。此一说法,似乎也有相当的理由。

今存元杂剧一百四十五种所用五宫四调,安排在各剧各折中的次数,总计如下:

宫 调	第一折	第二折	第三折	第四折	第五折
黄钟宫	——	1本	3本	6本	——
正 宫	2本	38本	30本	12本	1本
仙吕宫	142本	2本	——		
中吕宫		24本	47本	19本	
南吕宫		55本	8本	2本	
商 调		9本	10本	1本	
越 调		10本	30本	3本	
双 调		5本	16本	102本	3本
大石调	1本	1本	1本	——	——

照表中所列本数来看,元杂剧一般情形,第一折几乎全用仙吕宫,第四折绝大多数用双调,第二、第三折似乎没有一定,但第二折比较多用南吕宫,第三折多用中吕宫,这两折中其次使用次数最多的是正宫。

现存关汉卿杂剧所用四宫三调,也总计如下:

宫调	第一折	第二折	第三折	第四折
正　宫	——	1本	7本	1本
仙吕宫	17本	——	——	——
中吕宫	——	2本	7本	1本
南吕宫	——	13本	——	——
商　调		1本		1本
越　调			3本	
双　调				14本

据此表,可见关作第一折(楔子亦然)全用仙吕宫,第二折绝大多数用南吕宫,第三折用正宫与中吕宫,本数相等,第四折绝大多数用双调,而商调、越调极少用,黄钟宫、大石调完全不用。拿此表和上表相比,可见自经关汉卿创造杂剧后,一般后来作者在各折中所用各种宫调的本数,在比例上与关作大致相似。于此,可见关作虽是创始,而它所用乐调,却都能配合于剧情气氛,而适宜于表演,否则为什么后来作者大致上都不能超出他所用的范围呢?

现在再来谈一谈这些宫调唱出时所表现的气氛与情调:

黄钟宫　富贵缠绵
正　宫　惆怅雄壮
仙吕宫　清新绵邈
中吕宫　高下闪赚
南吕宫　感叹伤悲
商　调　凄凉怨慕
越　调　陶写冷笑
双　调　健捷激袅
大石调　风流蕴藉

一切剧情与人物心情,这九种气氛与情调实在已可包括无余。

过去的宫调过于繁多,可能也是由于音乐家犯了形式主义的毛病,而后来的精简,乃是以适合实践为依据之故。但关作却只用七种,而不用黄钟宫、大石调,这也可能由于他个人性格上不慕豪华,不喜柔靡,所以绝不用那富贵缠绵和风流蕴藉的乐调来表现气氛。而第三折一般好多用中吕宫,他独好多用正宫,正宫的气氛是惆怅雄壮,这正是悲剧所必备的条件;而悲剧在关作中乃是特出的拿手杰作,他的公案剧《窦娥冤》,一向被人誉为"列之世界悲剧中亦无愧色",原因就在这里。

(三) 善于运用口语典故

关汉卿作品中所用方言古语,都能非常贴切剧情和剧中人物身份,几无一语不逼真,也没一语不切合,既不做作,也不鄙俗,真能做到"恰到好处"。

关汉卿的杂剧的曲词有雄壮,也有艳丽。雄壮的如《单刀会》第四折中关羽赴会时在江上所唱:

〔新水令〕大江东去浪千叠,引着这数十人驾着这小舟一叶。又不比九重龙凤阙,可正是千丈虎狼穴。大夫心别,我觑这单刀会似赛村社。

〔驻马听〕水涌山叠,年少周郎何处也,不觉的灰飞烟灭。可怜黄盖转伤嗟,破曹的樯橹一时绝,鏖兵的江水犹然热。好教我情惨切,二十年流不尽的英雄血。

艳丽的如《玉镜台》第一折中少年学士温峤看到他美丽的表妹刘倩英时所唱:

〔六么序〕兀的不消人魂魄,绰人眼光,说神仙那的是天堂。则见脂粉馨香,环佩丁当,藕丝嫩新织仙裳,但风流都在他身上,添分毫便不停当。见他的不动情,你便都休强,则除是铁石儿郎,也索恼断柔肠。

〔赚煞尾〕恰才立一朵海棠娇,捧一盏梨花酿,把我双送入愁乡醉乡。我这里下得阶基,无个顿放。画堂中别是风光,恰才则挂垂杨一抹斜阳,改变了黯黯阴云蔽上苍。眼见得人倚绿窗,又则怕灯昏罗帐。天那,休添上画檐间疏雨滴愁肠!

有隽永,也有爽辣。隽永的如《望江亭》第一折中谭记儿对白姑姑为她和白士中撮合时所唱:

〔柳叶儿〕姑姑也,你若题着这桩儿公案,则你那观名儿唤做"清安"。你道是蜂媒蝶使从来惯,怕有人担疾患,到你行求丸散,你则与他这一服灵丹。姑姑也,你专医那枕冷衾寒。

爽辣的如《救风尘》第四折中赵盼儿对周舍所唱:

〔庆东原〕俺须是卖空虚,凭着那说来的言咒誓为活路,遍花街请到娼家女,那一个不对着明香宝烛,那一个不指着皇天后土,那一个不赌着鬼戮神诛。若信这咒盟言,早死的绝门户。

有清雅,也有俚俗。清雅如《拜月亭》楔子中王瑞兰送别父亲和同母亲带雨逃难途中所唱:

〔赏花时〕卷地狂风吹塞沙,映日疏林啼暮鸦,满满的捧流霞。相留得半霎,咫尺隔天涯。

〔么〕行色一鞭催瘦马,你直待白骨中原如卧麻。虽是这战伐,负着个天摧地塌,是必想着俺子母每早来家。

〔油葫芦〕分明是风雨催人辞故国,行一步一叹息,两行愁泪脸边垂,一点雨间一行恓惶泪,一阵风对一声长吁气。百忙里一步一撒,嗨! 索与他一步一提,这一对绣鞋儿分不得帮和底,稠紧紧贴糯糯带着淤泥。

俚俗的如《窦娥冤》第二折中张老头被毒死以后,窦娥对她的婆婆所唱:

〔斗虾蟆〕空悲戚,没理会,人生死,是轮回,感着这般病疾,值着这般时势。可是风寒暑湿,或是饥饱劳役,各人症候自知。人命关天关地,别人怎生替得? 寿数非干今世。相守三朝五夕,说甚一家一计。又无羊酒缎匹,又无花红财礼。把手为活过日,撒手如同休弃;不是窦娥忤逆,生怕旁人论议。不如听咱劝你,认个自家晦气。割舍的一具棺材,停置几件布帛,收拾出了咱家门里,送入他家坟地。这不是你那从小儿年纪指脚的夫妻。我其实不关亲,无半点恓惶泪。休得要心如醉,意似痴,便这等嗟嗟怨怨,哭哭啼啼!

上面所举的曲词,都是非常适合剧情和剧中人物身份的。王国维曾说过:"关汉卿一空依傍,自铸伟词,而其言曲尽人情,字字本色。"正道着了关作用词的特长处。

曾有人以为:关作"《玉镜台》温峤上场,自《点绛唇》接下七曲,只将古今得志不得志两种人铺叙繁衍,与本事没半点关照,徒觉满纸浮词,令人生厌"(见清人梁廷枏《曲话》)。这实在是不正确的批评。剧中温峤是先说得志的古人,后说不得志的古人,再说到自己先世家声及本人功名都不在得志的古人之下,但美中不足的是:"开着金屋,空着画堂。"以引起后文的向刘倩英求婚。从哪里看出"与本事没半点关照"呢? 前所云云,未免"厚诬古人"!

关汉卿不但善用当时口语,适切剧情和人物身份,而且也熟悉典故,不堕入一般用典故的错误。《玉镜台》剧中《鸳鸯煞》曲里有句云:"可怜你窈窕巫娥,不负了多情宋玉。"《双赴梦》剧中《牧羊关》曲里也有"宋玉赴高唐"句,都用的是宋玉《神女赋》故事。历来因传抄有误,都把《神女赋》中梦见巫娥的宋玉误为楚襄王,因为"玉"字古体也没有一点之故。直到宋朝的沈括(见他所作的《梦溪笔谈》)和姚宽(见他所作的《西溪丛语》)才把这个错误提出并纠正,可是一般人已经误读了千百年了。后来据以更正的书籍,似只有明人陈第著的《屈宋古音义》和张凤翼《文选纂注》,而一般文人所常读的《昭明文选》,至今还没有一种版本作出更正。关汉卿在世年代比沈、姚略后,他也已在正确的使用,可见作者不但是一位大剧作家,而且还是一位细心的考据家。

下、内容的特点

关作内容方面的特点,也至少有如下三点:(一)情节人物多样化;(二)富于对黑暗社会的反抗精神;(三)善于塑造女性典型人物。

(一)情节人物多样化

总括现存关作内容,约可分为:1. 写男女婚姻纠纷,2. 写社会黑暗不平,3. 写历史人物故事三大类,而每一类的每一种作品,都有突出的人物和突出的情节,因此形成了他全部作品情节人物多样化的特点。

现在先讲情节。中国自解放以来,在土改中消灭了压榨农民的恶霸地主,镇反中肃清了欺迫善良的流氓地痞,《婚姻法》的颁布,更解救了无数堕入奴隶命运中的不幸妇女。这些封建时代特有的黑暗人物和黑暗制度,是中国社会数千年历史因素造成的大毒大害,是数千年来一般善良人民对之痛心疾首而无可奈何的;一朝消灭、肃清、推翻,使善良人民重睹天日,正是人类历史的一个绝大转变,实现了数千年来善良人民以为难于实现的希望。这也正是我们的伟大人民作家关汉卿所希望的。但在他生存的当时，只能有此希望而不能实现，所以他只能把当时社会的黑暗与丑恶、人民所遭受的痛苦与灾难，写入他的作品中，以示精神的反抗。这种表现，一般伟大作家都有，而关汉卿最为突出。他写到了几乎每一个社会角落里所有的阴暗与丑恶，每一个阶层里人民所遭受的痛苦与灾难，因而他的作品中的故事情节，较一般尤为多样化。总括来看，关作写恶霸、地主、流氓、地痞欺压善良无告人民的，就有：

1.《蝴蝶梦》　写一个权势恶霸打死了在路上休息的一个老农民，因为老农拦阻了他的去路，官吏却不要他偿命。但老农民的三个儿子为父报仇，把那权势恶霸也打死了，官吏却要他们偿命。

2.《五侯宴》　写一个恶霸地主把文书改典为卖，逼使一个典身的贫妇人抛弃了自己的儿子，专照管他的儿子，并终身替他做苦工。待儿子由她照管大了，又唆使儿子朝夕打骂她，最后还要把她吊起来打死。

3.《窦娥冤》　写恶徒父子两人强占人家无告的寡妇寡媳，儿子误毒死了父亲，竟移祸于宁死不肯失节的寡媳，终使她含冤被处死刑。

4.《鲁斋郎》　写一个好色的权势恶霸强夺良家妻小，拆散了两对夫妇，使他们家破人散，两家夫妇子女经历了十多年的磨难，才得意外重圆。

5.《非衣梦》　写一个窃贼偷盗杀人，几致移祸于一个无辜青年。因为这个青年正为势利的丈人逼使退亲，贤良的未婚妻遣心腹婢女暗中送银，谁知婢女被窃贼杀害，丈人趁此诬指为青年所杀，把他送官，因而屈打成招，几遭死刑。

写妇女遭到婚姻阻碍或封建压迫的，就有：

1.《拜月亭》 写一对男女青年在患难中爱恋成婚,势利的父亲重武轻文,嫌女婿是文弱书生,不顾他在生病,逼使女儿把她抛弃在旅舍中,而要把她另配豪门。女儿坚贞不屈,终于夫妇重圆。

2.《金线池》 写一个善良的妓女误信了老鸨的谗言,抛弃了真心相爱的书生。经历种种曲折后老鸨奸计败露,两人得成婚配。

3.《救风尘》 写一个侠妓仗义救了被地主儿子凌虐的女友,且使她重得与她本来真心相爱的青年结婚。

4.《诈妮子》 写一个天真多情的婢女反对玩弄她而又遗弃她的小主人,而与小主人另一爱人作坚强不屈的抗争。

5.《望江亭》 写一个年青寡妇毅然听人劝告,再嫁一个书生。一个权势也要得到她,因而诬控书生罪名,要把他杀害。终于为她用计击破,夫妇得以无恙。

写历史故事的,则有:

1.《单刀会》 写三国英雄关羽,单刀赴敌人宴会,斗智斗勇,使敌人无可奈何,终于胜利归来。

2.《西蜀梦》 写关羽、张飞被害后鬼魂回到蜀都,梦中要求义兄刘备为他们报仇。

3.《哭存孝》 写五代英雄李存孝,含冤受屈而死,其义母与妻子奋力抗争,终于为他报仇雪冤。

4.《裴度还带》 写唐宰相裴度微贱时拾宝不昧,终至变泰发迹,又获得美丽的眷属。

5.《陈母教子》 写宋代贤母冯夫人教三子俱中状元,她不许发掘藏金,责打儿子受贿,因而获得贤德夫人的称号。

此外还有写贪官污吏(如《窦娥冤》中的桃杌、《裴度还带》中的国舅傅彬)屈害好人以及其他种种,一时不及尽举。总之,关作故事情节错综复杂,是很多样化的。

至于人物的多样化,尤其是关作内容特点中的特点,凡历史上、社会上各式各样的人物,无论中上下层,几乎没有一个不被写到。现在先把现存关作中写到的统计一下,所写男性人物,有:

1. 武将:关羽、关平、关兴、周仓(《单刀会》)、张飞(《西蜀梦》)、李存孝(《哭存孝》)、李从珂(《五侯宴》)

2. 文士:温峤(《玉镜台》)、白士中(《望江亭》)、陈氏三弟兄、王拱宸(《陈母教子》)、窦天章(《窦娥冤》)、裴度(《裴度还带》)、柳永(《谢天香》)、韩辅臣(《金线池》)、安秀实(《救风尘》)

3. 员外:王荣(《裴度还带》)、王半州(《非衣梦》)

4. 浪子:周舍(《救风尘》)、小千户(《诈妮子》)

5. 贫儿:李庆安(《非衣梦》)

6. 官吏:鲁肃(《单刀会》)、包公(《鲁斋郎》、《蝴蝶梦》)、钱大尹(《非衣梦》、《谢天香》)、石敏(《金线池》)、韩廷幹、李邦彦(《裴度还带》)、寇准(《陈母教子》)、桃杌(《窦娥冤》)、王镇(《拜月亭》)

7. 国戚:乔公(《单刀会》)、傅彬(《裴度还带》)

8. 权贵:葛彪(《蝴蝶梦》)、鲁斋郎(《鲁斋郎》)、杨衙内(《望江亭》)

9. 衙役:张千(《谢天香》、《望江亭》、《非衣梦》等)、窦鉴(《非衣梦》)

10. 流氓:张驴儿父子(《窦娥冤》)

11. 地主:赵太公父子(《五侯宴》)

12. 农民:王老汉夫妇及三子(《蝴蝶梦》)

13. 盗贼：裴炎（《非衣梦》）

14. 帮闲：李存信、康君利（《哭存孝》）

15. 医生：赛卢医（《窦娥冤》）

16. 隐士：司马徽（《单刀会》）

17. 和尚：惠明长老（《裴度还带》）

18. 道士：阎双梅（《鲁斋郎》）

19. 舟子：李梢（《望江亭》）

所写女性人物，有：

1. 民妇：王婆子（《蝴蝶梦》）、蔡婆婆（《窦娥冤》）、李夫人（《五侯宴》）

2. 贵妇：刘夫人（《五侯宴》、《哭存孝》）、邓瑞云（《哭存孝》）、冯夫人（《陈母教子》）

3. 寡妇：谭记儿（《望江亭》）

4. 少女：窦娥（《窦娥冤》）、王瑞兰、蒋瑞莲（《拜月亭》）、韩琼英（《裴度还带》）、王闰香（《非衣梦》）、刘倩英（《玉镜台》）、陈梅英（《陈母教子》）

5. 婢妾：燕燕（《诈妮子》）

6. 妓女：谢天香（《谢天香》）、杜蕊娘（《金线池》）、宋引章、赵盼儿（《救风尘》）

7. 茶妓：茶三婆（《非衣梦》）

8. 道姑：白姑姑（《望江亭》）

如果把已失传了的关作也加上，那更复杂多样化了，则有：

1. 皇帝：汉元帝（《哭昭君》）、汉宣帝（《立宣帝》）、隋炀帝（《摔龙舟》）、唐太宗（《哭魏徵》）、唐明皇（《哭香囊》）、赵太祖

(《甲马营》)、宋上皇(《姻缘簿》)

2. 皇后：薄太后(《救周勃》)、武则天、王皇后(《武则天肉醉王皇后》)

3. 妃子：宣华妃(《珍珠龙凤汗衫记》)、翠华妃(《对玉钗》)

4. 公主：楚云公主(《醉江月》)、太常公主(《认先皇》)、鲁元公主(《三吓赦》)

5. 名臣：范蠡(《进西施》)、丙吉(《立宣帝》)、高凤(《高凤漂麦》)、魏征(《哭魏征》)、狄仁杰(《狄梁公》)、吕蒙正(《破窑记》)

6. 名将：周勃(《救周勃》)、尉迟敬德(《单鞭夺槊》)、孟良(《孟良盗骨》)

7. 名儒：匡衡(《凿壁偷光》)、管宁(《管宁割席》)

8. 女士、才女：司马相如、卓文君(《相如题柱》)、苏蕙(《织锦回文》)、晏叔原(《鹧鸪天》)、秦少游(《惜春堂》)、张孝祥(《玉簪记》)

9. 美人：西施(《进西施》)、王昭君(《哭昭君》)、绿珠(《绿珠堕楼》)、杨玉环(《哭香囊》)

10. 其他：孙翊、徐夫人(《万花堂》)、潘必正、陈妙常(《玉簪记》)、董解元(《柳丝亭》)、韩梅英(《惜春堂》)、卢亭亭或崔玉箫(《浣花旦》)、李婉(《复落倡》)、刘盼盼(《闹荆州》)、吕无双(《铜瓦记》)

上面"其他"项中：孙翊为太守，徐夫人为贵夫人，潘必正、董解元为文士，韩梅英、卢亭亭或崔玉箫为少女，李婉、刘盼盼为妓女，陈妙常为道姑，只吕无双不知为何等人物。总之，这些失传的作品里的人物，也多样化到极点，而大多数又是现存关作中所没有的，因此使我们对这些作品的失传，尤其觉得非常可惜。

（二）富于对黑暗社会的反抗精神

关汉卿因为长期生活在中下层社会中，常与各式各样的人物相接触，因此深能懂得人与人间的爱与憎，也最能明辨是非与黑白。所以他在作品中，总是站在人民一面，对黑暗社会作坚强的反抗，也就是他总是站在人民立场，反对强暴，反对不平。

他这种反抗精神，却用两种手法来表现：一种是剧中的主角或主要人物，本身就是一个具有顽强性格，始终不屈的反抗者；一种是在所写的故事情节中，表示作者自己的反抗意识。前者如：

1.《拜月亭》　女主角王瑞兰为了维护神圣的爱情，坚决反对她的崇拜高贵、硬拆他们自主婚姻的势利家长。

2.《诈妮子》　女主角燕燕对说话不忠诚、爱情不专一的情人，和夺她情人并且凌辱她的情敌，始终作顽强不屈的抗争。

3.《鲁斋郎》　包公为了反对权贵仗势拆散良善人家夫妇，用计谋把权贵除去，使良善人民夫妇儿女重得完聚。

4.《窦娥冤》　既是贞女又是孝媳的女主角窦娥，坚决反对恶人强占她，反对糊涂官把她屈打成招，死不甘服，誓言报仇。

5.《望江亭》　女主角谭记儿为了顾全丈夫，不惜牺牲色相，与危害她丈夫的权要斗智，使权要不得不向他们低头。

6.《救风尘》　女主角赵盼儿对抗玩弄女性的浪子，仗义出马，把不听良言劝告的女友从魔掌中援救出来。

后者如：

1.《非衣梦》 作者反对家长对儿女的婚姻崇富弃贫。

2.《蝴蝶梦》 作者反对糊涂官袒护权势,草菅人命。

3.《哭存孝》 作者反对恶人利用昏庸的家长,诬害善良英雄。

4.《五侯宴》 作者反对恶霸地主父子欺凌杀害良善贫苦妇人。

这些作品中的恶人,结果无一不伏法,无一不被铲除。这样的写当然不可能都是现实的,但这正表示了作者自己心中的唯一意愿和希望,也就是人民的意愿和希望,而这也正是一个人民作家所常有的写作态度。

我们再来听听剧中人物不平的声音:

〔红芍药〕浑身是口怎支吾!恰是个没嘴的葫芦,打的来皮开肉绽损肌肤,鲜血模糊。恰浑是活地狱。三个儿都教死去。你都官官相为倚亲属,更做道国戚皇族!

这是《蝴蝶梦》中贤母王婆婆看见为父亲报仇的三个儿子,被审问的官吏打得死去活来,当堂表示反抗,痛责痛骂官吏。

〔黄钟尾〕我做了个衔冤负屈的没头鬼,怎肯便放了你好色荒淫漏面贼!想人心不可欺,冤枉事天地知。争到头,竞到底。到如今,待怎的!情愿认药杀公公,与了招罪。婆婆也,我若是不死呵,如何救得你!

这是《窦娥冤》中孝媳窦娥本来宁死不肯屈招,后来为了怕婆婆受不起酷刑,屈招成死罪时立誓就是死后也必要报仇的声音。

〔哭皇天〕教了数个贼汉把我相侵傍，阿马（父亲）想波，这恩德怎地忘！闪的他活支沙、三不归，强教俺生吃扎、两分张。觑着兀的般着床卧枕，叫唤声疼，撇在他个没人的店房，你怎生便教我眼睁睁的不问当！

这是《拜月亭》中王瑞兰对她势利父亲教人毒打了正在生病的女婿而又要教她抛弃他时发出的反抗声音。

〔哨遍〕并不是婆娘人把你抑勒拁取，那肯心儿自说来的神前誓。天果报无差移，只争个来早来迟。限时刻，十王地藏，六道轮回。单劝化人间世。善恶天心人意。人间私语，天闻若雷。但年高、都是积善好心人，早寿夭、都是辜恩负德贼。好说话、清晨；变了卦、今日；冷了心、晚夕！

这是《诈妮子》中女主角燕燕反对那爱情不专一的浪子，玩弄了她又去追求别的女性的咒诅的声音。

这些声音在当时的黑暗社会里是到处可以听得的。

（三）善于塑造女性典型人物

关汉卿是最善于塑造女性典型人物的剧作家。他在这一方面的成功，不亚于明代著名小说《金瓶梅词话》和清代著名小说《红楼梦》的作者。但前者所塑造的都是中层社会家庭中争宠夺爱的女性，后者所塑造的都是封建家庭中知书达理的少妇少女，而关作中几乎个个都是中下层社会中坚决反抗黑暗不平的顽强女性。今存关作十七种中，除了《单刀会》、《西蜀梦》、《裴度还带》、《玉镜台》及《鲁斋郎》外，剧中主角全都是女性，连多数的公案剧也以女性为主角，而这些女性，几乎什么样的类型都有。计有：

1. 肯为顾全前妻的儿子而牺牲自己亲生儿子的贤母

《蝴蝶梦》);

2. 不许子女妄取藏金,又痛责状元儿子贪污的贤母(《陈母教子》);

3. 为冤死的继儿雪冤报仇的慈母(《哭存孝》);

4. 为了无钱埋葬丈夫因而典身于人受尽苦难的贤妻(《五侯宴》);

5. 节烈不屈,宁死保全年老的婆婆,誓不放过仇人的孝妇(《窦娥冤》);

6. 由于要帮助未婚夫反而害了未婚夫,以致无可如何的小姐(《非衣梦》);

7. 历尽悲欢离合,始终忠于爱情的妻子(《拜月亭》);

8. 从容不迫,敢作敢为,用计脱丈夫于危险的妻子(《望江亭》);

9. 娇憨成性,屈服于爱情,又为爱情而斗争不屈的婢女(《诈妮子》);

10. 洞彻世故人情、出智计援救女友于危难的侠妓(《救风尘》);

11. 温柔美丽、聪慧多才的妓女(《谢天香》);

12. 感情强烈、心地纯良的妓女(《金线池》)。

这十二个女性,有不同的出身、不同的处境、不同的个性、不同的教养、不同的生活、不同的遭遇,这里面包括了许多女性的类型,而每一个女性都可成为每一类型中的典型女性。

我们且举一个洞彻世故人情的典型女性,看看她是怎样的洞彻世故人情?《救风尘》中赵盼儿听得她的女友宋引章说,因为浪子周舍服侍她好,所以要嫁他,她就劝告她:

〔上马娇〕我听得说就里,你原来为这的,倒引的我忍不住笑微微。你道是暑月间扇子搧着你睡,冬月间生着炭火煨,那愁他寒色透重衣。

〔游四门〕吃饭处把匙头挑了筋共皮,出门去提领系整衣袂,戴插头面,整梳篦衖,一味是虚脾,女娘每不省,越着迷。

〔胜葫芦〕你道这子弟情肠甜似蜜,但娶到他家里,多无半载周年相弃掷,早努牙突嘴,拳椎脚踢,打的你哭啼啼。

〔么篇〕恁时节船到江心补漏迟,烦恼怨他谁?事要前思免后悔,我也劝你不得。有朝一日,准备着搭救你块望夫石。

再举一个从容不迫,敢作敢为的典型女性。《望江亭》中谭记儿听说杨衙内为了要抢夺她而来杀害她丈夫的时候,便毅然自告奋勇,亲去对付敌人,她对丈夫说:

〔十二月〕你道他是花花太岁,要强逼我步步相随。我呵,怕甚么天翻地复,就顺着他雨约云期。这桩事你只睁眼儿觑者,看怎生的发付他赖骨顽皮。

〔尧民歌〕呀,着那厮得便宜、翻做了落便宜,着那厮满船空载月明归。你休得便乞留乞良捶跌自伤悲,你看我淡妆不用画蛾眉,今也波日我亲身到那里,看那厮有备应无备。

〔煞尾〕我着那厮磕着头,见一番恰便似神羊儿忙跪膝。直着他船横缆断在江心里,我可便智赚了金牌,着他去不得。

再举一个娇憨任性,为爱情所屈服的典型女性。《诈妮子》中平日笑别人容易屈服于爱情的燕燕,一朝自己也遇到了中意的男性时,就也不由自主起来:

〔元和令〕无男儿只一身,担寂寞受孤闷,有男儿意梦入劳魂,心肠百处分。知得有情人不曾来问,肯便待要成眷姻。

〔上马娇〕自勘婚，自说亲，也是贱媳妇责媒人。往常我冰清玉洁难侵近，是他因，子管教话儿因。我煞待嗔，我便恶相闻。

〔胜葫芦〕怕不依随，蒙君一夜恩，争奈忒达地忒知根，兼上亲上成亲好对门。觑了他兀的模样，这般身分，若脱过这好郎君。

〔么〕教人道眼里无珍一世贫。成就了又怕辜恩。若往常烈焰飞腾情性紧，若一遭儿恩爱，再来不问，枉侵了这百年恩。子末你不志诚？

等到后来，她发现她爱人另有所爱时，不由愤怒地斥责他道：

〔江儿水〕老阿者使将来伏侍你，玷污了咱身体。你养着别个的，看我如奴婢。燕燕那些儿亏负你？

〔上小楼〕我敢摔碎这盒子玳瑁的，子交石头砸碎。剪了靴檐，染了鞋面，做铺持一万分好待你，好觑你。如今刀子根底，我敢割得来粉合麻碎。

〔么〕更做道你好处打唤来得，却怎看得非轻，看得值钱，待得尊贵？这两下里捻绡的有多少功绩，到重如细换绒绣来胸背。

真是娇态怒容，活现纸上，不由人不起同情，更不要说她在舞台上"现身说法"时候了。

此外，他也善于塑造典型英雄，如关羽（《单刀会》）、李存孝（《哭存孝》）等，都写得恰如其人。即写反面人物如张驴儿父子（《窦娥冤》）、赵太公父子（《五侯宴》）等，也是惟妙惟肖。总之，几乎没有一种人物，不被塑造得非常合适，而可以成为一种典型。

关汉卿为什么独是长于塑造典型女性呢？大约不外乎两个原

因：一是他常和妓女优伶们生活在一起，因而很熟悉她们，而那些女优们也很可能来自各式各样的社会阶层；一是当时杂剧的演出，可能都以女性为主角，而观众也偏好看女角主演的戏，正同现代的越剧一样。而这也正是关作所以能够获得广大群众热爱的原因之一。

三、作品存佚及流传版本

关汉卿所作杂剧,总括各家簿目,以及各种曲选、丛刊所录,去除重复,共得六十六种。现在先把各家簿目及各种曲选、丛刊所录的关剧种数列下:

天一阁明抄本《录鬼簿》六十二种

刻本《录鬼簿》五十八种

《太和正音谱》六十种

《今乐考证》六十四种

《曲录》六十三种

《元刊古今杂剧》四种

《永乐大典》七种

《元曲选》八种

《古名家杂剧》九种

息机子《元人杂剧选》一种

顾曲斋《元人杂剧选》二种

《柳枝集》二种

《酹江集》一种

《孤本元明杂剧》五种

《世界文库》二种

《元人杂剧全集》十四种

《元人杂剧选》二种

下面是六十六种全目,系以抄本及刻本《录鬼簿》为主,再从他处补全:

《哭香囊》(《唐明皇启瘗哭香囊》)

《三负心》(《风月状元三负心》)

《玉堂春》(《老女婿金马玉堂春》)

《认先皇》(《太常公主认先皇》)

《进西施》(《姑苏台范蠡进西施》)

《万花堂》(《徐夫人雪恨万花堂》)

《诈妮子》(《诈妮子调风月》)

《赵太祖》(《甲马营降生赵太祖》)

《三告状》(《金花交钞三告状》)

《闹荆州》(《刘盼盼闹荆州》)

《哭存孝》(《邓夫人苦痛哭存孝》)

《鬼团圆》(《荒坟梅竹鬼团圆》)

《浇花旦》(《卢亭亭[一作崔玉箫]挑水浇花旦》)

《刘夫人》(《曹太后死哭刘夫人》)

《救周勃》(《薄太后走马救周勃》)

《姻缘簿》(《宋上皇御断姻缘簿》[一作《鸳鸯簿》])

《蝴蝶梦》(《包待制三勘蝴蝶梦》)

《三吓赦》(《鲁元公主三吓赦》)

《铜瓦记》(《吕无双铜瓦记》)

《狄梁公》(《风雪狄梁公》)

《双驾车》(《风雪贤妇双驾车》)

《复落倡》(《柳花亭李婉复落倡》)

《哭魏徵》(《唐太宗哭魏徵》)

《鹧鸪天》(《晏叔原风月鹧鸪天》)

《单刀会》(《关大王单刀会》)

《破窑记》(《吕蒙正风雪破窑记》)

《汴河冤》(《双提尸鬼报汴河冤》)

《勘龙衣》(《开封府萧王勘龙衣》)

《救风尘》(《赵盼儿风月救风尘》)

《拜月亭》(《闺怨佳人拜月亭》)

《金线池》(《杜蕊娘智赏金线池》)

《双赴梦》(《关张双赴西蜀梦》)

《三撇嵌》(《醉娘子三撇嵌》)

《牵龙舟》(《隋炀帝牵龙舟》)

《望江亭》(《望江亭中秋切鲙旦》)

《玉镜台》(《温太真玉镜台》)

《江梅怨》(《月落江梅怨》)

《宣华妃》(《屈勘宣华妃》)

《王皇后》(《武则天肉醉王皇后》)

《哭昭君》(《汉元帝哭昭君》)

《非衣梦》(《钱大尹智勘非衣梦》)

《立宣帝》(《丙吉教子立宣帝》)

《酹江月》(《楚云公主酹江月》)

《对玉钗》(《翠华妃对玉钗》)

《窦娥冤》(《感天动地窦娥冤》)

《敬德降唐》(《介休县敬德降唐》)

《救亚子》(《刘夫人救亚子》)

《绿珠堕楼》(《金谷园绿珠堕楼》)

《谢天香》(《钱大尹智宠谢天香》)

《凿壁偷光》(《汉匡衡凿壁偷光》)

《瘸马记》(《没兴风雪瘸马记》)

《织锦回文》(《窦滔妻织锦回文》)

《柳丝亭》(《董解元醉走柳丝亭》)

《高凤漂麦》(《白衣相高凤漂麦》)

《春衫记》(《风流孔目春衫记》)

《管宁割席》(《终南山管宁割席》)

《藏阄会》(金院本亦有此目)

《裴度还带》(《香山庙裴度还带》)

《惜春堂》(《秦少游花酒惜春堂》)

《孙康映雪》

《玉簪记》(《萱草堂玉簪记》)

《陈母教子》(《状元堂陈母教子》)

《相如题柱》(《昇仙桥相如题柱》)

《五侯宴》(《刘夫人庆赏五侯宴》)

《鲁斋郎》(《包待制智斩鲁斋郎》)

《孟良盗骨》

这六十六种杂剧,现在所存,只有十七种。后面就是十七种的目录,每种又附注现存的各种版本,以供研究关剧的人参考。十七种是:

1.《玉镜台》 有:①《古名家杂剧》本;②《元曲选》本;③《柳枝集》本;④《元人杂剧全集》本。

2.《谢天香》 有:①《古名家杂剧》本;②《元曲选》本;③《元人杂剧全集》本。

3.《金线池》 有:①《古名家杂剧》本;②《元曲选》本;③ 顾曲斋刊本;④《柳枝集》本;⑤《元人杂剧全集》本。

4.《拜月亭》 有:①《元刊古今杂剧》本;②《元人杂剧全集》本;③《元曲选外编》本。

5.《诈妮子》 有:①《元刊古今杂剧》本;②《世界文库》本;③《元人杂剧全集》本;④《元曲选外编》本。

6.《窦娥冤》 有:①《古名家杂剧》本;②《元曲选》本;

③《酹江集》本；④《元人杂剧全集》本；⑤《元人杂剧选》本。

7.《鲁斋郎》 有：①《古名家杂剧》本；②《元曲选》本；③《元人杂剧全集》本。

8.《蝴蝶梦》 有：①《古名家杂剧》本；②《元曲选》本；③《元人杂剧全集》本。

9.《非衣梦》 有：①《古名家杂剧》本；②顾曲斋刊本；③《世界文库》本；④《元人杂剧全集》本；⑤《元曲选外编》本。

10.《救风尘》 有：①《古名家杂剧》本；②《元曲选》本；③《元人杂剧全集》本；④《元人杂剧选》本。

11.《望江亭》 有：①《元曲选》本；②息机子刊本；③《古今名剧选》本；④《元人杂剧全集》本。

12.《单刀会》 有：①《元刊古今杂剧》本；②《元人杂剧全集》本；③《孤本元明杂剧》本；④《元曲选外编》本。

13.《双赴梦》 有：①《元刊古今杂剧》本；②《元人杂剧全集》本；③《元曲选外编》本。

14.《哭存孝》 有：①《孤本元明杂剧》本；②《元曲选外编》本。

15.《五侯宴》 有：①《孤本元明杂剧》本；②《元曲选外编》本。

16.《裴度还带》 有：①《孤本元明杂剧》本；②《元曲选外编》本。

17.《陈母教子》 有：①《孤本元明杂剧》本；②《元曲选外编》本。

上面附注的版本，都是刻本，明人抄本不列入。现存全部关作杂剧，在目前只要有《孤本元明杂剧》与《元人杂剧全集》二书，便全都能读到。

此外已佚的关剧，单支曲文被选入曲谱而留存到现在的，有《北词广正谱》所录三种：

    1.《哭香囊》　存《越调·雪里梅》、《么篇》、《络丘娘》、《绵搭絮》、《拙鲁连》各一支。

    2.《春衫记》　存《仙吕宫·尾声》一支。

    3.《孟良盗骨》　存《仙吕宫·青歌儿》一支。

大约已发现的今存关剧，目前来说，可以肯定已尽于此了。

这些现存的关剧，由于版本的不同，同一剧本，角色科白有不同，曲文支数多少也不一样，因而发生了一个科白部分是否为作者原作的问题。如元刊本《双赴梦》全无科白，《孤本元明杂剧》中据明抄本排印的关剧的科白部分较《元曲选》为细致繁长，似更证实了上述问题的存在。这里就附带说明这一问题。

在目前常见的各种版本中，《单刀会》一剧，有影元刊本与据明抄排印本的分别。第二种曲文虽大致无甚悬殊，而角色与科白却大不相同。元刊本第一折为"乔国老谏吴帝"，开首载"驾一行上开住，外末上奏住，驾云外末云住"。然后"正末扮乔国老上"（大意是吴帝孙权在朝与鲁肃商议索回荆州之计，乔国老知道了，进朝谏阻，曲文全是谏阻的话），明抄本开首只有"冲末扮鲁肃上"并无孙权上场，乃是鲁肃请乔国老来商议，乔公阻止索荆州的话，是对鲁肃说，不是对孙权说的。第四折情节似二本亦有所不同。至于曲文，元刊本第一折多〔醉扶归〕、〔后庭花〕各一支，第二折多〔倘秀才〕、〔滚绣球〕、〔叨叨令〕各一支，而无道童所唱〔隔尾〕一支，第三折多〔柳青娘〕、〔道和〕各一支，第四折多〔风入秋〕、〔沽美酒〕、〔太平令〕各一支；曲文有字句小异的，也偶有全支都不同的。

现在把两种不同版本的《单刀会》，录出相同部分的曲文来对口，看一看哪种版本比较优胜。这里就录第四折关公赴会时在长

江中所唱:

〔新水令〕大江东(原误作束)去□□□□,□□□□□□□□舟
一叶。不比九重龙凤阙,这里是千□□□□,□□□□□□□来
来来,我觑的单刀会,似村会社。

〔□□□〕□□□□□□□□,年少周郎何处也! 不着灰飞
烟灭,可今□□□□□□□□□□当时绝。鏖(原误作塵)兵江
水元然热,好教我心下□□□□□□□□□不尽英雄血!

这是影元刊本《古杭新刊的本关大王单刀会》的曲文。又:

〔双调·新水令〕大江东去浪千叠,引着这数十人驾着这
小舟一叶。又不比九重龙凤阙,可正是千丈虎狼穴。大夫心
别,我觑这单刀会似赛村社。

〔驻马听〕水涌山叠,年少周郎何处也! 不觉的灰飞烟灭,
可怜黄盖转伤嗟。破曹的樯橹一时绝,鏖兵的江水犹然热,好
教我情惨切,二十年流不尽的英雄血。

这是《孤本元明杂剧》据明抄本排印的曲文。两相比较,影元刊本
虽有缺文和错字,但词句要比明抄本为生动,而明抄本是经过修改
的,所以也不及元刻本的口语化。

我们再来看看后代在舞台上演出的《刀会》,它就是从关作《单
刀会》来的,已被改成昆剧演出形式。这里仅录曲文如下:

〔新水令〕大江东,巨浪千叠;趁西风,驾着这小舟一叶。
才离了九重龙凤阙,早来到千丈虎狼穴。大丈夫心烈,觑着这
单刀会,一似那赛村社。

〔驻马听〕依旧的水涌山叠、水涌山叠。好一个年少的周

郎，恁在那何处也？不觉得灰飞烟灭。可怜黄盖暗伤嗟。破曹的樯橹，恰又早一时绝。只这鏖兵江水犹然热，好教俺心惨切！这的是二十年前流不尽的英雄血！

在这和前引相同部分的文字中，就可看出在有些地方，已被改动得失去了原来意义。如"才离了九重龙凤阙，早来到千丈虎狼穴"，与原文"又不比九重龙凤阙，可正是千丈虎狼穴"意思完全不同。原来只是一种想象，一种比喻，而一改却改成不合实际的叙事，因为他还没到达敌境。况且关公是从荆州来，不是从国都成都来，如何能说是"才离了九重龙凤阙"呢？原来的"又不比九重龙凤阙"，乃只用来比喻安全的地方，以与下句"可正是千丈虎狼穴"比喻凶险的地方相对比，实较改文为确切。于此可见原作非常优胜，不容后人这样轻率的修改。

至关作元刊本、明刊本、明抄本三者间科白繁简的不同：元刊本有的全无科白，如《双赴梦》，余剧亦只载主角宾白，他人有科无白；明刊本正副角宾白虽完全，然较之明抄本，又是简略得多；明抄本的《裴度还带》，其科白之多，要较曲文多过数倍，所以全剧篇幅也较一般为长。

由于这一情形，有人怀疑，可能原作者仅作曲文，而科白是演出时临时插加的，故可彼此不同。但我以为也可能是由于曲文须配合乐调唱腔，不能随便改动，因而必须抄刻传授，而科白可以随机变动，不一定要彼此一致，因而在抄刻时可有可无，可详可略；但是不是原作者本来就没有的，那又不能随便肯定了。总之，这一问题，要给出定论，还须多多发现证据和资料。

解放后，曾经出版过两种关汉卿杂剧的全集本，将现存关作全收在内，颇方便研究者和读者。

四、现存关汉卿杂剧本事述考

现存的关汉卿杂剧十七种,除了少数几种,经后来改编为其他剧种常见演出因而使人熟悉它们的内容外,余皆只见简单的引述,且往往与原作很有出入。这次我把它们全部细读了一遍,都比较详尽地把本事重行钩稽出来。所写大都依据原作风格,依剧本性质而有不同,且都忠实于原作。情节有省无改,唯独只存曲文或道白不全的几种,因为不易把剧情前后贯穿,往往只能凭臆想或参考同题材的别的剧种,使情节间互相衔接。尤其是那本《双赴梦》,情节既不全同正史,而又无其他剧种可以参考,只好依据曲文,全凭臆测来写。《诈妮子》一剧,向来的引述多有错误,经我这次重行钩稽,几乎全部改写,似已比较近于原来情节,但小的错误一定还是难免的。其中有几本,如《鲁斋郎》、《五侯宴》、《裴度还带》,曾经有人断定为伪托,但我以为证据还嫌不够,存疑则可,不能即作为定论,所以仍旧收入。因此,所述一共为十七种,而每种后面,约略考述本事来源与影响,以供研究者参考。

(一) 温太真玉镜台

此剧简称《玉镜台》,叙晋翰林学士温峤(字太真),接他年老寡居的姑母和表妹刘倩英来京中居住,等到公事稍闲,专诚前往拜候。姑母备酒相待,并唤女儿出来拜见表哥。倩英年轻貌美,温峤一见钟情。姑母又命女儿为表哥把盏,且欲温峤教她弹琴写字。温峤假意谦辞一番。姑母命梅香取历书选择吉日行拜师礼,温峤道:"侄儿今日出来时别有勾当,也曾选日子,来日是个好日辰。"日子选定,倩英回归绣房,温峤也辞别姑母回去。

翌日，温峤不上衙门，一清早就到姑母家。姑母已命梅香收拾好万卷堂等待，见他来到，即唤出倩英，行拜师之礼。这天，倩英打扮的特别俏丽，温峤更是爱慕不已。于是先教弹琴，后教写字。倩英握笔不直，温峤捻了她的手腕矫正。倩英不愿，姑母解围道："小鬼头，但得哥哥捻手捻腕，你早十分有福也！"温峤再捻倩英的手，倩英发怒，姑母遂叫她："辞了哥哥回绣房去。"

这时倩英年已一十八岁，还没许聘人家，姑母遂托温峤："在翰林院一般学士中保一门亲事。"温峤正中心怀，便说："姑娘，翰林院有个学士，才学文章不在侄儿之下。"姑母问他年纪模样，回说和他不相上下，待他去与那学士说成，择定日子同来。姑母向他道劳，他就告别出门。

过了不多时候，他就回来报道："适才侄儿径去与那学士说了，今日是吉日良辰，将这玉镜台权为定物，别使官媒人来通知。就央您侄儿替那学士谢亲。"姑母不疑，受了聘物。等到官媒前来，说是："奉学士言语，着我见老夫人，选日辰娶小姐过门。"姑母问："是哪个学士？"答道："是温学士。"姑母怪他欺瞒她，欲将玉镜台摔碎。官媒忙阻止道："这是御赐之物，摔碎了为罪不小。"姑母也就罢了，命女儿收拾停当，准备过门。

结婚那天，温峤不敢走近倩英。倩英唤官媒对他道："兀那老子若近前来，我抓了你的脸，教你做人不得！"又说："媒婆，你说与他去，我在正堂中做卧房，教他休想到我跟前！"温峤与她把盏，她道："我不吃！"把酒倒掉，淋了他一身。这样一直相持到天明，她始终不肯和他同房。临了，温峤对她说："夫人，你的心事我已知道了，你听我说……"遂劝她别想那青春子弟，他们哪里有半点真情实意，不到一年半载，早已两妇三妻；自己因为年纪老了些，即使有瑶池仙子、月里嫦娥当前，也不会再生别意，将永远守定她，十分敬重她。

两个月过去了，倩英还是不肯和温峤同房。王府尹奏过皇帝，设水墨宴替他俩劝和。这水墨宴又叫鸳鸯宴，等到他俩来到，王府尹便宣布道："小官奉圣人的命设此水墨宴，请学士夫人吟诗作赋。有诗的学士金钟饮酒，夫人插金凤钗，搽官定粉；无诗的学士瓦盆里饮水，夫人头戴草花，墨乌面皮。"倩英因此很着急，催温峤做诗。温峤要她唤"丈夫"才做，她只好依他；又问她肯不肯随顺他，她也只好答应。等到诗做成了，倩英便插上金凤钗，非常高兴。王府尹也问她："肯不肯依随学士？"她表示肯。他即奏过皇帝，再准备庆喜的筵席，夫妇俩遂回宅去。

这个故事并非作者杜造，乃出于《世说新语》卷六《假谲》篇。《假谲》篇第八条云："温公丧妇。从姑刘氏，家值乱离散，唯有一女，甚有姿慧，姑以属公觅婚。公密有自婚意，答云：'佳婿难得，但如峤比，云何？'姑云：'丧败之余，乞粗存活，便足慰吾余年，何敢希汝比！'却后少日，公报姑云：'已觅得婿处，门第粗可，婿身名宦，尽不减峤。'因下玉镜台一枚。姑大喜。既婚，交礼，女以手披纱扇，抚掌大笑曰：'我固疑是老奴，果如所卜！'玉镜台是公为刘越石长史北征刘聪所得。"在这个记载里，刘女虽有嫌温峤年老之意，但她并不反对这个婚姻。作者却把这个年龄不相称的婚姻写得异常波折，正反映了当时社会里有着这种婚姻存在，因而使这个历史剧有了现实意义。而最后倩英的不得不屈服，还是由于皇帝的压力，尤反映了在封建时代一个女子纵能用消极方法（不同房）反抗强迫婚姻，最后还是不能坚持到底；而当时社会对于一个反抗婚姻的弱女子，竟不惜利用皇帝的力量来压制，直是可笑又可恨。剧末有诗云："若非恩赐鸳鸯会，焉能夫妇两团圆！"这不是歌颂，直是咒诅和讽刺！

明人朱鼎的《玉镜台记》传奇四十出，用的是同一故事，只有一小部分是沿袭关剧的。不过因作者立意不同，有如赵景深所说："关剧充满了喜剧的气氛，朱剧虽也是团圆结局，全剧却是饱和着慷慨激昂的气氛的。"（见《谈曲随笔》）当然，就分量来说，曲文详略也是大有不同的。明末范文若作的《花筵赚》传奇，亦演《玉镜台》故事，但关目与关、朱俱不同，中间且又添出了谢鲲与芳姿的一段婚姻故事。

（二）钱大尹智宠谢天香

此剧简称《谢天香》，叙宋朝大词人钱塘柳耆卿（名永）上京应试，路过开封府，热恋上厅行首谢天香，一住三年。春榜期近，天香为耆卿准备好衣服盘缠，正欲送他上京，忽有乐探执事张千前来通知她："来日新官钱大尹到任，须准备参官去。"耆卿问明大尹就是他的同窗好友钱可（字可道），非常高兴，决定也去谒见，好托他照顾天香。

天香见了钱大尹，大尹嘱她："休要误了官身！"天香唯唯而出，见了耆卿，便说："你休见罢，这相公不比其他的。"耆卿不听，叫张千通报，大尹立即请见。耆卿告以将上京进取，大尹即命看酒送行。饮毕告辞出府，见了天香，才想起嘱托之事，又叫张千通报，托大尹照顾谢氏。大尹初时以为必是位文人名士，满口允承。一问张千，才知就是早晨参官的谢天香，就大不为然。耆卿因为不放心，再次请见拜托，大尹不由发怒道："耆卿，你当我什么看待！我是开封府尹，不是教坊司乐探！"就击鼓退掌，径回私宅而去。

耆卿讨了一场没趣，发愤即刻上京。天香在城外一家小酒店里替他饯行。张千暗中奉了大尹之命，也来相送。耆卿作了一首《定风波》词给天香，和她坚订后约而别。那首词是："自春来、惨绿愁红，芳心事事可可。日上花梢，莺喧柳带，犹压香衾卧。暖酥消，腻云鬌，终日恹恹倦梳裹。无奈薄情一去，音书无个。早知恁么，悔当初、不把雕鞍锁。向鸡窗、收拾蛮笺象管，拘束教吟和。镇日相随，莫抛躲。针线拈来共伊坐。和我。免使少年，光阴虚过。"

张千抄得《定风波》词，回去报告大尹。大尹见词中有"可可"

字样，便思得一计，命张千唤谢天香来，着她唱这首词，若唱出"可可"二字，便是犯了大尹名讳，当厅责她四十，她若是受了官刑，耆卿再不好往她家去，也算尽了朋友劝善的心。谁知谢天香唱时，得了张千暗示，便把原词完全改了韵，唱做："自春来、惨绿愁红，芳心事事已已，日上花梢，莺喧柳带，犹压绣衾睡。暖酥消，腻云鬌，终日恹恹倦梳洗。无奈薄情一去，音书无寄。早知恁的，悔当初不把雕鞍系。向鸡窗、收拾鸳笺象管，拘束教吟味。镇日相随，莫抛弃。针线拈来共伊对。和你。免使少年，光阴虚费。"她把原来的"歌"、"戈"韵，完全换了"齐"、"微"韵。

大尹非常佩服，说道："嗨，怪道柳耆卿爱她哩！老夫见了呵，不由的也动情！"就吩咐张千做媒。除了天香乐籍名字，送她入大尹私宅，做他的小夫人。天香指望嫁与耆卿，当然不愿，但是无法反抗。她却不知这是大尹成全她俩婚姻之计。

天香在钱宅一住三年，大尹始终不去亲近她。一天，大尹的两个侍妾约她到竹云亭上赌戏。恰大尹来到，叫她做诗，她立成五绝一首，含有怨大尹不理她之意。大尹也和了她一首，且约她："你心中休烦恼！我拣个吉日良辰，则在这两日内立你做个小夫人。"并且叫她后堂中换衣服去。其时耆卿已一举状元及第，夸官三日，大尹命张千当街拦住，邀请入府宴饮。席间，耆卿不肯饮酒，大尹命："请谢夫人出来。"天香见有客在座，不敢上前。大尹叫她与耆卿施礼把酒。耆卿已知大尹娶天香为小夫人之事，这时更不肯饮。大尹就将自己的用意说明，且命张千："快收拾车马，送谢夫人到状元宅上去。"两人才欣然向他拜谢而去。

这个故事不详出处。但柳耆卿本是一个著名的浪漫词人，一生醉歌于红粉场中，专为歌伎乐女作词，宋人笔记里记载他的轶事艳闻特多，话本与戏曲常取来做题材。金人院本有《变柳七戆》，不知所叙为何事。宋、元话本有《柳耆卿诗酒玩江楼》（见《清平山堂话本十五种》),亦载《绣谷春容》、《燕居笔记》及《万锦情林》,还有同名的戏文(见《永乐大典》卷一三九八〇)及元人戴善甫与杨景言所作同名的杂剧,皆叙耆卿用计赚妓女周月仙事。宋元戏文与元人郑廷玉的杂剧《子父梦秋夜栾城驿》,亦皆写耆卿事,但事迹不详。《古今小说》卷十二《众名姬春风吊柳七》几乎全叙耆卿一生际遇,但中间没有谢天香事,即写周月仙事也与宋元话本、戏文及杂剧不同。杨荫深以为:"柳永有与杭妓楚楚相昵之事,情节相似,本剧或即借此敷衍而成的。"(见《关汉卿的生平及其作品》)按楚楚事出《古今词话》(《岁时广记》卷三十一引),亦见《青泥莲花记》,故事为:"柳耆卿与孙相何为布衣交,孙知杭州,门禁甚严,耆卿欲见之不得,作《望海潮》之词,往谒名妓楚楚曰:'欲见孙相,恨无门路,若因府会,愿借朱唇歌于孙相公之前。若问:谁为此词?但说柳七。'中秋府会,楚楚宛转歌之。孙相即日迎耆柳预坐。"据此,耆卿与楚楚的关系似颇深切,与孙何的关系亦颇似剧中的他和钱可,孙何的名位亦与钱可相似,楚楚的身份亦极如谢天香,此外诸事,便与剧中本事全不相干了。

宋朝确有一个名叫谢天香的妓女,但与柳耆卿无关。《巨野县志》云:"秫芳亭,邑人秋成报祭所也。一日,乡耆谋立石其中,延士人王维翰书'秫芳亭'字。维翰久久未至,有妓谢天香者问云:'祀事既毕,何为迟留不饮?'众曰:'俟维翰书石耳。'谢遂以其袖当笔,书'秫芳'二字。会维翰至,书'亭'字以完之。父老遂命刻之石。王、谢遂成夫妇。……后维翰登进士,与天香偕老。"(见《青泥莲花记》卷七引)这是实事。这块碑石到清朝乾隆时还存在,金石家阮元曾亲眼见过。他在他的《小沧浪亭笔谈》卷三中有记载道:"巨野县治'秫芳亭'三字石刻,径一尺一寸,左刻石九棨跋。《县志》载:宋时邑人当秋成报赛……今按'秫芳'二字,状如飞白,多燥锋,'亭'字则浑然雄健,洵属两人书格,特字体大小相称耳。"中间叙王、谢事,大致与《青泥莲花记》所引同,仅天香书"秫芳"字系"以裙裾濡墨",而非"以其袖",可见《县志》已经改编过了。这个谢天香可能给关剧以影响,因为她的身份,似乎也是一个官妓。这一故事,曾为明人凌濛初取作《二刻拍案惊奇》第二卷《小道人一着饶天下》的入话,而谢天香也正是这个上厅行首。

至于改换词韵一事,当受前此杭州官妓琴操改换秦少游《满庭芳》词一事影响。宋人吴曾《能改斋漫录》卷十六《杭妓琴操》条云:"杭之西湖有一倅,闲唱少游《满庭芳》,偶然误举一韵云:'画角声断斜阳。'妓琴操在侧云:'"画角声断谯门",非"斜阳"也。'倅因戏之曰:'尔可改韵否?'琴即改作'阳'字韵云:'山抹微云,天连衰草,画角声断斜阳。暂停征辔,聊共饮离觞。多少蓬莱旧侣,频回首,烟霭茫茫。孤村里,寒鸦万点,流水绕低墙。魂伤。当此际,轻分罗带,暗解香囊。漫赢得,青楼薄幸名狂,此去何时见也?襟袖上,空有余香。伤心处,长城望断,灯火已昏黄。'东坡闻而称赏之。"琴操的身份,与天香正也相同的。

钱大尹似也实有其人,不仅见于关作另一杂剧《非衣梦》,亦见于宋人话本《简帖和尚》(《清平山堂话本》)第二篇,亦即《古今小说》第三十五卷(《简帖僧巧骗皇甫妻》)。话本写"东京汴州开封府"钱大尹,乃是:"出则壮士携鞭,入则佳人捧臂。世世靴踪不断,子孙出入金门。他是两浙钱王子,吴越国王孙。"这正与关剧的"钱塘人也"相合拍。原来他不是别人,乃是吴越王钱镠的嫡系子孙,因此累代在宋朝为官,有极高的政治地位。他在戏剧、小说中的名望,不亚于也曾做过开封府尹的包大尹,也就是包公,一个为人民所爱戴的人物。

清初人酌元亭主人的拟话本集《照世杯》第一篇《七松园弄假成真》,写张少伯用计成全他的朋友阮江兰,假意娶江兰所恋的扬州名妓畹娘为妾,以激励他上进,最后江兰果然功成名就,二人终得团圆。张少伯的用意正同钱大尹,而所用的激将法也出于一辙,可见它是一篇受了关剧影响而作的作品。

（三）杜蕊娘智赏金线池

此剧简称《金线池》，叙宋济南府尹石敏，有同窗好友洛阳人韩辅臣，一向杳无音信，正在非常悬念，恰值韩辅臣上京应试，路过济南，到府拜访。石敏非常欣慰，备酒相待，且唤上厅行首杜蕊娘来府伺候。韩辅臣以为是石敏之妻，不敢受礼，呼之为嫂，待石敏说明，方知误称。但两人一见倾心，行酒之间，彼此各道仰慕。石敏叫她向辅臣索取佳作，辅臣一挥而成《南乡子》词一首，盛赞蕊娘姿态之美。酒罢，辅臣便欲告辞，石敏款留他在后花园住下三五天，辅臣嫌冷落不便，石敏就请他到蕊娘家安歇，且与蕊娘家两锭银子做茶钱，叫她家好好款待辅臣。

辅臣住到蕊娘家，两人非常恩爱，誓相嫁娶。但招了她鸨母李氏的反对，到了床头金尽，更是露骨的冷待。蕊娘要求李氏让她嫁人，李氏却道："丫头拿镊子来，镊了鬓边的白发，还要你觅钱哩！"她再三恳求，李氏道："你要嫁韩辅臣这一千年不长进的，看你打《莲花落》去！"这时石敏已任满朝京，李氏料他不会再来复任，更是冷待辅臣。辅臣负气，连蕊娘也没有告别，出了她家的门，移住到别处去了。

蕊娘在家，一心思量嫁给辅臣，见他一去多日，再也不来看她，很是放心不下。李氏又骗她说，辅臣已别有所欢。她初时不信，后来渐渐也起了疑心。一天，她正在弹琵琶解闷，忽然辅臣悄悄进来，向她道了不告而别的罪。蕊娘责备他道："这是我母亲的不是，你为什么把我抛在一边？"辅臣再三请罪，甚至下跪，且设誓道："我和你生则同衾，死则同穴！"蕊娘只是不信，说道："你早已忘了拈香设誓，到处停眠整宿，比我好的人很多，请你往别家去吧！"辅臣不由叹气道："我只道是虔婆要钱赶我出去，谁知蕊娘的心儿也变了！"只好起身离去。

石敏到京后，皇帝因他为官贤能清正，命他复任济南。他不知辅臣是否还淹留在蕊娘家里，便着人探听。辅臣闻知石敏复任，也立刻往见，备言前事，并请石敏为他做主，且道："那老鸨儿欺侮兄弟也罢了，连蕊娘也欺侮我，我怎么还能做人！"石敏道："这是你被窝儿里的事，教我怎么处理？"辅臣便要撞阶而死，石敏忙阻止道："你要我如何处理？"辅臣道："只要拿她娘儿两个来扣厅责打四十，便出我这口气了。"石敏道："这不难。只是那蕊娘肯嫁你时，你还要她吗？"辅臣道："怎么不要？"石敏道："贤弟，你不知乐户一经责罚，便是受罪的人，不能再做士人的妻妾了。还是我与你两锭银子，在金线池上做个筵席，请她们一班儿姊妹来赏宴，央她们替你向她赔礼，那她必然收留你在家。这可好吗？"辅臣道："多谢哥哥厚意，就这么办吧！"

辅臣果然在金线池上安排酒果，请到了蕊娘的亲眷张嬷嬷、李妗妗、闵大嫂等，怕蕊娘不肯前来，假托是她们请的。不一会，蕊娘果然来到，谢过众人，推她坐了首席。蕊娘看了金线池，想起身世，不胜伤感。众人齐劝道："今日这样好天气，又对着这样好景致，姨姨务要开怀畅饮才是。"蕊娘道："待我行个酒令，能行的便吃酒，行不的罚吃池里凉水。"众人都道："依令。"蕊娘道："酒中不许道着'韩辅臣'三字，道着的罚饮一大觥。"于是她出令了，众人都不省得，她道："你们都不晓得，是不如韩辅臣！"众人哄然道："姨姨，你可犯了令了，罚酒一大觥！"蕊娘只得饮了，不由叹口气道："我不合道着'韩辅臣'，被罚了酒！"众人又哄然道："姨姨又犯令了，再罚一大觥！"她连饮二大觥，不觉醉倒了。

众人见蕊娘已醉倒，便都退去，让辅臣上来把她扶起，蕊娘醉中问道："小哥是谁？"辅臣应声道："是韩辅臣。"蕊娘一听，酒也醒了，忿然道："你别上前！我和你半年多的恩情早完了！明年我整整的三十岁了，老了的人你要来怎的！你这不志诚的心肠，与我慢慢等着吧！"说罢，把他推开，自己去了。

石敏正在府里等候金线池上的好消息，忽报辅臣来府告状。两人一见面，石敏便问："你两口儿完成了吗？"辅臣忿然道："若完成时，这早晚正好睡哩，也不到这里来了！那蕊娘只是不肯收留，我今天特来告她。"石敏道："她一定不肯，也只好罢了，教我怎生断理？"辅臣再三央告，甚至撒泼地说："你一定不肯断理，我只是死在你堂上，叫你做不成官。"说罢，又要去触阶。石敏道："世上哪个爱女娘的似你这般放刁的！罢，罢，罢，我成全你两口儿吧！"便命张千去拿蕊娘来。

张千来到杜家，对蕊娘道："衙门里要你去！"蕊娘问："要我做什么？"张千道："你失误了官身，相公在堂上好生着恼哩！"蕊娘慌了，忙跟张千同往。到得府里，果然望见石敏怒气冲冲坐在堂上。张千上去回报，石敏道："拿将过来！"张千叫她当面，她跪拜道："妾身杜蕊娘来了！"石敏不理她，对张千道："准备下大棍子，拿过架来，发到司房叫她招供词去！"蕊娘到此更慌了，心想："可叫谁来相救呢？"瞥见辅臣站在一旁，只好忍着羞上去央求道："辅臣，你与我说说情吧！"辅臣道："谁叫你失误官身！相公恼得很哩！"蕊娘再三央告，辅臣道："只要你肯嫁我，我才好与你说去。"蕊娘道："我嫁你便了。"

那边石敏已在吩咐张千："快将大棍子过来伺候！"辅臣便上去求告道："哥哥看你兄弟薄面，饶恕蕊娘初犯吧。"石敏唤张千把她带回，说道："你失误了官身，本该扣厅责打四十，问你一个不应罪名。既然韩解元替你求情，这四十板便饶了，那不应的罪名却饶不得。"辅臣又求告道："她许嫁你兄弟了，只望哥哥一发连这点罪也饶了吧！"说着，跪了下去。石敏忙扯他起来，转头问蕊娘："你肯嫁韩解元吗？"蕊娘道："妾委实愿嫁韩辅臣。"石敏道："既是如此，老夫出花银百两，与你母亲做财礼，就在今天准备花烛酒席，与韩解元成婚！"

两人向石敏拜谢。石敏也向他俩道喜，说道："这法堂上是断合的去处，不是你们配合的去处。"又叫张千取出俸银二十两，付与教坊司色长，叫他整备鼓乐，从衙门口迎送辅臣到蕊娘家去，摆设个大大宴席,凡是她家亲眷,前天在金线池上劝成好事的,都请来饮宴,为新夫妇俩庆喜。

这是个恋爱喜剧,本事也不详出处。《曲海总目提要》以为系受《唐诗纪事》"(杜)牧佐宣城,游湖州,刺史崔君张水戏,使州人毕观,令牧闲行,阅奇丽,得垂髫者十余岁"一事的影响,因为剧中石敏的作伐,正和崔刺史用意相同。但在署名于邺作的《扬州梦记》(传奇文)里,却是杜牧年轻时游湖州时事,刺史只称某乙,不姓崔,而是杜牧的朋友。

(四) 闺怨佳人拜月庭

此剧简称《拜月庭》(一作《拜月亭》),叙金时边境有不靖消息,尚书王镇奉旨探索军情,夫人及女儿瑞兰设宴送行。瑞兰因父亲年老,十分不放心,希望他早些回来。王镇登程不久,番兵突然侵入中都,皇帝南奔,都人相率逃难。时有书生蒋世隆(字彦通),以居父丧未应科举,与妹瑞莲同居,变乱一起,也偕妹同逃。王夫人带了女儿瑞兰,也向南方逃难。一路上,平时从不出家门的贵家妇女,一步一挨,苦难万分。中途又遇大风大雨。忽传番兵追至,大众四散奔逃,以致母女分散,兄妹失群。王夫人寻女不见,只寻见了瑞莲,遂认之为女,一路南奔。瑞兰寻母亲不见,遇见了世隆,她就要求他认为兄妹,共伞而行。世隆一见就爱上了她,说道:"乱军中女和男在一起的,有丈夫的不掳掠,如称兄妹,怕要给他们掳去。"瑞兰没奈何,只好许他:"没人问时,我们权且兄妹相称,有人问时,说是夫妻好了。"

两人经过一座山前。山上下来一群草寇,把他们捉住,架到山上。寨主出来讯问时,便和世隆兄弟相认。瑞兰见他们兄弟相称,以为不是表兄弟便是堂兄弟,但寨主生相威武,与世隆差得太厉害了,好生诧异。却不知寨主陀满兴福,乃是忠良后裔,因全家被陷害,兴福出外避难,与世隆相遇,遂结为义兄弟。后来投奔到这里山寨，被弟兄们推为寨主。两人不意相遇，十分欢乐。世隆告诉兴福，瑞兰是他的妻子。兴福称她嫂嫂，使她不应不好，应又不好意思。兴隆设宴相待，劝世隆住在山上，世隆有允许之意。瑞兰暗中着急，偷偷道："哥哥，你有此心，莫不错了念头了！"酒过数巡，瑞兰怕他们醉了，遂劝世隆少饮。她始终不敢离开世隆一步。晚上，也只好装做真的夫妻一般，扶着半醉的世隆歇息了。

兴福见夫妻俩坚决不肯留在山上，遂赠以旅费，送他们下山。两人一路南行，世隆忽然身体不适，遂在一个镇店里住下。两人在店中成为夫妇。世隆病重，瑞兰早夜服侍，不辞劳苦。又请大夫来看了。大夫道："不妨事，只因路上受了风寒，一服三一承气汤就好了。"正送大夫出门，忽然有一簇人马拥一官人路过，也投入店中歇宿。瑞兰见官人似她父亲模样，仔细认时，果然是王镇。

当下父女相见，各道离情。正说时，忽听得世隆在房里唤瑞兰便问是谁。瑞兰害羞道："是您女婿，正病着呢！"王镇不由怒道："你哪来的丈夫？"瑞兰遂把母女失散后，路上孤独无依，遇见世隆，一路全仗他照拂，遂在此结为夫妇……说了一遍。王镇问道："他是个什么样人？"瑞兰道："是个秀才。"

王镇大怒，便拉瑞兰立即和他同行。瑞兰央告道："父亲息怒，宽容瑞兰一步，待分付他三两句话言语便行。"王镇初时不许。她又道："就算不是女儿丈夫，一路上承他照拂，也有恩于你孩儿。常言道：'相逐百步，尚有徘徊。'他现在正在叫声唤痛，你女儿怎能撇他在个没人的店房里回去？"王镇说不过她，只好放她进房去。两人见了，抱头痛哭。瑞兰道："丈夫呵，这不是你妻儿抛弃你，无奈我父亲逼着我跟他同去。你好生当心你的身体，等到病好了，你可到南方来寻我。"世隆道："到那时候，我哪里还能见到你！"瑞兰道："只愿到南京找到了母亲，我便有了支撑，父亲要我另嫁别人，那便休想！"世隆还是不放心，试探她道："你忘了我吧，顺了你父亲吧！"瑞兰怒道："你以为我是厌贫爱富的吗？"外边王镇又在催促，只好依依而别。

一路上，父女俩又在驿馆中遇到王夫人与瑞莲，一家复得团聚，王镇又正式认瑞莲为义女，带她同往汴梁。世隆病愈后，恰逢兴福下山相遇，也同到汴梁应举。瑞兰到汴梁后，在家思念世隆不已。一个晚上，瑞莲见她悒悒不乐，向她探问原因，百般打趣，只是不说。瑞兰等妹子睡后，便唤梅香在庭中安排香桌，烧夜香儿拜月，暗祝她与世隆早日团圆。谁知瑞莲暗藏在花荫里，被她窥见心事，只得以实相告。瑞莲一问姊夫姓名，才知就是自己哥哥。从此两人更形亲密，各诉心腹，都怀念世隆不已。

世隆、兴福到汴梁后，同去应试，一中文科状元，一中武科状元。王尚书欲为两女招婿，差媒人前去说亲。因他重武轻文，命将瑞兰许武状元，瑞莲配文状元。瑞兰一心等候世隆，不愿再嫁。等到二状元上门，在会亲筵席上，瑞兰看见文状元就是世隆，不觉恨他把她抛弃，另婚尚书女儿；世隆也怪她不守旧约，任父亲改婚别人。瑞兰遂唤瑞莲证明她的心事，兄妹相见，也各诉离情，才知瑞兰果然始终没有忘情世隆。王尚书知悉其情后，因兄妹不能相配，乃同意将瑞兰配蒋世隆，瑞莲婚兴福。此时，圣旨到来，敕封文武状元官爵，全剧在合家双重欢庆中告终。

此剧本事别无出处可考，《金史》中也没有王镇这个人，当非事实。后来元末施惠作《拜月亭》传奇（一名《幽闺记》），关目大致蹈袭关剧而加以敷衍增添，曲词也都袭用关作，王国维《宋元戏曲考》曾引以相较，可见传奇受杂剧影响之深。《国色天香》及《绣谷春容》中有传奇文《龙会兰池录》，为明人所作，亦写《拜月庭》事。它与杂剧传奇不同之点，为：1.《龙会兰池录》王瑞兰作黄瑞兰、金尚书王镇改为宋尚书黄复、陀满兴福改为探花贾士恩、蒋世隆不仕金而仕宋；2.《龙会兰池录》以亭中拜月事始于蒋黄旅店成婚时，后因此在家中建拜月亭，而世隆之病，由于婚后不知节制，瑞兰百劝不听;3.《龙会兰池录》增黄复伪造蒋世隆死耗,逼其女他嫁,黄瑞兰作文祭蒋世隆事;4. 增蒋世隆绘《龙会兰池图》及传递书简事。由此可知是传奇据杂剧而作,而此传奇文又加以增添、扩大。地方戏演《拜月庭》的也很多,中以浙剧为最盛行,其中《踏伞》一折,与川剧同称优秀剧目,而所用唱词还大都沿用杂剧或传奇。

(五)诈妮子调风月

此剧简称《诈妮子》,亦简称《调风月》,叙洛阳有小千户,自幼随父某尚书在任读书。及长,回家省母。老夫人命居书房,遣婢女燕燕服侍。燕燕和他谈起幼年之事,因他生得粉妆玉琢,所以家里人都唤他做魔合罗小舍人。又说他幼小时候很会支使别人,常常一会儿要这,一会儿要那,几乎支使得她没法应付。她看见小千户这时已长大成人,且十分英俊,不由动了爱慕之情,服侍得格外殷勤。小千户也爱上这个从小服侍过他的冰清玉洁的侍女,以致无心读书,在书房中时时和她调情。她生性刚强,向来看不起一般一见倾心的男女关系,但这时她自己也把握不住,终于在小千户许她将来娶她做小夫人的条件下,允许了小千户的要求。从此他们俩几乎一刻也分离不开了。

寒食节到了,小千户带了书童六儿到郊外去赏春,燕燕也到邻家和邻家女伴们斗草、打秋千、喝酒。这时有某员外的女儿莺莺(?),也带了侍女在郊外踏青,恰恰遇见了小千户。两人一见倾心,在互相通问之后,彼此交换信物,订下了百年佳约,然后依依作别。男的交给女的不知是什么,女的给男的是一方手帕。小千户归来后,燕燕惦记着小千户,也从邻家逃席来家,一进书室,便问:“吃了饭没有?”小千户不耐烦地回答了声:“不要吃!”燕燕很奇怪,又问:“是不是遇到了什么邪祟?”答:“不是。”燕燕道:“那你为什么这样对待我?哦,想起来了,莫不是你在外面听到了诈说我的什么坏话儿,你回来又看见我不在家,我回来又是气喘吁吁的,衣带不整,裙腰下堕,发髻儿偏斜,罗衣给汗水浸湿了,你以为我做下了什么不端之事不是?"小千户连连摇头,连说:"不是! 不是!"燕燕道:"你既不吃饭,我就服侍你睡吧!"

　　谁知在替他脱衣之时,一条手帕从衣袖里堕了下来。小千户心慌来抢,但早给燕燕拾起来袖了,问他:"这是谁的?"小千户支吾其词,答不出来。燕燕怒道:"你母亲叫我来服侍你,你玷污了我的身体,又去依恋着别人,只当我做奴婢看待!我燕燕那些儿亏待了你!"说罢,要拖他去见老夫人。小千户央告她不要如此。她拿起剪子,把正在替他缝制的鞋面剪得粉碎,又把他大骂了一顿,退出书房而去。她一边走,一边心里十分懊恼,觉得自己哪处不如别人,和他发生关系不过三朝五日,他就遗弃了她。而且,他是住在家里的,明天她还是要照常递衣送饭服侍他,这将使她多么难堪。如果从此一刀两断,岂不爽利!又不由暗暗自责道:"死贱人!死贱人!这都是你妄想折桂攀高所得的下场!"

　　这天晚上,燕燕坐在自己房里,好不烦恼,不住的长吁短叹。她看见一个灯蛾来回扑在烈焰之上,接着堕入火中,不由感到自己命运,正和它没有什么不同,便把它从火中挑救出来。正在此时,有人在外叩门。开来一看,原来是小千户。他向她再三赔罪。她不信,遂诓他道:"你依得我一件事,我便饶你!"小千户道:"不要说一件,千万件也依得。"燕燕道:"咱们再到外面对着星月,赔一个誓去。"小千户依言走出户外,燕燕立即把门关上,吹熄了火,不去理他。小千户在外再三央告,她始终不肯开门。小千户也发怒道:"你既不理我,莫要怪我薄情了!"说毕,匆匆自去。

　　次日,小千户见了老夫人,便求她叫人到莺莺家去求亲。老夫人因燕燕能言善道,叫她装做媒婆,前去说亲。燕燕不肯道:"洛阳城里多的是能言善语的官媒,为何定要叫我假名托姓去说!这事决定不成,燕燕不去!"夫人发怒了,小千户也在一旁央求,她没奈何,只好应允了。

　　燕燕来到莺莺家里,先见过老员外,提起系奉尚书夫人之命,来为小千户向小姐求亲。老员外允许了,再去问小姐,小姐也一口允许。这使她大大失望,暗中骂那小姐不知羞耻,想用话来破坏这门亲事,便对莺莺道:"小姐,那小千户别的都好,只是吃醉了酒,使起性来就不好。"不知莺莺早爱上小千户,不但不信,还怪她不应该说这话,把她骂了一顿。燕燕心里烦恼道:"谁想在她手下做媳妇,谁要有铁脊梁!"暗暗骂了她一顿,才回府去复命。

两家本系老亲(?),老员外夫妇俩同女儿到尚书家会亲(?)。这时老尚书因儿子婚事亦已回家。宴会完毕,老夫人又叫燕燕为莺莺梳妆插带。燕燕更是不愿,但无可奈何,只好奉命而行。这时燕燕要小千户说明要她做二夫人,他又不说。新亲回去后,老尚书问道:"勘过婚书没有?"燕燕从旁答道:"这小姐如果出了家,倒有衣有食,如将她娶过来,却是个败家私的铁扫帚星,不但没有些儿发旺夫家之处,却要绝子嗣,妨公婆,克丈夫,教人家灭门绝户!"老尚书听了,便觉话中有因,便和夫人诘问燕燕:"何出此言?"燕燕向老尚书夫妇跪着诉说道:"小千户曾允许我做第二个夫人,现在他一味虚脾,叫我刺心受苦,死活都不成!"老夫人便把她埋怨了一顿,说她不应与小千户私通,更不应破坏与莺莺的婚事,但最后却如了她的愿,允许她做小千户第二夫人。燕燕才悻悻道谢。

这本杂剧因为没有道白,所以故事情节十分模糊,各家说法又不尽相同。最先是郑振铎在《世界文库》本的跋语里所说:"第一折:燕燕是一个大户人家的婢女;这家来了一位青年客人——小千户,'夫人'命燕燕去伏侍他。这小千户生得很漂亮,燕燕一见便很喜欢他,侍候他格外殷勤。他们很容易的便有了私情。小千户答应娶她为小夫人。第二折:清明时节,全家都去踏青。燕燕也和女伴们打秋千、喝酒,却很早的便回了家,怕小千户在等着。但她在替他更衣时,却发见了他身上有一条手帕,一个女郎给他的表记。她像热铁搁在冰水里似的绝望了!只是自怨自艾着。第三折：她正在懊恼的时候，小千户来敲门，进入她的房内。她赚了小千户出门，却呼的关上门，铺的吹灭了灯，任小千户怎样央告也不开门。他一怒而去。而这时，夫人却命燕燕替小千户去说亲。燕燕不肯，却被强迫着做。老相公答应了，小姐也答应了。燕燕要着几句话破了这门亲，却被小姐骂了一顿。第四折：到结婚的日子，她反要替小姐插带头面。她口头在说着贺喜的话，心里却是在咒诅着。但她的心情被发觉了，夫人便允许她也嫁给小千户做小夫人。她才很得意地叩谢相公夫人。"一般（包括从前的我）都依照这个说法的。但杨荫深的说法却启发了我，他在《关汉卿的生平及其作品》一文里说："剧演洛阳一大户人家侍妾燕燕，颇与小主人一书生相爱好，然书生别有所欢，使燕燕颇为烦恼。结果，书生果与一小姐结婚，燕燕只是自恨自哭而已。"因此我再把原剧细细揣摩了几遍，得到如前所叙的故事。但其中不接榫处很多，两家尊长相会，到底是不是为了会亲，还不敢十分确定，而莺莺是否名莺莺，与小千户本来有没有亲戚关系，也只能是猜测。这要待大家同来研究，再作修正和决定。

本事来源不详。像这样有血有肉的女性，勇敢大胆，虽然为历史所局限，做第二夫人已满足了她的心愿，但像剧曲中所写她那种刚强自信的性格，在旧社会被压迫的女性中是少有的。越剧及蒲州梆子中都有《燕燕》一剧，剧情都据郑说而间有修正，最后燕燕却以一走了之。但实际上这恐怕和关剧本意是不相符合的。

（六）感天动地窦娥冤

本剧简称《窦娥冤》，叙楚州山阳县有个秀才窦天章，原籍长安京北，家贫妻死，仅留一女端云，方才七岁。天章因功名不遂，流寓楚州，曾向寡妇蔡婆婆借过二十两银子，期满之时，本利该还她四十两。她屡屡来向他索取，并着人来说，要端云做她媳妇儿。天章因春榜期近，要上京应举，苦无盘缠，便决定允许蔡婆婆的要求。遂亲自送女儿到蔡婆婆家，说明来意，望她好好看顾孩子。蔡婆婆倒也爽气,还了他借款文书,再送她十两银子做盘缠。且道:"现在你是我亲家了。这不消你嘱咐,令爱到我家,就做亲女儿一般看承,你只管放心地去罢了。"天章又嘱咐了女儿一番,含泪而别。端云见父亲去了,不由悲哭,蔡婆婆安慰她道:"媳妇儿,你在我家,我是亲婆,你是亲媳妇,只当自家骨肉一般,你不要啼哭!"遂把她改名窦娥。

窦娥长到十七岁,便与蔡婆婆的儿子成婚。不幸丈夫害痨病死了,孝服期满时,她才二十岁。这时山阳县南门有个开生药局的医生,人称赛卢医,欠下蔡婆婆十两银子,此时该还银二十两。蔡婆婆向他索讨,他骗她同到庄上去取,在荒野里企图用绳把她勒死。这时恰有恶人张驴儿和他父亲经过,赛卢医慌忙逃走,父子俩把蔡婆婆救醒。蔡婆婆感他俩救命之恩,不疑有他,遂把家中情形,及索债被骗经过告诉了一遍。张驴儿一听她家有个年轻的媳妇,便唤他父亲说:"救了她性命,她少不得要相谢,不若你要这婆儿,我娶她媳妇儿,何等两便!你和她说去。"张父果然对蔡婆婆说了。蔡婆婆不允道:"这是什么话!救了我命,待我多备些钱钞相谢。"张驴儿在旁威吓道:"你不肯,赛卢医的绳子还在,我仍旧勒死了你罢!"蔡婆婆没法,只好叫他们跟她到家里去再说。

窦娥见婆婆回来,便问:"你吃饭吗?"婆婆哭道:"孩儿,你叫我怎么说呀!"窦娥再三逼问,蔡婆婆才把向赛卢医讨银,给他赚到无人去处,行凶要把她勒死,幸遇张驴儿父子相救,那张老要她招他做丈夫……说了一遍,但没有敢说张驴儿要她做媳妇儿。窦娥道:"俺家里又不是没有饭吃,没有衣穿,又不是少欠钱债被人催迫不过,况你是年已六十以外的人,怎生又招丈夫呢?"蔡婆婆道:"你说的岂不是!我也曾说得我到家多将些钱物酬谢他们救命之恩。只是他们知我家里有个媳妇儿,道我婆媳都没老公,他爷儿俩又没老婆,正是天缘天对。而且倘不允从,他们依旧要勒死我,那时出于无奈,所以都允了!"窦娥道:"婆婆,你要招自招,我并不要女婿!"

蔡婆婆道:"哪个是要女婿的? 无奈他爷儿俩自己捱上门来,教我如何是好!"

正说时,爷儿俩进来了。窦娥不理他们。张驴儿涎着脸道:"你看我爷儿两个这等人材,尽也选得女婿过,不要错过了好时辰,我和你早些儿拜堂吧!"窦娥不答。他上去扯她,给她用力推了一跤。蔡婆婆在旁对张老道:"你活命之恩,我一定要报。只是媳妇气性最不好惹的,她既不肯招你儿子,我怎好招你老人家? 现在我好酒好肉养你爷儿两个,待我慢慢劝化媳妇儿。"

谁知张驴儿给窦娥推了一跤,怀恨在心,立誓非得到她决不干休。他想把那老婆子毒死,剩她一人,不怕她不从,于是他到赛卢医那里去买毒药。赛卢医初时不肯卖给他,但给他认出:"前日谋死蔡婆婆的不是你来? 我拖你见官去!"他慌得就拿毒药与他。这时蔡婆婆正患病在床,要羊肚儿汤吃。窦娥给她做了送进去,给张驴儿暗暗下了毒药。蔡婆婆忽然作呕不能吃,让给张老吃了,张老就给毒死了。张驴儿便大嚷要告状,说是婆媳俩把他父亲毒死的。蔡婆婆大惊,叫他休要大嚷,他便要挟她叫窦娥顺了他,要她叫他三声亲丈夫。窦娥不肯,情愿见官,遂一同告到楚州太守桃杌那里。

这桃杌不问情由,只听张驴儿一面之词,咬定是窦娥药死的,把她用大棍屈打,死过去三次,还是不肯招认。桃杌要打蔡婆婆,她才道:"住! 住! 住! 休打我婆婆,情愿我招了吧!"于是叫她画了供状,将枷来枷了,下在死囚牢里,待来日押赴市曹斩首。

到了明日,把窦娥押到法场,刽子手问她:"有没有亲人要见的,可以叫他过来相见。"她道:"止有个爹爹十三年前上朝取应去了,至今杳无音信。"这时蔡婆婆也来到法场,她叫蔡婆婆上前,告诉蔡婆婆道:"那张驴儿下毒药在羊肚汤里,本要毒死婆婆,霸占我为妻,不想婆婆让他老子吃,倒把他老子毒死了。我怕婆婆熬不起刑,所以只好屈招了。今日就要斩首,婆婆,此后遇着冬时年节,月一十五,有倒不了浆水饭倒半碗儿与我吃,烧不了的纸钱与窦娥烧一陌儿,只是看你死的孩儿面上!"蔡婆婆哭道:"孩子放心,这个老身都记得!"

时辰快到了,窦娥又向监斩官请求:"要一领净席等我站立,又要丈二白练挂在旗枪上。若是我窦娥委实冤枉,刀过处头落,一腔热血,休半点儿沾在地上。都飞在白练上!"监斩官依了她。刽子手问她:"你还有甚么话说?此时不对监斩大人说,几时说哪!"窦娥又说道:"大人,如今是三伏天气,若窦娥委实冤枉,身死之后,天降三尺瑞雪,遮掩了窦娥尸首!"又道:"大人,我窦娥死的委实冤枉,从今以后,着这楚州亢旱三年!"等到时辰来到,忽然天阴风起。斩讫后,天上飘飘下雪,她那项中的血,果然都飞到那丈二白练上,并无半点落地。监斩官道:"这死罪果然冤枉,早两桩果应了,不知'亢旱三年'的话准也不准!"

窦天章自到京师,一举及第,由参知政事,出为两淮提刑肃政廉访使,随处审案查卷,体察贪官污吏,有先斩后奏之权。他自从得官之后,曾差人往楚州寻访女儿下落,杳无消息。这次来到淮南,不知为何楚州已有三年不雨。当天晚上,他在州衙厅中审阅文卷,翻到窦娥一案,以为罪在不赦,就放在底下,不去看它。此时不觉一阵神昏,伏案而睡,梦中忽然见到女儿端云。等到醒来,那案卷忽又翻在面上。这样把案卷几次翻上以后,窦娥的鬼魂就显现在他面前,把她含冤负屈经过详详细细诉说一遍。天章泣问:"这楚州三年不雨,可真是为你来?"鬼魂道:"正是为孩儿来!"天章道:"有这等事,到来朝我与你做主。"

第二日,天章便问州官:"山阳县窦娥一案,监斩之时,她曾发愿:若是果有冤枉,着你楚州三年不雨,可有这事?"州官道:"这是前任桃州守问成的,现在文卷可证。"天章告诉他,汉朝东海孝妇含冤致旱一事,情形正同,遂吩咐下山阳县拘张驴儿、赛卢医、蔡婆婆一起人犯解审。张驴儿、蔡婆婆先解到,天章当堂追究毒药来历。

窦娥鬼魂出现,逼使张驴儿招认。他死不肯招,还说道:"大人说这毒药必有个卖药的医铺,若寻得这卖药的人来,和小人质对,死也无词。"正在这时,赛卢医也解到,他一见张、蔡二人,以为毒药事发,便把张驴儿向他买药,他起初不肯,张驴儿用他勒死蔡婆婆一事要挟,他才给药之事和盘托出。天章又问了蔡婆婆前后经过,果然尽如窦娥梦中所告。他就判决:张驴儿毒死亲爷,奸占寡妇,押赴市曹,钉上木驴、一百二十刀处死;升任州守桃杌、并该房吏典,刑名违错,各杖一百,永不叙用;赛卢医不合赖钱勒死平民,又不合修合毒药致伤人命,发烟瘴地面,永远充军!

这是关剧中最最为人称赏的一个公案剧,也是常见舞台演出的一个剧目。王国维谓:"列之世界悲剧中,亦无愧色。"(见《宋元戏曲考》)评骘很确当。故事别无来源,向来都以为即出于剧中窦天章所述汉时东海孝妇事。东海孝妇事出刘向《说苑》,亦见《汉书·于定国传》,但死者为孝妇之姑,乃自经而死,为姑女告之于吏,诬称为孝妇所杀,太守竟处孝妇死罪,因而致郡中枯旱三年,于定国为之平反,天立刻下大雨。王实甫所著《于公高门》一剧,即演此事,惜已佚失。至晋人干宝《搜神记》卷十一所载,且有孝妇姓名及血缘幡竿事。孝妇姓周名青,临刑时,于十丈竹竿上悬挂五幡,她向众人立誓道:"青若有罪当杀,血当顺下;青若枉死,血当逆流!"行刑之后,青黄色的血果然沿幡竿而上,直到竿顶,然后再缘幡而下。此事正与窦娥被斩后血飞在丈二白练上相同。颇有人以为剧本最后鬼魂出现,破坏了悲剧气氛,但这是封建时代的产物,为了要符合人民大众的愿望,这样写,才更能增强演出效果。

明人叶宪祖及清人袁于令都曾写过《金锁记》传奇,一说是叶作袁改的,郑振铎编印的《古本戏曲丛刊》三集所收,即题叶宪祖撰。传奇中添出窦娥的丈夫名蔡昌宗,项挂金锁,乳名锁儿,这就是传奇名《金锁记》的由来。蔡婆婆以昌宗金锁与窦娥,窦娥去拜祷祠堂坠失,为张驴儿拾去,用以向赛卢医买砒霜,后竟以金锁为证,陷窦娥于罪,这是关剧中所没有的。此外传奇结果,因临刑时六月飞雪,官以为必有冤枉,所以未斩,终至昭雪,被毒死的乃张母,而非张父,张驴儿越狱而出,给天雷打死,都与关剧不同。清代且有《六月雪》(亦名《金锁记》)弹词与鼓词。至京剧《六月雪》,一名《羊肚汤》,乃根据传奇,所以结果也是团圆。上海越剧院演出越剧《窦娥冤》,本事乃依据关剧,因此台上也有鬼魂出现。

(七) 包待制智斩鲁斋郎

此剧简称《鲁斋郎》,叙宋时郑州有个姓鲁的权豪势要,官拜斋郎之职,专在外面飞鹰走犬,抢人劫物,一般官府也常给他欺压。一天,从汴京来到许州,骑马闲行,看中了银匠李四之妻张氏。遂与仆人张龙设计,到铺中叫李四修理银壶瓶,修理完毕,给了李四十两银子,又赏酒三杯。假意问李四家中还有何人,又唤出他妻子来也赏酒三杯。饮毕,便翻脸道:"这三杯酒是肯酒,十两银子与你做盘缠,你的浑家我要带到郑州去了。"他就这样的把张氏抢了去。

李四舍弃了他的一双儿女——儿叫喜童,女名娇儿——跟踪到郑州,想找个大衙门告状,忽然一阵心疼,倒在街上。郑州有个六案孔目张珪,浑家李氏,是医士人家女儿,生有一男金郎,一女玉姐。这天张珪从衙里回家,刚好在街上遇见李四倒地,把他救回家中,李氏又与他药吃,病才好了。一问姓氏,李氏因李四与她同姓,遂认之为弟。李四便要张珪帮他要还妻子。张珪听说是鲁斋郎所抢,便吓得与了他些盘缠,叫他快回许州,休再提起此事。

鲁斋郎抢了张氏回郑州后,过了一时,又不爱她了。趁着清明时节,家家上坟祭扫,必有好看的女人,所以又领着张龙一同到郊外踏青。恰遇张珪带领妻子儿女上坟,鲁斋郎一弹打黄莺未中,弹子却打在李氏头上。李氏便骂道:"哪个弟子孩儿,闲着那驴蹄烂爪,打过这弹子来!"张珪一觑是鲁斋郎,便唬得魂飞魄散,慌忙跪着请罪。鲁斋郎早又看中了李氏,便道:"张珪,你怎敢骂我!这罪过不能饶你!"又叫张珪过来,贴在他身上道:"把你媳妇明朝送我宅子里来,若来迟了,两罪俱罚!"说毕,上马而去。

李氏问张珪:"他是谁? 你这等怕他!"张珪不说,只催着她回去。第二天,推说东庄姑娘家有喜事,同李氏一同前往庆贺,一直把她送到了鲁家。鲁斋郎请张珪喝酒,张珪才与浑家说道:"实不相瞒,如今大人要你做夫人,我特特送将你来。"两人吞声哭泣。鲁斋郎遂命李氏到后堂换衣去,对张珪道:"你敢有些烦恼我,心中舍不得她吗?"张珪慌道:"小人不敢烦恼,只是家中有一双儿女无人看管。"鲁斋郎便命张龙将那李四的浑家梳妆打扮了,赏与张珪,嘱咐道:"你与了我浑家,我也舍的个妹子娇娥酬答你,与你看觑两个孩子。你醉了如果打她骂她,便是打我骂我一般!"

张珪回到家里,两个儿女一见就向他要母亲。这时张龙也把娇娥送到。张珪正在要求娇娥好好看顾他的儿女,娇娥请他放心的时候,恰遇李四来到。张珪出去告诉他:"你姐姐也给鲁斋郎夺去了!"李四听了惨痛异常,就要回去。张珪留住他,且唤娇娥出来相见。李四一见是自己妻子,便不回去了,但不便明说。一天,张珪回来,看见二人在一处哭泣,逼问原因,才知娇娥原是李四之妻张氏,一问两个儿女,又都出去寻他,不知去向。于是张珪便将家财交与李四夫妇,只要按期供给他斋粮道服,自己到华山出家去。李四苦留不住,张氏请张珪给她休书一纸,以免日后纠纷。张珪去后,李四夫妇果然按期送去斋粮道服,毫不迟延。

龙图阁待制开封府尹包拯奉旨出都采访,来到许州,见到喜童、娇儿,问知他们母亲给鲁斋郎抢去,父亲不知去向,便把他们收留下来;行到郑州,又遇到两个儿女,原来是孔目张珪的孩儿,他们母亲也被鲁斋郎夺去了,父亲也不知去向,因此也把他们收留,且教两个男孩读书。包拯欲为民除害,但鲁斋郎极多奥援,欲指名参奏,恐被他幸免;乃思得一计,在皇帝面前奏称:"有恶霸'鱼齐即',苦害良民,强夺人家妻女,犯法百端,请旨定夺。"皇帝大怒,判了个

"斩"字。包拯便将文书上"鱼"下添个"日"字,"齐"下添个"小"字,"即"上添了一点,把鲁斋郎押赴市曹斩讫。等到皇帝宣召鲁斋郎,包公便奏:"他做了犯法的事,臣已奉旨斩了。"皇帝不信,索文书来看了,便道:"鲁斋郎苦害良民,合该斩首!"

十五年过去了,喜童与金郎都应举中第,但始终未能找到父母。包拯便叫两家儿女到各处巡庙烧香,寻找父母。一天,他叫他们到云台观去烧香,他随后就来。不知也在这一天,李四夫妇也到云台观为张珪夫妇及失散的儿女做佛事。张珪妻李氏在鲁斋郎被斩后已出了家,这天也到观中来替张珪和儿女做佛事。于是姊弟相认,各诉过去之事,遂并在一起追荐。正在此时,两对儿女也来到,也要追荐他们的父母李四夫妇和张珪夫妇。因之父母子女各各相认,但是只有张珪还不见。这时外面又来了个道人,张氏瞥见就是姐夫,接着大家也相认了。大家正在劝张珪还俗,张珪不允的时候,包拯也来了。他说明一切,也劝张珪还了俗,且命把玉姐配了喜童,金郎娶了娇儿,于是父子夫妇团圆,两家合为一家。

这个剧本的作者尚有疑问。严敦易因为诸本《录鬼簿》与《太和正音谱》关汉卿名下都不载此剧,而《古名家杂剧》刊本则作"无名氏",所以疑心《元曲选》本题"元大都关汉卿撰",是臧晋叔的花样,而它实在是天一阁抄本《录鬼簿续编》"失载姓氏"项下的《云台观》(见《元剧斠疑》)。徐调孚的《现存元人杂剧书录》把本剧列在附录"古今杂传"下,大概就是根据严说。本剧作者是谁确有可疑之处,但就此决定为非关作,证据还是不够的。

本事来源亦无考,一般专写包公断案的小说、弹词中,也不见消息,尚待考索。但"斋郎"在宋时仅仅是一种为皇帝祭祀宗庙社稷时服务的小官吏,而且还是一种闲散职官,如后世将仕郎之类,不知如何会有这样大的权势。想来他一定还有其他身份(如皇亲国戚之类)存在。

（八）包待制三勘蝴蝶梦

此剧简称《蝴蝶梦》，叙宋时开封府中牟县农民王老汉，有子王大、王二、王三，都不肯做庄稼生活，只是读书写字，一心想以文章立身扬名。父母劝之不听。一天，王老汉偕孩儿们到长街市上去买纸笔，走得乏了，坐在路旁休息。恰遇恶霸皇亲葛彪骑马出游，怪王老汉坐处冲着他马头，把王老汉活活打死。地方看见了尸首，忙去报知王家母子。老婆子和三个儿子来到尸首跟前痛哭，问知是被葛彪打死的，三弟兄便去寻找到葛彪，也把他一顿打死。公人遂把三兄弟逮捕，解到开封府里审问。

这时的开封府府尹便是龙图阁待制学士包拯（字希文）。这天他升厅坐起早衙，正审过偷马贼赵顽驴，把他下在死囚牢里，觉着有些困倦，便伏案而睡。梦中走进一个百花烂漫的花园里，见一个亭子角里结下个蜘蛛罗网，花间飞起一只蝴蝶撞进网里，包拯正在暗暗伤怀，忽然一个大蝴蝶飞来把它救了出去，一个小蝴蝶又撞进网中，大蝴蝶只在花丛上两次三番地飞，终于不救而去。包公很奇怪。等到醒来，已在午时，恰巧中牟县送到弟兄三人打死皇亲葛彪一案，老婆子也跟着同来。包公问了情形，便要责打母亲教子不严之罪。于是王大、王二各把打死人的罪揽在自己身上，王三说是死人自己肚儿疼死的，母亲却说："并不干三个孩儿事，当时是葛彪先打死妾身夫主，妾身疼忍不过，一时乘忿争斗，把他打死。"包公以为他们是串供，还是责打他们，要他们实供。

包公一看来文，写着王大、王二、王三，便骂中牟县官糊涂，连名字也没有问个明白，就问老婆子。她供道："大的叫金和，第二叫铁和，小的叫石和。"包公道："小百姓取这等刚硬名字，怪道要打死人哩！"便判由金和偿命。老婆子反对，说："大人糊涂，这孩儿孝顺，杀了他，教谁养活老身？"包公道："既是他母亲说大的孝顺，这是老夫错了，留着大的养活她，着第二的偿命。"老婆子还是反对，说："第二的会营生，他偿了命，谁养活老婆子？"于是判由小儿子偿命,老婆子才不反对。包公疑心这两个大的必是她亲生的,小的必是乞养来的螟蛉之子,要老婆子说实话。谁知刚巧相反,两个大的是前妻所生,她是继母,小的才是她的亲生儿子。包公还是问她:"到底是哪一个打死的?"她坚持前说,还痛愤地责备包公道:"你们做官的都是亲属互相倚附,更倚附国戚皇族!"包公不由暗暗称赞他们母贤子孝,又想起刚才梦中之事,遂命张千推老婆子出衙,把一干人下在死囚牢里,并吩咐张千依照他的言语行事。

弟兄三人下入死囚牢后,都被绑在押床上,动弹不得。老婆子叫化了些残汤剩饭,送到牢中与他们去吃,张千开门放入。他们不能自己拿来吃,老婆子一一把他们喂了,又把两个烧饼暗暗递给王大、王二,叫他们别给王三看见。临走,她还问儿子们:"可有什么说话?"王大说:"家中有一本《论语》,把它卖了,替父亲买些纸烧。"王二说:"我有一本《孟子》,把它卖了,替父亲做些经忏。"王三却哭道:"我没有什么话,你把你的头来给我抱一抱!"老婆子正走出狱门,张千忽地唤她回来,问她:"你要欢喜吗?"答道:"我怎么不要哩!"张千遂把王大唤出来放了,说道:"你这大的孝顺,保领出去养活你。"又把王二也放了,说道:"再与你第二的,能营生养活你。"母亲问:"第三个怎样?"张千道:"把他盆吊(一种非刑名目)死替葛彪偿命,明天早上墙底下来认尸。"两个哥哥不忍相别,给母亲唤着一同回去了。王三知道自己将被吊死,遂把包公和一般官吏连同张千痛痛快快大骂了一顿。

第二天,王大、王二同去搬王三尸首,母亲见了,不由抚尸痛哭。正在哭唤"石和孩儿",忽听得王三应道:"我在这里。"母亲一看,果然是王三来了,疑心是鬼魂出现。王三道:"母亲休怕,是石和孩儿,不是鬼。包爷爷把偷马贼赵顽驴盆吊死了,着我拖将出来,饶了你孩儿的性命!"接着包公也出来,宣布圣旨云:"大儿去随朝勾当,第二的冠带荣身,石和做中牟县令,母亲封贤德夫人。"母亲遂同三个儿子望阙谢恩。

在一般戏剧、小说里，包公是个最不畏惧权势的人物，连龙袍也曾打过，哪里会害怕一个已死的皇亲葛彪，而不能雪王老汉之冤，虽然赦了王家三子，还必以赵顽驴来替代？但这是元朝以后的情形，在金、元作品里，包公虽已是一个刚正无私的人物，但他还是不敢和权势对抗而据理力争，只能用奇谋巧计来替人民伸冤，如《智斩鲁斋郎》便是一个最显明的例子。至于借梦来揭发案情。也是他对付权势的奇谋巧计之一，并不能算是迷信。这是我们可以理解的。剧中老婆子在府堂上一番愤慨之言，石和在狱中大骂官吏的话，都是黑暗社会里受苦人民真正的声音，作者是同情这些声音的，所以照实把它写在剧本里了。

本事无直接来源，当是受《烈女传》卷五《齐义继母》篇的影响。《齐义继母》写的是：齐宣王时，有人斗死在路上，官吏讯勘，那死者身中一创，齐义继母的两个儿子都在旁边。官吏问："是谁杀的？"弟兄俩互相争认，官吏不能判决。过了一年，还是没法判决，送给宰相。宰相也不能判，送给宣王。宣王道："做母亲的最能知道儿子好坏，让他们母亲来决定吧！"宰相召问齐义继母，她泣道："杀了小的吧！"宰相道："人家都爱小儿子，你却愿杀小的，为什么呢？"她答道："小的是我亲生，大的乃前妻之子，他父母死时，郑重托我好好抚养，我怎能违反诺言呢？小儿子当然爱的，但不能对死者失信呵！"说罢，痛哭不已。宰相报告宣王。宣王就把弟兄两个都赦了。

（九）钱大尹智勘非衣梦

此剧简称《非衣梦》，叙汴梁城中有家富户王员外，人称王半州，与同城李十万指腹为婚。后来李家生一男名庆安。王家生一女名闰香。儿女长到十七岁时，李家穷了，王员外便要赖婚。他给老婆王嬷嬷十两银子，一双鞋子，叫她："到李家悔亲去，着庆安穿上此鞋，等鞋断了线，就悔了亲事。"王嬷嬷果然来到李家，传达了王员外的意思,放下银子鞋儿,就回家去了。

李庆安从学中回来,李老告诉他王家悔婚之事。他不以为意,只穿了那双鞋,向他父亲要了二百文钱去买风筝来放。谁知风筝落在人家梧桐树上,他脱了鞋上树去取。这天,王家闰香小姐带了个梅香在后花园游玩,正在提起庆安之事,忽见那边树下有双鞋儿。闰香命梅香取来一看,正是她做给庆安的。又发现树上正有个人,梅香唤他下来,才知就是与她指腹为婚的李庆安。当时闰香便问:"你怎生不来娶我?"庆安道:"我家没钱。"闰香便约他今天晚上在太湖石边等候,她收拾一包袱金银财物,着梅香送出来给他,叫他把来换过了,好作为财礼来迎娶。庆安高兴地回去了。

谁知有个窃贼裴炎,拿了件旧衣服到王员外开的典解库中去当。王员外不要,并且骂他泼皮。他发誓要在晚上杀死王员外一家。等到天色将晚,他去躲在王家后花园太湖石后,恰遇梅香拿了一包袱金银财宝出来,就给他杀死在地上,拿了包袱而去。等到庆安来到,不提防暗中绊了一跤,趁着月色一看,却是梅香,自己两手都是鲜血。他吓得连忙回家。里面闰香等着梅香不见回来,也出来探寻,发现梅香被杀,忙把前后经过告诉母亲。王嬷嬷便道:"这个不是别人,定是庆安杀的!"闰香替他分辩,嬷嬷不信,拾起刀子,前去告诉员外。员外也说:"杀人的定是李庆安!"也不信女儿的话,提了刀子到李家去问罪。

庆安逃回家里,把方才的事一一告诉父亲。李老叫他关门歇息。王员外来到李家门首,只见门上两个血手印,唤开了门,把庆安拖到开封府里告状。府尹认为庆安杀死王家梅香罪证确实,判了死刑,专等定期判斩。恰遇新府尹钱可(字可道)上任,令史送上庆安杀人案请判。庆安也被解上堂来。李老也被唤到。庆安忽见蜘蛛网打住一个苍蝇,叫父亲把那苍蝇救了出来。等到开堂审判,钱大尹一看杀人犯是个小孩子,便道:"一个小孩儿怎生杀得人,其中必有冤枉!"又拿行凶的刀子一看,又道:"这小厮如何拿得偌大一把刀子！这刀子是个屠户使的。其中必有暗昧。"令史告诉他："是前官问定的，大人判个斩字，便去正法。"大尹正要判斩，忽见一个苍蝇抱住笔尖，叫令史赶掉，一会儿又来了。这样两次三番，才把苍蝇捉住，装在笔管里，将纸塞住，大尹又要判斩，笔管突然爆破。

于是大尹对令史道："这小的必然冤枉。把他放开了枷，叫他去狱神庙里歇息。拽上庙门，听那小厮梦中说些甚么，记下来告诉我。"令史如命而行。果然听见庆安梦中说道："非衣两把火，杀人贼是我。赶的无处藏，走在井底躲。"令史回去报告大尹。大尹猜详道："'非'字在上，'衣'字在下，不是个'裴'字？两把火，上下两个'火'字，不是个'炎'字？这杀人犯不是姓炎名裴，便是姓裴名炎。……第四句'走在井底躲'，莫不是这杀人犯给赶的慌，投井死了，或是藏在地名有个'井'字的所在。"于是唤那个专管桥梁街道、风火贼情的城隍使窦鉴到来，问道："这城中街巷桥梁，有按着个'井'字的吗？"窦鉴道："有的，有个叫棋盘井底巷。"大尹遂与他行凶刀子，告他杀人犯姓名，叫他到棋盘井底巷拿去，限三日拿到有赏，过期有罚。

窦鉴带了助手魔眼鬼张千，来到棋盘井底巷，在一家茶坊里吃茶，叫茶博士唤了茶三婆来。这时裴炎忽然出现，他把卖剩的一只狗腿要强卖与茶三婆。茶三婆不要。他道："我不管你要不要！我回来便要钱！你可知道我的性儿！"说毕自去。窦鉴便问茶三婆："你和谁说话？"茶三婆道："俺这里有个裴炎，蛮横不讲道理，一言不合，便要动手毁坏人家东西！"

两人一听是裴炎，便一同设计，由张千扮做货郎，来到井底巷叫卖。裴炎的妻子正有一个刀鞘儿，要配上一把刀子，遂唤住张千，要看看担上的那把刀子。她拿起一看，便道："这刀子正是我家的来，你如何偷我的？"茶三婆就出来劝道："茶坊里有位司公哥哥，你告他去。"裴妻果然来见窦鉴，诉说张千偷她家的刀子。窦鉴拿起刀子来一看，便道："原来王员外家梅香是你杀的！"裴妻忙道：

"不干我事，我并不知道！"窦鉴要拿下她，她才招道："是俺丈夫杀的。"这时裴炎恰也来到，看见妻子被拿，而且已经招认，他也只好招认了。窦鉴就解了裴炎，来到开封府。

钱大尹见拿到杀人真犯，便放李庆安回去，李老听说，到府里告王员外反坐，道："他告我孩儿是杀人贼，如今不是我孩儿，诬告人死罪，自己得死罪，请大人做主！"王员外要求和解。大尹道："官不断和，你们自家商量去吧。"王员外便唤女儿闰香求告公公，庆安也请父亲饶了丈人，李老才允和解。钱大尹遂判裴炎偿了梅香的命，窦鉴赏白银十两。王员外在家排个宴席，为两小夫妇团圆。

这也是个公案剧，借迷信破案，在公案小说、公案戏剧中极多，可见也是出于当时人民的意愿。本事没有来历，梦中获得杀人犯姓名，可能是受唐人传奇李公佐《谢小娥传》影响。未婚妻暗中赠财物助未婚夫迎娶，有类明人《钗钏记》传奇中的史碧桃、皇甫吟事，亦如《许公异政录》中柳鸾英（亦见《湖海搜奇》及《坚瓠集》），又如《古今小说》卷二《陈御史巧勘金钗钿》（亦见《双槐岁钞》），但这些作品大概都作于关剧之后，而且杀人犯都不是窃犯，而为男主人公的戚友。但它们可能是受了关剧本事的影响而作。

又：《南词叙录》所录宋、元戏文，有《林招得三负心》（钱南扬以为林招得并无负心事，"三负心"三字当是衍文，乃涉上文《陈叔万三负心》而衍的），故事大意与关剧相似，原作虽已失传，但可于佚曲中窥见一二。用戏文同题材写的，据我所知，还有宝卷名《河南开封府花枷良愿龙图宝卷》（小题作《包公巧断血手印》），男主角即林招得，女主角为王千金。明无名氏传奇《卖水记》（已佚），林招得作李彦贵，王千金作黄月英，情节大致相似。此外，和宝卷男主角姓名相同的，有木鱼书《林招得孝义歌》，女名黄玉英；和传奇相同的，有晋剧《火焰驹》、湖南唱本《卖水记》（小题《黄小姐生祭李彦贵》），女俱名黄桂英。可见这故事是在各处流传很广的。梆子戏

《血手印》，一名《苍蝇救命》，又名《法场祭夫》，男名林孝童，女名王桂英。越剧《血手印》，亦名《王千金祭夫》，所演亦林招得事。但无论杂剧、戏文、宝卷、传奇、木鱼书、唱本，男主角不姓李便姓林，女主角不姓王便姓黄，根据字音，林、李是双声，王、黄是叠韵，由于方音不同，因而有了歧异，可见二者本是同出一源的。

另有扬剧《陈英卖水》，唱本《陈英卖水伸冤记》，男主角为陈英，女主角为柳兰英，实在也是演叙林招得的故事，而换去了男女主角的姓名。

（十）赵盼儿风月救风尘

此剧简称《救风尘》，叙汴梁城中有妓女宋引章，初与洛阳安秀实秀才相恋，誓相嫁娶。后来她又结识了郑州周同知的儿子周舍，爱他趋奉小心，又允诺嫁他。安秀实听得了这消息，便到她八拜交的姐姐赵盼儿家去，请她去劝一劝。赵盼儿就去看宋引章，说是来为安秀才保亲。宋引章道："我嫁了安秀才，一对儿只好打《莲花落》！"赵盼儿问她嫁谁，她答道："我嫁周舍。"盼儿就告诉她："那做丈夫的做得子弟，做子弟的做不得丈夫；因为做丈夫的忒老实，做子弟的会虚脾。"又问："你为甚么要嫁周舍？"她道："他知重你妹子，夏天替你妹子打扇，冬天替你妹子温被，你妹子要出门，他替你妹子提领系，整钗环，因此上一心要嫁他。"盼儿便告诉她："这正是做子弟的虚脾，女娘们不懂的就要着他的迷。等到一娶到他家里，不到一年半载，他就抛弃你，早是努牙突嘴，拳椎脚踢，打的你哭哭啼啼！妹子，以后你受了苦，休来告诉我！"正说时，周舍也来到，便央盼儿为他保亲。盼儿抢白了他几句，回去告诉安秀实。安秀实便要求官应举去，盼儿阻止他道："你且休去！我有用你处哩。"安秀实便在客店里住下。一面周舍已向宋引章母亲办好手续，叫引章辞了母亲，坐轿同回郑州去。

果然不出盼儿所料，引章到了周舍家里，一进门来就是五十杀威棒。从此朝打暮骂，看看要死在周舍手里。刚巧隔壁王货郎要到汴梁去做买卖,她就托他带信给母亲和盼儿,叫她们快来相救。她母亲一接到信,就去和盼儿商量。盼儿道:"我有两个压被的银子,咱两个拿着买休去罢。"母亲道:"周舍说过:他手里只有打死的,没有买休卖休的。"盼儿想了一会,定下一计,告诉了母亲,又写了一封回信,仍叫王货郎带了回去。她就梳妆一番,穿上些锦绣衣服,对母亲道:"我到那里,三言两语肯写休书便罢,若是不肯,我将他搯一搯,拈一拈,搂一搂,抱一抱,看那厮通身酥,遍身麻,将他鼻凹儿抹上一块砂糖,看那厮舔又舔不着,吃又吃不着,赚得那厮写了休书,引章将的休书来,我才离开那里。"

盼儿收拾了两箱子衣服,叫打杂的张小闲装上车辆,自己坐了马,一同来到郑州。落了客店,便叫小二去请周舍。周舍一见是盼儿,便道:"你是赵盼儿,好!好!当初破亲也是你来!小二,关了店门,打这小闲!"小闲忙道:"你休打我!俺姐姐将着锦绣衣服,一房一卧来嫁你,你倒打我!"盼儿也道:"周舍,你坐下听我说!你在汴京,我就思想着你,听得你娶了宋引章,教我如何不恼!周舍,我待嫁你,你却着我保亲!今日我好意将着车辆鞍马奁房来寻你,你又将我打骂!小闲,拦回车儿,咱家去来!"周舍慌忙赔罪。盼儿便要他:"你休出店门,只守着我坐下。"周舍道:"休说一两日,就是一两年也坐的下去。"过了两三天,引章寻到客店里来,大骂周舍。周舍举起棍棒要打她,盼儿劝道:"你拿着这样粗的棍棒,倘若打杀了她,可怎了?"周舍道:"丈夫打杀老婆,不偿命的!"盼儿道:"这等说,谁敢嫁给你!小闲,拦回车儿,咱回去来!"周舍苦苦相求,盼儿要他休去引章,她才肯嫁他。周舍应允,唤小二买酒买羊买红为聘礼。盼儿从车上拿出十瓶好酒,一只熟羊,一对大红罗,说道:"周舍,你争甚么?你的便是我的,我的就是你的!"

周舍果然回家去把宋引章休掉。引章带了休书,到客店里来见盼儿,二人立即一同上路。周舍也来客店寻盼儿,一问小二,小二道:"你刚出门,她也上马去了。"周舍才知上了盼儿的圈套儿,一时没有坐骑,只好步行追赶。在路上,盼儿向引章要休书来看,暗暗换了假休书,叫引章收好。周舍赶到,要引章回去。引章说:"你与了我休书,赶出我来了。"周舍骗她道:"休书上手模印该五个指头,哪里有四个指头印的休书!"引章急忙取出休书来看,给他抢过去咬碎了。引章不由害怕起来,盼儿道:"妹子莫怕,咬碎的是假休书,真的休书在我这里!"周舍道:"你也吃过我的酒,受过我的羊,也受过我的红定,也是我的老婆了!"盼儿道:"我自有十瓶好酒,一只熟羊,一对大红罗,怎么是你的?"周舍便扯住她俩,道:"明有王法,我和你告官去来!"扭往郑州府衙门,告到太守李公弼跟前。

周舍告道:"赵盼儿设计混赖我媳妇宋引章。"盼儿道:"宋引章是有丈夫的,被周舍强占为妻,昨日又与了休书,怎么是小妇人混赖他的?"恰巧这时安秀实也得到了盼儿给他的信,也到府衙门来告状,说是:"我安秀实聘下宋引章,被周舍强夺为妻,乞大人做主!"李太守问道:"谁是保亲?"安秀实答:"是赵盼儿。"又问赵盼儿:"你说宋引章原有丈夫,是谁?"盼儿道:"正是这安秀才!"又问:"这保亲的委是你吗?"答道:"是小妇人!"于是李太守判道:"周舍杖六十,与民一体当差;宋引章仍归安秀才为妻;赵盼儿等宁家住坐!"大家叩谢而退。

这个故事一般戏曲研究者都说不知出处。王季思说:"疑宋、元间实有其事,汉卿因演为杂剧,故写来异常真切。"(见《翠叶庵读〈曲锁记〉》)但历来对这个剧本的评价都是很高的。总之,它是个充满趣味的喜剧,也是个女性智慧故事,但中间却蕴藏着旧时代被屈辱的妇女们精神上沉重的苦闷和悲哀,而也是部现实主义的作品。粤剧、越剧、锡剧等都曾以《救风尘》剧名演出过,内容当然曾经经过适当的修改。

(十一) 望江亭中秋切鲙旦

此剧简称《望江亭》,亦简称《切鲙旦》,叙年轻的理官白士中,前往潭州上任,路过清安观,探望他的姑母住持白姑姑。白姑姑见面后,就问他:"你媳妇儿好吗?"白士中道:"已亡故了!"白姑姑便道:"这里有个女人叫谭记儿,大有颜色,常来这观里与我攀话,等她来时,我作成与你做个夫人,你意下如何?"白士中依允。

这谭记儿本是学士季希颜的夫人,丈夫已故了三年,正感寡居之苦。这天,她又来清安观,向白姑姑表示:"有心跟姑姑出家,不知姑姑以为怎样?"白姑姑遂告诉她许多出家的苦楚,劝她不如嫁一个丈夫的好,并且说:"夫人,放着你这一表人物,怕嫁不着中意的丈夫?"谭记儿才道出真情说:"姑姑,这终身之事我也想过,倘有看得起我的,就嫁给他罢。"白姑姑遂唤出白士中来,给他们当面撮合。谭记儿还要装腔作势,但给白姑姑和她打趣一阵之后,终于在白士中接受了她提出的永做"一心人"的条件下,允了婚姻,跟着白士中上任。

其时有个权豪势宦杨衙内,早想娶谭记儿为妾,听说已给白士中娶了去,非常怀恨,遂在皇帝跟前妄奏白士中贪花恋酒,不理公事。皇帝赐他势剑、金牌,叫他前往潭州取白士中首级。他就带了张千、李稍前往。白士中的母亲听到这消息,遂修书差院公到潭州报告白士中。

白士中到任后,夫妻俩很是相得。谭记儿不但十分美貌,更兼聪明智慧,事事精通。只是他知道杨衙内也想娶她,现在给他先娶了,担心着杨衙内要怀恨加害。因此看到了家书,更是闷急异常。谭记儿还以为是他家中前妻来了信,和他吃醋,他又不肯就把信中所言告诉她。等到她要寻死觅活,他才告诉她,杨衙内奉了圣旨要来取他首级。谭记儿道:"原来为这个。相公,你怕他做甚么?待我淡妆微服,亲自前去发付他,看他有没有准备!"白士中竭力劝她休去,她说道:"不妨事!"把她的计谋告诉了白士中,一个人毅然前去。

中秋日晚上,杨衙内泊舟江边,心腹张千、李稍置备酒果,请他赏月。忽然有一个卖鱼的女人，捕得一条三尺长的金色鲤鱼，来见李稍。李稍见有些面善，问她："你是不是张二嫂?"她道了声："正是。"就请求他："过去和相公说一声，着我过去切鲙，得些钱钞来养家。"李稍遂叫张千去说，张千要她允许把她得的钱钞与他些买酒吃，她允了，张千遂叫她跟他前往。

杨衙内一见张二嫂，早有些陶醉。张千从旁说明来意，张二嫂即向前道了万福，说道："媳妇孝顺相公，将着这尾金色鲤鱼一径的来献新，可将砧板刀子来我切鲙哩。"杨衙内大喜，道了声："多谢小娘子来意。"便命："抬过果桌来，我和小娘子同饮三杯。"让酒之间，两人调笑谐谑，十分欢洽，后来索性叫她坐了同饮。张二嫂问："相公，此来何往?"杨衙内但道："小官有公差事。"却给李稍在旁说出："专为要杀白士中而来。"张二嫂便道："相公若拿了白士中，也除了潭州一害。"于是杨衙内央李稍替他做媒，要娶张二嫂做他二夫人。她便谢杨衙内道："量媳妇有何才能，着相公如此般错爱也!"就此杨衙内出对命对，张二嫂就对了，杨衙内更是高兴。张二嫂请他作词，他当场写了一首《西江月》，她也和了他一首《夜行船》。饮了一阵酒后，大家有些醉了，李稍拿出势剑来给她看，她道："衙内见爱媳妇，你与我拿去治三日鱼好哪!"杨衙内道："便借与她。"张千又拿出金牌来，张二嫂道："衙内见爱我，与我打戒指儿罢! 再有什么吗?"李稍道："这里还有文书。"张二嫂道："这个便是买卖的合同。"便把来袖了。她再要劝杨衙内吃酒时，他道："酒够了!"话未完，就醉倒了。这时张千、李稍也早醉倒一旁。她就拿了势剑、金牌，袖了文书，登岸扬长而去。

杨衙内来到潭州衙内，便要拿下白士中。白士中向他要符验看，杨衙内道："我奉皇上的命，有势剑、金牌，被人偷去了。但我还有文书。"白士中叫他拿出来念给他听，他拿出一张纸来念道："调寄《西江月》……"白士中把它抢下道："这个是淫词。"他道："这个不是，还有哩!"又拿出一张纸来念道："调寄《夜行船》……"白士中道:"这个也是淫词!"也把它抢下了。这时只见张二嫂也上来告状道:"大人可怜见,有杨衙内在半江心里欺骗我来,告大人与我作主!"白士中叫她到司房去责口供,因问杨衙内:"有人来告你,你如今怎么说?"杨衙内没法,只好央求说:"相公,我们彼此都饶过了罢。只有一个要求,你有一个好夫人,请出来我见一面!"白士中允许。等到由后堂请出夫人相见时,李稍一见便道:"兀那不是张二嫂?"杨衙内早唬得说不出话了。

这时新放巡抚湖南都御史李秉忠,因为杨衙内妄奏不实,奉旨暗行察访,俟得真情,先自勘问然后具奏。他来到潭州,刚巧杨衙内遗失势剑、金牌,给人告下。他审讯后判断:杨衙内挟权仗势,欺压良民,已有多年,又兴心夺人妻妾,妄奏皇上之前,问成杂犯,杖责八十,削职为民。白士中照旧供职,赐夫妻偕老团圆。

本剧写的是个和《救风尘》同一类型的智慧故事,但谭记儿比起赵盼儿,不但同样聪明智慧,还更有泼天胆量。这是过去社会史上被压迫的妇女作坚强的反抗斗争而获得胜利的一页,也是别的作家所没有写过的。当然,它的本事来源是无从查考了,而后来亦无它的同道的继承者。曾有人把它改编为川剧《谭记儿》,关剧原作的精神,以至剧情结构,大都在川剧里面保存着,只是改正了若干不合情理的地方,和删去了末尾李秉忠察访审断一段。京剧、越剧亦有《望江亭》的演出,内容都已略有改动。

(十二) 关大王独赴单刀会

此剧简称《关大王单刀会》,或仅称《单刀会》,叙三国时吴国中大夫鲁肃(字子敬),因为当时曾劝吴主孙权以荆州借与刘备,现在刘备已取益州而并汉中,所以要索还荆州。但此时有关公守在那里,必不肯还,鲁肃遂与守将黄文设下三计,请得吴主批准:首先要修书邀请关公过江赴宴,待他到后,第一计是在饮酒中间,以礼索还荆州,他若允许,最是万全。倘若不允,第二计是将江上战船尽行拘收，不放关公回去，他自知中计，自然献还。倘再不肯，第三计是壁衣内暗藏甲士，趁酒酣之时，击金为号，把他擒囚，如还荆州，则将他放还；否则荆州主将已失，军心必乱，也可以一鼓而下。计议已定，教黄文请乔公来商量。乔公来到，鲁肃就把要索还荆州之事告诉他。乔公道："这荆州断不可取，想关云长好生勇猛，你索荆州，他们弟兄决不和你干休！"鲁肃道："他弟兄虽多，兵微将寡。"乔公便把博望烧屯，隔江斗智，赤壁鏖兵等事说了一遍，说明东吴非他之敌。鲁肃又道："云长年老，虽勇无能了。"乔公又把诛文丑、刺颜良之事说了一遍。鲁肃又告诉他："我有三条妙计。"乔公说："休道是三条，就是千条也近不得他。你这三条计，比当日曹操在灞陵桥上三条计如何？"他又把当时曹操那三条妙计说了一遍。鲁肃听了不信，等乔公走了，又叫黄文跟他到草庵去访贤士司马徽（字德操），因为他与关公有一面之交，请他席间作伴，并问他关公智勇谋略，酒中德性如何。

鲁肃见了司马徽，即约他江下饮酒。司马徽问："席间还有何人？"鲁肃道："止有先生故友关云长一人。"司马徽听说，忙道："若有关公，去不得！去不得！"鲁肃问故。司马徽道："他性情刚烈如火，一怒就要杀人，我怎的为了要吃酒，落个不完全的尸首！"鲁肃又劝。司马徽要他依三桩事儿，他才能作陪："一、我们都要曲着身子向他问候；二、他要饮要吃，一切依顺他，不要强劝；三、他如醉了，你我便走开。"鲁肃又问："他酒后德性如何？"司马徽道："他酒后你不能挑他的性儿，千万不能向他开口索荆州。"鲁肃又告诉他已定的三条妙计。司马徽道："你一定近不得他。就是擒了他，还有他弟兄黄忠、马超、赵云、张飞在，怎肯和你干休！"鲁肃听了，也有些害怕起来。但三计既经孙权批准，欲罢不能，只好命黄文到荆州去下书。

其时关公镇守荆州，部下有关平、关兴、周仓等人。黄文送上请酒书信，便回去复命。当下关平听说是鲁肃请酒，便说："父亲，他那里筵无好会,不去的好。"关公道:"不妨事。他既相邀,我必须亲自前往。"关平道:"那鲁子敬足智多谋,又是兵多将广,不要落在他圈套中!"关公道:"大丈夫只要勇敢当先,一人拼命,万夫莫当!"关平道:"但在大江面上,俺接应的人可怎生接应?"关公道:"这倒不妨,我可以着他亲自送我回到自己船上。"关平道:"只怕他那里有埋伏!"关公道:"我只要紧紧提防,那些狐群狗党,怕他什么!"他又把自己当时千里独行,五关斩将之事说了一遍,道:"今天单刀会上,他能有多大力量!"遂命关平准备船只,带了周仓同去。关公去后,关平和关兴弟兄俩带统三军,跟着前往接应。

鲁肃早已埋伏好甲士,备好宴席,专等关公到来。关公坐着小船,来到大江中流,只见浪高千迭,想起当年赤壁鏖兵故事,不由叹道:"这不是江水,这是二十年流不尽的英雄血呵!"船过江面,鲁肃早在江边迎接。两人见面,客套一番,便请关公入席。饮酒中间,鲁肃盛夸关公功绩道:"君侯文武全才,济拔颠危,匡扶社稷,正合着一个'仁'字。待玄德如骨肉,觑曹操如仇雠。正当得一个'义'字。辞曹归汉,弃印封金,正算得一个'礼'字。坐服于禁,水渰七军,正当得一个'智'字。将军仁、义、礼、智都全,可惜止少一个'信'字。若得'信'字俱全,那就没有人及得你将军了。"关公便问:"我怎生没'信'?"鲁肃道:"不是将军没信,都因令兄玄德没信。"关公问故。鲁肃道:"当日赤壁战后,俺吴国因将军贤昆玉无尺寸之地,暂借荆州以为养军之地,待破曹之后归还。鲁肃曾亲为担保。不料今日恩变为仇,荆州久借不还,却不道'人无信不立'。"关公故意问道:"这荆州是谁家的?"鲁肃道:"是俺吴国的。"关公道:"你不知,听我说:汉朝乃高祖建立的王业,光武帝秉正除邪,献皇帝诛灭董卓,我哥哥刘皇叔又灭吕布,理合承受汉家的基业。你东吴自姓孙氏,哪能承受刘家的土地?"鲁肃无言可答,便命左右动乐。关公拔出剑来,击着桌子,怒容斥道:"有埋伏没有?"鲁肃忙道:"没有,并无埋伏!"关公道:"倘有埋伏,一剑挥成两段!"说时,把剑用力向桌上一击。鲁肃惊道："你击碎镜子了！"关公冷笑道："我特为破镜而来！"

这时甲士从壁衣中拥出，关公一见，一把拖住鲁肃不放，对他们道："休把我拦挡，挡着我的，我着他剑下身亡！"又对鲁肃道："你休想躲闪得过，好生送我回到船上，我和你慢慢相别！"甲士碍着鲁肃，不敢上前。恰巧此时关平前来接应，请关公即速上船。关公拖住鲁肃，一前一后，上了来船，才放鲁肃上岸。鲁肃和诸将看着来船向江心驶去，遥远里又见关公站立在船头之上，向他拱拱手说道："请你牢牢记着，今天百忙里没有遂你老兄的苦心，我也没有倒掉我汉家的面光！"

这是个历史剧，根据正史《三国志·吴志·鲁肃传》。但正史所记，乃是"各驻兵马百步上，但请将军单刀俱会"，剧作者为了要显示关公的英雄威武，改成关公只带了周仓一人，到东吴去单刀赴会，玩鲁肃于手掌之上，终于无恙归来。对付鲁肃的话，理正辞严，使对方无可辩驳。剧中关公的文武双全，是完全符合当时人民的理想和意愿的。

由于版本的不同，上面所述乃依据明抄本（即《孤本元明杂剧》本），而元刊本只载正末宾白，没有他人宾白，所以不易看出全部本事。其第一折又有显著的不同，明抄本乔公上场，乃由于鲁肃之请，是对鲁肃说唱；元刊本则由孙权上场，定计与乔公之谏，都是当着孙权说的，可见两本的场面全是不相同的。就是前后曲文也有不同，这里不多说了。

全剧四折，后面二折直到现在还在剧场演唱。可是我所曾看到的"刀会"一折的演出，却把关公对关平所述挂印封金、五关斩将等事，都由关公在单刀会上对鲁肃唱出，不免减弱了原作理直气壮的气氛，而毁损了关公的英雄形象。

关公击碎的镜子，剧中没有交待清楚，以致读者不知是作什么用的。据元人《三国志平话》，当时与宴的吴国将士都挂护心镜，而关公击碎的当是鲁肃挂的护心镜，乃是关公故意和他作要，同时也是威吓他的。明人《三国志通俗演义》中也有单刀赴会，但无破镜一事，就是《三国志平话》中，也只是说要破镜，而实际并没有破。

《刀会》一折，过去经常用昆腔唱法在舞台上与观众相见，湘剧高腔中亦有这一名剧。评弹家也常以开篇的形式，在各地书场上弹唱。京韵大鼓中也有《单刀赴会》，却自孙权与群臣议讨荆州，乔玄谏阻唱起，取材与元刊本《单刀会》同，这倒是很值得注意的。

（十三）关张双赴西蜀梦

此剧亦称《关云长张冀德双赴梦》，或简称《双赴梦》，叙三国蜀主刘备自取西川即帝位后，因结义兄弟关羽远守荆州，张飞远在阆州（阆中），朝夕不能相见，思念不已。一天正在思念得十分热切，恍惚见两人在他眼前出现，一忽儿便不见了。他很怀疑，生怕他们有了什么意外，就差一员差官专到荆州和阆州去召回他们，要他们立即到西川来见他，以慰思慕之情。差官奉了这个急令，日夜奔驰，马不停蹄，连吃饭也不得休歇。首先奔到荆州，谁知那位勇冠三军，无人敢敌，"素衣匹刀单刀会，觑敌军如儿戏，不若土和泥，杀曹仁七万军，刺颜良万万威"的关将军，由于刘封的扣留求援文书，糜竺、糜芳的出卖，又中了东吴的暗计，自己又忒大胆了些，已经牺牲了。接连再奔到阆州，那位义释严颜，鞭打督邮，当阳桥喝退曹操，石亭驿摔死袁襄的张将军，也因性情急躁，受了部下张达的暗算，乘他大醉时，给他像死羊般的割了首级，投降东吴去了。这位差官一路上身体没有离过坐鞍，总共行了两个月又十天，结果是劳而无功，没有召到他们两位生龙活虎般的真身，只得含着辛酸悲痛，用鞭子挑了他们灵魂儿回去。他恨不得立刻替两位将军报仇，把东吴杀得尸堰江心，江里尽流着血汁，把东吴的青鸦鸦的岸儿、黄壤壤的田地，践踏成一片椒泥！

这时蜀丞相诸葛亮，见主公思念二弟，寝食难安，又是疑神疑鬼,乃于夜间观察天象,发现东吴星光增彩,蜀国南边上空,将星阴暗无光,等到早上太阳出来,一道白虹又贯过太阳,知非吉兆。正在十分忧虑之时,差官已经回来,把凶信先来报告丞相。诸葛亮听说两位大将都死,万分痛惜道:"这正是天降大祸,从此以后,再靠谁来挟人捉将,再靠谁来开疆辟土? 统一中原是毫无希望的了!"但他从来没有在主公面前说过一句诳言,看了刘备那样日日夜夜的不断思念,那能直截就去告诉他呢! 如果一告诉他,他一定就要兴师报仇,不是"马蹄儿踏碎金陵府,鞭梢儿蘸干扬子江"不能消除心头的悲恨。可是这对整个国策是不利的。因为北方曹操正要蜀、吴拼个你死我活,他可以渔翁得利呵! 所以他只好慢慢儿乘机再说。

就在这天晚上,张飞的灵魂驾着阴云,向着西川而来。一路上回想过去种种,从桃园结义起,弟兄三个寸步不离,历年来杀敌斩将,谁不怕他们弟兄三个,不想自己会命丧于匹夫之手。正行之间,忽然看见有个人走在前面,阴云里九尺高的身躯,垂过玉带的三缕长髯,原来是二哥云长。但自己是个阴魂,怎能走近他去! 急急地向阴云里躲避。但他又奇怪,二哥既是一个活人,应该在路上行走,为什么也驾着阴云走呢? 况且平日里他笑颜常开,今天却是愁容满面,好生奇怪。上前一问,关公告诉他,自己已被东吴杀死,现在是个阴魂。于是张飞也把自己已被张达所杀经过告诉关公。两个鬼魂很是悲伤,想起魏、蜀、吴鼎足三分,蜀国全靠他二个杀敌斩将,如今先死,影响非小。他们商定同到宫廷去托梦给大哥,叫他出兵报仇,不杀那三个投敌的贼臣决不干休。他们不希望僧人持咒,道士宣科,也不必用香灯酒果,只要把这几个贼臣捉来,在他们灵前,一刀一个,让腔子里的热血溅向空中,就算是超度了他们。

两个鬼魂来到宫廷门首。当他们活着时候来到这里,那些守门的尉官都向他们叉手行礼,但今天见了那些纸判官,反要自己去向他们行礼。来到丹墀下面,一班故友们一个也不见,不由更引起他们的伤感。这天正是重阳佳节，是蜀主的寿辰。往年这时候，大臣们奉觞上寿，阶基下彩女满庭；今日只有一片愁云惨雾，朝靴踏在玻璃甃上，再也发不出声音，象牙笏打在黄金兽上，只是寂无声响。蜀主正卧在床上想念他们，隐隐约约看见他们走过来了，好不欢悦，便要上前问候。他们在灯影里很凄惶地向他行了个君臣之礼，连忙向后躲开。蜀主对他们问长问短，只是听不到他们的回答。他不由怨恨起来了，为什么他们不肯说一句话呢？他不知道他们心里正也在想着三十年前桃园结义，誓相始终，现在两人中途先死了，心里很是难受。他们要走了，但蜀主苦苦相留。时间刻刻过去，欲行又止，欲去还留，悲悲凉凉。来时节月出东方，这时节残月西沉，不能走了。他们都向蜀主辞行，但今番相见如不说，将永远没有说的时候了。但他们怎能开口呵，只能点头示意：火速的出兵长江，活捉糜芳与糜竺，把张达、刘封也打入囚车，在成都市上，一个一个的斩首。这样时，比一切用来祭奠他们的什么祭礼都胜多了。

这是一个历史大悲剧，读时感到鬼气森森，愁云惨惨，但是十分悲壮。那段写关、张两人幽魂来到宫里，见了蜀主，蜀主欢然相接，而他们却只是躲开，欲前不能，欲后不忍，"这般的情境，连读者也要为之凄然，当时的剧场上，恐怕是更要挑起幽泣的"（见郑振铎《插图本中国文学史》）。本事全据正史《三国志》，但出卖关公的是糜芳、傅士仁，糜竺不在内，杀张飞的除张达外还有范彊。元人《三国志平话》无糜芳、傅士仁事，杀张飞的乃王强、张山、韩斌三人。明人《三国志通俗演义》则同正史，但普通本有时误"范彊"作"范疆"。在情节方面，正史《三国志》及《三国志通俗演义》都以为张飞之死是为了急于要替关公报仇；两人之死，时间相隔非近。但杂剧为了要增加悲剧气氛，且以张飞为主，所以把二人的死写在同时，而也同时为刘备所知，使刘备更觉悲痛难受。

由于这个剧本的元刊本没有科白,又没有别本及其他剧种可以参考,所以这篇本事全是由曲文臆测而得,中间可能有与原意不符之处,这要请读者及专家来订正了。

(十四) 邓夫人苦痛哭存孝

此剧一作《邓夫人哭存孝》,或简称《哭存孝》,叙唐雁门关都招讨天下兵马大元帅沙陀人李克用,以破黄巢功犒赏手下义子家将们,凡是夺回的城池,都着这班义子们去镇守。十三太保前部先锋金吾上将军李存孝,原名安敬思,本在邓大户家牧羊,给克用收做义子后,即娶了邓家女儿为妻,跟着克用,杀败葛从周、黄巢,功劳最大,因着他夫妇去潞州上党郡镇守。克用另两个宠爱的义子李存信、康君利,着他们去镇守邢州。邢州是朱温的后门,一有战争,两人武艺不高,必为所擒,所以在辞行宴上,用计灌醉了克用,哄克用把邢州换了潞州上党郡。等到存孝亦来辞行,克用教他改守邢州。存孝不服,夫妇俩请义母刘夫人代为说话。但刘夫人亦正大醉。只有与宴的番汉都总管周德威在旁,甚为不平,想等次日克用酒醒,再为劝说。李存信和康君利知存孝必不甘休,遂决定用计挑拨克用和存孝父子间的感情,想乘克用之醉害死存孝。

存孝夫妇到邢州后,治军抚民有法,又打败了王彦章,使朱全忠再也不敢来侵犯。一天,忽然李存信同康君利来到,说是:"阿马有令,因为你有大功劳,怕失迷了你的本姓,着你出姓,仍叫安敬思。"存孝信以为真,果然复了姓名。两人却又到李克用那里,说:"存孝到邢州后,因怨恨父亲不与他潞州,复了安敬思姓名,领着飞虎军要来杀阿马哩!"克用也信以为真,就要点起番兵,擒这"牧羊子"去。刘夫人不信,要亲自到邢州去一看,如果确有其事,也一定把他说转了送他前来。

在邢州那边,邓夫人也在怀疑传命改姓的事,见刘夫人到来,便安排酒果接待。刘夫人在路上已获知果有改姓的事,一见邓夫人,就称她"安敬思夫人"。又责问存孝:"孩儿,俺老两口儿怎生亏负了你,你改了姓名?如今你阿马要领大小番兵来擒拿你。我实在不信,亲自到来,不料你果然改了姓!"存孝便将情由说明,系存信等传命。刘夫人便要存孝同去见克用,当面质对此事。初时邓夫人不放心,不肯放存孝去,由刘夫人担保无事,母子俩才一同来到雁门关克用那里。到时正值克用酒醉,忽报刘夫人的亲生子亚子在打围时落马,她急急前去照看,因此李存信与康君利二人乘克用之醉,假传意旨,把存孝车裂而死。临死,他吩咐和他同去的人,把他的虎皮袍、皮磕脑、铁燕挝等回去送予邓夫人,留作纪念。

刘夫人来到围场,看见亚子没有落马,始知是李存信和康君利用计支开她。她忙差一个番兵去打听存孝消息,才知克用醉中听了李存信与康君利之言,已把存孝车裂而死。她痛哭一番之后,遂去见克用,说:"存孝改姓,乃是存信和康君利二人假传的主意,昨天本来领他来见你,和二人对质,你怎生教那两个贼子把他五车裂死了?现在存孝媳妇儿已将骨殖背到邓家庄去了。"克用才知存孝在他醉中被二人假传命令车裂而死,不由大怒,说道:"夫人,你不说,我怎生知道?把这两个恶徒拿到邓家庄上杀了,剖腹剜心,与孩儿报仇!"又吩咐:"安排灵位祭物,差人请媳妇儿回来!"到这时候,不免也哭起来了。

刘夫人来到飞虎峪,正遇邓夫人背着存孝骨殖匣,手里拿着引魂幡,一路上啼啼哭哭,好不伤心。刘夫人唤了一声"媳妇儿邓夫人",不由也放声大哭。邓夫人向她要人。刘夫人道:"媳妇儿,你的悲愤只有我知道,但我向谁去说呢!"叫她把骨殖匣放下,等克用把两个贼子送来,替存孝报仇雪恨。不多时,克用果然也到,叫邓夫人不要怕他,又吩咐:"将那祭祀的物件来。将虎磕脑、螭虎带、铁燕挝供养在存孝灵前。将康君利、李存信绳缠索绑,祭祀了,慢慢的杀了他们!"又命周德威宣读祭文。祭毕,果然吩咐小番,把两人也车裂而死。于是给一座好城池与邓夫人,终养她的一生。

　　此剧本事大半与《五代史记·义儿传》相符，惟存孝附梁通燕伐晋诸事，则讳而不言，康君立则改为康君利，又将君立的被鸩杀和存信的畏罪自杀，都改为被克用车裂为存孝复仇。亚子即唐庄宗小字，但实非刘夫人的嫡子。在元、明杂剧中，还有《李存孝大战葛从周》(《也是园书目》)，不知是谁所作，亦写李存孝事。宋人《新编五代史平话》《唐史》卷上中亦叙及存孝、存信交恶，存孝被谗激反，而为克用车裂事，但简略远不如正史之详。倒是在署名"罗本贯中"撰的《残唐五代演传》(此书有李卓吾评，虽为托名，但可见在明朝很流行)中，所记存孝出身来历，及一生所建战功，以至受谗被车裂，克用杀死两奸为之报仇，全与关剧相合。关剧所载祭文中所叙到的："曾打虎在山峪之中，破贼兵禁城之内，挝打死耿彪，立诛三将，杀坏五虎，击破一字长蛇阵，杀败葛从周，渭南三战，十八骑误入长安，箭射黄巨天，恶战傅存审，力伏李罕之，活挟邓天王，病战高思继，生擒孟截海，大败王彦章。"在《残唐五代演传》中几乎全部都有，而且邓夫人名瑞云，可补关剧之缺。惟克用处分二奸则把他们做了倒烧照天蜡烛，以祭存孝，与关剧异。此书可能作于关剧之前，或系据宋、元讲史旧本改作，因为关剧所叙及而不详细的地方，此书中几乎全有。或以为此书或许是根据关剧而作的，那却不大可能。它决不能和《水浒传》出于《大宋宣和遗事》，和《金瓶梅词话》出于《水浒传》相比。清人有《五代兴隆传》传奇，写黄巢一生，其中天巢的主要人物就是李存孝，所写存孝出身及所立战功，全同《残唐五代演传》，但到巢灭即止，所以没有叙到存孝后来的惨死。

　　明人叶稚斐的《英雄概》传奇，亦写李存孝事，但以李存信为刘夫人嫡子，刘夫人帮同存信夺取存孝的妻子邓瑞云，瑞云坚拒，事为唐皇所知，召伴公主，终得仍与存孝团圆。此刘夫人却是反面人物，与关剧中的刘夫人恰相反，不如关剧的符合正史。

(十五) 刘夫人庆赏五侯宴

　　此剧简称《五侯宴》，叙五代时晋王李克用之子大将李嗣源，奉父命统领雄兵,收捕草寇,得封节度使之职。一日,带了军卒到野外打猎,在围场中惊起一只白兔儿,给嗣源一箭射中。那白兔倒而复起,向前奔逃,嗣源同众将追赶,一直赶到潞州长子县荒草坡前,白兔忽不见,只见地下插着射中它的那支箭。又看见路旁有一个女人,抱着一个小孩儿,将那孩儿放在地上,哭一回去了,才行得数十步,可又回来,抱起那孩儿又啼哭起来。嗣源见了,好生奇怪,便命卒子唤她过来询问。

原来这儿有个财主赵太公,妻子刘氏死了,撇下个未满月的孩儿,想找一个奶母来看管。恰巧这时城里有王屠的妻子李氏,生子王阿三,王屠死后,家中一贫如洗,李氏想卖掉孩儿来把丈夫埋葬。赵太公遇见了她,就与了她些钱钞,约她典身三年,看管他的孩儿。不料这可恶的财主,把典身契改做卖身契,要李氏永远做他家的奴仆。一天,赵太公看见她抱着两个孩儿,说她把自己的孩儿喂得好,饿损了他的孩儿,便要把她的孩儿摔死。经她哀求后,仍要她把孩儿抱出去丢掉,否则回来时不能饶恕她。因此,她只好到这荒郊野外来丢掉自己的孩儿。

嗣源就要了这孩儿,告诉了自己姓名,问明了孩儿的小名和生日,又对李氏说:"这孩儿与我为子,待以后抬举他成人长大,我教他来认你!"李氏道了谢,哭着去了。嗣源便把孩儿取名李从珂,吩咐军卒回到家去,不许泄漏此事。

十八年后,李从珂已成一员勇将,为嗣源部下五虎将——李亚子、石敬瑭、孟知祥、刘知远、李从珂——之一。梁帅葛从周新收一员大将王彦章,有万夫不当之勇,趁李存孝新死,领了十万雄兵,来攻李克用。嗣源率二十万雄兵,五员虎将,前去迎战。他派李亚子为左哨,石敬瑭为右哨,孟知祥为前哨,刘知远为中路,李从珂为后哨,各带人马三千,与王彦章交战。王彦章力战五将,抵敌不住,大败而逃。五虎将班师告捷。

这时赵太公的儿子赵脖揪也给李氏看管到了十八岁,酗酒无赖,是个二流子。太公病重时告诉儿子:"李氏不是你奶子,是你家里买来的,以后休叫她奶奶,只叫她王嫂。趁我在日,朝打暮骂,久后她就不敢管你。"于是李氏便受难了。一天,天气极冷,她汲水饮牛,却把吊桶掉在井里,又无法捞起,回去怕受打骂,正要在树上吊死,刚遇从珂班师经过,问明原因,叫卒子帮她把吊桶捞了起来。

李氏一看从珂模样,好似她儿子王阿三,不由对之啼哭。从珂细问,才知她当初也有一个儿子,年纪与自己相仿,已经送与一个过路官人。从珂又问:"要了你那孩儿的官人,姓甚名谁?"她回答:"李嗣源。"又问年龄及出生月日时,她所答与自己的年龄及出生月日时完全相同,只是她的孩儿小名王阿三,与自己的名字不同。于是他告诉李氏:"待我回到家中,好歹着你孩儿来望你!"李氏道谢而去。从珂心里,这时已怀疑自己就是王阿三了。

嗣源班师回到太原交令,克用封五将为五侯,刘夫人设五侯宴为五将庆功。四将先后来到,只有从珂未到。后来也到了,问他迟到原因,他把路上遇见李氏及李氏所说一切告诉嗣源,要嗣源唤出王阿三来和他一见,并着他见一见他亲娘去。嗣源吃了一惊,诓他道:"我着他放马去,不想他掉下马来跌死了。"便叫他且去歇息,明天赴五侯宴去。从珂不信,嗣源叫他可问众人。他问众人,所说都与嗣源相同。但他看见父亲与四将以目示意,更起了疑心。

明日五侯宴上,从珂见了刘夫人,又把路上所遇告诉一遍,并说出了他的怀疑,要刘夫人告诉他真相。初时嗣源也以目示意,刘夫人也不肯说,终至由于从珂要拔剑自杀,就对他和盘托出了。嗣源还怪母亲说了出来,她道:"他看他亲生母亲受无限苦楚,你怎能不要他去认呵!"嗣源唤从珂,他不应,唤王阿三,他就应了,因此更引起了嗣源的悲痛,便说了一个《鸡鸭论》的故事,隐喻养大了别人的儿子是留不住的。从珂却道:"阿妈休烦恼,您孩儿认了母亲,便同她回来的。"

这天,赵脖揪怪李氏挑水回来迟了,用绳子把她吊起,要把她打死。正在此时,恰值从珂来到,忙叫卒子把她放下,认了母亲,便问:"母亲,那打你欺侮你的在哪里?"她指着赵脖揪道:"就是这厮。"赵脖揪问从珂:"你是谁?"从珂告诉他:"她是我的亲娘!"这时嗣源也率领四将赶到,问李氏道:"你认得我吗?"李氏一看,原来就是那过路官人,遂向他道谢。嗣源遂处赵脖揪"改毁文契,欺压贫民"之罪,推赴军前斩首。命从珂与李氏,同到京师见克用夫妇。

这也是一个历史剧,本事出于《五代史记·唐本纪》,从珂原名亦为王阿三,但生他的母亲乃是魏氏,不姓李。后来认母一事,正史却没有,与《刘知远白兔记》本事则相似,仅白兔出现,《白兔记》在咬脐郎认母时,关剧则在领养时。而李氏的遭遇,与《白兔记》中李三娘亦不甚相差,但一在财主家,一在自己娘家,担水受苦,两人又是相同。从写作时代先后来说,是《白兔记》受关剧的影响可以无疑,而"白兔"这一关目,也先属李嗣源,后属咬脐郎的。但《白兔记》之前,写刘知远的还有金人的《刘知远传》诸宫调,惜中间佚失第四至第十节,而咬脐郎井边会母一节正在其中,不知是否也是由于白兔的引导。这只好存疑不究了。元刘唐卿有《李三娘麻地里傍郎》(见《录鬼簿》,一作《麻地捧印》),现已佚,更不知是否叙及白兔事。

此剧《孤本元明杂剧》复排明抄内府本题关汉卿作,但邵曾祺因《录鬼簿》及《太和正音谱》均不载此剧,以为当系《正音谱》关剧目中有《刘夫人》一剧而附会,《刘夫人》的全名当是《曹太后痛哭刘夫人》,所以断定当列入"古今无名氏"作品中。徐调孚的《现存元人杂剧书录》就据之列入附录中。但这是不可靠的,没有旁证,不能把《正音谱》的《刘夫人》断定就是《录鬼簿》的《曹太后痛哭刘夫人》;况且根据剧情及风格,与关作《哭存孝》相接、相合又相似,似乎没有什么可疑的地方。

（十六）山神庙裴度还带

此剧简称《裴度还带》，叙唐朝有书生裴度（字中立），河东闻喜县人，自幼父母双亡，一贫如洗。他有个姨父王荣，字彦实，是汴梁城中富户，开着个解典库，人称王员外，曾几次差人来唤他到洛阳去，意欲助他钱钞，教他寻些买卖，以维持生活。

裴度来到洛阳，寻得王家，进去拜见姨夫、姨母。姨母竭力劝他不要读书，寻些买卖做，他却夸说读书的好处，将来可以稳取将相，青史标名。姨母不悦道："我本待与你顿饭吃，你说这等大话，我也无那饭，也无那钱钞与你，你出去吧！"裴度也怒道："你几番教人来请我到这里，却将这话轻慢我！我即冻死饿死，再也不上你家门来！"说罢，悻悻而去。王员外等甥儿去后，对夫人道："甥儿将来必定发迹，他如今怪我们，以后谢也迟哩！我到白马寺走一遭去。"

原来裴度到洛阳后，住在城外山神庙里。白马寺住持惠明长老知他文武全才，一日三顿斋食管待他。那天王员外来见长老，留下两锭银子，叫他出面周济裴度。长老应允。一日，有相士赵野鹤，道号无虚道人，来到寺中，恰遇裴度，相他明日巳时前后，必僵死在乱砖瓦之下。裴度以为那相士见他寒素，故意藐视他，十分愤怒。长老道："相法虽如此，也看人心所积，会有可延之寿！"裴度不辞而去。

此时有国舅傅彬，曾到洛阳催粮，太守韩廷幹不肯给他下马钱一千贯，由此怀恨在心。后来傅彬使过官钱一万贯事发，他便把韩廷幹诬攀在内，指他也贪赃三千贯。韩廷幹因此下狱，限期追偿。韩夫人同女儿琼英向亲戚求助，止得一千贯，琼英又在城里外题诗求人，乡民踊跃相助，又抄化得一千贯。再欠一千贯，有人指点道："近日朝廷差一李公子来此歇马，在邮亭上赏雪饮酒观梅，可去那里乞求相助。"原来李公子名文俊，字邦彦，系奉旨出都体察贪污，采访隐贤。这天，他正在邮亭饮酒，见琼英提着个灰罐，走上邮亭，以为必是来题诗的。他把她唤到面前，问她姓名，来此何事？她把父亲被诬赔款,及自己题诗抄化尚欠一千贯之事诉说一遍,且道:"听知大人在此赏雪观梅,妾身特来献诗。"李公子便解下两条价值三千贯的玉带,叫她以《雪》为题,作诗一首,作得好,便把玉带与她,将去赎父。琼英作了两首雪诗、两首梅诗,李公子看了很是赞美,便与她玉带,并决定立即赶回京师去奏报朝廷。琼英受了玉带,也急急回去报与母亲。

一路上雪越下越大,恰巧路旁有一座山神庙,琼英就进去躲避,把玉带放在藳荐下,合眼休息。等到天色已晚,雪才小了些,她恐城门关闭,匆匆起身,把玉带忘掉了。此时裴度正自白马寺里受了相士赵野鹤的气回来,在藳荐下发现了玉带,不知是谁所遗。恐怕遗失的人因此要有性命之忧,他不能贪有这等财物,准备倘有人来寻,便奉还他。

次日,琼英母女来到庙中寻找玉带,在藳荐下找寻不到,母女俩便要解带悬梁自尽。裴度急忙出来阻止,问明一切情形,遂取出玉带,还给她们。母女再三道谢,也问明姓名谢道:"如此大恩,将来必当重报!"裴度送她们出庙,才出门几步,庙忽然坍倒,夫人惊道:"秀才差一步压在里面!"裴度也惊诧道:"果然阴阳有准,不错分毫!"遂把相士之言告诉她们,而且说:"小生若不为还此带,送出老夫人小姐来,早压死在乱砖瓦下了!"夫人也道:"皆是先生积有阴德,救我一家之命,因此遇大难不死,前程远大,将来准定发迹!"

白马寺中惠明长老正在与赵野鹤谈论裴度之事,忽然裴度来到,他揶揄赵野鹤道:"这时已过午时了,可怎生不死呀!"众人也嘲笑赵野鹤。赵野鹤道:"休得笑我!这事好生奇怪,裴秀才今日气色和昨日全不相同。他一定有活人性命的阴骘。久后必然封侯拜相,富贵终身!"裴度初时不认,赵野鹤一再坚持,他才把刚才还带之事说了一遍。于是大家向他道贺。

韩家母女持带回去,到狱中送饭时把裴度还带的经过告诉了韩廷幹。韩廷幹命将琼英许裴度为妻,以报大恩,因此母女也寻到白马寺来。韩母见了裴度，即将韩廷幹之意说明，且约定待韩廷幹出狱，即举行婚礼。赵野鹤却劝裴度功名为重，先上京应试，然后成婚；裴度也道："小生也有此心，争奈囊中空虚，不能前进！"赵野鹤送他一匹坐马，长老送他白银两锭，助他成行。

韩廷幹交清赔款后，即释放出狱。又得李公子在皇帝面前奏明冤情，奉旨将赔款三千贯给还，且升他做省参知政事。此时裴度也已得中状元，夸官三日。韩廷幹命家人结彩楼为小姐招配，媒人在路上拦住新状元，请接丝鞭。裴度不肯接受，彩楼上小姐把绣球抛中新状元，媒人又请他接了丝鞭，入府成婚。裴度道："我已有妻室，难以成婚！"媒人道："这是圣旨！"裴度只好登上彩楼，与小姐共饮交杯。小姐问他："前妻姓甚名谁？"等到裴度说是"韩琼英"时，小姐很喜悦道："郎君如此忆旧，真是贤良君子也！状元，你道妾身是谁？我便是韩琼英！"于是请出廷幹夫妇相见，全家一同饮宴，欢乐异常。

这时惠明长老同赵野鹤也到京都，裴度都以厚礼相谢。同时王员外夫妇也到，裴度很是冷淡他们。经惠明长老说明，他的斋食管待和两锭银子，都是王员外之计，当时不招留他，是故意激励他上进。裴度恍然大悟，才向姨夫姨母叩拜道谢。

韩廷幹奏明裴度山神庙还带之事，圣旨加裴度为吏部尚书，琼英也得到旌奖。

此剧本事出五代王定保《唐摭言》卷四，亦见《太平广记》卷一百十七引。《唐语林》则作裴中令，《类说》引《芝田录》则作白中金，他书引作白中令，大概是一事数传。而白中令可能即是裴中令，"白"、"裴"字音相近，而裴中令亦即裴中立之误。但唐时另有白中令其人，亦见《摭言》，那就不易辨明了。但失带的韩琼英后来嫁与裴度，和姨夫王员外的激励他，都是剧作者增添出来的。明人沈采作《还带记》传奇（有《古本戏曲丛刊》初集本），与关剧同题材，但关目微有不同。裴度妻为闻喜富户女刘一娘,妻弟刘二待以不堪,度为相后乃曲尽谄媚,失带者乃周方正之女,后来并未嫁与裴度,这是两剧不同之点。《古今小说》第九卷《裴晋公义还原配》(亦即《今古奇观》卷四)中亦叙及还带事,而《醒世恒言》卷十八《施润泽滩阙遇友》却用为入话,所叙皆依《唐摭言》,无甚增出。

此剧作者亦有疑问,邵曾祺因在《录鬼簿》的关剧目下及《续录鬼簿》的贾仲明剧目下各有《裴度还带》剧,而关作全目为《香山庙裴度还带》,贾作则同今存《孤本元明杂剧》本《山神庙裴度还带》,所以断定今存本为贾仲明作。《现存元人杂剧书录》即据之列入贾仲明名下。但杂剧的题目正名,往往因版本不同而尽有殊异,我还疑心所有题目正名,可能都是刻书者所加,所以也只能存疑,未能作为定论。

(十七)状元堂陈母教子

此剧简称《陈母教子》,叙宋故陈相国的夫人冯氏,生有三子一女,长子名陈良资、次名陈良叟、三名陈良佐,女名梅英。冯夫人治家严厉,训子攻书。家中正盖造状元堂,尚未完工,忽从打墙处刨出一窖金银来,夫人不许移动,命仍掩埋了。往时朝廷三年开放一次选场,从这年起改为一年一次,因此春榜期近,夫人命长子良资上朝应选。三子良佐要去,母亲不许,道:"你让大哥去,你做官的日子有哩。"良佐道:"母亲说的是,他文章低,不济事,让他先去。"良资辞别母亲弟兄,择吉入京。结果,中了头名状元,夸官三日,来到家中。良佐见了,说道:"大哥,你得了官了。我和你有个比喻:似那抢风扬谷,你这等粃者先行;瓶内酽茶,俺这浓者在后。"家中设宴欢庆。

明年,春榜期又近,冯夫人命次子良叟上京应举。良佐又要求放他去,他说:"母亲,二哥文章不济,我的文章高似他,我去罢。"母亲又不许。良叟去后不久,报登科的来报,良叟也得了头名状元。良佐暗暗嘱咐报登科的说:"这次只赏你二两银子,你可休嫌少!

待我明日得了官，你就从贡院里鼓着掌，掴着手，叫到我家里来，说陈家三哥得了官也，我赏你五两银子。"报登科的道谢而去。良叟夸官三日，来到家中。良佐也对他道："二哥，我和你有个比喻：我似那灵禽在后，你这等笨鸟先飞。"见过冯夫人，合家欢宴。这时众街坊闻知，也牵羊担酒，特来庆贺夫人积德，一家中了两个状元。

第三年春榜期又到，轮到良佐应举，他可不想去了，冯夫人要他去，他便夸口道："我有三桩儿气概，是：掌上观纹，怀中取物，碗里拿带靶儿的蒸饼。"意思是说他很容易就会中。他又向大哥夸耀道："我做了官，要盖三丈八寸高的门楼，安七十二个马台，戴一顶前漏尘羊肝漆一锭墨乌纱帽，穿一领通袖膝襕闪色罩青暗花麻布上盖紫罗襕，系一条羊脂玉茅山石透金犀玛瑙嵌八宝荔枝金带……"良佐上京后，不久又得报，也中了头名状元。冯夫人欢然率了长次二子前往迎接，谁知状元夸官经过家门，见了冯夫人却不下马来。冯夫人唤他下马，才知是错了，状元不是良佐，乃是四川锦州人王拱辰。冯夫人道："既是状元，就请状元堂饮了状元酒回去。"全家向状元道了歉，王拱辰也谦逊一番，冯夫人问明王状元尚未婚配，遂把梅英许配与他，王状元欣表愿意。

正在这时，良佐也回来了。他只中了探花郎，绿袍槐简，花插幞头。去时夸下了大口，今天很不好意思见母亲和哥哥，想提个空进门往房里一钻，一世再也不出来。谁知来到门首，大哥正等着他。他没奈何进去，见了母亲，给打了一顿，还说："把他两口儿赶出门去，再也休上门来！"良资跪着央求，冯夫人才不赶了。

冯夫人生日，在状元堂设宴，只叫二子一婿为陪，良佐夫妇来拜寿，老夫人不许进来。经二个哥哥和妹夫相劝，才放他俩上堂。于是在行令中间，大家又把他嘲弄一番，但他也始终不肯让人，声声口口他将来一定也中状元。

不觉第四年来到，良佐再去应试，果然也中头名状元。母子在门外接他，他下马过来，送上蜀锦一匹，说道："母亲，你孩儿经过西川锦州,那里父老送我一段孩儿锦,将来与母亲做衣服穿。"夫人怒道:"你这辱门户的孩子!还没有当官,可早先受百姓财物,你替我躺下,让我痛打一顿。"这一顿把皇帝赐他的金鱼也打落了。

这时有莱国公寇准,奉旨采访贤良,访知状元陈良佐因受了西川孩儿锦,他母亲打的他金鱼堕地,认为冯夫人大贤大德,治家有法,教子有方,奏闻皇帝。皇帝就着他加官赏赐,审问详细,因此差人去请冯夫人。夫人就坐了轿,命三子一婿抬着,来见寇准。寇准宣布皇帝旨意后,又道:"谁想贤母着四个状元抬轿,可于理不当吗?"冯夫人道:"休说四个孩儿抬着老身,从前有个挑担和尚,他一头挑着佛经,一头挑着母亲,佛经在前面了,他嫌母亲不应落在后面,母亲挑在前面,却又嫌佛经在后面,如果把担子横挑呢,又一在这边,一在那边,不能一样,后来终于成为罗汉,还以为没有报答完爷娘养育的恩德哩!"寇准又问:"贤母,良佐贪图财利,接受蜀锦,果然有犯王法,但只合着有司定罪,您怎生自己责罚,打的金鱼堕地?"冯夫人道:"大人不知,此儿未曾治国,先受民财,辱没祖宗,我是依家法教训他!"于是寇准传旨道:"只因你家母贤子孝,着老夫加官赐赏,陈婆婆封贤德夫人,陈良资翰林承旨,陈良叟国子祭酒,陈良佐太常博士,王拱辰博学广文、加参知政事。"

杨荫深以为"此剧似本《宋史·陈尧佐传》(卷二百八十四)。尧佐兄尧叟、弟尧咨,皆登进士第一,尧佐仅进士及第,正是蜀人。惟王拱辰时代较后,且两娶都是薛姓的女儿,不是陈氏,乃出于附会。"(见《关汉卿生平及其作品》)这一说法是很正确的。传中有云:"尧佐少好学,父授诸子经,其兄未卒业,尧佐窃听已成诵。"可见剧中写良佐自以为胜过二兄,也是有根据的。尧佐状元虽未得,但在当时他是三子中政治地位最高的一人,所以剧中也强把他中了状元。剧作者把他们名字一概易"尧"为"良",而又把弟兄的行次叟、佐、咨,改为资、叟、佐;但王拱辰的姓名却一字不易,母夫人姓冯氏亦不变。传中又云："母冯氏性严，家本富，禄赐且厚，冯氏不许诸子事华侈。封上党郡太夫人，进封滕国，年八十余无恙。"剧本的主题在表扬一位贤母，就是根据这一段史实来写的。而《孤本元明杂剧提要》说什么："金末科目甚宽，至元初骤停科举，及皇庆二年而始复，其间无状元者且八十年。汉卿生于斯时，殆以不得科名而憾，有所歆羡而为兹剧欤？否则此等文字，大可不作也。"这是错看了作品主题的说法。大概由于剧情过于严肃平板的缘故，把良佐写得近于丑角，这是超出一般剧作的常例的。

良佐被母责打，以致金鱼堕地，亦有来历，乃是陈尧咨事。此事见宋王辟之《渑池燕谈录》卷九：尧咨善射，有"小由基"之称。他做荆南太守卸任回来，他母亲怪他在任不行仁政，而以习练弓箭为事，乃是违反了家教，遂用杖责打他，以致把他向皇帝请求赏赐的金鱼也打碎了。又：掩埋窖金银事，当是受唐朝李景逊母郑夫人事影响。郑夫人寡贫子幼，居洛阳，因墙毁得钱一船，以为非分所当得，乃祷而埋之。又：宋苏轼亦有家中地陷，发现藏甓，他母亲不许移动，亟命埋藏事。二事均见宋周辉《清波杂志》卷十。

附录　尉迟恭单鞭夺槊

明人编刻的《古名家杂剧》与《元曲选》中，都有《尉迟恭单鞭夺槊》一剧，而且都署"元尚仲贤撰"，所以向来都把这本杂剧归入尚仲贤名下。但尚氏另有《尉迟恭三夺槊》一剧，名目既见录于《录鬼簿》，作品亦见收于《永乐大典》卷二〇七四一杂剧五及《元刊古今杂剧三十种》第十一。《永乐大典》虽已佚失，但元刊本尚在，以之比较《尉迟恭单鞭夺槊》，显然是完全不同的两个剧本。后来又发现了明抄本《尉迟恭单鞭夺槊》，署名关汉卿撰，于是有人以为：《古名家杂剧》与《元曲选》的编刻者所以把《单鞭夺槊》题作尚仲贤撰，是由于他们未见《三夺槊》，以为《单鞭夺槊》即《三夺槊》，《元曲选》的目录《单鞭夺槊》下注"一作《三夺槊》"，是个极有力的证明。

现在《三夺槊》的元刊本既已发现，自当据明抄本以《单鞭夺槊》属之关汉卿为是。

在《录鬼簿》的关汉卿作品目里，确有《介休县敬德降唐》一目，也写尉迟恭事；可惜题目正名不全，只此一目，无从看出全剧梗概。但《介休县敬德降唐》这一题目，并不能包括《尉迟恭单鞭夺槊》全部关目；而《单鞭夺槊》里虽也叙及介休县敬德降唐之事，但只在开首楔子里叙及，作为全剧引子，并非正剧。而两剧的题目正名，也没有一字相同。如果因此而断定《单鞭夺槊》就是《敬德投唐》，是很不可靠的。而且，如果关氏没有《敬德降唐》一目，我们或许还可以相信明抄本《单鞭夺槊》的署名，现在《录鬼簿》既录入了《敬德降唐》，我们反倒不能仅仅根据一个抄本的署名，而径认为确是关作了。本书所叙现存关剧中并未列入此剧，原因即在于此。

但是既然有此一说，置而不论，也是不对的，而且可能要引起误会，以为是遗漏了；所以再在这里略作说明，并补叙本事，兼作考证，附于本文之后。

《尉迟恭单鞭夺槊》简称《单鞭夺槊》，叙唐元帅李世民率领十万雄兵，围攻介休城，要招降守将尉迟恭。但尉迟恭说："有主公刘武周在，决不降唐！"军师徐茂公遣刘文靖到沙陀，用反间计取得刘武周首级，再在阵上招降。尉迟恭才允降，但须等他为主公服孝三日，三日后再大开城门投降。李世民见收得一员虎将，十分欣喜。

到了第三日，唐军中戒备森严，专等尉迟恭来降。尉迟恭果然来到，李世民备酒款待。尉迟恭也十分谦逊，只是他说，他害怕三将军元吉记那在赤瓜峪曾被他打了一鞭之仇。李世民道："将军但放心！待我奏知皇上，自有加官赏赐，谁敢记仇？"于是他命徐茂公与元吉看守营寨，自己带了十骑人马，亲往长安奏知皇帝，加封尉迟恭官职。

谁知李世民一走，元吉果然不忘旧仇，依了段志贤之计，诬称尉迟恭要领了他原来部下逃到山后去，把他下入牢中。当时徐茂公得信，连忙赶马追报李世民。李世民急忙回来，问元吉："敬德安在？"元吉一口咬定说："敬德那厮，领了他本部人马夜间私逃，由我们着人马赶到数里外，把他拿了回来，现在下在牢中。"便劝李世民把他杀了，以绝后患。李世民命放尉迟恭出牢，亲解其缚，并设筵替他送行，又赠黄金一饼，作为路费。尉迟恭道："我本无二心，元帅既疑心我，我这性命也不要了！"说罢，要撞阶而死。李世民忙把他扯住，叫元吉去唤几个同他追赶尉迟恭的军士前来当场质证。元吉却又变口道："我只骑了一匹马，拿着个马鞭子，不顾性命赶上去。他拿起那水磨鞭照着我打来，给我侧身躲过，只一拳把他那鞭打在地上。他就叫三爷饶我。我就右手带住马，左手揪着他眼扎毛，顺手牵羊一般把他捉回来的。"李世民不信，徐茂公就提议到演武场去当场试演。尉迟恭情愿自己单人独马，让元吉持槊追捉。结果，元吉的槊被尉迟恭空手夺去，人也坠在马下。于是李世民便要与尉迟恭一同进京去见皇帝。

这时忽报洛阳王世充部下先锋将军单雄信特来索战。李世民和徐茂公等商定：自己同段志贤先到洛阳城打探，徐茂公与尉迟恭在后接应。李世民同段志贤正在前进，忽报单雄信从后面赶来。段志贤回马迎敌，与之一交手，便被打败逃走。这时单剩李世民一人，单雄信赶马上前，说道："唐元帅你哪里去？及早下马受降！"李世民慌忙逃入榆科园，单雄信也追入。正在危急之际，徐茂公从后面赶到，把单雄信一把扯住。原来他们两人本是至好朋友，现在各为其主。单雄信再三叫他放手，徐茂公不肯。单雄信拔出剑来，和他割袍断义，说："如再扯我，我就把你一剑挥为两段！"徐茂公忙放下，急急回营去讨救兵。单雄信又叫李世民下马投降，李世民此时手中有弓无箭，欲射不能，看看追近。单雄信正待上前擒拿，背后尉迟恭早赶到，喊着："单雄信慢走！"单雄信忙回过马来，两将交战，尉迟恭夺下了单雄信的枣槊，把他一鞭打得吐血而逃。于是李世民带了尉迟恭一同上京去见皇帝。

这时徐茂公在营，得到探子来报，尉迟恭已打败单雄信，很是庆幸。便命探子摹叙一番当时战争情况，然后赏了探子一只羊、两坛酒、一个月假，命回营去休息。

这个剧本虽有四折，但毫无结构，结果又似完非完，所以有人以为《尉迟恭三夺槊》的本事，恰和此剧相接，可能本来是前后两本，因而断定同是尚仲贤所作。但这是研究尚仲贤作品所必须讨论的问题，这里不再多说。至于剧中本事，全出《唐书·尉迟恭传》及其他各传，但劝李世民杀尉迟恭的系屈突通与段开山，与元吉无关，尉迟恭鞭打单雄信的地方名榆窠，与剧中也稍有不同。明人诸圣邻所作鼓词《大唐秦王词话》中，所写尉迟恭降唐及单鞭夺槊事，也据正史，惟易"槊"为"矟"，称榆窠为榆窠园，或简称榆园，而又杂入许多迷信传说；在"单鞭夺槊"后，即紧接"三夺槊"事。清人所作讲史小说《隋唐演义》与《说唐全传》，亦都叙及尉迟恭降唐及单鞭夺槊事，惟单鞭夺槊之地，《隋唐演义》作五虎谷，《说唐全传》作御果园。御果园与榆科园、榆窠园，当然是同一地方，于此可见是受了戏剧和鼓词的影响。而《说唐全传》似乎多据《大唐秦王词话》，不独故事多相同，迷信传说也极多。再后京剧有《御果园》，乃连接《单鞭夺槊》与《三夺槊》两剧为一，当然又是受了《大唐秦王词话》和《说唐全传》等的影响而编成的。

第二编 明代传奇《临川四梦》作者汤显祖

一、汤显祖的生平

　　汤显祖是中国古代戏曲史上，自南戏由简陋的宋、元戏文进展而为体制比较完整的明代传奇以后的第一个伟大戏剧作家。他虽然也应过举，中过进士，做过官，充过军，但他始终不为权势所屈服，始终不曾有过政治野心，只是一心倾向于人民，深深爱好人民所爱好的艺术——戏剧，站在人民立场，为人民所爱好的艺术而写作。因而在明代诸戏剧作家中，他是个坚持真理，不随流俗，最能懂得爱与憎，最能发挥戏剧的效用的伟大人民戏剧作家。巧得很，正当他在世的年代（1550—1617），也就是世界伟大戏剧作家莎士比亚在世的年代（1564—1616）。以作品数量来比，他当然比不上莎氏，但拿质量来比，在有些地方，他是有过之而无不及的，至少也足与莎氏媲美。这一东一西两位伟大戏剧作家同时并起，是当时世界剧坛上，也是世界文坛上的两颗晶莹灿烂的明星。

　　汤显祖字义仍，别号若士，又号海若，亦自称清远道人，1550年（明世宗嘉靖二十九年）9 月 24 日（农历八月十四日）生于江西临川城东门外文昌桥畔的灵芝园。他家从高祖起都葬在这地方，从祖父懋昭起也就住在这地方。当时的汤家是家衣食粗足的书香人家，祖父懋昭爱好书诗，因而家里藏有很多的书籍。伯父尚质是个长厚书生，好道信佛，这对于他侄儿后来的思想影响很大。父亲尚贤，母亲吴氏。他在婴儿的时代，是一个很聪明、很清秀，但又是体弱多病的孩子，因此深得祖母魏氏的欢喜和爱护。

　　他在五岁时，就被送到父亲设立的家塾内读书，即能过目不忘。从此一直到十三岁，都被家庭、塾师拘囚在传注括帖的小圈子里,除了《四书》、《五经》和制义(八股文)以外,读不到其他的书。十三岁时应县试,江西督学何镗便很推重他的文章。十四岁,补县诸生。从这时起,他从徐良傅学古文词,同时又从罗汝芳游学。罗的学问出入释、道二家,归结到儒家的大学之道,是一种唯心论的学说,但汤氏受他的影响和受之于他伯父的同样很深,后来都表现在他的戏剧及其他作品里。

1570年(明穆宗隆庆四年),他中了江西乡试第八名举人,那时他才二十一岁。和他同年中举的有位姜奇方,字孟颖,湖广监利人。两人在省会相遇,一见如故。这年冬天,两人同赴北京会试,住在一处。明年,姜中了进士,任宣城县令,汤却落第了。但他们中间却已建立了深厚的友谊,因而汤于三年后再试下第后,就到宣城姜的任上去作客,也就在那里认识了梅鼎祚、沈懋学二人。梅字禹金,也是当时一位有名戏剧作家,著有《玉合记》(汤曾为作序)、《长命缕》、《昆仑奴》等。沈字君典,身材短小,有英雄气概,好读兵法,结交异人名士,罗致酒徒剑客。他和汤气味相投,汤此时的生活情调曾受他很大的影响。这年是1576年(明神宗万历四年)。这年汤、沈两人又同游芜阴,在郡丞龙宗武家作客,因而和当时首相张居正的族叔张某相识。明年,两人同到北京会试。这时张居正要使他儿子嗣修中状元,还要罗致国内名士来作陪衬,这样更可抬高自己儿子的声价。他的族叔把沈、汤两人介绍给他,张嗣修弟兄就延请二人相见,汤氏拒绝不往。因此会试结果,沈遂中了进士,汤依然落第。同时还有一位张青野,也在宣城相识,这次应试也落第。他回去时,汤曾有诗送行。诗中有句云:"掷蛙本自黄金贱,抵鹊谁当白璧珍!"可见他们的落第不全由于不愿攀附权门,当时官场的贪缘纳贿也阻塞了寒素书生的进取之路。这次会试的结果,试官本定宋希尧一甲第一,张嗣修二甲第一,结果,张居正走了宫中内线,由太监冯保传达太后意旨,神宗把张改为一甲第二,宋为二甲第一。

汤回乡后，就在家闲住。1579年（万历七年），他到南京国子监读书。明年，又是会试之年。在会试前，张居正的同乡私人王篆和张的儿子张懋修同到南京来结纳汤氏，并和他谈鼎甲条件。汤为避之，索性连这次会试也放弃了。这年会试结果，试官本定萧良宥第一，王廷撰第二，张懋修第三，但神宗却改张为第一，萧为第二，王为第三。由此可见汤的不去赴试是有见识的。这年，他由南京回到故乡临川。

直到张居正死后第二年（1583），汤氏才再到北京应试，中三甲，赐同进士出身。这年中试的进士中，有宰相张四维的儿子甲徵，申时行的儿子用懋、用嘉，因而这两位宰相都教自己的儿子去招致他。他既不肯依附张居正，怎肯依附张、申呢？因此，他自请除南京太常寺博士闲职。也在这一年，张居正的三子嗣修、懋修、敬修俱削职为民。明年八月，汤氏迁南京礼部祠祭司主事。

此后，他安安静静在南京做他的有职位而不甚有事的闲散官。中间曾有一度朝廷要召他去做吏部郎，他上书坚决辞谢，没有实现。1590年（万历十八年），天空发现了彗星。在封建迷信时代，以为这是国家政治腐败的上天示兆。神宗却以为是由于谏官失职，欺蔽朝廷而起，遂下诏谴责谏官，并罚俸一年示儆，一面广开言路。明年，汤氏遂上疏反对谴责谏官的措施，而弹劾当时执政。这篇奏疏在历史上很有名，可见过去汤不愿做朝官，不是不热心政治，而是不肯与腐败官僚同流合污，所以言路一开，他就把心底话，也就是利国利民的真心话说出来了。原文很长，今据《明史》本传中所节录的精华移录，以见汤氏对于当时政治献议的一斑：

……言官岂尽不肖？盖陛下威福之柄潜为辅臣所窃，故言官向背之情，亦为默移。御史丁此吕首发科场欺蔽，申时行属杨巍劾去之；御史万国钦极论封疆欺蔽，时行讽同官许国远谪之。一言相侵，无不出之于外。于是无耻之徒，但知自结于执政,所得爵禄,直以为执政与之,纵他日不保身名,而今日固已富贵矣。给事中杨文举奉诏理荒政,征贿巨万。抵杭,日宴西湖,鬻狱市荐以渔厚利。辅臣乃及其报命,擢首谏垣。给事中胡汝宁攻击饶伸,不过权门鹰犬,以其私人,猥见任用。夫陛下方责言官欺蔽,而辅臣欺蔽自如。失今不治,臣谓陛下可惜者四:朝廷以爵禄植善类,今直为私门蔓桃李,是爵禄可惜也;群臣风靡,罔识廉耻,是人才可惜也;辅臣不越例予人富贵,不见为恩,是成宪可惜也;陛下御天下二十年,前十年之政,张居正刚而多欲,以群私人,嚣然坏之,后十年之政,时行柔而多欲,以群私人,靡然坏之,此圣政可惜也。乞立斥文举、汝宁,诚谕辅臣,省愆悔过!

神宗看了奏疏,不但不接受他的忠言,反而非常恼怒,把他谪官边荒,做广东徐闻县典史。

徐闻在广东雷州半岛南端,隔海就是海南岛,在当时的疆域图上,要算是中国极南端的烟瘴之地。典史乃是个典文书出纳的辅佐官。他一到任,就建立贵生书院,从事讲学,培养了很多知识分子。时为 1591 年(万历十九年)。

徐闻任满后,朝命升他做浙江遂昌县知县,离任之日,当地百姓都哭泣相送。遂昌在浙东,属处州府,多山多虎。他一到任,把灭除虎患当为重要政治任务,因而把虎患肃清。同时又清理积案,放掉许多不应监禁而监在狱中的囚犯。1598 年(万历二十六年),到京师去考绩,自请劾罪,免职回乡。1601 年(万历二十九年)主持考绩的官把他永远除掉官籍上的名字。事实上,他也早已不想再出来做官了。

这样他做了二十多年的不大不小的官,看到听到许许多多人民所遭受的疾苦,他随时把所见所闻,所感所想,都抒发在他的作品中。所以他的戏剧中特多牢骚不平之音,乃是他一生生活体验的累积,因而与其他戏剧作家所作有所不同。他的《紫箫记》上半部,还是写在他去南京做官之前。后来在南京任上时,因为有人说他是讽刺当时时事,他怕生事故,因而改编为《紫钗记》。《牡丹亭》约作于遂昌任上。《邯郸记》、《南柯记》二剧,大约都在失官后居乡时所作。他乡居二十余年中,专以修改和写作戏剧为事。他的《玉茗堂四梦》,都是可以传世不朽的杰作。

但当时的人都在嗤笑他,说他有这样的学问,既不愿做官,为什么不出去讲学? 他还是写他的戏剧。而在当时又由于他不遵守世俗的曲律,因而连一般优伶都不很欢迎他的原作,所以他曾有诗自伤云:

> 玉茗堂开春翠屏,新词传唱《牡丹亭》。伤心拍遍无人会,自掐檀痕教小伶!(《七名醉答君东》)

诗中的意思是很沉痛的。他所教的小伶,可能是指他自己的侍儿小红,她以善唱《牡丹亭》为宾客所赏(见张监《冬青馆集》)。钱谦益《列朝诗集小传》丁集中《汤遂昌显祖》传中写他此时的生活道:

> ……穷老蹭蹬,所居玉茗堂文史狼藉,宾朋杂坐,鸡坿豕圈,接迹庭户,萧闲咏歌,俯仰自得。……胸中块垒,随写未尽,则发而为词曲。《四梦》之书,虽复留连风怀,感激物态,要于洗荡情尘,销归空有,则义仍之所存略可见矣。……

在蒋士铨《临川梦》所附《玉茗主人传》中亦有类似的叙述。这全是他罢官回来,晚年生活的写实。

他不独自己喜欢作曲,而且亦酷爱藏曲,生平收藏元人杂剧,有千种之多。他尤爱好关汉卿的作品,因而他的写作态度,与作品风格,很有与关相似之处。他的不熟南戏曲律,和他特殊爱好北剧也很有关系。《四梦》在他生前都曾刊行，不但刊行，而且如《牡丹亭》还有人替他改正曲律，在各地上演。他虽反对别人为他修改，而一般优伶都置他的反对于不理，仍用改本来演唱。这又是桩使他颇为痛心的事。《紫箫记》的上半本，为了消除谣言，曾在南京为官时刊行过。晚年又曾续写，但大概由于仍旧没有完稿之故，又未经付刊，因而他死后，他的第三子开远，竟把它连同其他未刊刻过的词曲一概焚弃了。

诸剧中，《牡丹亭》传世最广，刊本一出，即激动了万千年轻读者的心灵，尤其是多情善感的深闺少女。且不论作者去世之后，即在作者生前，已有几个深闺少女，为了读了他的《牡丹亭》，引起她们自悲身世，以致感伤憔悴或竟至断肠而死。最为大家所熟悉的有二人：一是娄江俞娘（或作俞二娘，亦作俞三娘），她酷爱《牡丹亭》，曾为它作校注，年仅十七岁，就断肠而死。汤氏有《哭娄江女子》诗云："画烛摇舍阁，真珠注绣窗。如何伤此曲，偏只在娄江？"观诗中"偏只在娄江"一语，似娄江"伤此曲"者还不止俞娘一人，可惜"书缺有间"，已不知究为何人了。一是扬州金凤钿（或作苏州宋姓女；或云浙江人，不知其姓），父母都已亡故，一个弟弟年纪尚幼小，她很爱读词曲，所以《牡丹亭》刊本一出，她就读到，即日夕把卷，吟玩不辍。又打听到了作者住址，作书达意，中有"愿为才子妇"之句。但此书历半年余始达到作者那里。作者看了非常感动，立即星夜启程来扬州，到时她已死了一个月了。临死时候，还嘱以《牡丹亭》为殉葬。汤氏深感她的知己，替她料理葬事，带了她的弟弟回家。后来她的弟弟也读书成名。此二事为作者生前之事，想不会全是附会或捏造。但即使是附会或捏造，亦可见《牡丹亭》感人的深切，否则千不捏造，万不捏造，为什么一定要把这种动人的故事联系到《牡丹亭》作者的身上去呢？作者自己曾说："仆所言者，情也！"《牡丹亭》之作，本是作者发抒真情，真情能感发真情，乃自然之理。俞娘、金凤钿都受了他的感发，而她们又都生存在桎梏女性的封建社会里，又无法摆脱封建的桎梏以发抒她们的真情，怎能不倾倒于作者，而悲伤憔悴以死呢？

1616 年(万历四十四年)，汤显祖的双亲先后逝世。明年，汤自己也告别了人世，享年六十八岁。他的夫人吴氏已死于 1583 年(万历十一年)。有四个儿子：士蘧、大耆、开远、季云。其中士蘧早死，开远以军功历擢安庐三郡监军，升副使，卒，赠太仆少卿。

和他生平相交最善的人，除前述外，尚有帅机、李三才、梅国桢、李化龙四人。他们各个人的历史，在汤氏作品里，可以看出或多或少的影响。帅机字惟审，是他的同乡，两人在本乡都被称为"神童"。帅机比汤氏大十二岁，十五岁中乡试时，汤氏还只三岁。但他们的交谊特别好，真可算是忘年交了。帅机后于隆庆二年(1568)中进士，官南京礼部精膳司郎中。所作时文，与汤齐名，并与邱兆麟、祝徽号称临川时文前四大家。李三才字道甫，通州人，万历进士，累官右佥都御史，巡抚凤阳诸府。疏谏矿税，以折税监得民心，擢户部尚书。为人才大而好用机权，结交遍天下，终为人所勘而免官。梅国桢字克生，麻城人，少善骑射，与汤氏同年登进士。以御史擢提督监军，平哱拜之变，论功升太仆少师，累迁兵部右侍郎，总督宣大山西军务。李化龙字于田，长垣人，亦万历进士，擢右佥都御史，巡抚辽东，边塞慑伏。以工部右侍郎总理河道，开淤河，由高河入泇口，抵夏镇二百六十里，避黄河、吕梁之险，为通运漕米建下永远利便的基础。又总督湖广川贵军务，讨平杨应龙之乱，累加柱国少傅。卒，谥襄毅。著有《平播全书》、《治河奏疏》、《场居集》等。这四位朋友，地位都比汤氏为高。李三才在淮上监督漕运时，曾招请汤氏前往，他回复道："我曾和你们并肩事主，现在我年老了，到你那边来作客，是办不到的！"也可见他始终不肯屈节于人的意气了。

对于汤显祖一生事业及其戏剧作品的总评价，清人蒋士铨所作《临川梦》自序中所论列，颇能代表旧时代进步批评家的一般看

法,而所论列也较为全面,兹录其首段如下:

> 客谓予曰:"汤临川词人也欤?"予曰:"何以知之?"曰:"读《四梦》之曲,故知之。"予听然而笑曰:"然则子固歌者也! 何足知临川?"客愠曰:"非词人,岂学人乎?"予曰:"《明史》及《玉茗堂全集》非僻书,子曾见之欤?"曰:"未也。"予曰:"然则子固歌者也,又乌知学人?"乃取《明史列传》及《玉茗堂集》约略示之。客惭而退。

> 呜呼! 临川一生大节,不逊权贵,递为执政所抑,一官潦倒,里居二十年,白首事亲,哀毁而卒,是忠孝完人也! 观其星变一疏,使为台谏,则朱云、阳城矣。徐闻之讲学明道、遂昌之灭虎纵囚,为经师,为循吏,又文翁、韩延寿、刘平、赵瑶、钟离意、吕元膺、唐临之流也,词人云乎哉!

> 然则何以作此《四梦》也?

> 盍观临川之言乎? 题《牡丹亭》曰:"梦中之情,何必非真?"题《紫钗》曰:"人生荣困,生死无常,为欢苦不足,奈何!"题《邯郸》曰:"岸谷沧桑,亦岂常醒之物耶? 既云如梦,醒复何存?"题《南柯》曰:"人处六道中,嚬笑不可失也! 梦了为觉,情了为佛,境有广狭,力有强劣而已!"

> 呜呼! 其视古今四海,一枕窍、蚁穴耳! 在梦言梦,他何计焉!

照他这样一说,我们称汤氏为戏剧作家,正同有人以他为"词人"一样,似浅视了汤氏了。但蒋氏所说,是指他生平为人,我们是指他写作成绩。立论的观点不同,因而所下判断也相异了。

二、作品的思想性与艺术性

我们要确定汤显祖戏剧作品的价值,必须从他作品的思想倾向和艺术成就来做估计。明代继承宋、元理学传统,风行讲学,因而使野心政治家有可乘之机,以致伪道学成为当时学术文化界的思想主流,伪道学家成为当时政治社会上的无上权威。万历二十二年(1594)二月,皇长子常洛也出阁讲学,尤助长了伪道学的声势。汤显祖就是生长在这样一个时代里的人。他的赋有真情实意的天性,他的富于真才实学的素养,和他在生活体验中亲身所遇到或听到的受伪道学影响而产生的对善良人民所加的种种逼害,引起了他强烈的愤怒与不平。所以曾有人劝他讲学,他笑答道:"诸公所讲者'性',仆所言者'情'也。""性"就是理学,也就是道学,是一种唯心论哲学,"情"是紧密联系人与人的真爱,是促进文艺作品产生的动力,是文艺强大传播力量的主要因素。一伪一真,相去天壤。

但他第一次写作戏剧《紫箫记》,还没有完稿,也还没有发表,就碰到了钉子。当时有人宣扬他是讽刺当局的,因此几乎引起轩然大波,使他不敢续写下去。然而由此可见他的写作态度,一开始便对准当时腐败黑暗的社会政治,因而也很快引起封建统治者所豢养的爪牙们的注意。这逼使他以后的写作不得不改变方向,不得不运用更适当的技巧,虽然还是借写古人古事来讽刺今人今事,但他的"四梦"的本事都忠实于它们的来源和出处,几乎人人有来历、事事有根据,就是为了要塞嫉妒、压迫者之口,而使作品得以演出和流传。作者的用心是很深也很苦的。

鲁迅先生在《狂人日记》里曾写过这样一段话:"翻开历史一看,这历史没有年代,歪歪斜斜的每页上都写着'仁、义、道、德'几个字。我横竖睡不着,仔细看了半夜,才从字缝里看出字来,满本都写着两个字是'吃人'!"汤显祖也正是在当时的历史页面上都写着"道学"、"理学"字样,而他却从字缝里看出满本都写着"害人"两字的一个作家。《牡丹亭》里杜宝叫陈最良教自己女儿丽娘读《诗经》,在道学家看来,正是一种极好的"诗教",但不料却因《关雎》一诗,引起了丽娘的伤春之感,从而"游园""惊梦",以至相思成病而死,而他还要怪妻子不该放任女儿游园。在这里,很清楚地显示了封建教育与封建礼教间的冲突与矛盾。而甄夫人却反对这种"正""里"相反的伪道学,因而说道:"怪她裙衩上,花鸟绣双双!"女儿的裙衩上既可绣出成对的花鸟,她为什么不能有成双作对的意愿呢?(《惊梦》)所以当丽娘病重了,甄夫人对杜宝道:"若早有了人家,敢没这病?"而杜宝还是这样说:"古者男子三十而娶,女子二十而嫁,女儿点点年纪,知道什么呢?"(《诘病》)他对自己叫女儿读《诗经》所产生的不幸后果,竟是一无所知。这是伪道学偶然自发露出的思想,几乎近于愚昧。后来丽娘复活了,他还要以道学家不迷信的面孔,奏请皇帝当庭把丽娘打死。这比"吃人"的"仁、义、道、德"还要凶狠,因为后者吃了人还不敢露迹,而前者却是在大庭广众之间,公然叫嚣杀人。那么在整部《牡丹亭》中,杜宝是不是一个反派角色呢?却又不是。他做南安太守三年,还能使农民过安乐生活(《劝农》);奉使守边,还能忠于职守,降敌平乱,安定淮扬(《移镇》、《御淮》);而且丽娘复活后再三要他相认,他起初固执着再三不肯,丽娘闷倒了,他便抑制不住唤起"俺的丽娘儿"来(《圆驾》)。当这个时候,他的天良立地重现,他的伪道学面孔也就全被撕破了。所以他也只是一个中了伪道学毒害的可怜人,而本身还不是一个真正"伪道学家"!

在伪道学猖狂压迫之下,在重男轻女的封建社会里面,受到伤害最厉害的自然是女性，所以在汤显祖的戏剧作品里，作者特别同情于女性，因是而加意颂扬女性。不但颂扬她们率真而不自觉的对伪道学的反抗精神，而且把她们写得比在男尊女卑社会制度下养尊处优的无用书生还要高过一筹。在他所写的五个剧本里，几乎没有一个重要女角色，不在她的品德、才能，或是她的对爱情的专一等方面，胜过于它的男主角。《紫箫记》中鲍四娘不甘于做主人随意送人的奴隶所作的斗争、《南柯记》中金枝公主和《邯郸记》中崔氏用全力帮助丈夫完成功名或事业的热忱、《牡丹亭》中杜丽娘和《紫箫记》中霍小玉对所爱者或爱她者生死不二的真挚爱情，都使一般无用书生、负心男子对之生愧。但汤作中的男角，也有一个与当时一般作品中的男角不同的特色，就是都是"一马一鞍"，没有二妻三妾，即《牡丹亭》中的杜宝，为了没有男孩，要想娶妾，也到底没有实行。

　　他同元代伟大戏剧作家关汉卿一样，也是一个由于熟悉女性，同情女性，因而成为一个善于塑造女性典型人物的能手。在他笔下的女性，没有一个伪道学，也没有一个粗鄙庸俗。甚至写性爱生活，也不矜持，不放纵，都很自然真率。像杜丽娘那样一个不愿青春徒然消逝而热烈追求美满的性生活的少女，她对于她的爱人，虽然仅是个梦中人，也全心倾慕，生死不二。幸而梦中人真有其人，自己亦得以死而复生，终成眷属而得偕老。像这种热爱生命，热爱生活，而不惜以性命来博取美满婚姻的坚强斗争精神，在封建社会的女性中是很少见的。无怪凡是爱读这个作品的女性，都为她这种勇敢精神所激动、所感染。但她们都自伤力薄，无法效尤，如《梅花草堂笔谈》、《柳亭诗话》所载的俞娘，《三借庐笔谈》所载的金凤钿，《玉几诗话》所载的商小玲，以及有名的"自我恋"者冯小青，终于都为之悲伤憔悴甚至断肠而死。它的感人的力量于此可见一斑。

　　《南柯记》中的琼英郡主是个很懂得恋爱道德的青年寡妇，她也热爱着驸马淳于梦,但当金枝公主活着时,她不愿夺取别人的爱人,始终把她的热情隐藏抑止着。后来公主死了,由于对驸马过着难堪的孤寂生活所引起的同情,此时她的隐抑着的热情也已失去隐抑的理由,便不惜昵身相就,予以安慰(《粲诱》)。这种精神也是挺勇敢的、伟大的。虽然后来终为右相段功所破坏,但作者对她是十分同情的。这是针对伪道学家高唱"失节事大"时代的一封挑战书,纵是战斗得失败了也是光荣的。这种为爱牺牲的女性,还有霍小玉。她知道爱人的爱她是由于她的青春美貌,因而她不愿以她将来的迟暮衰老来隐伤爱人的心,因而提出了"妾年始十八,君才二十有二,逮君壮室之秋,犹有八岁。一生欢爱,愿毕此期,然后妙选高门,以求秦晋,妾便舍弃人事,剪发披缁"的约言(《折柳阳关》)。这样的对爱人体贴入微而甘愿牺牲自己的真情实意,更是世间所少有少见的伟大的爱情表现。

他如《紫箫记》中的鲍四娘,由于身受为人奴隶之苦,自恨不能和花卿偕老,因而不愿出卖她的爱情,再去伏侍一个年轻的权贵。她因爱霍小玉与李十郎而愿为两人撮合,然而亦很为霍小玉担心,所以她虽允许十郎为她做媒,但她不能不与他相约:"十郎,奴家失身青楼,朝东暮西,理当生忧。你明日倘成就霍郡主呵,不要似花卿这般薄幸哩!"(《托媒》)又如同剧中杜秋娘知道了小玉已嫁李益,对郑六娘道:"俺和你三人上下年纪,如今都已憔悴了。正好郡主们及此青年,讨些快活!"(《心香》)这种由推己及人出发的爱惜下一代的精神,也是伪女道学所不会有的。

作者对被压迫者既予以这样深切的同情,当然对施压迫者要予以无情的谴责。这就是当时很有人说他的作品里写的某人某事,是讽刺某人某事的由来。他对当时封建王朝在伪道学家执政下的一切政治,几乎全都是否定的。而实际上当时的政治的确腐败黑暗到了极点,封建统治阶级早已到了没落崩溃的前夕,伪道学的为虎作伥,不过是一时的回光返照而已。当时外来侵略的此仆彼起、朝野权贵的仗势欺人、黑暗而不合理的科举制度不知消磨了多少知识分子的志气；上中层社会人士日常生活极度的放纵淫逸，受苦难熬的农民都逼得要铤而走险。只要一翻当时的历史记载，作者即使要对之歌功颂德，亦有所不能。只有自己蒙塞住自己耳目不去看看书房外面现实世界的作者才能这样做，而汤显祖绝不是这样一种人。

但作者不是不会歌颂，他所歌颂的乃是爱护人民，为人民做好事，和尽力保卫祖国疆土的人。如淳于梦为南柯太守二十年，做过近万桩德政，召回时当地人民卧辙拦车，不放他走（《南柯记》），杜宝治南安三年，农村中昼无公差，夜无盗警，农民们作歌颂德（《牡丹亭》），卢生开凿运河二百八十里，粮运由此直达长安，人民都乐于服役（《邯郸记》）；又如淳于梦的击退檀梦太子，杜宝的计降李全夫妇，卢生的开疆一千里、勒石天山，刘公济、杜黄裳、石雄、阎朝、郝玭的击败吐蕃的侵略（《紫箫记》与《紫钗记》），都为作者所钦敬、所赞扬。因为这些正都是对于当时权贵害民、御外无力等等腐败政治的反讽刺、反映衬。

但也不是没有从正面谴责的，如：卢太尉为了争夺女婿，竟不惜用尽全力，甚至幽禁当朝状元，离间他的结发妻子，逼使就范（《紫钗记》）。宇文融选文拔士，萧嵩文章虽好，由于他是梁朝后代，异代君臣，管他不着，裴光庭乃前朝宰相之子，武三思之婿，故才品虽次，仍要取他做状元。结果，强中还有强手，率为权势与金钱的力量达到御前的卢生中了第一。卢生自以为权势可靠了，不料也棋差一着，恶了宇文融，以至屡起屡蹶，几乎断送了性命（《邯郸记》）。这确是在隐刺当时实事：万历五年（1577）廷试，考官张四维、申时行原定宋希尧为一甲第一、首相张居正子张嗣修二甲第一，及发榜，张居正走了太后的路，神宗却改宋为二甲第一，张为一甲第二；万历八年的廷试，原定萧良有为第一、王廷撰为第二、张居正的儿子懋修第三，但神宗却改懋修为第一、萧为第二、王为第三，这是活生生的现实，几乎和《邯郸记》所写的黑暗科举的情形全相符合。

他既是一个主张对外来敌人迎头痛击的反侵略者，所以对当时软弱无力而对人民不负责任的外交政策，持反对态度。《牡丹亭》写苗舜宾主试阅卷，取主战的文章第一，主守的第二，主和的第三，后来听到柳梦梅"天下大势，能战而后能守，能守而后能战，可战可守而后能和"之说，便称赞他是高见。这确是当时一般权贵对外主张不统一、不协调的写照，其他三说都偏，只有柳说是当时的对症发药，不妨说也就是作者所最赞成的一种主张。

从反伪道学、反腐败政治，打击侵略者、同情被压迫者，赞扬为人民做好事的官吏、英雄，表扬对爱情专一不二的女性，不反对年轻寡妇与人恋爱等等看来，在当时那样的时代社会里，作者这种对当时腐恶黑暗势力不妥协、不屈服的反抗精神，和他对于与罪恶的封建统治坚决作顽强斗争的勇敢人民的歌颂，不能不说是面向进步的，因而他的作品，也可以肯定要比一般为进步。

在艺术方面，作者也有他特殊的成就。十六世纪是中国南方戏剧——传奇的黄金时代。当简陋的宋元戏文进展而成为体制比较完整的传奇的时候，《琵琶记》与《荆》（《荆钗记》）、《刘》（《白兔记》）、《拜》（《出闺记》）、《杀》（《杀狗记》）便放出了异彩。它们都以结构细密、文词本色、主题纯正，为人民所乐于接受而风行于剧坛。后来昆曲创始，曲调更婉转动听，歌唱技术是进步了，但在曲词方面，却起了相反的效果。本来白描本色的词句，却变成了骈四俪六，因而容易"以词害意"。再由于格律谨严，平仄阴阳不能丝毫变动，遂造成以词意迁就曲律，而发生"以律害词"的现象。这在反对拟古，主张自然的汤显祖是不能赞同的。他曾经说过："余意所至，不妨拗折天下人嗓子。"现代流行的歌曲，不往往是先由创作家作曲词，再由音乐家作曲谱的吗？何以一定要"以词就曲"，才不拗折嗓子呢？所谓"不妨拗折天下人嗓子"一语，只是作者对于反对他的人的一种愤话罢了。其实只要改变曲谱，也就是改变唱法，嗓子是不会拗折的。所谓反对他的人，大概是那些唱曲的人，由于刻板的格律易于记唱，因而他们依赖成性，反把本来随词而唱的专业熟技由荒疏而至于消失。难道格律未曾严定之前，他们都不会唱戏的吗？这一句话可以打破"拗折嗓子"的非真实性。他的反"拟古"也有证据，《紫箫记》中写尚子毗回忆在长安时情况说："俺正与李君虞、花敬定、石子英相聚为乐，唐帝忽催游国子监，彼时正是昌黎一老儒，唤做韩愈，正作四门博士，说中国秀才都传诵他文字，俺取他数作观之，好没意致。"这正是对当时提倡古文，自称继承"唐宋八大家"的伪古文家的讽刺。这是由于他有纵横如意的天才，反对格律和模拟的束缚，因而在文词方面，对于还可以由自己操纵的骈四俪六，还偶然用用，而对模拟古人的散文却绝端反对。

　　作者的同时人又是同道的王骥德曾这样批评过他："婉丽妖冶，语动刺骨，独字句平仄，多逸三尺，然其妙处，往往非词人工力所及。"又说："其才情在浅深、浓淡、雅俗之间，为独得三昧。"（均见《曲律》卷四）除掉格律，他对作者艺术上的成就是完全肯定的。汤显祖的作品，正由于不浅不深，不浓不淡，亦雅亦俗，而为大众所能了解，所能欣赏，所能接受，而获得大多数人的喜爱。因而他的作品是"行家"作品，而非"名家"的作品。此外批评家对他的自然美妙的曲辞，也一致的有褒无贬，这里不多引了。

　　由于作者熟读历史，熟悉生活，因而在塑造人物、安排故事方面，也有与其他作家不同的特色。他的全部戏剧本事，都有来源可寻。《南柯》、《邯郸》、《紫钗》、《紫箫》都出自唐人传奇小说，这是人所熟知的。唯《牡丹亭》乃出自明代中叶的传奇小说，系近年始发现（可参阅拙著《曲海蠡测》）。由于他熟悉历史，因而不但扩展了原来故事中原有的历史真实人物的事迹，又加进了许多原来故事中所没有而历史上真实的人物和事迹。像《紫钗记》中的李益、鲍四娘，《牡丹亭》中的李全、杨氏，《邯郸记》中的宇文融、萧嵩、裴光庭,都是实有其人;而《紫箫记》虽然表面上也根据《霍小玉传》,却加入了许多历史上真人真事,所以倒是作者所作五剧中仅有的创作戏剧。可惜的是只剩了在他生前已印出的上半部,后来续成的残本,已为他第三个儿子"讲学家"开远连他的未发表的词曲一并焚弃(见钱谦益《列朝诗集》丁六),因而我们现在无法看到全貌。但据现存本卷首的"家门大旨"所述,还可以看到它的焚弃部分的本事大略:

〔凤凰台上忆吹箫〕:李益才人,王孙爱女,诗媒十字相招。喜华清玉琯,暗脱元宵。殿试十郎荣耀,参军去七夕银桥。归来后,和亲出塞,战苦天骄。　　娇娆,汉春徐女,与十郎作小,同受飘摇。起无端贝锦,卖了琼箫。急相逢天涯好友,幸生还一品当朝。因缘好,从前痴妒,一笔勾销。

　　李十郎名标玉简　　霍郡主巧拾琼箫
　　尚子毗开围救友　　唐公主出塞还朝

据这"家门大旨"来看,今存各本的《紫箫记》,只写到"参军去七夕银桥",其余自"归来后"以后,都已被焚弃,或仍没有全部写完。我们现在不能见的这一部分,就不全是《霍小玉传》所有,几乎全是作者另外创造的。故事背景,都是历史真事,不过以李益作为主角而已。这段故事所写,主要的乃是吐蕃王用尚子毗的政策,请求与唐和亲,因是李益送太和公主出塞,后来吐蕃叛变,为石雄击破,把公主迎回,李益也以功官至丞相。中间虽曾因一度娶小而与小玉发生裂痕,小玉且穷至卖箫,但终于也像《紫钗记》一样,仍得团圆偕老。剧中人物,如石雄、尚子毗、尚绮心、严遵美、杜黄裳、郝玭、阎朝、郭贵妃、太和公主等,都是《唐书》中的真实人物,就是花卿、杜秋娘也实有其人,不是杜撰。太和公主和番(据《唐书》,她是嫁给回纥的)和后来为石雄迎回,也是历史事实。他这样写,可能与当时的对外政策有着一定的关系，所以初时写了一半，就"是非蜂起，讹言四方"（《紫钗记·自序》）因而使他不敢再写下去。但这篇"家门大旨"，由于上半部先曾刊行，得以传布开来，留存至今，使我们由此获知后半部的本事大概。

汤氏之善用历史还不止此。他还利用古代诗人作品里的意境来作为他的戏剧背景，以加深剧中人物的感情和故事的气氛。试读他的《紫钗记》，便似读了一首包括所有唐朝诗人笔下曾经写到的"闺怨"、"边愁"的抒情诗句的长诗。在这首长诗里，剧中人物所身临的境地，如"临岐折柳"的灞陵桥畔，"春风不渡"的玉门关外，都是充溢着浓郁的离情别绪的唐人诗中常写到的意境。更有闺中鹦鹉，塞上风沙，也尽都是唐代诗人笔下宝贵的珍珠碧玉，在剧中也都安排在适当的场面里。至于李益在受降城上夜间巡查时，指着沙当是雪，见月色疑是霜，和戍兵一问一答，都由听得笛声而引起思乡之情，接着写出了他那闻名千古的诗篇《夜上受降城闻笛》那一段，更细致地把当时出塞征人的离愁别绪逼真地描绘了出来。使每一个读者都能由此体味出李益这篇名作的真实意境，而更深入的去理解原诗。他简直是用诗来写戏剧，也是把戏剧诗化了。

由于他对人民生活特别熟悉，因而在他的作品中也可以看到当时下层社会的人民生活。《牡丹亭》中写杜太守到乡间去劝农时听到了农民所唱田歌："泥滑喇，脚支沙，短耙长犁滑律的拿。夜雨撒菰麻，天晴出粪渣，香风簁鮓。"他便道："歌的好！'夜雨撒菰麻，天晴出粪渣，香风簁鮓。'是说那粪臭。父老呵，他却不知这粪是香的，有诗为证：焚香列鼎奉君王，馔玉炊金饱即妨。直到饥时闻饭过，龙涎不及粪渣香。与他插花，赏酒。"杜太守说："粪是香的"，这只有对农村生活有深切体验的人才能说得出。《邯郸记》写卢生充军到鬼门关外，住在当地一个猎户的碉房里，那种树居生活，也非熟悉那个地方底层社会生活的人写不出来。他对于来自人民中间的文艺形式也特别爱用，在《牡丹亭》中曾写出了春香和花郎用《答

歌》来互相调笑(《肃苑》),在《紫箫记》中写出了李益和霍小玉用此
唱彼接的《竹枝词》来表示夫妇情好(《胜游》),在《牡丹亭》中还引
用了唐朝人李昌符咏婢女的两首打油诗,更加上吴语作衬辞,由舟
子口中唱出来,尤显得别有情致(《婚走》)。

前面已经提过,作者是个最同情于受封建压迫的女性的人,因
而他也善于描绘受压迫女性的心理,尤其是在封建礼教压迫下少
女少妇的幽郁心理。《牡丹亭·惊梦》出中所写杜丽娘游园后在闺
中自叹自伤一段,是汤作中有名的伤春心理描写:

> 〔旦叹介〕默地游春转,小试宜春面。春呵,得和你两留
> 连。春去如何遣?咳!恁般天气,好困人也!春香那里?〔左
> 右瞧介,又低首沉吟介〕天呵!春色恼人,信有之乎?常观诗
> 词乐府,古之女子因春感情,遇秋成恨,诚不谬矣。吾今年已
> 二八,未逢折桂之夫;忽慕春情,怎得蟾宫之客?昔日韩夫人
> 得遇于郎,张生偶逢崔氏,曾有《题红记》、《崔徽传》二书。此
> 佳人才子,前以密约偷期,后皆得成秦晋。〔长叹介〕吾生于宦
> 族,长在名门,年已及笄,不得早成佳配,诚为虚度青春。光阴
> 如过隙耳!〔泪介〕可惜妾身颜色如花,岂料命如一叶乎!
>
> 〔山坡羊〕〔旦〕没乱里春情难遣,蓦地里怀人幽怨。则因
> 俺生小婵娟,拣名门一例一例里神仙眷。甚良缘,把青春抛的
> 远!俺的睡情谁见?则索因循腼腆,想幽梦谁边?和春光暗
> 流转。迁延,这衷怀那处言?淹煎!泼残生,除问天!
>
> 身子困乏了,且自隐几而眠。〔睡介〕

在这里面,委婉曲折,逐层深入地描写出了一个初成熟的深闺少
女,在绝对不许自由择配的礼教压制下,怜惜自己美妙的青春即将
消逝,心想追逐恋爱对象而无法可以达到意愿的幽愤愁苦心理,也
就是所谓伤春心理。在封建时代,这是极大胆的暴露,而在今天来

看,仍是多么极为真率、自然！再有《紫箫记·托媒》写鲍四娘向李益倾诉自己幽恨、感伤迟暮一段,也是"绝妙好词":

〔十郎〕见你后闷怀旅馆,不曾一过人家。余响绕梁,特来消遣。

〔四娘〕你要俺唱呵,俺也无心,唱也没趣的。花卿教人长恨,听奴诉者:

〔好姐姐〕当初银兰翠屏,在窠畔、金蝉掷镜。那时少年游冶,都来追欢买笑。丁香舌上,留连作巧声。多欢庆！明胶热酒偏饶兴,细汗霑躯别有情。

自到花卿府,游兴便已消索了。

〔前腔〕灯炖香煤暗惊,十郎,你早不相寻,到此已伤迟了。如今情绪,唱出甚的来？惹云袂、曳烟春暝。雨床绿竹,凝愁按不成。恹残病,那堪绿琐千条影,枉自红飘一番情！

这样描写一个才从女奴隶中半解放出来而自伤青春已经消失的女性心理,确也是恰到好处的。

汤作艺术方面的成就,本是批评家所一致赞许的,但美中也尽有不足之处,如王骥德对他全部戏剧作品的评价,很可代表从前批评家的一般看法:

临川汤奉常之曲,当置法字无论,尽是案头异书。所作五传,《紫箫》、《紫钗》第修藻艳,语多琐屑,不成篇章。《还魂》好处种种,奇丽动人,然无奈腐木败草,时时缠绕笔端。至《南柯》、《邯郸》二记,则渐削芜类,俯就矩度,布格既新,遣辞复俊。其掇拾本色,参错丽语,境往神来,巧凑妙合,又视元人别一蹊径,技出天纵,非由人造。使其约束和鸾,稍娴声律,汰其剩字累语,规之全瑜,可令前无作者,后鲜来哲。二百年来,一

人而已！(《曲律》卷四）

所谓"语多琐屑，不成篇章"，所谓"腐木败草，时时缠绕笔端"，确是说中了汤作的短处。但所谓"二百年来，一人而已"，正与今人有着同见。而王氏所希望的"汰其剩字累语，规之全瑜"，已有很多人代作者对《牡丹亭》做过这种工作。而这样做，作者自然是反对的，但对读者和观者来说，确也不是完全没有可以赞同之处。

他的"四梦"为什么多用"梦"来做名字呢？或许有人要提出这样的问题。这可能是他用来对反对他或不理解他的人表示他的写作态度。既以"梦"来看待人生一切，那么他对政治自无什么得失之心，不过写来表示表示自己的梦想而已。这样，既可以免招当时权贵的嫉忌，他的作品也就不至重蹈《紫箫记》的覆辙，而免于遭受夭折焚弃的命运。

三、作品的版本及其他

汤氏全部戏剧作品的写作年月与刊刻年月的先后,下列的次序大致是不十分违反实际情况的:

1.《紫箫记》;

2.《紫钗记》;

3.《牡丹亭还魂记》(简称《牡丹亭》或《还魂记》),亦称《牡丹亭记》;

4.《南柯记》(亦称《南柯梦记》或《南柯梦》);

5.《邯郸记》(亦称《邯郸梦记》或《邯郸梦》)。

《紫箫记》在五种中写作最先,约作于1578年(万历六年)前后,时作者在临川。但写了还不满半部(详情参看上节),就因发生讹谣而中止。为了息谣,汤氏就把这未完的半部先付刊印。这是作者自己说的,当然极端可靠。作者在《紫钗记·题词》里说:

> 往昔余所游谢九紫、吴拾芝、曾粤祥诸君,度新词为戏,未成而是非蜂起,讹言四方,诸君子有危心,略取所草具词梓之,明无所与于时也。记初名《紫箫》,实未成,亦不意其流行之如是也。……南都多暇,更为删润讫,名《紫钗》,以中有紫玉钗也。

《紫箫记》未完部分,作者在晚年时曾经续写过,大概仍旧没有写完便去世了,因此给他第三个儿子开远把"续成《紫箫》残本,及词曲未行者悉焚弃之"。此说出钱谦益《列朝诗集小传》丁集中,钱氏是根据作者次子大耆的话写的,当然也可靠。但是后人由于未读《紫箫记》原书，或虽是读过而没有注意《紫箫记》"家门大旨"，因而断为今存本《紫箫记》并非首尾不全，只是未定之稿，即博学如郑振铎氏，亦曾主此说。他既误认开远所焚弃的"续成《紫箫》残本"为即今行之上半部，因而说："《紫箫》今存，并未被焚。"（《插图本中国文学史》新版 856 页）又说："《紫箫》未出时物议沸腾，疑其有所讽刺，他遂刊行之以明无他……所谓'未成'，并非首尾不全，实未经仔细修炼布局之谓。"（同书新版 862 页）郑氏所作《插图本中国文学史》，是近人所作同类书中的权威，到现在仍为学者所重视，所以这里必须为之辨证。实则只要读一读《紫箫记》"家门大旨"，这一误会便可迎刃而解的。

《紫箫记》上半部完成后，即曾演出过，作者对此颇为得意。他在后来追忆时这样写道："予昔时一曲才就，辄为玉云生夜舞朝歌而去，生故修窈，其音若丝，嘹彻青云，莫不言好，观者万人。"（《玉茗堂文集》卷六《玉合记题词》）此剧原刊本今不知是否还有留存，常见的有明毛晋《六十种曲》申集本、富春堂刊本和解放后《古本戏曲丛刊》初集影富春堂本、《汤显祖戏曲集》校点本、胡士莹校点本（附《紫钗记》校注本后）。

《紫钗记》作于 1586 年（万历十四年）汤显祖在南京为官之时，所以成书亦较早。后来与《牡丹亭》、《邯郸记》、《南柯记》合称"玉茗堂四梦"。"四梦"之称，前此已有车任远的"四梦"，为《高唐梦》、《邯郸梦》、《南柯梦》、《蕉鹿梦》；但汤作为传奇，而车作则为杂剧。《紫钗记》的原刊本，今亦不知存佚，所知或可见之本，有：《玉茗堂全集》附刻本、柳浪馆刊本、竹林堂刊本、臧懋循改本、《六十种曲》卯集本、《古本戏曲丛刊》初集影柳浪馆本、《汤显祖戏曲集》校点本及胡士莹校注本。

《牡丹亭》的《题词》，作于 1598 年（万历二十六年）。但此书曾经徐文长批评过，徐氏死于 1593 年（万历二十一年），则此书之成，必更在 1593 年之前，而发表于 1598 年的乃修正本。它是"四梦"

中最著名的一种,所以版本最多。同时还有许多别人替他删改的本子。除原刊本亦不知存佚外,其他刊本有《玉茗堂全集》附刻本、万历石林居士刊本、陈眉公评本、清晖阁评本、王思任评本、沈际飞评本、《六十种曲》卯集本、柳浪馆刊本、冰丝馆刊本、吴吴山三妇评本、朱墨本、《古本戏曲丛刊》初集影朱墨本、《汤显祖戏曲集》校点本及徐朔方校注本。冰丝馆本向称为善本,而实在是最劣之本。它为了谄媚清廷,删去了第十五出《虏谍》全出,其第四十七出《围释》开首数曲,亦被删除,其他触犯清廷忌讳的曲词文句被改动的,不知还有多少。

至《牡丹亭》的删改本,则当作者在世时已有沈璟、吕天成、臧懋循三家所改的本子。作者的"余意所至,不妨拗折天下人嗓子"一语,原是为反对沈璟改作的《同梦记》而说的。他对吕氏改本亦反对,曾有与所爱伶人罗章二书,云:"《牡丹亭记》要依我原本,吕家改的却不可从。虽增减一二字以便俗唱,却与我原本做的意趣大不同了。"(《玉茗堂全集·尺牍》卷六)又因见《牡丹亭》改窜本而为之失笑,自赋一绝云:"醉汉琼筵风味殊,通仙铁笛海云孤;总饶割就时人景,却愧王维旧雪图。"(《玉茗堂诗集》卷十八)"琼筵醉客"乃明初朱权批评元代大戏剧家关汉卿之词,可见他是以关汉卿自许的,而他对自己的作品所采取的方向确也和关汉卿相同。至臧氏改本,作者当然亦不赞成,而同时人茅元仪也曾替他大大反对。茅氏在他刊刻的《批点牡丹亭记·序》中说:

> 雉城臧晋叔以其为案头之书,非场中之剧,乃删其采,刬其锋,使其合乎庸工俗耳。读其言,苦其事怪而词平,词怪而调平,调怪而音节平,于作者之意漫灭殆尽,并求其如世之词人俯仰、抑扬之常局而不及。余尝与面质之,晋叔心未下也。……

茅氏可算是作者一个知己,所以他刻的这个批点本是全照汤氏原作,不加改动的。且由此可见臧氏所改本,实在是要不得。所谓"合乎庸工俗耳",正是汤氏所不屑做的,而他们偏偏要把他的作品改成那样,实在是对作者的精神虐杀。此外,还有硕园与冯梦龙的删改本。硕园本见《六十种曲》未集,或以为即是吕天成改本。冯氏改本名《风流梦》,有《墨憨斋定本传奇十四种》的第七种本及《古本戏曲丛刊》初集影墨憨斋本。此剧与原作不同之处,为:"柳梦梅说梦一段,移至第八折内,在丽娘梦后,才改名梦梅。二梦暗合,似有关目。至二十六折夫妻合梦,柳生、丽娘各说一梦,与前照应,亦与原稿《婚走》不同。梅花观中小道姑,改为侍儿春香,因小姐夭亡情愿出家,与石道姑侍奉香火,亦似关目紧凑。余则删繁就简,移商换羽,大同小异。"(《曲海总目提要》卷九)又此书将李全、杨氏助金侵宋一事全部删掉,不知何故。但这是违反了原作者的意旨的,当是由于改作者忽视了原作的思想性的缘故。

关于原作者不守曲律,不便演唱这一问题,到了清代的两种《牡丹亭》曲谱出来,遂完全消除。清初钮少稚的《格正还魂》二卷,把《牡丹亭》逐句勘核其宫调,倘有不合,改作集曲,使通本皆得被之管弦,而不易原文一字。乾隆末年又有叶堂的《纳书楹四梦曲谱》,亦不改原词而定曲谱,惟此书仅有曲词而不录宾白,是专供演唱者用的,而对一般读者却不适用。

《南柯记》成书于 1600 年(万历二十八年),较《牡丹亭》后两年,其版本较多,仅次于《牡丹亭》,而多于其他三种。今存有《玉茗堂全集》附刊本、万历刊本、柳浪馆刊本、沈际飞刊本、臧懋循改本、陈眉公评本、闵刻朱墨本、《六十种曲》卯集本、《古本戏曲丛刊》初集影明刊本、《汤显祖戏曲集》校点本及钱南扬校注本。

《邯郸记》的作者《题词》,作于 1601 年(万历二十九年),但日本青木正儿《中国近世戏曲史》据作者自序,以为成于万历四十一年(六十四岁),不知他所据为何种版本的《邯郸记》。此剧版本,有

《玉茗堂全集》附刊本、柳浪馆刊本、《六十种曲》卯集本、臧懋循改本、闵刻朱墨本、《古本戏曲丛刊》初集影朱墨本及《汤显祖戏曲集》校点本。

　　汤氏一生著作，以上述五种为最著，且由此成名。相传还有《酒》、《色》、《财》、《气》四剧，但传本未见（见《远山堂明曲品》），故知者不多。此外，诗文方面有《玉茗堂全集》，为：诗十八卷、文十六卷、赋六卷、尺牍六卷，共四十六卷，有明末刻本，坊间刊刻或排印本。又有：《红泉逸草》，所收为五七言诗七十五首，有万历刻本。《问棘邮草》，所收为赋三首、诗一百四十二首和赞七首，有明刻本。又有《雍藻》，大约是汤氏二十七岁左右在南太学读书时的著作，仅知其中所收有诗，其他不详，传本亦未见。《四库全书总目提要》著录有：《别本茶经》，题"玉茗堂主人阅"；《五侯鲭字海》，题"汤海若订正"，但皆辨其为伪托。他还评点过许多别人作的戏剧，有《北西厢》、《升仙记》、《焚香记》、《种玉记》、《异梦记》、《红拂记》、《节侠记》、《红梅记》等。我们现在尚能读到的讲史小说，如《南北宋志》、《精忠传》、《云合奇纵》，也都有玉茗堂批点本。此外，有传奇小说集《艳异编》，题"玉茗堂批选本"。又有明刻朱墨本诸宫调董解元《西厢记》，亦题"玉茗堂批评"，钱南扬以为惟此书真出汤氏之手。向有人怀疑其他诸书虽亦题汤氏批评、批点或批选，恐大都出于书肆假托，颇难分辨其真伪，这情况正同与汤氏同时的署名李卓吾、钟伯敬、陈眉公所批评的戏曲小说一样，或多或少也有人指出或怀疑是当时书肆所假托。这是明末社会一时的风气使然，懂得这个道理，就无怪其然了。

四、《临川四梦》本事述考

（一）紫 钗 记

唐代诗人李益，表字君虞，因他排行第十，故称"李十郎"。祖贯陇西人氏，父亲做过前朝宰相，母亲亦封大郡夫人，这时都已亡故。他年过弱冠，还没婚娶。因到长安候选，就在新昌里居住。

元和十四年立春那天，他去祝贺了故友刘公济升任关西节镇回来，吩咐家童秋鸿备办酒筵，请他表兄崔允明和密友韦夏卿来家赏春。饮酒中间，李益不禁感叹自己年华易老，说了句："东风吹绽了袍花衬。"韦夏卿以为他是说："功名未遂，要换金紫荷衣。"崔允明却笑着说："夏卿不知，这是说衣破无人补啊。"于是他介绍曲头鲍四娘替他做媒。谁知在此以前，李益早与鲍四娘有着往来，只是未曾十分露出心事罢了。

其时有已故霍王宠妾郑六娘，生有一女，名唤小玉。因为她是庶出，所以霍王一故，便被诸兄弟分与资财，遣出府外，在胜业坊居住。郑六娘亲自教导女儿诵读诗书，又请鲍四娘教她调丝弄管。小玉天生佳丽，这时年已二八，人家都不知她是王女。立春这一天，六娘吩咐婢女浣纱陪伴小玉，同到渭桥欣赏春色。

小玉爱插紫玉燕钗，六娘教内作老玉工侯景先雕缀。这天，侯景先雕竣送来，六娘大喜，赏以万钱。且命浣纱："今日佳辰，可取西州锦剪成宜春小绣牌，挂在钗头，与小姐插戴。"浣纱如命，六娘挂牌钗头，浣纱照镜，小玉把钗插上头去。这正是："玉钗花胜如人好，今日宜春与上头。"

鲍四娘本来是已故薛驸马家的歌妓,除籍从良已十余年了。她为人能言善笑,出入豪门贵戚,好为人穿针引线。她受过李益很多礼物,知道他的用意,暗中已代他相中了小玉,只等他自露意思,便向他提出。小玉也读过李益的篇章,又听了四娘游说,也很爱慕李益的风华才调。

一天,李益又来到鲍四娘家。言谈中间,四娘点穿他道:"十郎时时送我厚礼,必不是为了赏惜我这残花败柳,幸真心相示,当为尽力。"李益遂以实情相告。四娘道:"十郎,现恰有一位仙人谪在下界,不爱财货,但慕风流,与十郎人才相当。今年正当芳年二八,出身也不是寻常人家。"李益惊喜道:"真的吗?四娘不要打哄!"四娘把小玉才貌身世,细细告诉与他。李益便欲一见。四娘道:"此女寻常不离闺阁,闻朝廷今年许放花灯,或当微步天街,十郎有意,可到曲头物色。倘得相遇,我便向十郎书斋领取媒证。"当下就这样约定。

这年元宵佳节,果然许放花灯,士民通宵游乐。郑六娘母女在家设宴欢饮,小玉为母亲奉杯祝福。宴后,浣纱请夫人、小姐同步天街,游赏观灯。夫人允诺。这晚,李益也约崔、韦二生出外游观。一路上王孙仕女哗笑不绝。六娘母女带同浣纱来到街上,这时突有一个黄衫大汉,骑着一匹高头白马,带着家人,迎面而来。听得有人问他姓名,自称"黄衫豪客",道罢,一鞭驰去。这时李益同崔、韦二生也来到跟前。小玉匆忙避让,不觉堕下一钗。李益拾起钗来,对二生说道:"二兄,胜业坊来的可就是她吗?人真美呀!"二生道:"那边有人寻钗来了。我们到前门看灯去,你可和他小立搭言,看是不是她。"果然是浣纱挑灯引导,照着小玉前来寻钗。李益含笑迎前,问:"吊了钗吗?"小玉遂遣浣纱通问:"秀才可见钗来?"李益问知果是小玉,请求相见。小玉听说秀才就是李益,也以堕钗入他手中为幸。于是两情相悦,由浣纱传言,各道仰慕之诚。小玉又命浣纱索钗,李益道:"待选个良媒送到府上。"浣纱在旁催归,小玉低声嘱咐:"秀才,今晚之事,明朝休对人说!"遂与浣纱径去。李益恍惚若失,自言自语道:"奇了,奇了,李十郎今夜遇仙了!"这时崔、韦二生已回来了,问:"可是那人?"李益把刚才情形,诉说一遍。崔生道:"既然她对兄深有情意,你别辜负了她!"

明日,鲍四娘来到李益书斋。李益告诉她昨晚已遇见小玉,且告以拾钗之事。就请四娘携钗前往,要求订立婚盟。如得允许,当以白璧一双为聘。

小玉观灯回来,芳心似醉,刻刻念着拾钗的人。整夜梦魂颠倒,明晨遂致恹恹晚起。忽听鹦鹉报道:"客来!客来!"原来是鲍四娘来了。她一见小玉,便问:"小玉姐爱插紫玉钗,今日缘何不见?"她推说道:"我哪有心情插它呀!"四娘和她调笑一番,便述来意。小玉问:"那生门第如何?才情几许?怎生弱冠尚未婚娶?"四娘道:"此生门族清华,少有才思,丽词佳句,时下无双,因一心欲得佳偶,故至今未娶。"小玉道:"原来如此。但此事须问我母亲。"当下四娘去见郑六娘,六娘却说:"婚姻事须问女儿情愿。"于是请出小玉,问她意思。小玉假意啼哭,口口声声说:"我们娘女伶仃,影形相依,怎生撇得下你母亲!"可是一问明白失钗经过,和当时两人相见情形,便知两下都已有情,六娘道:"片语相投,拾钗为定,这是天缘!"四娘便说:"十郎还有白璧一双,送来下聘哩。"接着,又商定了成婚日期。

鲍四娘重回李益书斋。李益急问:"那小姐已允许了吗?"四娘笑道:"她口儿不允,心儿里一万个肯。只是三朝以后,五更一过,我要你十丈红锦谢媒。"又道:"十郎,花朝是你们佳期,着你这样寒酸,她那样人家,少不得要金鞍骏马,着几个伴当去才好。"李益一口答应。等四娘走后,就命秋鸿去请到崔、韦二生,告以四娘之言,央他们设法鞍马伴当。崔生道:"长安中有一豪家,有金鞍玉辔骏马多匹,也有许多妆饰非常的髯奴,当为前往一借。"

佳期前夕,鲍四娘又来到郑六娘家,教导了小玉一番新婚晚上之事。小玉含羞向她道谢。在李益寓所，崔生代他向豪客所借骏马髯奴也都到来。秋鸿和髯奴们调笑，惹得他们发怒厮打。李益问明原委，向他道歉。髯奴们一听是要他们到霍王府去的，李益又教他们言语休露马脚，却笑道："那时小的们决不说穿，只怕相公自己醉后要露出坦腹真情。只是一件，马要好料，奴要好酒，相公也要多吃些东西，好大家挣出精神来，替你控马传呼，显出不同寻常的风光。"李益道了谢，请他们安歇。

结婚那天，鲍四娘和小玉来到凤箫楼上。望见一骑骏马，向南头而来，马上坐着一位粉面郎君，后面拥着三四个豪奴。小玉看得十分得意，四娘催她请老夫人迎接新郎，她才下楼。郑六娘迎入新郎后，即命赞礼们襄赞婚礼。礼毕，新郎又奉上白璧一双，文锦十匹。六娘命小玉收下。大家又谦逊一番，把酒为欢，直到深夜。

来朝早上，新夫妇正在谴谈夜来之事，外报崔、韦二生前来道贺。他们早已准备下酒肴款待。酒罢，韦生道："小弟有一言相劝，君虞既为王门之婿，郡主宜效乐羊子妻，相夫成名，休得贪杯，误了前程。"小玉下拜道："二君在上，李郎自是富贵中人，只怕富贵时撇了奴家！"崔生道："郡主放心，十郎不是这样的人。"

这时朝中有个权贵卢太尉，乃是丞相卢杞之弟，中贵卢公公之兄，一门贵盛，掌握朝政大权。其时正跟皇帝游幸洛阳，怕改选误期，就在洛阳排榜招贤。他有一个年将及笄的女儿，想趁此选一多才快婿，因此吩咐礼部，凡天下中式士子来洛阳，都要先去参谒太尉府，方许注选。

李益与小玉婚后，遂把浣纱配与秋鸿。一天早上，李益吩咐浣纱准备白玉碾花罇，盛了碧桃新酿，以及笔床墨砚，到后花园中伺候。浣纱见小姐在房中闷闷不乐，问她："小姐，你为什么不比做女儿时快乐？"小玉道："我怎比做女儿时，可以由得自家心性！"正说间，李益来到，请她同往后花园赏花。两人并着肩，沿着花边绕行，李益手持玉杯劝饮。小玉不胜酒力，不觉醉了。天又下起雨来，遂在近旁一个所在躲避。忽然秋鸿来报,朝廷在洛阳开场选士,京兆尹文书起送,要李益秀才即日起行,不得迟误。李益道:"既如此,快安排行李,在渭河备舟伺候。"小玉不由泣道:"新婚不久,就要分离,如何是好!李郎啊,妾出身微贱,蒙郎君以颜色相爱,只恐色衰爱弛,便似秋扇见捐!"李益道:"小生得偶玉人,所志已遂,粉身碎骨,誓不相舍。小玉姐何出此言?请出素绢,订立盟约。"小玉遂命浣纱取乌丝栏素缎三尺和墨笔砚来,李益写道:"水上鸳鸯,云中翡翠,日夜相从,生死无悔!引喻山河,指诚日月;生则同衾,死则共穴!"小玉看了道:"李郎,此盟当宝藏箧内,永证后期。"这时夕阳将下,小玉催李益回去,不防阶苔滑湿,把她滑了一跤。到家之时,浣纱正拿了烛台,开出门来迎接他们。

明天早上,秋鸿叫浣纱催请主人起程,说是京兆府有人伺候。李益拜别了老夫人,小玉很是依依惜别。秋鸿报道:"船已在渭河相等了。"两人还是絮语难舍。秋鸿又来报道:"相公,京兆府来人催请饯行了。"小玉不得已,才谆嘱珍重而别。

这一天,京兆府长安县专送李益秀才一人往洛阳候选,京兆尹亲自饯行。李益谒见后,京兆尹命左右把酒。宴毕,又亲自送李益登程。

话分两头:刘公济奉了朝廷令旨,来到玉门关外,就关西节镇之职。众将官入帐参贺,便问:"关西近来情况如何?"众将回道:"西羌经我大唐划分为大河西、小河西两国后,常受吐蕃挑拨,恐要发生兵事。"公济遂下令演兵征讨。又因幕府中少了个参军,此时正值军书紧急,他又奏请朝廷,速选一新科翰林前来担任此职。

小玉自李益赴选去后,十分怀念,终日闷闷不乐。浣纱在旁百般劝慰,只是无效。她担心的是:"他如果高中了状元,不是给官媒拦住紫马,强授丝鞭,给豪门招做女婿,便是留恋平康,夜拥烟花,早忘怀了秦楼中的结发之妻。"

李益到了洛阳,殿试结果,皇帝点定:"陇西李益书判拔萃,堪为状元。"李益到五凤门外谢恩,宫袍赐宴。谁知卢太尉一查门簿,没有李益姓名,知他应试前没有来拜,十分恼怒。刚巧关西节度使刘公济来本奏讨参军,他就奏点新状元李益前去。

小玉在家,夜梦李益洛阳中选,她梳妆上任,十分得意。明天起来,正在告诉浣纱,老夫人进来报喜道:"孩儿,京兆尹迎接新科状元,快要到了。人家都说是我家李郎。快快准备箫鼓,迎他来家欢饮。"果然大队人马拥着李益,来到小玉家里。老夫人向李益道贺,且命浣纱看酒。正在全家欢饮的时候,忽报有卢太尉帐下使者来到。李益出见,来使报称:"李状元除了刘节镇关西府内参军事,限日内前往赴任。"李益拜受朝命,送了使者回内,小玉惊问:"门外那官,报状元那儿去?"李益低声回道:"朝命委我去玉门关参谋刘节镇军事,但不久就要回来的。"

郑六娘见女婿中了状元才回来,便要去西镇参军,且听得关西吐蕃军情紧急,很为女儿伤心。浣纱也为小姐和姑爷后会不知何日而悲哀。到了明日,鲍四娘听到消息,也来道贺送行。李益告别之时,六娘不由大哭。李益安慰了她一番。小玉此时更是无言相语,泣不成声。外面将官又来催请:"参军即速起行!"李益遂托六娘好好安慰小玉,又托四娘多多照顾她母女二人。小玉亲送李益到门外。六娘见女婿起身,不觉昏倒,四娘把她唤醒,又解劝了一番。

小玉送李益出门,约他在灞陵桥畔折柳送行。到时,李益轻骑驰过,命左右在桥畔暂停。两人相见,十分凄切。李益想起昨夜光景,更是难舍。小玉只是流泪不停,早把李益衣袖沾得稀湿。饮酒中间,小玉问他:"你可有甚话嘱咐?"李益劝她:"在家别多想念,要好好护养身体,一心等待着我回来。"小玉道:"李郎才貌家声,世所仰慕,一旦官职专移,可能别就良姻。盟约之言,恐成虚话。我有一个心愿,一向想对你说,不知李郎愿听否?"李益惊怪道:"小玉姐何出此言?你有什么心事,尽管说来,我当听领。"小玉道:"我年始十八,君才二十有二,离开壮年,还有八载,你我相爱,愿以此为期。过此以后,你别赘高门,另谋良配,也还不迟。那时我便舍弃人事,剪发披缁。这就完足了我平昔的心愿了。"李益不由下泣道:"对天誓约,生死不负,同你白头偕老,尚嫌不足,我哪会有二心!请你不要多疑,安心相待。"正在难舍难别之时,崔、韦二生也来相送。崔生道:"良时吉日,极宜早行!"韦生道:"李君虞,男儿意气,一何留恋至此?郡主,待我们两人送君虞一程,回来当有平安报上。军行有程,不要滞他行色!"李益也道:"小玉姐,你听,筲鼓声声,催我起身,密意深情,非言可尽,只好拜别了!"小玉道:"李郎,我不送了,你一路上逢到驿使,常寄信来!"

李益别了小玉,收拾热泪,麾军上路。崔、韦二生送了一程,也就回去。一路上千愁万恨,鞍鞯难安。正行之间,忽报前面已到陇头水。此水一支入汉,一支入羌。李益长叹道:"这分流水正是断肠水啊!"因吟诗一律道:"绿杨着水草如烟,旧是胡儿饮马泉。几处吹筲明月夜,何人倚剑白云天?从来冻合关山道,今日分流汉使前。莫遣行人照客鬓,恐惊憔悴入新年!"吟毕,又叹息道:"陇上题梅,杳无便使,这诗如何得达闺中啊!"就此前去,已近节镇府,听得前方有鼓吹之声,原来是府中官校前来迎接参军。

小玉才离李益数日,不觉腰肢消瘦。这时正在初夏,她却像在秋天般冷得难受。她问浣纱:"相公去了几天了?"浣纱道:"好几天了。"小玉道:"崔、韦二秀才说道李郎出了境,必带音信来,怎么还不见来?"又道:"我昨夜梦见他来。他音容如旧,不肯稍离我的左右,正待和他窗前相就,不由醒来,只剩半床明月,早已不见了他。……"浣纱恐她想出病来,劝她到李益书房中闲走散心。小玉依言。来到书房,只见文房四宝还在,满窗沿都长满嫩苔,窗外横着半枝青梅。她正待去摘,忽听浣纱报道:"外面有人!"乃是崔、韦二生送行回来了。小玉忙命浣纱出问:"送李郎到了哪里?可有什么回话?"崔生道:"我们送了他三宿路程,见他一路上不住用袖拭泪,临别,叫我们拜上郡主,千万保重身体,不要愁恼!"小玉叹息一声,道:"吾家若大家院,李郎去了,他可有什么家族在长安?央一个来看守家门也好。"又命浣纱出问二生:"二位和李郎交游颇久,知他家还有何人?"崔生道:"郡主敢是恐十郎有前夫人吗?他实不曾娶过。"小玉道:"不是问这个,问他至亲骨肉有些什么人?"韦生道:"他没有亲人,尽以四海为家。"小玉道:"真正可怜,少年才子,竟是这样的孤穷!他既没眷属,二位先生就是他嫡亲弟兄了,家中如有缓急,要请二位相助。"崔生道:"我们家中穷忙,怕没工夫顾到。"小玉道:"这个不妨。府上衣着食用,可到这里来支取。丈夫之友,妾理应相助。"二生道:"既承相托,如有事故,教浣纱姐传示便了。"遂辞谢而去。

　　自西羌为唐朝划分为小河西、大河西两国后,吐蕃因失去了两处属地,十分愤恨。这时大河西国葡萄酒正新酿成,小河西的五色镇心瓜也正告熟,吐蕃大将亲自率领二十万人前去抢夺。这边关西节镇刘公济正新得故友李益为参军,设宴相待。宴上,刘公济和他谈起小河西、大河西两国近受吐蕃挟制,不来进贡,意欲出兵讨伐,请李益起草奏章。李益道:"节镇主见不错。但现正四五月,天气晴雨不常,不利出兵。可先下书责二国进贡,以寒其胆,再分兵戍守受降城外,截去吐蕃归路,使它不敢空国而西。那么二国的酒瓜自会照先一样,源源进贡了。"刘公济大悦道:"参军高见,真乃王粲登楼之才,李白吓蛮之计也!"命左右取大觥相敬。

　　檄文到达小河西、大河西时,二国蕃王正在担心吐蕃前来抢夺酒瓜,都愿意归降,受唐节镇节制。正在此时,吐蕃大将也率领众军来到,先向大河西要葡萄酒,回说他们已投降唐朝;再到小河西要镇心瓜,那小河西也报称已经降唐,而且还警告他:"大唐已分兵截断你的归路了。"吐蕃只好引兵后退。

　　不久夏天来到,刘公济因河西归顺,非常高兴,遂在凉台设宴,请李益小饮。这时酒泉郡送来大河西国进献的葡萄酒,北瓜州送来小河西国进献的镇心瓜。刘公济大悦道:"这都是参军之功!"遂一同饮酒食瓜。酒后,同登望京楼远望。李益忽然诗兴大发,吟成一绝,献于刘公济。诗云:"日日醉凉州,笙歌卒未休。感恩知有地,不上望京楼。"

时光易驰,早过三载。卢太尉在京探知李益所作《望京楼》诗,遂要奏他个怨望朝廷。但他自己正奉命把守河阳孟门山外,想奏调李益改参孟门军事,看他到自己麾下,情意如何,招他为婿,如再不从,奏他怨望还不迟。因此他遣人请韦夏卿到府,对他说:"韦先生,你是李君虞的好友,我今移镇孟门,奏改他参吾军事,可好吗?"韦生道:"李君虞参军三年,例当内转,今又参太尉军事,恐非文人所堪。"卢太尉道:"他有诗怨望朝廷,又何必强他入朝? 我的招贤馆,胜如刘公济的望京楼啊!"韦生道:"既太尉厚待,李君虞自有国士之报,小生告辞了!"韦生去后,卢太尉笑道:"可笑! 可笑! 韦生哪知我的妙计呀?"

七夕晚上,小玉在家备下香烛瓜果,命浣纱去请老夫人、鲍四娘一同乞巧。其时李益正分兵回乐峰受降城,截断吐蕃西路,夜间亲自巡查各城堡,命守瞭军人严紧伺候。他来到回乐峰前,远望银山堆积,问部将道:"是下雪吗?"部将道:"不是,是积沙。"又来到受降城上,望见城外清光一片,问道:"是霜吗?"部将道:"不是,是月光。"忽听得一阵笛声嘹亮,将士们道:"这吹的是《关山月》,现在又在吹《思归引》了。"大家不由回头望着远处指道:"这不是俺家乡洛阳? 那不是俺家乡长安! 那不是他家乡陇头吗?"李益也望着长安,掩袖而泣。这时刚巧有卢太尉差来探取军情的王哨儿要回京,因此来问:"参军可有平安书否?"李益命秋鸿取画笔丹青,将屏风数折,画成边城夜景,并题诗一绝云:"回乐峰前沙似雪,受降城外月如霜。不知何处吹芦管? 一夜征人尽望乡!"遂托王哨儿带往长安,送于小玉。哨儿才去,又有报人前来报喜,说是:"新奉圣旨,李参军加秘书省衔,改参卢太尉孟门军事,请即日起程。而且刘节镇也钦取回朝,总管殿前诸军事了。"

不说刘节镇同李参军交卸关西军权,诸将以及受降城外诸夷长送他们离任事。且说小玉在长安,收到了王哨儿送来的纸屏,遂问哨儿:"参军什么时候回来?"哨儿道:"小的在关西,听得参军爷有诗与刘节镇说:不上望京楼了!"小玉听了,顿时失色。哨儿又道:"小的在途中又听说朝廷对参军别有差遣,少不得要回来的。"小玉赏他酒食。哨儿去后,小玉展开纸屏,看画读诗,不由叹道:"你看几叠屏山,诗中有画,画中有诗,真正满目都是边愁啊!"

李益到孟门赴任,在府门外遇到王哨儿,知道纸屏已送到,小玉日夜盼念他回去,惆怅万分。卢太尉见他来到,设宴为他洗尘。饮酒中间,问他可有夫人?李益道:"做秀才时,已赘入霍王府中。"卢太尉道:"原来如此。古人贵可易妻,参军如此人才,何不再结豪门,可为进身之路?"李益道:"已有盟言在先,不便相负。"卢太尉道:"可有平安信吗?"李益道:"赖太尉麾下之便,三年才传得一信。"酒罢,李益辞谢归营。卢太尉查问将士:"谁为参军传信!"王哨儿上前承认。卢太尉大怒,喝令把他捆绑。哨儿乞饶,卢太尉道:"且记着,要你将功赎罪。我正要差你到京祝贺刘节镇回朝,你可到李参军家,说他已在我家招赘,气死他前妻,这便是你的功了!"

王哨儿来到长安,念前次为参军寄书,小玉待他不薄,不忍前去面说,闻知鲍四娘常到她家走动,遂假做经过她家门前,进去讨口水饮。四娘问他何来?哨儿道:"李参军帐下。"四娘惊问:"参军现在哪里?"哨儿道:"正待朝廷召归,被当朝卢太尉奏点孟门关外参军去了。"四娘又问:"可就回来?"哨儿道:"早哩,就要招赘卢太尉的小姐了。"四娘叹息道:"十郎好薄幸啊!"遂邀哨儿同到小玉家去说个详细。哨儿听命。

这几天正值秋雨连绵,小玉在家十分孤寂,又不见四娘到来。正在惦记,忽见她领了哨儿来到。四娘先进去把哨儿所说告诉小玉。小玉唤哨儿进去,一看就是去年寄屏风的人,便问:"是太尉爷第几个女儿招了参军做女婿?"哨儿道:"只是这个小姐,十分才貌。参军爷随太尉爷节镇孟门,郎才女貌,两情相爱,因此上定了这门亲事。"小玉又问:"已成亲了吗?"哨儿道:"想已成亲了。"小玉长叹一声,道:"李郎,你好薄幸呵!"哨儿告辞,小玉题诗一首,托他带与李益。那首诗是:"兰叶郁重重,兰花石榴色。少妇归少年,光华自相得。爱如寒炉火,弃若秋风扇。山岳起面前,相看不相见。春到草亦生,谁能无别情?殷勤展心素,见亲莫忘故!遥望孟门山,殷勤报君子;既为随阳雁,忽学西流水!"

李益在孟门,知太尉有招赘之意,自己只做不知,一心只惦记着小玉。王哨儿回到孟门,把小玉托带的诗暗暗递送与他。李益看毕,问哨儿道:"你敢在夫人前说了甚么?"哨儿抵赖道:"没有说什么话来。"李益道:"为什么诗意很是蹊跷?"哨儿忙供道:"是,是,是,那天与参军爷送家报,给太尉爷查出,几乎被痛打一顿,并且说,他府里要招赘参军,不许再为参军爷传信。小的见了夫人,照实说了。"李益愤然道:"你好胡说!"

不久,卢太尉被召回都,李益也跟着回来,都给卢太尉安置在招贤馆里,吩咐把门官吏,不许放他自由出入。一面又请到韦夏卿,托他为女儿做媒。韦生遂把小玉之事告诉他。卢太尉道:"说什么'小玉',就是'大玉'要粉碎她也容易。"韦生知道推辞不得,便道:"既如此,也不须领丝鞭做官媒,小生以朋友之情劝他好了。"

李益被软禁在招贤馆里,不放他出去闲游,还不知卢太尉到底是什么用意。一天,忽然太尉手下的堂侯官陪同韦夏卿来见。韦生一见李益,便道:"君虞,你薄幸青楼第一名!"李益不解道:"夏卿,你怎说我青楼薄幸?"韦生道:"君虞,全不想着贺新郎席上情词?"李益道:"怎生忘得了!"韦生道:"因你独馆孤眠,今天特地来送个伴侣与你。"李益惊问:"送谁来了?"韦生道:"太尉有一小姐,央小弟为媒。"李益恍然大悟,委转辞道:"你看我多愁善病,霜鬓凋残,卢小姐正在芳年,哪里相配?"那堂侯官从旁点醒他道:"参军岂不知太尉威福齐天,你何不暂时允诺,以后再设法挣脱?"韦生道:"这话很对,君虞不可固执!"李益道:"既如此,就请堂侯为我多多拜上太尉,从中作个方便。"又嘱韦生道:"此事莫向外传。"韦生听了,觉得李益态度暧昧,意志不坚,很为小玉不平,遂决定去找崔允明,共商办法。

那堂侯官回去上覆卢太尉,说是:"李参军不敢推辞,只说慢慢再说,韦秀才着小的禀复。"卢太尉道:"我看中了他,也不由他不依。小姐将次上头,快去找老玉工,有精巧的玉器尽送来府中选择。"堂侯官就派人去找侯景先。

谁知此时小玉因闻知李益入赘卢府,又不知他在京师还在孟门,到处问卜求签,又加上一向出钱请亲友探求李益消息,所费不赀,因此家事日益凋落,将家中服玩之物,托鲍四娘出售度日。一天,有王母观道姑,知道小玉正为寻夫施舍,遂带了龟儿、画轴来哄骗她。小玉果为所惑,出愿钱三十万贯,请求灵卦。那道姑使龟儿走在画中破镜重圆的故事上,便向小玉道贺,再请施舍。小玉又施香钱三十万贯,并约如得丈夫回来,还有报心在后。这时浣纱刚带得到卖去服玩之钱七十万贯回来,就把六十万贯给了那道姑。同时崔允明也来到,报告了韦生的话。小玉就要他到卢府去探一个真确消息,又把余钱送给了他。崔生去后,小玉道:"李郎既到卢府,容易打听,只少用钱央人了。"便摘下头上那对紫玉燕钗,叫浣纱找人出百万贯钱卖去。浣纱持钗出门,刚巧玉工侯景先经过,便把出卖紫钗事托他。侯景先一看就是自己所雕缀,且问明卖钗原因,为之不胜伤感。浣纱又托他打听李益消息。侯景先曾受卢府之托,遂把紫玉钗送去,一问果是李益已招赘卢府,不禁暗暗把他骂了一顿。卖得的百万贯钱,还给堂侯官扣了十万贯牙钱去。

卢太尉买得紫玉钗,闻知是小玉之物,心生一计,命堂侯之妻伪装鲍四娘之姊鲍三娘前来卖钗,一面请出李益,假意问他:"昨天韦先生说有前夫人在此,乃是君子不忘其旧,但不知当初何以招赘王府的?"李益一一告诉。这时假鲍三娘忽然前来献钗。李益一看就是小玉之物,便问他霍王府消息。那假三娘哄他道:"这是妹子鲍四娘托我卖的。霍王府有位郡主,招了个丈夫一去不来,有个什么韦秀才告诉她丈夫已在谁家招赘,因此又央我妹子为媒,招了个后生在家,把此钗卖了。"李益听了,眼前一阵昏暗,晕倒座上,经人扶住。卢太尉在旁假意劝道:"大丈夫何患无妻,昨遣韦夏卿替小女为媒,现霍家既已别嫁,真乃天缘!"遂命留下那钗,叫李益收下,由府中支钱百万贯买下。李益只好收钗道谢。

侯景光拿了卖钗的钱送到小玉家里,且告知李益果已招赘在卢府。小玉不由大恸道:"天啊!竟有这样的事!我小玉头上的玉钗,倒去给卢家小姐添妆!"不觉也昏倒地上。等到醒来,侯景先已去。她一阵愤恨,把那百万贯钱撒了一地。恰值崔允明来到,问知原委,愤然道:"真有此事!李君虞,你倘遇到了我,我要重重数落你一番,怕你不回过心来!"小玉又送他许多金钱,请他出力。崔生见小玉为了寻访李益,不惜破散百万贯家资,自己也受过她许多好处,十分感动。决定趁崇敬寺牡丹盛开,给韦夏卿同请李益赏观,酒中交劝,或者他会乘着酒兴回来一看小玉。

崇敬寺前有一家酒馆,这天来了一位黄衫豪士。他是带了弓马跟从,要到郊外打猎去的。他向酒馆定下淡黄酒数十瓶,等他猎罢回来痛饮。豪士去后,崔、韦二生也来到。崔生对韦生说出了他的主意,韦生道:"你不知卢太尉乃当朝权势,出入拥有兵权,凡有人说及霍王府的事,就要遭受白挺击打,而且还有细探满布长安,我们怎能与他相敌?"崔生道:"得人钱贯,与人消灾,只要尽你我一点心便了。"遂差酒保,借用无相禅师名义,到卢府去约李益。

其时黄衫豪士已回来,一见二生认出就是三年前向他借用仆马的人,上前和他们搭话,因而谈及李益弃妻入赘卢府,小玉病将不起,两人欲为挽回之事。那豪士道:"原来有这样不平的事!酒保且将酒过来!"酒保送上酒时,那豪士又叫他去唤个歌妓。酒保就去唤到鲍四娘,豪士命她歌唱。唱罢,又问她从何处来? 四娘道:"才从霍家来。"豪士又细问了一番小玉情形,听到小玉病染伤春,势将不起,但谨守约言,誓不二心,不由愤忿道:"世间怎有这样不平之事!"这时他已饮得有些醉了,命髯奴取红绡十匹赏与四娘,作为缠头之费。四娘去后,他又吩咐苍头:"速送十万贯金钱到霍王府去,叫他家明后日准备丰盛酒筵。若问为了何事,只说到时候自会分晓。"

这时小玉果然只剩恹恹一息,浣纱勉强把她扶起,忽听鹦鹉叫道:"姐姐可怜!"小玉不由泣道:"鸟儿倒心肠慈悲,那薄幸人早把我完全忘了!"浣纱又婉言相劝。小玉道:"我只要求他相陪到三十岁,谁知别后就无书信,只博得一声'保重身体',真够伤心啊!"说到这,不觉喉中作呕,吐出一口血来。浣纱劝她休息,自己去替她收拾茶饭。小玉睡下不久,模糊入梦,梦中有黄衫人送她一双小鞋儿。忽被人惊醒,见是鲍四娘来了,正在同她谈梦中之事,又有苍头送来金钱十万贯,说是:"家主求做盛筵一席,要借这里花竹亭台会客。"小玉要推辞,那苍头却说道:"到时自会分晓,知音那用推辞!"放下金钱,不顾而去。

李益在卢府闲坐无事,一心想念小玉,取出紫玉燕钗来玩看,很是伤感。忽有崇敬寺前酒保持无相禅师的信,便道:"禅师与我有旧,明日就来!"

明天,军校们都拿着白梃,护着李益来到崇敬寺。崔、韦二生已在寺中设宴筵等待。大家相见入席,崔生道:"十郎,秦川一别,数年不见,把老朋友都忘了。"韦生道:"今天请十郎花前玩赏,休提前事,且看酒来!"大家且饮且赏,崔生道:"君虞,你看这些胭红粉紫,谁都知道玩赏,只那幽廊绝壁之下,有白牡丹一枝,素色清香,却无人瞅睐,好不可怜!"韦生就提议用"牡丹"为题,大家联吟一绝,请李益先吟。李益也不推辞,便吟道:"长安年少惜春残。"崔生续道："事认慈恩紫牡丹。"韦生道："待小弟凑成，别有玉盘承露冷，无人起就月中看！"李益听了，微微叹息。这时那黄衫豪士，早带了髯奴来到，在一旁倾听他们说话。崔生提到郑家之事，李益叹道："她已有了人了！"崔生道："她甘心为你相思而死，怎有此事？"军校便上来打断他们说话。韦生也作隐语道："伤哉郑君，她衔冤空室，要为多情而死了！她早晚待君永诀，足下竟能弃置，直太忍心！"军校又来干涉，那黄衫豪士上前和他们相见，对李益道："足下就是李十郎吗？久慕声华，今日幸会。敝居不远，亦有声乐足以换情，请足下一枉过如何？"崔、韦二生也从旁相促道："有这繁华所在，且往领盛意，美酒笙歌，不妨放怀畅饮！"豪士便叫二生后一步来，吩咐髯奴牵来二匹追风骏马，请李益坐了同去。军校们拿了白梃前来阻止，豪士拔剑喝道："你们要和这剑决一雌雄吗？你们来两个，死一双！"军校们害怕，只好由着髯奴扶李益上马，豪士也上了马，并向着胜业坊驰去。李益进了胜业坊，快到霍府门前，李益推说天晚有事，改日再来。给豪士拦住衣袖，说道："敝居到了，你怎么要走啊？"到了霍府前，豪士道："秀才，实对你说吧，不是请你到我家去，是请你到你家去！"李益道："只怕卢太尉知道，不肯罢休啊！"豪士问道："你怎生畏他如虎？"李益道："足下有所不知：当时在刘节镇处参军，曾题诗感遇，有'不上望京楼'句，太尉常以此要挟，说要奏闻朝廷，处以怨望之罪，所畏一也；又说只要我回顾霍家，先将小玉姐了当，有害无益，所畏二也；白梃手日夜跟随，恐伤朋友，所畏三也。不然，我哪里是一个薄幸之人！今天相见，怎有脸见她啊！"豪士道："你们是结发夫妻，赔个不是便了。卢太尉我自会对付，不要害怕！"遂命髯奴叩门。

这时小玉已只剩得一口气了，吩咐浣纱："待秋鸿回来，同他好好看顾奶奶。"又对鲍四娘道："四娘，你也常常来看觑我母亲。当初是你作的媒人，以后如见了那薄幸郎，叫他好好看待新人。如念旧情，在我坟上浇一碗水浆，挂一串纸钱，我就感激他了！"说罢，昏了过去。一会儿又醒来，对老夫人道："娘，你孩儿好些了。李十郎来哩，待我起来，娘快替我梳洗。"老夫人惨然道："孩儿久病之人，心神惑乱，安息着吧。"

正在此时，那豪士和髯奴们拥着李益进来了，问老夫人："认得这个人吗？"老夫人惊喜道："薄幸郎，你从哪里来的？"豪士道："请小玉姐出来对付他。"鲍四娘扶着小玉出来，豪士道："鲍四娘，你也在这里，小玉姐可认识这秀才？"李益一见小玉憔悴欲绝，不由哭道："我的妻，你竟病得这样了吗？"小玉向他斜视了一眼，掩面长叹。豪士也叹息道："真正可怜！小玉姐，俺将薄幸郎交给你。李郎，古人云：惟酒可以消忧，咱已送金钱备酒在此，你好好安慰她。俺去了！"李益挽留道："感足下高义，正要杯酒相谢，为何这样匆匆就要走了？"豪士道："我非为饮酒而来！"问他姓名，也不回答，带了髯奴们扬长而去。

李益果依豪士之言，递酒与小玉。小玉接酒在手，长叹道："我为女子，薄命如斯；君是丈夫，负心若此！韶颜稚齿，饮恨而终！老母在堂，不能供养；倚罗弦管，从此永休！徵痛黄泉，皆君所致。李君，李君，今当永诀矣！"她左手紧握李益之臂，掷酒杯于地，长叹数声，倒地气绝。老夫人把她扶入李益怀里，哭着说道："十郎，这要你唤醒她啊！"过了一会，小玉慢慢醒来，对李益道："扶我做甚？我要到阴司诉你！"李益等她积愤稍平，把三年来经过细细诉说一遍，且把紫玉钗还给小玉。小玉见了紫玉钗，方才有些欢喜。经过双方详细诉说，才知都是卢太尉捣的鬼计。老夫人道："我们一家应该感谢这位黄衫豪客。"小玉道："好像那年元宵节晚上，曾见过他一面。"

这时朝廷见卢氏专权日甚，十分疑忌，又有人上了他一本，更失去信任。因此他遂无心再顾女儿婚事。那黄衫豪士又撺掇谏官，把小玉节义、卢府强婚之事奏上，朝廷遂命刘节镇审理。刘节镇审明一切，回奏朝廷，仍命他奉诏封李益集贤殿学士鸾台侍郎，小玉封太原郡夫人,卢太尉削职为民,黄衫客封无名郡公。封赠这天,全家欢乐,崔、韦二生也来道贺。李益又把过去之事告诉了刘节镇一遍,大家都称颂黄衫豪士之功不止。

此剧本事,全据唐人蒋防所作《霍小玉传》,而于终场小玉与十郎重逢,改为气绝复苏,夫妇仍得团圆。蒋传写小玉气绝后,还有十郎就婚卢氏,忽患妒疾,因而三娶皆不如意,与此大异。总之,蒋传中的十郎,是个无用书生,负心人物,而剧中却把他写成一个为国抗御外侮的参军、忠诚于爱情的才子,虽然几乎中了当朝权势的奸谋,但终于得黄衫客的援助而夫妇重圆。这可能出于文士爱才子的同情心理,因而把十郎母亲所主卢家表妹的婚姻,易为豪门权势的强逼入赘,以示十郎的几乎负心,全因势力不敌而出于无可奈何。剧用元夕相逢、堕钗留情,是剧作者添出的重要关目,剧名就是从这产生的。时代人物,也有与蒋传不同之处:蒋传故事发生于唐代宗大历年中(766—779),此作唐宪宗元和十四年(819),相差了四五十年。鲍十一娘改作鲍四娘,刘济改作刘公济。婢女原有浣纱、桂子两人,此略去桂子不提。小玉卖钗,系卖与延先公主,得价十二万,此剧卖与卢太尉,得价百万。其余如卢氏之父为太尉、出镇孟门、王哨儿为十郎夫妇传信、卢太尉延媒劝赘、强闭十郎于府中、小玉卖钗卢府、卢太尉借此遣假鲍三娘伪称小玉已改嫁、李益参军玉门关外、献计招降大小河西等,都为蒋传所无。但李益从军关外及作"望京楼"诗与屏上题诗,虽为蒋传所无,却见于正史《唐才子传》及李益诗集中,全都是事实。又,李益的密友韦夏卿,见于蒋传,而也实有其人,他字云客,杜陵人,累官检校工部尚书东都留守,迁太子少保,新旧《唐书》都有传。

近人矍斋编有《紫玉钗剧本》,就是据汤作改编的。至于闽剧演出的《紫玉钗》,据说是据汤作及闽剧传统剧目《紫玉钗》所改编,本事几全同汤剧,但特别强调唐代统治阶级门第制的森严,青年无辜牺牲于门第与爱情的矛盾之下，而结果仍恢复蒋传的十郎与小玉终于不得团圆偕老的悲剧。两人重会后，十郎仍为卢府劫去，而小玉终于气绝不再复苏。这样改，正打破了明人传奇的团圆常套，也就是打破了旧传奇的公式化，确是改得很好的。滇剧也有《霍小玉传》，但不知内容如何。

在清朝乾隆、嘉庆年间，有吴江人潘炤，是当时名诗人袁枚、张向陶的朋友，写过一部《乌阑誓》传奇，也是根据蒋防《霍小玉传》的。据他自序，乃是他为《紫钗记》补缺而作。但剧中本事，全同蒋传，惟增出李益与霍小玉乃是织女所降谪的牧童及络丝娘转生一节，为蒋传所无。又蒋传谓书誓言的乌丝阑绢系小玉家中旧藏，而此剧改为织女所赠。又小玉死后，即为织女救活，将返魂香变作灵槎，送小玉至江淮，为易元所救，后来得与李益团圆。看《豪门始末》，似卢氏也出场，正如蒋传所写，是因疑被出，然后小玉得与十郎重圆的。曲词平常，并且还有蹈袭《牡丹亭》、《长生殿》的痕迹。

附：紫箫记

唐代诗人李益，表字君虞，陇西人氏。父亲李揆是前朝宰相，母亲辛氏封狄道夫人，都已亡故。他上有九兄，排行第十，故俗呼"十郎"。前年入京应选，正及殿试，忽然吐蕃入侵陇西，抄至咸阳，京师震恐，皇帝亲自劳军，因此殿试暂时停止。

这日是元和十四年元旦，又是立春，天下朝觐官员、应试士子，都到云龙门太极殿朝贺。朝后，在光禄寺赐宴。十郎有一个故友花卿，字敬定，曾官西川节度，现升骠骑将军。又有一个武举生徐州人石雄，字子英，智勇无双，来京中应武选。又有一个吐蕃侍子，名叫尚子毗，是羊同部昆仑山下人，在京中国子监读书。三人年纪虽不同，但都是一时豪杰，和十郎都意气相投。这天他们在朝门相遇，三人约定同去拜望十郎。十郎回去后，就命青儿置备酒席，等三人来到，主客一同饮酒赋诗。正在非常欢畅之时，忽国子监差人来报，有旨令在京文武学生，四夷侍子，都入太学习乐，催石、尚二生回去。二生只好先行告别。随后有教坊子弟游春回来，经过门前，十郎唤入，教他们为花将军劝酒。教坊子弟献歌舞各一曲，十郎命赏锦帕、银钱。他们不要，说："十郎系有名才子，但得新词一曲，不用缠头双锦。"又道："霍王府最重人日登高，皇帝御前首要元宵设宴，请相公大笔一挥，先赐二词。"十郎依请，一挥而就。他们欢谢而去。花卿也告别，约十郎后日到衙小饮，届时有姬人鲍四娘侍酒。

其时有霍王府歌姬郑六娘，生有一女，名唤小玉，年方二八，才美双绝。这天，六娘吩咐贴身侍女浣纱，去叫樱桃请小姐出来，同到翠阁银塘望春。到了那里，但听棋声鸟语，非常悦耳。侍女们不禁手舞足蹈，连声唤暖，把胸衣都松解了。她们看到陌上娇俊少年郎，十分羡慕，不由向他们暗送秋波。六娘到此游兴已阑，唤她们跟同回去。

十郎故友花卿这时正休闲在京，有歌姬鲍四娘，美貌多情，琵琶为教坊第一。后天，他果然准备了酒席延请十郎；又命四娘抖擞歌喉，安排舞姿，好侍奉客人。十郎到来后，四娘歌十郎所作新词劝酒。十郎酒兴甚浓，不由告醉。花卿遂同他到衙前闲眺。忽听一阵马嘶声，花卿便命小卒探听："是谁家好马？"小卒回报，说："是汾阳王孙子郭小侯家的紫叱拨。"十郎道："将军若有此马，便可出塞封侯。"花卿连连称"是"，命小卒追请郭小侯到衙，要向他买马。郭小侯到衙，一见四娘，十分有情。花卿请郭小侯同饮，命四娘把酒奏曲为欢。花卿提到买马，郭小侯道："久闻四娘闭月花容，停云绝唱，此乃百万蛾眉，何用千金马骨？"十郎道："花骠骑爱名马，郭小侯好妙音，倘肯相易，岂非各成其美？"两人都赞成。花卿便要送四娘到郭府去。四娘哭道："将军竟这般薄幸！"花卿道："不要哭！大丈夫志在功名，我自后多在塞上了。小侯是年少公子，你好好奉侍。"四娘还是絮语难舍。十郎从旁促道:"郭公子等久了!"四娘骂道:"冤家,你为什么要惹出这断肠事来? 那马,将军还有日骑了到郭府,但妾一去,从此永不得再到这里了!"不由哭倒在地。花卿便命讨轿,郭小侯骑马相随,同四娘回去。

原来郭小侯名锋,是汾阳王郭子仪的孙子。姊姊是贵妃,生太和公主,所以他是国舅,自小封侯。自从用名马换取鲍四娘来府,四娘终日哭泣,不肯饮食。小侯吩咐放她闲院居住,随她自由,只要逢到良辰佳节,入府相随歌舞。四娘出府后,就有郑六娘请她教女儿唱曲,才把她的心安顿下来。

一天,四娘去郑六娘家教小玉唱曲,樱桃从教坊抄得李十郎《人日登高》新词,大家一同欣赏。六娘命送此词到杜秋娘别院去,叫她练习一番,明天霍王登高,用此曲进酒。四娘教小玉唱《折桂令》,小玉道:"此乃游童冶妇之篇,非上客幽人之操,可有外间才子新词,教唱几首?"四娘遂举十郎新词,小玉听了,非常赞赏道:"真好诗也!"便问十郎姓名籍贯,品貌如何? 四娘一一告诉她。小玉的心里,从此就有了这个少年诗人的影子。

人日那天,霍王登高设宴,郑六娘与杜秋娘都已安排丝竹,在望春台下伺候。霍王乃顺宗皇帝之弟,宪宗皇帝之叔,此时已经年老。宴饮之际,郑六娘与杜秋娘同唱《人日新词》,他大为赞赏。一问作者,知是李益秀才,他说道:"听了新词后,尘心顿消。我年已老,若不及时修仙,无缘再少年了。"说罢,就要出家修道。两姬进酒相劝,不听。郑六娘道:"千岁就要游仙,也得嫁了女儿小玉,妾等和你同修。"霍王笑道:"这也顾不得了。我就要华山去,你们就此各寻归老之处便了。"两人都立誓,今生不愿再伏侍别人,亦愿修道。霍王道:"你两人很有志气,只是六娘有小玉未嫁,怎得出家? 暂赐汝名静持,赐汝女红楼一座,宝玉十厨,可从我封邑姓霍。秋娘既有志出家,可到金飙门外西王母观中度为女道士,弟子善才相从,赐汝浮金磬、紫霞帔。"于是霍王脱下官服,换上道袍,离家而去。两人送了霍王，杜秋娘也要带了善才到王母观去。临别，两人相抱大哭道："二十年姊妹，一旦分手，好不难受啊！"

十郎因那天劝花卿将四娘换马，见四娘临去时娇啼不胜，十分有情，很觉过意不去。又闻郭小侯很大量，不忍伤其意，遣她别院居住，遂趁闲游之便，同青儿前去看她。这天，四娘正在家里。她已知霍王因听歌感伤，入山修道，赐六娘及小玉郡主红楼一座，听她择婿，杜秋娘已入王母观修道等事，叹息道："郡主十分娇慧，何不看她成了人去？秋娘是我弟子，她却有志清修，我身犹在风尘，真不如她了！"忽听得外面有人叩门，细听声音，似是十郎。开门相见，不觉惊喜。十郎道："郭小侯或来不便，在此立谈一回便了。"四娘道："里坐不妨。"入内坐定，四娘先嗔责他那天为媒之事，又问："你这两天见过花卿吗？"十郎道："自从那天别后，不曾一过人家，今天特地来此，想重听四娘清音。"四娘道："我哪有心情再唱？只能请你听我诉苦。"又道："十郎，你早不相寻，到此似已迟了！"十郎道："你既无心再唱，便烦指引别人如何？"四娘道："十郎千金之躯，怎好去娼楼销费，不如聘一名姝，在客中作伴。"十郎笑道："正有此心，如有名姝，敬烦代求！"四娘便把她女弟子霍小玉爱读他新词，对他很有恋慕之情，告诉了他。十郎便请为媒。四娘道："这女子正是破瓜时节，当早下聘礼。"十郎道："领教。请四娘即行，小生就此告辞。"四娘道："君与花卿有故情，敢不成君之美！只是简慢十郎了。"说罢，不觉下泪。十郎问："四娘可还有什么话说？"四娘道："奴家失身青楼，朝东暮西，只好生受，你日后倘与霍郡主成婚，千万不要似花卿那般薄幸！"

鲍四娘来到霍家，见了六娘，便问："郡主梳妆了未？"六娘道："小玉这两天只是痴痴地睡。自她父王去后，没有停过眼泪，头也不梳，饭也不吃，我正在这里为她担心。"四娘道："郡主敢是伤春？"六娘道："女儿家懂得什么春？"四娘道："那有十六岁的女孩儿不晓得春的？"六娘道："小玉很本分。"四娘道："六娘好不会看人！你不晓得古时候吴王有个爱女,正与郡主小名相同,煞怪吴夫人不能成人之美,以致造成'紫玉化烟'之恨。你看郡主的娇弱身子,那里是害得起伤春病的?"六娘道:"四娘说得有理。只是眼下那里就有可以托身的人?"四娘便提出十郎,说他正当年轻求偶。六娘问明了家世,便道:"女儿大了,须与她商量。"四娘笑道:"若与她商量,定是个肯字。今日暂别,明日专听回音。"四娘去后,六娘唤出小玉,告知四娘之意。小玉道:"父王既做神仙,女儿当为仙女。古有烈女事母,终身不嫁,孩儿亦有此志。"六娘告诉她:"仙女也有人间之情。"樱桃也在一旁相劝。小玉只是不允。樱桃建议道:"郡主只是为了舍不得老夫人。但十郎他肯在京师居住,同事夫人,亦不可知。可请四娘问个详细。"小玉道:"四娘与十郎雅熟,定相遮护,不如叫樱桃假作四娘养女,前去十郎客馆,说是商量亲事,相机探取真情。"樱桃道:"事若成功,将何见赏?"小玉笑道:"与十郎说知,赏你个精致小使儿。"

　　十郎自四娘处回来,因四娘许他做媒,很是欣喜。一夜睡不着觉,早起翻出《文选》来读,却翻着了第十九卷《高唐赋》、《神女赋》、《好色赋》、《洛神赋》诸篇,读得他神昏颠倒,模糊入睡。这时樱桃来到,自称鲍四娘女儿,前来报喜。十郎问:"可是霍家小姐允许了吗?"樱桃道:"已有几分肯,只还要瞒过她些事儿。"十郎问:"瞒过什么?"樱桃道:"她有二事相疑:十郎既系世家,为什么在故乡还未成婚? 她家一母一女,相怜相守,她怕你暂时在此,以后撇下了她回去。现在家母已定下一计,只说相公定了婚,在京中久住。等成了亲,慢慢搬她回去,做大做小,都由你相公了。"十郎笑道:"原来如此。"又故意问道:"似你所说,她有甚才貌,配得过我这个才子,便想做大娘子?"樱桃道:"倒不是夸口,只怕你陇西的人才和你尽有相似的,京城女子要似这郡主才貌,实在少有。而且她家中很富有,也尽够你相公受用。"十郎道:"这样,我便在此终身,尽住在霍府便了。"樱桃道:"你撇得下大娘子一个人在陇西吗?"十郎道:

"实告女郎，小生还无室无家，故乡早为吐蕃所陷，要归去也不得归啊！"樱桃道："相公既是初婚，又占籍京师，这亲事便全成了。"她便向他索取婚证。十郎命青儿从镂金箱中取出九子金龙镜一枚，三珠玉燕钗一对，都是传家之宝，叫樱桃送去，作为定婚礼物。樱桃约他明后日过门相亲，且道："家母不长在霍府，就由区区在那边伺候。"临行，坚嘱"不要失约"而去。

樱桃捧着镜钗盒儿回去，经过御道，不觉顿起玩心，将盒儿放在草里，自己爬上树去掐花打莺。正值四娘经过，发现草里镜钗，细看上面刻有"陇西李相国"字样，就想带去问十郎。樱桃在树上见了，急忙喊："四娘，你偷我盒儿哪里去？"四娘问她在做什么，她说："是来做媒的。"就把小玉怕十郎已有妻室，差她前去探听，以及探听经过，告诉了四娘。且道："我家郡主有些装模作样，我是侍女，不好玩弄她，还是你同我去作耍她一回儿。"就叫四娘拿了盒儿在府中东厢等候，她去对郡主说了，再来相请。

小玉正等得心焦，樱桃回来了，一见面就向她贺喜，并说道："好一个风流年少！实是初婚，又在京师占籍，这婚姻真是十分美满。"小玉问："他怎能抛得家乡？"樱桃道："他是陇西人，陇西地方都没入吐蕃，已是无家可归了。"小玉大喜道："原来如此，果然称了心愿！"又问："你知他几时来下聘？"樱桃道："鲍四娘已捧了聘礼在门外了。"小玉遂去请了老夫人来，樱桃同四娘进见。樱桃告诉老夫人经过，六娘笑道："明日花红，樱桃应得分一半。"又对小玉道："现在你是十郎的人了，聘礼你看看。"小玉道："娘看了就是。"六娘叫她拜了天地，大家同看镜钗，果然都是稀有珍物，同声赞赏。六娘道："李郎客舍清冷，就择后日成亲。"又道："四娘，你同小玉在房中戏耍一会，我与浣纱备些夜筵请你。"六娘下去后，四娘便道："今日是好日，樱桃捧镜儿钗儿，在房中替郡主插带。"于是两人同小玉谑笑一番。四娘又教了小玉许多新婚晚上的事。小玉道："师父，你怎么晓得这许多家数来？"四娘笑道："我是过来人啊！……"还要说下去,六娘上来道:"夜筵已安排在堂上了。四娘,你只管在房里对女儿什么都讲了。"

十郎在旅舍中专待最后佳音,鲍四娘亲自前来报命,说:"事已大谐,有鸾笺在此。"十郎道了劳,接来看时,原来是定于明日成婚,便问四娘:"明日穿什么服色前去?"四娘道:"你有进士衣服就好。"十郎又问:"带几个小使去好?"四娘道:"你也不能步行前去,可向花卿家里借些马匹。他府里有的是后生小使,也可向他相借。"临别,又道:"我去后,你便可到花卿处去,代我问他一声,他还忆着我吗?"说到这句话,不由长叹一声。十郎道:"今日不能设酒谢媒,有慢四娘,明日在霍府当不忘报谢!"

四娘去后,十郎就往花卿处,告以四娘为媒之事。花卿道:"老夫今日正欲相过,既辱光临,就请在这里小饮。"席间,花卿问起四娘近况。十郎道:"她对你相思难摆。"花卿道:"我也正是如此。今日如有她在此,也多哄得几杯酒下喉去。"十郎就提借坐骑仆从之事,花卿问他:"还要不要其他需用之物?"十郎道:"都不用了。"临别,花卿约他,后天和石、尚二君同到霍府贺喜。

明天,天才亮,小玉早就起身,叫樱桃到堂上迎候新郎。一会儿,四娘来到,樱桃问:"新郎可来了?"四娘道:"还早。"她上楼见了小玉,道:"郡主,你为什么不多睡会儿? 今夜不得睡了。十郎一时未来,且同郡主楼前观望。"两人望了一会,四娘指点了一番城中寺院府第。小玉忽道:"呀,四娘,一个骑马官人来了!"四娘问:"看向那边去?"小玉道:"望南头来了。那人真可爱啊!"四娘笑道:"你说那马上美少年是谁? 便是十郎了。"小玉喜谢四娘。四娘道:"快下楼去,请老夫人堂上坐,我们迎接新郎。"于是大家下楼,迎入新郎。新夫妇拜天地及堂上毕,又行了交拜之礼,然后送入洞房。

明天早上,小玉先起,正在拿着花绫帕偷看新红,却给樱桃从身后抢去。小玉娇嗔,要去告诉母亲,推樱桃跪着。这时十郎醒来,还以为是鲍四娘的女儿,经小玉说明才知她是她的贴身侍女,遂替她讨饶。樱桃却不肯起来,说道:"讨了赏才敢起来。"十郎问她要什么?樱桃道:"郡主有言在先了。"十郎忙问小玉。小玉笑道:"许了她一个小使儿。"十郎道:"有许多小使,随你拣一个吧。"小玉道:"把青儿与她罢。"十郎道:"青儿太伶俐,怕她配不上。"樱桃道:"樱桃并不蠢呀!"十郎道:"伶俐人要搭个蠢的,才配得匀。"樱桃驳道:"郡主伶俐,却又配着相公伶俐,这是怎的?"十郎笑道:"就是青儿罢了。叫青儿来。"这时浣纱来报:"有花老爷、石老爷、尚老爷前来相贺。"十郎道:"既然客到,樱桃且起来看酒。娘子,他们与我都有兄弟之谊,你可穿了服色,出去把酒。"十郎出来迎三友登堂。三客请见夫人。小玉就出来把酒。酒阑,花卿道:"老夫一言奉劝,十郎和我们游侠长安,功名在迩,郡主可劝教十郎,努力前程,休得贪欢,空费光阴!"小玉拜领,且道:"三君在上,只怕十郎撇了奴家。"花卿道:"十郎不是两心人。"临别之时,三客道:"明日元宵佳节,朝廷敕赐放灯,灯市很盛,十郎好同郡主游玩一会,我们朋友不便相从了。"

元夕晚上,皇帝游赏各宫,在华清宫停驻观灯,命教坊司踏歌一曲。教坊司奏进士李益新词,皇帝大悦,问知作者姓名,命北院副使严遵美把名字黏在御屏风上。又吩咐严遵美:"可传示都下士女,无论贵贱道俗,俱得至华清宫玩灯,金吾不可呵止!"这天晚上,郭小侯同鲍四娘,杜秋娘带了徒弟善才,郑六娘陪同十郎、小玉,都来到华清宫观灯。直到漏声三过,金吾将军依旧出来喝退游人。人众惊走,小玉忽和六娘、十娘相失,彼此再也找寻不见。

小玉正在寻路出宫,忽在地上拾得一支紫玉箫,宫监走来,把她捕获,说她是偷了太真娘娘紫玉箫,把她押见郭贵妃。郭贵妃就是郭小侯之姊,问她道:"你可是宫娥?"小玉道:"妾怎充得宫女?服色不同。"郭贵妃道:"不是宫娥,便是宫妓,才用得到紫玉箫。"小玉道:"妾如今不是教坊的人了。"郭贵妃道:"你既不是宫妓,缘何进此宫来盗此箫去?究竟是何等妇女?"小玉道:"妾名小玉,乃霍王之女。"郭贵妃忙扯她起来道："既系王女，便同郡主身份，起来，请说来由。"小玉便把霍王出家，赐母女红楼居住，嫁于李十郎，以及今宵同来观灯，为金吾喝散，拾得紫玉箫经过，诉说一遍。郭贵妃奏明皇帝，着女官内臣，赐销金宝烛四笼，再赐她原拾紫玉箫一管，送她回府。

六娘和小玉失散，一时找寻不见，只好同十郎先回家里，心里很是着急：不知她落在宫里，还是落在人家？十郎怕她落在宫里，不惯拷问，受不起摧挫，如落在人家，更不知将如何受苦，急得哭了。忽听得叩门声，原来是宫中女官内臣们送小玉来到。女官们宣读旨意毕，众人向他们道了谢，他们就回宫复旨。等他们去后，母女夫妻相抱大哭。小玉把失散后所遇一切告诉了母亲和丈夫，大家又转悲为喜。六娘道："天尚未明，十郎还与小玉去睡一睡。"说完，送他们回房，自己也下楼睡去。

一天，十郎吩咐青儿打扫府后花园，六娘也命樱桃取了白玉碾花尊，盛了新酿蒲桃酒，剔红蝶孔上安着蘽叶碗数十个，花馂玉果，伺候郡主夫妇同到园中游赏。樱桃见小玉眉头不展，问："小姐，你为什么不比未婚时快活？"小玉道："你不知道，做女儿时由得自家心性，做人浑家后，须日夜迎欢送爱。今天他要同游花园去，往返十数里路，我怎生走得动？也只得勉强伴奉他。"正说时，十郎来到，请她同行。小玉道："山子池上园中迂曲有十数里，奴小鞋儿怕滑，要你节步一些。"十郎道："这是当然的。"命樱桃先往百花亭等候，待他们缓缓行来。两人来到百花亭，饮了一会酒，再起身游行。这时小玉有些醉了，由十郎扶着，来到驻春楼。两人上去，楼前可以望见华山，昆明池水、长安八水，也都可望见。下楼走上假山，看见池边竹子，小玉便叫十郎作《竹枝词》，她做女儿接和。这时忽然下雨，樱桃催他们到昆明池边抱珠亭上躲雨。在亭中又一同饮酒。十郎不住劝饮。小玉因他一路上和她缠绵不休，不由叹道："十郎，你错爱奴家，忘其憔悴！只是一件，新人有时故，丈夫多好新，妾对君之心,有如皎日,君乃陇西名族,一朝乱定思归,定另寻名配。花落理必践,妾岂能怨君?但妾有一愿,要请于君前。"十郎道:"愿领教!"小玉道:"妾才十八,君年二十,愿君待三十岁,那时妾年二十八了。到这时你另聘茂陵,永弃苏蕙,妾死而无恨了!"十郎道:"说哪里话来?卿非文君,我非窦滔,一代一双,同室同穴。"小玉道:"这也难料,女人过了二十八九啊,便是败柳残花了。"十郎道:"你别作闲想,小生此心,惟天可表。"小玉遂命樱桃取出乌丝栏纸并笔墨,对十郎道:"你可写下数句,作奴终身之记,以便他日做官远出,妾见了所题,也可如见你了。"十郎道:"使得。你看昆明池上,刻有牛郎织女,就对此为盟,题上几句。"他就题道:"合影连心,昆明池馆,织女临河,仙郎对岸。地老天荒,海枯石烂,永劫同灰,无忘旦旦。"小玉拜谢道:"十郎,你定了这段誓盟,也不枉了伴你一游。"这时日势向晚,遂寻路归去。小玉在路上滑跌了一蹦,十郎把她扶起,叫她缓缓而行。直走到新月上来,才出园中。浣纱已持烛开了宅门相等,说道:"老夫人整了酒在内堂等候。"小玉道:"我陪你饮了酒,再一同回楼玩月。"

十郎去应殿试完毕,在家专候消息。到了放榜之日,皇帝亲点陇西名士李益为状元,特许入太极殿朝见。十郎来到五凤门恭候,有旨授翰林供奉,即日赴玉堂上任。他谢恩出朝。这时石雄也中了武状元,花卿表请边关效用,尚子毗也奏请回国。又因北方兵火未净,着丞相杜黄裳行边,诏命十郎参赞军事。十郎在家等待石、花、尚三人圣旨如何发落,差青儿探询。青儿来报:花卿授西川节度使,石雄为陇西经略,侍子归番,着光禄寺赐宴,翰林院答番书。三人出京之日,同到十郎处告别。十郎设酒饯行,送到延秋门外而别。

过了一天,十郎自己也要去赴参军任了。隔夜,六娘先为女婿饯行。这一席离宴,正是愁多欢少,夫妻俩更是难舍难分。明天,小玉亲到灞陵驿外,等丈夫经过,为丈夫把酒送行。席间,小玉当筵一曲,抒出她心中无限离愁别苦。十郎嘱咐道:"我去之后,你一个人睡,不要着了寒冷!"小玉道:"十郎几时归来? 将盼杀奴了!"这时,六娘也来到,敬了上马杯,亲送十郎上马。小玉又嘱咐道:"你此去,任到何处,休离开那剑,驿路上逢到便人,须常寄书来!"

十郎别了小玉上马,一路上柳色筋声,引起他心中无限回忆。好不容易,到了受降城外,安歇一宿,便去进谒杜黄裳。杜黄裳慰勉了他一番,众将官亦来参见。杜黄裳道:"状元,明日老夫伴足下出塞一游,今日且请休息。"

小玉与十郎新婚只有一个月,十郎即出塞从军,自然十分无情无绪,不觉到了杜鹃时节。樱桃劝她道:"少女少郎,相乐不忘,恰得好处,又早撇下。小姐,你是聪明人,要自己消遣才好。"小玉道:"樱桃,待要保护十郎平安,有何仙宫道院,去烧些香也好?"樱桃道:"杜秋娘在西王母观,四月十五日是王母娘娘生日,小姐好去烧香排遣。"小玉道:"临期可请老夫人同往。"

四月十五日那天,六娘母女来到西王母观,善才接见,进去报与杜秋娘。秋娘惊喜,出来相见。问起近况,知小玉已招了新科状元李益,官拜翰林,现到北方参军去了,今天母女俩特来烧香祈保,并来问候秋娘。秋娘向她们道了贺,说道:"老身替你祝贺,六娘、郡主拈香。"六娘母女拈了香,秋娘祝说:"霍王府侍妾郑六娘同女小玉,拜祝西王母娘娘殿下,小玉为丈夫李益新中状元,到朔方参军,敬蓺心香,伏祈仙力保护李益在外平安!"祝毕,对六娘母女道:"六娘、郡主自家再祝。"母女俩果然也拜祝一遍。秋娘请她们到茶堂叙话,问起小玉婚事是谁为媒,说是鲍四娘,秋娘便道:"我等三人,年纪不相上下,如今都已憔悴了。郡主及此青年,正好讨些快活。"大家又谈说一番宫中故事,不胜惆怅。秋娘又道:"六娘,我待把《明威法箓》受过几度,便往华山访老霍王殿下去。"六娘道:"去时约我同去。"秋娘道:"我们在道院中没人来往,你住红楼,应有老殿下音信。"六娘道:"也全没些音耗。他真已无复人间之想了。"秋娘道:"莫说老殿下,就是老身也罢想人间了。"六娘道:"天晚月色将上,告辞罢。"秋娘道:"道院只有清茶淡话,更无余物可相陪奉,怠慢郡主了。"六娘道:"闲时请过红楼消遣。"秋娘道:"我们这般妆束,还到人间怎的? 还望六娘、郡主闲时相过便了。"

此时北方吐蕃王赞普,占有地方数万里,拥有人马数十万,更侵入陇西,并吞回纥,还嫌不足,想起兵南侵。一天,召中书令尚绮心进帐商议,赞普把心事宣告一番。尚绮心道:"春间叔父尚子毗从中国回来时,说中国民和岁乐,君明臣忠,朔方军府是老丞相杜黄裳主持,参军是新翰林李益,都是一时无二的人才,我国要去侵犯,恐难如志。就是陇西地方,唐朝用石雄为经略,此人少年英俊,晓畅兵机,亦难应付。倒是松州地近西川,守将花卿年纪已老,似有可图。但也得到秋深时,方可议兵。"赞普道:"尚子毗既熟知中国事情,孤就叫他做元帅,去攻打唐国,中书以为如何?"尚绮心道:"叔父涉览天文,厌绝人事,回国后筑室在昆仑山下,不婚不宦,无意出世。大王要用他,也须待秋深亲去聘他。"赞普道:"既如此,且先发大将论恐热去打松州,待秋深孤再同到羊同去聘令叔。"当下他就命中书点起三万人马,由论恐热率领去围攻松州。

自杜黄裳镇守朔方,又得李益参军,从此出塞千里,不见一个敌踪。此时正值炎夏,分付备下沈李浮瓜,要与李参军欢饮。两人饮酒正欢,忽有朝旨到来,说是迎杜丞相、李参军回都,同归玉堂,侍掌纶笔,朔方一切军事,暂付左将军郝玭、右将军阎朝协力接理,诏到即日起程。杜丞相接旨后,命李参军暂住半月,助二将军酌理边事,待他入了长城,再派人来接取。受降城中诸夷长闻讯,都来恭送。杜丞相吩咐不须远送,就同朝使上道。

章敬寺有个四空和尚,年已一百零八岁。杜丞相作秀才时,曾在他寺中读书,常与他谈禅说偈。这时他知道杜丞相出将入相,封为国公,朝廷现召他回京,早晚要寺前经过,想待他进寺礼佛时,点醒于他,使他早寻正果,也尽了当时一番情谊。过了一日,杜丞相果然经过这里,入寺烧香,经四空一番点化,似梦初醒,觉得四大皆空，便要解下玉带一条，乞取名香一瓣，向佛王忏悔。还道："待明日上表辞官，即还山礼佛，只怕迟了，济不得生死大事。"四空道："燃指即可成佛，说甚么迟，可往佛殿一走，请相公自忏。"于是焚了香，杜丞相在佛前忏悔一番，又向四空道谢而别。

李十郎在边关等候杜丞相派人来接，半月时间，好不容易挨过。这时他一心想念小玉，过去那红情绿意生活，在脑中一一重现。到了期限，杜丞相果不失约，接他的人来到了。郝、阎二位将军送他出关。他送了二位将军宝剑各一口，留为纪念。二将军向他保证："只要有俺二人在，管取朔方高筑受降城。"

原来尚子毗本姓冯卢，字赞心牙，羊同部落人，世代做吐蕃宰相。他跟他义亲尚结赞入朝贺问，唐宪宗皇帝爱他年少，留在太学读书，因此和李益、花卿、石雄等相识结交。这次回国后，即隐居学道。这时他已过四十岁了。一天，忽报吐蕃王赞普打围到此，特来拜访。尚子毗接见毕，便问："赞普打围来此，过草堂有何下问？"赞普遂把他的雄心告白一番，并说："已派论恐热攻打松州，还欲向陇西推进，不知天意如何？"尚子毗为他望了望气，说道："观测天象，此抑彼扬，彼中紫气团霄，此间乌云压帐，劝赞普还是与唐朝和亲有利。向陇西进兵，恐难得意。"赞普便要请他出山。他又占了一占风候，道："臣可以从行，只是不受赞普的品级。倘事完之后，容俺自便。"赞普同意，留下车马，先自回去。尚子毗料理一番家事，也就上道。

光阴易过，又到了牛女相会之夕，小玉已得到十郎早晚就要回京的消息。六娘怕想坏了女儿，命樱桃去请鲍四娘、杜秋娘同来红楼乞巧穿针，与女儿消遣。四娘、秋娘都来到，六娘迎入，请同上红楼。四娘道："织女渡河，随人间拜乞，只得乞一，不得乞二。我等心中私愿，已三年不得说出，就在庭中排列香案，请六娘为主。"六娘祷毕，一同上楼穿针。四娘道："这样巧，应都让与郡主少年人，就请郡主先穿了，便到六娘。"小玉道了占先，就把针穿过了。接着是六娘、四娘,都要小玉代穿。最后轮到秋娘,秋娘道:"老身宫人入道,更要什么巧得,郡主,你也替我穿了罢。"小玉也代穿了。

这时忽有报子到来,报道:"禀上老夫人,李老爷已到。"六娘道:"真个凑巧!"秋娘道:"老身喜得今日一会贵婿。"未几,十郎来到,与家人相见。六娘道:"杜秋娘自不曾见过十郎,又鲍四娘也在此相候。"十郎又与她们相见一番。小玉道:"自十郎去后,展转相思,每逢佳日良辰,更形凄楚。年年七日,常为你曝衣晒书,今年七夕,恰好团圆。记得那年在昆明池上,对了牵牛织女,结下誓言,今夕巧逢,莫非真是二星有灵了?"十郎道:"夫人,我在北方,卿居南国,虽不能日夕相会,但梦魂长相往来。今晚正是佳期,我们又得团圆,正是久别似新知啊!"六娘道:"老身看十郎,真是河西仙子也。你们今夕正好渡河,勿负佳节!"

此剧本事来源,男女主角虽与《紫钗记》相同,故事轮廓也有相似之处,但其他人物,几乎完全不同,故不能说是全出于蒋防《霍小玉传》。但它虽不全据《霍小玉传》,而里面几个《霍小玉传》所没有的人物,如花卿、石雄、尚子毗、尚绮心、严遵美、杜黄裳、郭贵妃、郝玼、阎朝、杜秋娘等,却都是历史上的真实人物。花卿以歌妓鲍四娘换郭小侯的紫叱拨名马,乃借用唐人《纂异记》(亦见《太平广记》卷三百四十九引)所载开成中鲍生用家妓四弦换取韦生名马事,与花卿无涉。而花卿乃西川节度使崔光远部将,曾助崔光远平梓州刺史段子章之乱,正史虽失载其人,然数见于大诗人杜甫的诗歌中,当确有其人无疑。石雄为徐州人,但正史不提其字,曾为天德防御副使兼朔州刺史,捣乌介帐,迎太和公主还,官至检校兵部尚书。尚子毗正史作尚婢婢,确姓冯卢,名赞心才,羊同国人,世为吐蕃首相,为人宽厚,略通书记,不善仕进,赞普强迫他出来做官。尚绮心亦有其人,名尚绮心儿,但和尚子毗不说有叔侄关系。严遵美与马存亮、西门季元确都是宪宗时太监,都以忠谨见称,遵美历官左军容使，年至八十余而卒。杜黄裳的字号里籍亦全与正史同，他在公元807年（元和二年）以检校司空同中书门下平章事为河中、晋绛节度使，封邠国公。郭贵妃确为郭子仪的孙女，郭暧的女儿，乃郭暧娶升平公主所生，后来生子为穆宗，因尊为皇太后。又唐宪宗确有女太和公主，嫁回鹘崇德可汗。以上均见正史。剧载杜黄裳还朝，要郝玭、阎朝为留后，且对二人说：郝将军筑临泾之塞，西戎不敢近边，吐蕃王为铸一金人，及以名字怖止儿啼，阎将军独守沙州，十年不下，也都是实事。攻沙州者即尚绮心。阎朝后来因朝廷疑他谋反，致被毒死。郝玭却为朝廷召还，徙为庆州刺史。亦皆见于正史。杜秋娘原名秋，"娘"乃当时对妇人敬称。她是宗室李锜之妾，善唱《金缕衣》曲。锜叛国被诛，她没入宫中，为漳王保母。因她曾为李锜诉冤，所以晚唐诗人们多作诗赞美她，见《太平广记》卷二百七十五引《国史补》及《本事诗》（今本《本事诗》无此文），据《南部新书》，那么她又名杜仲阳。

现在所见的版本，只是全剧的前半部分。全本的故事情节，可从现行不全本开头的"家门大旨"中看到。在现行不全本中提到的太和公主、尚子玭、石雄等，在后半部分都是重要人物。《曲海总目提要》卷六《紫箫记》提要引，作尚子玭出山后，奉命与唐通好，杜黄裳、李益引兵出塞，千里不见敌，才朝旨召还，而尚子玭亦至长安，与现行本所叙不同。又说鲍四娘住尚冠里别院，尚冠里三字也不见于现行各本。因此我颇疑心《曲海总目提要》作者或见过续作残本。但历来都说作者晚年所续残本已为他儿子焚弃，那么这个残本是哪里来的呢？那还须待考索研究了。

（二）牡　丹　亭

岭南秀才柳梦梅，原名春卿，系唐朝柳州司马柳宗元的后代。父亲官拜朝散郎，母亲封县君，都已亡故。他年逾二十，功名尚没成就,也未婚娶,因此终日情思昏昏。曾得一梦,梦中来到一座花园中,看见梅花树下站着一个美人,不长不短,如送如迎,说道:"柳生,柳生,你遇到我方有姻缘之分,发迹之日。"他由此改名梦梅,以春卿为字,只等功名成就,便要寻找梦里姻缘。他有个朋友韩子才,寄居在赵佗王台上,为人风雅健谈,因此他时常前去随喜。

此时有南安太守杜宝,字子充,乃唐朝大诗人杜甫之后,流落巴蜀。他二十岁中的进士,在南安做了三年太守,现年五十余岁。夫人甄氏,乃魏朝甄皇后后裔。膝下单有一个女儿,名唤丽娘,才貌端妍,尚未许配与人。杜太守想起古来淑女,大都知书识字,女儿精巧过人,也应教她多晓诗书,将来好嫁与书生为配。遂请出夫人,和她商量。老夫妇俩正谈之际,丽娘也上堂来,命婢女春香捧着杯盘,进酒为父母祝福。杜太守大喜,命春香也酌小姐一杯。他忽然又堕泪道:"夫人,我比子美公公更是可怜!他还有两个儿子,我只有这一个女儿。"夫人道:"倘然招得个好女婿,也与儿子一般。"杜太守才转悲为喜道:"真的一般吗?"夫人命女儿把杯盏收了进去。杜太守问春香:"小姐在闺中作何生活?"春香道:"小姐绣罢,常是闲眠。"等丽娘出来,杜太守把她教训了一番,叫她:"绣闲可多看图书,不要白昼贪睡!"夫人道:"要读书,须请个先生指点讲解才好。"杜太守道:"请先生不难,待我物色,但你要好生管待。"

正巧府里有个儒学生员陈最良,字伯粹,自幼读书,还是十二岁进的学,补了一名廪生,后来因试劣等被停止廪给。他将近六十岁了,已失馆两年。幸亏他祖父是个医生,家里还开着爿药店,得赖以度日。这次杜太守要为女儿聘请先生,一时奔竞的人很多,不料太守却独中意了他,下了个请帖去请。他就由门子领着前去。

陈最良来到杜府,杜太守早安排礼酒等候。行礼既毕,宾主在堂上坐定。太守开言道:"久闻先生饱学,敢问尊年有几,祖上可也是习儒的?"陈最良道:"虚度将近耳顺,世代习医,也略懂诸子百家。"杜太守道:"这样很好。"便把自己请他来教女儿的意思说了一遍。又吩咐院子道："今天恰是吉日，进去请小姐出来拜了师傅。"丽娘出来拜师毕，杜太守命春香也拜了先生，做小姐伴读。陈最良问道："女学生已读过何书了？"杜太守道："男女四书都读过了。五经中只有《诗经》开首便讲后妃之德，最配女孩子读，先生就教她读《诗经》吧！"又道："先生，她们如不守教规，可责打春香。"遂命春香伴小姐归房，自己陪同先生到后花园饮酒。

那柳梦梅的朋友韩子才，乃是唐朝韩愈侄儿韩湘子之后，世居潮州，因避乱来广州。官府念是先贤后嗣，奏请派他为昌黎祠香火秀才，在赵佗王台上居住。一天，柳梦梅来到台上，两人相见，各诉牢骚，都说文章无用，并引两家祖先柳宗元、韩愈的所遭所遇为证。后来韩子才却道："话虽如此，你看赵佗王当时，有个秀才陆贾，汉朝拜他为中大夫，奉使来到此地，赵佗王很是尊重他。那汉高祖本是很看不起儒生的，经他'陛下马上得天下，能以马上治之乎'一问，说得高祖马上封他为关内侯，好不得意！"柳梦梅叹息道："只是我们没有这样的遭遇啊！"韩子才道："依小弟说，不如干谒些须，可图前进。有个钦差识宝中郎苗老先生，今秋任满，在香山岙多宝寺中赛宝，你不妨前去看看机会如何？"柳梦梅连称："领教！"

陈最良自到杜府就馆后，极承老夫人管待。这天，早膳用过好久，还不见学生进馆，遂敲云板催促。一会，春香伴着小姐出来，给先生教训了一顿，命回讲昨天所授《诗经》的第一篇《关雎》。主婢讲毕，又命研墨模字。先生正称赞丽娘的字写得好，谁知春香领牌去出恭，去了好久不回来。丽娘寻春香不见，先生为她高声唤了三遍，才见她慢慢进馆。丽娘怒道："劣丫头，你哪里去来？"春香笑道："那边原来有座大花园，花明柳暗，好耍子哩！"先生听了，也发怒道："不攻书，花园去！"取起荆条要打。春香躲闪，夺去荆条，掷于地上。丽娘骂道："死丫头，竟敢唐突师傅！快跪下！"春香只得跪下。丽娘对先生道："看她初犯，容学生责她认罪一遭儿。"春香也在一旁认错道："再不敢了！"先生遂叫她起来。等放了学，丽娘便问春香:"那座花园在哪里?"春香初时俏皮不肯说,丽娘笑着逼问,她才指点道:"那边不是吗?"丽娘又问:"可有什么景致?"春香道:"有亭台六七座,秋千一两架,绕的流觞曲水,面着太湖山石,名花异草,委实华丽。"丽娘奇怪道:"原来有这等一个所在!"

这时已是春深,杜太守要亲自下乡劝农,叫县吏置办花酒,以备赏赐之用。他先到清乐乡,父老们在官亭迎候。他就在亭中设坐,问了一番乡间情形,知道三年来风调雨顺,日无公差,夜无盗警,百姓们生活得十分安泰。这时有田夫担着粪,牧童骑着牛,妇女们拿着桑篮茶筐,从亭前经过,都口唱山歌,怡然自乐。杜太守便命——赐酒赏花,又亲自各各勉励一番。父老要留茶饭,杜太守坚辞,将赏余花酒,教他们领去散给小乡村。骑马回去之时,村中那些领过花赏过酒的男妇们,都成群结队,前来相送。离了这村,又再往别的村去。

那丽娘自从读了《诗经·关雎》中"窈窕淑女,君子好逑"等诗句,不觉牵动情思,在闺中叹息道:"圣人之情,尽见于此矣!今古同怀,岂不然乎?"春香便劝她寻事消遣。丽娘道:"你叫我怎生消遣哪?"春香道:"就往后花园去走走罢。"丽娘道:"死丫头,老爷知道了不好的。"春香道:"老爷下乡劝农,已去了好几日了。"丽娘不语了良久。后来取过历书来查看,明后日都不佳,大后天是个小游神吉日,便命春香去吩咐花郎,扫除花径,到时前去观赏。春香奉命,行到廊上,碰见了陈最良。陈最良问道:"这几天学生怎不上馆读书?"春香道:"我家小姐这几天没工夫上馆,明后日要游后花园去。"陈最良又问:"却是为何?"春香道:"这是你教出来的。你教的关关雎鸠,尚且有洲渚之兴,何以人而不如鸟乎?因此小姐要游后花园去。"陈最良道:"小姐既不上馆,我且告假几天。春香,你常到书馆去看看,别让燕泥把琴书点污了。"陈最良去后,春香来到后花园,嘱咐花郎:"小姐大后日来瞧花园,要把花径好好扫除干净!"

大后天早上,丽娘一早起身,着意梳妆,穿戴得花枝招展。早茶时候,已来到后花园中。只见画廊金粉凋落,池馆一片青苔,满园红紫芬芳,只是没个人儿观赏。丽娘叹道:"不到园林,怎知春色如许? 这般景致,我父亲和母亲如何再不曾提起?"春香道:"这里凡是花全都放了,只有那牡丹还没有开。"丽娘道:"牡丹虽好,它为什么不春天一到就开,独自落后?"这时候,只见成对的莺燕到处鸣唱,真正好听。春香道:"这园子委是观之不尽。"丽娘道:"就是观尽了有什么用? 倒不如回去闲着吧。"回到房里,春香请小姐歇息片时,她去瞧瞧老夫人。丽娘这时正感到十分困倦,见春香又不在,独自沉吟暗想道:"春色恼人,令人难受! 尝读诗词戏曲,古代女子因春伤情,遇秋感恨,可见都非虚语。从前韩夫人得遇于郎,张生偶逢崔氏,此西对才子佳人,先时密约偷期,后皆得成夫妇。我生长名门,年已及笄,不得早成佳配,真是虚度青春。光阴很快就要消逝的啊! 可惜我颜色如花,岂料竟命薄似叶!"想到这里,不由叹息下泪。一阵感到困乏,伏在几上睡去。

正在朦胧之际,忽见一位年轻书生,手执柳枝,回头向她探望,口中连唤:"小姐! 小姐!"丽娘惊起,那书生过来与她相见。他对她道:"小生哪一处不寻访小姐来,小姐却在这里!"丽娘不作声,只是偷眼觑他。书生又道:"恰好在花园内折取垂柳半枝,姐姐,你淹通书史,可为小生作诗赏这柳枝吗?"丽娘闻言,又惊又喜,欲言又止,心里在想:"这书生素昧平生,为何来到这里?"书生笑道:"小姐,我很爱你呀! 为了怜惜你青春虚度,到处的寻访你,谁知你却在这里。小姐,和你哪答儿讲话去。"丽娘含笑不动身。书生上前扯她衣服。她低声问:"到哪儿去?"书生道:"转过这边芍药栏前,到那太湖石边去。"她又低声问:"秀才,去做甚么?"书生也低声答道:"和你宽衣除带,待你睡眠一会儿。"丽娘不由含羞,书生上前抱她,她把他推开,终于给他抱住了,同到太湖石边牡丹亭里去。一会儿,两人从亭中出来,书生道:"小姐,休忘了这一次相会!"丽娘道:"秀才,你可就要去了?"书生道:"姐姐,你身子乏了,将息将息!

我去了。"

丽娘正连呼："秀才,秀才,你去了也!"忽觉被人推醒。张眼看时,原来老夫人站在面前。老夫人问她道："女儿为什么独自一人在这里睡着了?"丽娘道："适才孩儿到花园游玩,回房无可消遣,不觉困倦少息,有失迎候,望母亲恕罪!"老夫人道："园中冷静,少去闲行为是。"道罢自去。丽娘等母亲去了,长叹一声,心里思想梦中之事,觉得那书生对她真是千般爱惜,万种温存,临去正待相送,却被母亲惊醒,十分懊恼可惜。这时春香也回来了,道:"小姐,待我薰了被窝,你上床睡一会儿罢!"

丽娘自从早上游园回来,一番惊梦之后,只是情思无聊,镇日独眠香闺,再也无心针线读书。老夫人知道女儿游园是春香逗引她的,便唤春香到堂前,责备道:"吾叫女孩儿在闺中做针线,就是闲不过也只合琴书消遣,你引她到花园去做甚?"春香道:"花园里景致好呀!"老夫人道:"不说你不知道。那花园冷落坍坏,我们中年人也不敢常去,小姐是女孩儿家,倘然星辰不高,撞着了什么,教做娘的如何的好!"又吩咐道:"小姐不曾晚餐,明天早饭要早些用,你说与她去。"

明天早上,春香送上早膳,丽娘仍无心去用,叫春香拿下去自己吃。等春香去后,她一个人离了香阁,来到后花园。园门恰开着,花郎也不在。一路上残红满地,依旧是一片撩人春色。一湾流水,点满飞花,不觉又引起了她的伤春悲感。春香回来不见了小姐,一路寻到园中,见了丽娘,劝她回去。丽娘不听。春香又告诉她老夫人之言。她还是不听,叫春香先回。她行过芍药栏前,来到太湖石边,寻到牡丹亭上,要寻昨日梦中踪迹,寻来寻去,什么都不见,只是一片凄凉冷落,杳无人迹。她正在无限伤心,忽然看见那边无人之处,有大梅树一株,梅子磊磊可爱。心想:"这梅树依依可人,我杜丽娘死后若得葬在那里,却不是好!"她走将过去,在梅树根边坐下。这时春香又来催她回去,看见她眼中含泪,便问:"小姐为什么伤心？"丽娘道："我要折那柳枝儿问天，我懊悔为什么昨天不曾与他题诗！"春香不懂她的话，还是催她回去。丽娘依依不舍，欲行又止，好不容易，才回到闺中。

柳梦梅家中有个郭驼子，乃郭橐驼后代。他家世代在柳家种植服役，到了柳梦梅父亲一代，移家广州，他也跟着同来。此时梦梅家中全靠郭驼子种树度日。梦梅听了韩子才的劝告，想到外县傍州去寻觅生计，遂把园中果树，一齐送与郭驼子，并把自己意愿告诉他。郭驼子却劝他："秀才，你与其费了工夫去撞府穿州，不如依本分读书上进，挣取登科及第为是。"梦梅不听。郭驼子替他收拾衣服，送他上路。

杜丽娘自从游园惊梦之后，益发伤春，日形消瘦。春香劝她不要再往花园中去。老夫人为了她的消瘦，也十分不安。丽娘不信，引镜自照，果然瘦了许多，不胜伤感道："我往日艳冶轻盈，奈何一瘦至此！若不趁此时自行描画，留在人间，一旦无常，谁知道我西蜀杜丽娘有过这样的美貌呢？"遂命春香取出素绢丹青，对镜自描。描毕，叫春香帧起来看，自喜道："画的真令人可爱啊！"春香调笑道："只少个姐夫在身旁。小姐若是早结姻缘，那就更好了。"丽娘道："春香，不瞒你说那天花园游玩之时，我也有过个人儿。"春香惊道："怎的有这等事啊？"丽娘道："是梦哩。"遂把梦中所见说了一遍。又道："春香，我记起来了。那梦中书生，曾折柳枝赠我，莫非我将来所适的丈夫姓柳吗？"就在画上题诗道："近睹分明似俨然，远观自在若飞仙。他年得傍蟾宫客，不在梅边在柳边。"题毕，掷笔叹道："古来美人写照或为丈夫相爱，替她描模，或为自己所写，寄与情人，我杜丽娘写来寄给谁啊！"又命春香："悄悄去吩咐花郎，叫他拿出去叫行家糊裱，要裱得精致一些。"

丽娘一病半年，老夫人实在放心不下，看她举止容谈，又不像是中了风寒暑湿，怕有别故，就传春香来询问。春香初时不肯说，老夫人要责打她，她只好把丽娘游园惊梦一事，告诉了出来。老夫人道："这是着鬼了。快去请老爷来商议。"杜太守进来,听了女儿患病经过,就把夫人埋怨了一番,说："你不该纵容女儿闲游!"就命人叫紫阳宫石道婆诵些经卷解禳,再请陈最良进来诊看脉息。老夫人道："看什么脉息! 若早有了人家,就没这病了。"杜太守道:"古者女子二十而嫁,女儿这点年纪,知道什么?"忽然院公来报:"有使客到。"杜太守就匆匆出去会客去了。

紫阳宫里石道姑,本来不姓什么石,因为生来是个石女,在紫阳宫出家为女道士,因此人家都称她为石道姑。这天,有太守府里承差来到,说是小姐有病,要她修斋祈禳。石道姑取出灵符一道,说:"叫小姐佩在身上,教她立刻病好。"承差道:"有这等灵符吗?快些带着与我同去。"石道姑吩咐观里人好好看守云房,并仔细殿上灯香,跟着承差前往。

这时陈最良也奉了杜太守之命,来替女学生诊病。他诊了一会,不禁哎呀一声,说道:"小姐脉息,为什么到这个分际了! 你年纪轻轻的,难道有什么伤感之事吗?"丽娘问:"什么时候可好?"陈最良道:"要过中秋节。"说罢,就出去替她抓药。石道姑也来到,问起病由,春香告诉她乃游后花园而得。石道姑取出灵符,挂在丽娘用的一支钗上,念了咒语,再把钗插在丽娘头上,说:"此符屏却恶梦,辟除不祥。"丽娘醒来说道:"这符怕没用,我那个人呵,不是依花附木的鬼啊!"石道姑道:"再不好,请个五雷来打他!"

这时正值北方金国完颜亮在位,宋朝偏安临安。完颜亮闻得临安湖山美丽,便起了个南下的野心。他先与南方盗寇暗中勾通,以便乘机响应。那时有楚州人李全,与部下五百人出没江淮间,妻子杨氏,善使一杆梨花枪,夫妻俩均有万夫不当之勇。金国先封李全为溜金王,叫他招兵买马,只等兵粮齐集,一举渡江,灭了宋朝,就封他为皇帝。

到了中秋佳节,恰值风雨萧条,丽娘病转呻吟,春香还要扶起她来消遣。丽娘道:"陈师傅说我的病要过中秋才好,看看病势转重,今宵更是欠好。春香,你替我开轩一望,看月色如何?"春香开了窗,谎她道:"姐姐,月上了!"丽娘望着窗外叹道:"只盼着能中秋月好,谁知它也不肯临照薄命之人! 我的残生要消逝在今夜的雨中了!"只听得外面雁鸣蛩吟声中,一阵风吹得纸窗撒刺刺响,丽娘吃了一惊,不觉昏了过去。春香忙去报告老夫人。老夫人急急来到,把丽娘唤醒。丽娘泣道:"娘,拜谢你了!"要想起拜,却又跌下,又道:"娘,此乃天意,女儿今生只花开一红,愿来生再侍椿萱。"老夫人泣道:"我还要你长大成人,把我们送老。儿呀,你好好将息,不要胡思乱想!"丽娘道:"请听女儿一言,你女儿不幸之后,这后花园中有梅树一株,儿心所爱,但愿就把我葬于梅树之下。"老夫人忙含着泪去告知杜太守。丽娘又吩咐春香,等她葬后,把前天所描那幅春容,盛个紫檀匣儿,埋在太湖石底。说毕,又昏了过去。等到杜太守夫妇来到,把她再唤醒时,只说了句"爹,今夜是中秋……"就不再言语了。老夫人哭得也昏了过去。

正在商量丽娘丧事,忽有圣旨到来,因李全起事,升杜宝为安抚使,镇守淮扬,限即日起程。杜太守就托陈最良:依丽娘遗言,就把她葬于后园梅树之下。又恐不便后任官居住,吩咐割取后园一部分,起座梅花庵观,安置丽娘神位,就着石道姑在内焚修看守,并请陈最良帮同照顾。又拨漏泽院二顷虚田,以为香火之资。安排完毕,杜太守带了夫人、春香,离了南安,到扬州去上任。

前面讲到过的钦差识宝中郎苗老先生,名唤舜宾,三年任满,例当祭赛多宝菩萨。因此,他来到广州府香山岙多宝寺,叫通事吩咐番回人都来献宝。忽报有府学生柳梦梅要求看宝。苗舜宾道:"朝廷禁物,哪许人观? 既系斯文,权请相见。"柳梦梅进见毕,寒暄一番,便同苗舜宾看宝,并请他指点。柳梦梅听苗舜宾夸说了一番宝物珍贵,不由叹道:"这些即是真的宝物,饥不能食,寒不能衣,要它何用?"苗舜宾道:"依秀才说,这都不是真宝物,那么什么才是真的呢?"柳梦梅道:"不欺老大人,小生倒是个真正献世宝!"苗舜宾笑道:"只怕朝廷之上,这样献世宝多着哩!"柳梦梅道:"这宝龙宫里所没有,临潼斗宝会上也不曾有过。"苗舜宾道:"这等物,可以献给朝廷了。"柳梦梅道:"寒儒薄相,千里路资毫无,怎见得朝廷?"苗舜宾道:"这不难,古人黄金赠烈士,我将衙门常例银两助君进京。"柳梦梅谢道:"果能如此,小生无父母妻子之累,就此辞行。"苗舜宾果然赠他路费,并为他置酒送行。

柳梦梅别了苗舜宾,重回广州,诸亲友也都来替他送行,因此他坐船过岭,早已是暮冬时候。不防岭北风寒,感了寒疾,又冒着一天风雪,来到南安,突然一阵头昏,跌入水中。此时恰值陈最良冒寒出来求馆,在水边经过,听得有人呼救之声,连忙把他救起。救起了本想丢开不管,一问是个秀才,要到京里去应试的,便把他扶到梅花观去将息,待他过了寒冬再走。

由于陈最良为他诊治服药,石道姑的热心照顾,一过了年,柳梦梅病渐渐好了。他闷坐不过,问石道姑:"近边可有园亭消遣?"石道姑道:"这里后面有花园一座,虽然亭榭荒芜,颇有寒花点缀。但秀才要去,只好逗留散闷,不许伤心!"柳梦梅道:"为什么要伤心呀?"石道姑叹道:"话是这般说,你自去游玩便了。从西廊转过画墙,再百步就是园门。你尽情观赏,老身不陪你了。"柳梦梅依言寻去,果然是好大一座园子,只是园篱半倒,墙垣圮坠,水阁摆残,画船抛躲。迤逦行到太湖石畔,忽见一个小匣儿,靠在左边石缝里。挖起来打开一看,原来是一幅画儿。他一看是幅观音喜相,便道:"善哉,善哉!待小生捧到书馆,顶礼供养,强如埋在此处。"因拿着那匣,回到观中,把它放在阁上,待过一天再向它展礼。

杜太守夫妇到扬州上任,不觉三年已过,老夫人没一天不想着女儿,也没有一天不为女儿悲泣。到了丽娘生忌那天,命春香置备香灯,要遥向南安拜奠。一切备齐,老夫人拜祷道:"杜安抚之妻甄氏,敬为亡女生辰,顶礼佛爷,愿得杜丽娘皈依佛力,早早升天!"祷毕,便命春香浇奠,自己又痛哭一场。春香竭力劝慰,老夫人哭道:

"春香,你哪里知道,老相公因少男儿,常有娶小之意,只因有小姐承欢,百事因循。如今小姐丧亡,家门无托,天啊!……"春香道:"既然老相公有娶小之意,不如顺他,收下一房,生子便是。"老夫人道:"春香,你见人家庶出之子,可如亲生?"春香道:"春香但蒙夫人收养,尚且非亲是亲,夫人肯将庶出看如亲生,岂不无子有子?"老夫人连连点头道:"这话倒很是。"

柳梦梅自从拾画之后,风雨经旬,未曾展看。这天是个晴日,他就开匣展画,细细观看,自语道:"怎么这位观音是小脚儿?想来定是嫦娥了。"又道:"既是嫦娥,为什么没有祥云拥护?"再细细看时,见画上有七绝诗一首,按句诵读,读到"不在梅边在柳边"句,忽然想起从前的梦,不觉称奇道:"难道梦中所见,真有其人?"再瞧画上人儿,好似在对他顾盼,手里半枝青梅,又似在提掇他一般,朱唇淡抹,含愁欲语,只差少一口气儿。他就在诗后和韵一绝云:"丹青妙处却天然,不是天仙即地仙。欲傍蟾宫人近远,恰些春在梅柳边。"从此他把这画像,早晚拜观,口里只是"美人"、"姐姐",叫个不停,几乎痴了。

其时,有个小道姑,乃韶阳郡碧云庵庵主,带着一个徒弟,云游来到南安。恰值石道姑为丽娘三周年在观中开设道场,门外竖立招幡。小道姑师徒到梅花观借宿,石道姑留他们住在下厢房。问起今日道场,他们愿帮同礼祷。这晚,丽娘游魂在地府受了冥判,得了允许回阳的判语,回到家里,怎知已改了梅花观,几乎不认得了。听得里面叮咚之声,原来是石道姑在此住持,正在为她设坛拜祷,度她升天。又听得一边有沉吟叫唤之声,仔细听时,里边有人在叫道:"我的姐姐呵!我的美人呵!"她不由惊奇道:"谁在唤谁呀?"她正想寻问究竟,奈此时已斗转参横,不敢久停,她就去弄动绣幡,作鬼啸一声而去。那小道姑的徒弟忽然惊叫道:"师父们,快来快来!"石道姑和小道姑过来问她:"为何大惊小怪?"小道姑徒弟道:"一阵灯影摇摇,躲着瞧时,见一位女神仙,袖拂花幡,一闪而去。怕呀！怕呀！"石道姑问："这女神仙怎生模样？"小道姑徒弟打手势道："这多高，这多大，俊脸儿，翠翘金凤，红裙绿袄，环珮玎珰，敢是真神仙下降？"石道姑道："这便是杜小姐生时模样，敢是她真灵出现？"小道姑道："奇哉！异哉！大家再替她祝忏一番吧。"

一晚更阑，柳梦梅又在展看画儿，吟诵画上题诗，对着画中人自言自语道："倘得能梦里相亲，也当得春风一度。小姐，小姐，这被你想杀我了！常时我夜夜对月而眠，这几夜呵，连月光也给你隐映得没有光辉了！倘不是怕浣了画上丹青，我定要抱着你睡哩！"他又燃起了香，对着画儿拜道："小生客居，怎能得姐姐风月中片时相会啊！"移灯过来，再把画儿细看，忽然一阵冷风，险些把灯花吹落画上。他忙把画儿收拾好，上床睡眠。忽然听得户外有敲竹之声，把他从梦中惊醒，问道："是风？是人？"外面答道："有人。"柳梦梅道："敢是老姑姑送茶？免劳了。"外面道："不是。"柳梦梅又问："敢是游方的小姑姑吗？"答道："也不是。"柳梦梅奇怪道："又不是小姑姑，再有谁来？"起身开门瞧看时，见是一个年轻女子，含笑一闪而入。他忙关上门，那女子敛衽整容，对他行礼道："秀才万福！"柳梦梅问道："小娘子，敢问尊府何处？因何夤夜来此？"那女子道："秀才，你试猜来。"柳梦梅见她美貌如仙，猜道："你莫非银河畔的织女吗？"那女子道："这是天上仙人，怎得到此？"柳梦梅道："你敢是所适非人，逃跑出来的？"她只管摇头。柳梦梅道："那么你是约会情人，走错了路？"她道："这没有差。"柳梦梅道："想是来求灯火的？"那女子道："我不是来求灯火，也不是私奔来此，秀才，你曾梦中与我会过来。"柳梦梅想了想，道："果然梦中恍惚见过你的。"那女子道："我就住在东邻，年方二八，偶在园中伤悼落花，遇见郎君风神俊雅，不胜爱慕，到此别无他意，想和你剪灯闲谈。"柳梦梅见是这样一位美丽佳人，夜半无故而来，不知怎样发付才好。想了想，回道："小娘子夤夜下顾小生，敢又是梦吗？"那女子笑道："不是梦，是真的，只怕秀才不肯容纳。"柳梦梅道："只怕不真。果然美人见爱,小生喜出望外,那有推拒之理!"那女子喜道:"这样时,真个盼着你了!但妾有一言相恳,望郎君恕责。"柳梦梅笑道:"贤卿有话,但说无妨。"那女子道:"妾千金之躯,一旦付与郎君,望勿负奴心,每夜得共枕席,平生之愿足矣。"柳梦梅笑道:"贤卿既有心恋于小生,小生哪敢忘情贤卿呢!"那女子又道:"妾还有一言,不到鸡鸣,就放我回去,秀才休送,以避晓风。"柳梦梅道:"一切唯命。以后只望贤卿逐夜而来!"

谁知石道姑自从见柳梦梅游花园回来,有些着鬼着魅似的,已在疑惑,加上那个韶阳来的小道姑,只有二十八岁,为人又很有风情,住了几日又不就走,晚上她又听得柳秀才房里卿卿哝哝似有女人声息,以为定是小道姑瞒着她去看柳秀才,做出了什么事来。她就去问那小道姑,硬说她昨夜到过柳秀才房里,要扯她到道箓司告去。恰巧陈最良进来,把她们劝住,说:"不要坏了柳秀才体面。"又问:"杜小姐坟上可曾去过?"石道姑道:"因为有雨,还没有去上坟!"陈最良去后,小道姑对石道姑道:"我和你同去探听,那个和柳秀才说话的到底是谁?"

这天晚上,那女子又来到柳梦梅房中,却比昨夜迟了一些。她告罪说:"为了回避尊亲,梳妆得晚了一些,所以来迟了。"柳梦梅道:"承你高情,奈良夜无酒何!"那女子道:"几乎忘了。我携来酒一壶,花果二色,放在外面楯栏之上,待去取来消遣。"她果去拿了进来,两人遂共杯而饮,谈情说爱,十分欢畅。正待解衣同睡,忽听得有人敲门,忙问:"是谁?"外面答道:"老道姑送茶。"柳梦梅道:"夜深不须了。"外面道:"相公房里有客人吗?"柳梦梅道:"没有。"外面道:"有女客吗?"两人慌张道:"怎生是好?"外面又道:"相公快开门,地方来巡查,免得声扬哩!"柳梦梅越发慌了,那女子道:"不妨,柳郎只管开门,待奴影在这美人图前面。"柳梦梅上前开了门,忙回身把那女子掩住。进来的是石道姑和小道姑,向着他贺喜。柳梦梅问:"有什么喜?"石道姑要上前查看,给柳梦梅拦住。两人都向前来,他拦阻不住,忽然一阵风起,灯昏暗复明。石道姑道:"分明见一个人影儿,怎么只有这轴美人图在此? 一定是这古画成了精了。"便问:"相公,这是什么画儿?"柳梦梅道:"这是秀才家的伙伴,我正在这里向她祈祷,给你们冲断了。"石道姑道:"是了,不说不知,我昨晚听见相公房里啾啾唧唧,疑惑是这小姑姑,如今明白了!"说罢,两人自去。

到了明晚,柳梦梅恐石道姑疑惑,趁那女子未来之时,先到云堂上和她们攀话一回。等到回来,那女子已先在,反而出来迎接他。柳梦梅道:"昨夜被姑姑败兴,故今夜先去看她们动静,好来迎接你,不想姐姐今夜来的早了。"那女子道:"奴巴不得月儿早上哩!"柳梦梅道:"姐姐费心,因何错爱小生至此?"那女子道:"爱的你一品人才。"柳梦梅道:"那么姐姐嫁了小生罢!"那女子问了他一番家世,道:"秀才既有此心,何不请媒相聘?"柳梦梅道:"明早敬造尊庭,拜见令尊令堂,方好问亲于姐姐。"那女子道:"到我家来,只好见奴家,要见我爹娘还早。"柳梦梅道:"奇了,姐姐家到底是哪样门庭?"那女子含笑不语。柳梦梅又问:"你是不是天上来的?""不是。""不是天上,就是人间?""也不是。"柳梦梅道:"姐姐,你千不说,万不说,更向谁说?"那女子道:"秀才,奴只怕聘则为妻,奔则为妾,须受了盟香再说。"柳梦梅道:"你原来要小生发愿,定为正妻,便与姐姐拈香去。"两人拈香对天立誓。誓毕,那女子不由下泪。柳梦梅问故。她道:"感君情重,不胜感激。"又问他:"秀才,你那画儿得自何处?"柳梦梅把得画经过告诉了她。她道:"你看画中人比奴家容貌差多少?"柳梦梅仔细地比看,惊异道:"可怎生似一个粉扑儿?"那女子道:"奴家便是画中人啊!"柳梦梅合掌向画下拜道:"小生烧的香到了,姐姐,你好歹表白一些儿!"那女子叫他剪了灯,便告诉他道:"前任杜太守便是我父亲,奴小字丽娘,年华二八。"柳梦梅喜道:"原来是丽娘小姐,我的人哪!"丽娘道:"秀才,奴家还未是人哩。"柳梦梅戏道:"不是人,是鬼吗?"丽娘道:"正是鬼!"柳梦梅不由害怕起来。丽娘道："你休害怕！我因伤春病故，感君有情，即将还魂与君为妻。"柳梦梅道："你是我妻，我也不害怕了。但到哪里请起你来！"丽娘就告诉他，她葬在太湖石边梅树根下，明日可以还魂，约他前去开掘，且可请石道姑相助。正说时，忽闻外边鸡鸣，丽娘急急告别而去。柳梦梅惊异道："奇了！奇了！柳梦梅做了杜太守女婿，敢是做梦？……"忽然丽娘又回来，柳梦梅问："小姐为什么回来？"丽娘道："奴家还有话叮咛。你既以我为妻，可急开视，不要自误。妾已露行迹，不敢再来，愿郎君牢记！妾若不得复生，必痛恨郎君于九泉之下了！"道罢，向柳梦梅下跪，柳梦梅亦下跪把她扶起。她临走时，还不住回头顾盼。

明天，柳梦梅去看石道姑，见到丽娘的神主，故意问起她的一切，石道姑一一告诉他。他忽然哭道："杜小姐是我的娇妻呵！"石道姑惊异道："秀才当真？"柳梦梅道："千真万真！"石道姑道："既是秀才娘子，可曾会过她来？"柳梦梅道："就在这里会她的，还给你不作美撞散了。"石道姑惊道："原来前天晚上就是她，秀才著鬼了！"柳梦梅道："今天还要请她起来哩！而且她要你也帮一锹儿！"石道姑道："开棺见尸，不分首从，依法都要斩首的。"柳梦梅道："这个不妨，是小姐自家主见。"石道姑道："既是小姐吩咐，我有个侄儿癞头鼋可以相助。"柳梦梅道："还有一事，小姐倘然回生，要准备些定魂汤药。"石道姑道："这容易，陈教授开设药铺，只说前日小姑姑撞了凶煞，向他求药安魂便了。"

石道姑果然去向陈最良讨了药，约了侄儿癞头鼋，买了香烛纸钱，同柳梦梅来到太湖石边梅树下，掘开泥土，打开丽娘的棺木，一阵异香袭人，丽娘果然已经复活。柳梦梅轻轻把她扶起，扶到牡丹亭上，给她服了定魂汤，面色肌肤渐见红润。她慢慢张开眼来，看见了众人，问道："这些都是谁？"又问："哪个是柳郎？"柳梦梅上前答应。她向他认了认，喜道："柳郎真信人也！"柳梦梅道："小姐，此处是风露中，不可久停，可到梅花观将息去。"

丽娘住在梅花观里，经过柳梦梅和石道姑悉心服侍，又以美酒香酥，时时将养，数日之后，稍觉精神健旺。柳梦梅央石道姑对丽娘说，要求即日成婚，丽娘道："这事还早。待扬州问过了老相公老夫人，请个媒人儿才好。"柳梦梅自己也和她说，她也不允。此时忽陈最良来叩门，丽娘急忙藏过。柳梦梅开门接见，陈最良约他："明日端正酒盒儿，和你到杜小姐坟上随喜去。"等陈最良离去后，石道姑慌道："怎了？怎了？明日陈先生上坟，事情必露，大家都脱不得罪名，如何是好？"丽娘也道："如何是好？"石道姑道："小姐，柳秀才本待往临安取应，不如曲成亲事，叫童儿寻只赣船，黄夜开去，以灭其踪，不知意下如何？"丽娘道："也只好如此了。"石道姑道："那么有酒在此，你们两人就拜告天地。"两人拜了天地。一会儿，童儿回报，已把船唤到。柳梦梅道："小姐无人服侍，烦老姑姑同去，待小生得了官时重重相报。"石道姑正怕事发相连，走为上计，也就允许。当下三人一同下了船，船立即开行。到了晚上，离城已远，石道姑遂命停船，笑对两人道："夜深了，你两人睡罢。"柳梦梅低低对丽娘道："风月舟中，新婚佳趣，其乐如何！"丽娘也低低道："柳郎，今日方知有人间之乐也！"

明日，陈最良来到梅花观里，连唤石道姑，不见答应。又来到柳梦梅住处，也没见一个人影儿，连行李都不在了。他心想道："柳秀才去了。医好了他，来不参，去不辞，真没行止！"再到小道姑那边去瞧瞧，也是空无所有。大悟道："是了！是了！日前石道姑说她到柳秀才房中去过，于中必有与柳梦梅勾搭情事，所以一夜同走了。没行止！由她，由她！"他只好一个人来到杜小姐坟上，抬头一看，不由哭道："小姐，天呀！是什么人把你的坟掘开了！"又恍然悟道："是了！柳梦梅是岭南人，惯会劫坟，故将棺材劫去，放在近所，要人取赎。"他就在近处寻找，发现池塘里浮起一片棺木，想来丽娘尸骨必被抛在池里。他急急回去，先往南安府禀报，请求缉拿盗坟贼。当晚星夜起身，到扬州报告杜安抚去。

杜安抚在扬州,为了防备李全骚扰,动员盐商支援军粮,又在旧城外加筑新城一重。完成不久,果然金兵将次南下,命李全先在淮阳开道。李全和杨氏商议道:"金主教俺攻打淮阳,扬州有杜安抚镇守,急切难攻,如何是好?"杨氏道:"依奴家主见,不如你先去围了淮安,杜安抚定然赴救,俺分兵扬州,断其声援,便可取胜。"李全称善。杨氏又道:"溜金王听吩咐:军到处不许你抢占半个妇女,如违定以军法从事!"李全笑诺。

柳梦梅和丽娘到了临安,听说应试期尚远,遂贷家客店住下,在店温理书史。一天,丽娘叫石道姑出去买酒,要为丈夫解闷。当下夫妻谈起道院中事,丽娘遂告他梦中和他在牡丹亭相会之事,柳梦梅也告诉她在故乡时所得之梦。两人因此倍觉恩爱。石道姑沽酒回来,对他们道:"相公、小姐,俺在江头沽酒,看见各路秀才,都赴选场去。这是天大好事,相公别错过了!"丽娘道:"相公只索快行!"石道姑道:"这酒便是状元红了。相公饮了去。"丽娘遂与丈夫把酒,祝他此去饮了御酒回来,并道:"高中了,同去访你丈人丈母,奴家也似从地窟里登仙了。"

在广州的郭驼子,自从柳梦梅北上后,果园收成减少,又常被小厮们偷窃,因此不能生活。他打听得柳相公在南安梅花观养病,直去寻找。谁知他到时,梅花观已被封了。偶然在路上遇到癞头鼋,身上正穿着柳梦梅给他的旧衣,给郭驼子认了出来,便向他问柳梦梅下落。癞头鼋把丽娘复活,和柳相公同往临安之事告诉他。郭驼子喜道:"相公一定是应试去了。我到临安找他去。"癞头鼋道:"你路上仔细些!如今一路上都在画形图影,拿捕掘坟凶党。"

这次临安典试官,便是在香山岙赛宝的苗舜宾。他出的试题是:"问和、战、守三者孰便?"阅卷结果,取主战者第一,主守者第二,主和者第三,其余依次而定。等到柳梦梅赶到,试期已过,他就到典试衙门,说是有个遗才状元要求见。门房不肯通报,他在门外哭道:"天呵!苗老先生差我来献宝的啊!"苗舜宾在里面听到了,命拿他进去讯问。柳梦梅跪道："告遗才的,望老大人收考!"苗舜宾一看,好像是柳秀才,想道："这真是南海遗珠了。"回他道："秀才上来,可有卷子?"柳梦梅道："卷子备有。"苗舜宾道："这等,姑准收考。"柳梦梅道了谢,起来领了题目,挥笔立成,就去交卷。苗舜宾喜道："风檐寸晷,立扫千言,可敬!可敬!俺急切来不及细看,你只说和、战、守三件,你主哪一件儿?"柳梦梅道："生员也无偏主,天下大势,能战而后能守,能守而后能战,可战可守而后能和,如医用药,战为表,守为里,和在表里之间。"苗舜宾道："高见!高见!秀才,午门外候旨!"试卷呈进,恰值天下兵马知枢密院事官有急奏,原来是:边关入寇,先锋李全已到淮扬,孤城难守,请星夜派兵往救!皇帝得奏,便宣旨:淮扬危急,着安抚杜宝前去迎敌;点选一事,待干戈稍定,再行放榜!

　　杜宝在扬州,听说金兵要来,十分忧虑。老夫人劝他在扬州寻一下房传后。杜安抚道："使不得!我是地方官,怎好娶部民之女?"老夫人道："那么等过江娶个金陵女儿可好?"杜安抚道："当今军事匆匆,何心及此?"正谈之间,有圣旨来到:着淮扬安抚使杜宝刻日渡淮,不许迟误!杜安抚道："兵机紧急,夫人,我同你移镇淮安,就此起程。"当下备齐船只,即日起程。船到半途,忽有报子来报:"李全兵正进攻淮安。"杜安抚立刻发兵前往守御。忽然后面又有报子来报:"扬州风声也吃紧,老爷快行。"杜安抚对夫人道："怕扬州有失,归路断绝,夫人可速往临安,不能再和我前进了!"老夫人只好与丈夫哭别,带了春香,分船回头向临安而去。

　　杜安抚到达淮安时,淮安城已被李全兵重重包围。杜安抚挥兵冲杀,打开一条血路,杀进城去。等到杜安抚一入城,外面又重重围住。杜安抚一点城中兵士,共有一万三千,检查积存粮草,可支半年应用。他命令将士们道："只要文武同心坚守孤城,救援可待。从今日起,文官守城,武官出城随机应敌。"

　　杜丽娘自柳梦梅前往应试,在客店里一心等待捷报。一天,只见柳梦梅垂头丧气，徒步回来。丽娘急急问故。柳梦梅就把经过告诉她，且道："你不知那李全兵起，杀过淮扬来了。因此暂停放榜，迟误了你的夫人诰命。"丽娘道："迟了也没什么。只是问你，那淮扬地方，可是我爹爹管辖之处？"柳梦梅道："正是。"丽娘大哭道："天呀！我的爹娘怎样了？"柳梦梅劝她不要悲伤。丽娘道："奴有一言，未忍启齿。柳郎，你放榜之期尚远，欲烦你到淮扬打听爹娘消息，不知可否？"柳梦梅道："自当遵命，奈我放小姐不下。"丽娘道："不妨，有事奴家自会支吾。"柳梦梅道："这样，就此起程前去。只是拜见了岳翁岳母，如何提起我们之事？"丽娘想了想，道："有了。将奴春容画带在身边，他们见了，少不得要问的，你就相机说明便了。"就替他收拾行李。临别，丽娘坚嘱道："柳郎，那边平安了，你急速便回来！"

李全兵围淮安多日，正想找个人进城去见杜安抚打话，恰好陈最良为丽娘坟被掘之事，到扬州来报杜安抚，不料杜安抚已往淮安，急往淮安，淮安又被围，使他进退不得。这时候大路早不能走，只能走小路，他走在半路，给李全部下捉住。经李全审出来历，正用得着他，便命人将妇女首级二颗，假说是杜安抚夫人甄氏和春香的，当场示给他看。他信以为真，不由哭道："真个是老夫人和春香啊！"李全骗他道："你哭什么，我们还要打进淮安城，杀杜老儿去！"陈最良央告道："饶了他罢。我去劝他归降。"李全道："那就恕你一刀，赶快就去！"

陈最良被放出敌营，设法混进城中，见了杜安抚，告诉他在贼营中见到老夫人及春香首级，说她们在半途中被杀的。杜安抚也信以为真，不由大哭。陈最良又告诉丽娘坟被盗之事，说是石道姑招了个岭南游棍柳梦梅为伴，见物起心，一夜劫坟逃走，尸骨投在池中。杜安抚叹息道："女坟被发，夫人遭难，正是祸不单行！只可惜先生一片好心！"又道："军中仓卒，无以为报，我把一件大功劳给先生干去。"陈最良道："愿意效劳。"杜安抚道："我好久写下封招降书,正无人可送,烦公一行。倘说得李全归降,便可归奏朝廷,其功不小。"陈最良取了书信,欣然动身前去。

恰巧有个金国使者从南朝通问回来,经过淮扬,李全好生疑虑。这个金使来到李全营里,讨酒索羊,十分无礼,要杨娘娘唱歌跳舞不算,还要她陪睡。因此惹怒夫妇俩,把他轰了出去。接着陈最良拿了杜安抚招降书来到,李全拆开书看时,原来是劝他投降。书里还另附一封书,是给杨娘娘的。杨氏忙叫李全念给她听。李全念道:"远闻金国封贵夫为溜金王,并无封号及于夫人,此何礼也!杜宝久已保奏大宋,敕封夫人为讨金娘娘之职。伏维妆次鉴纳不宣。好也,他倒先替娘娘讨了恩典哩!"杨氏问道:"陈秀才,怎么叫做讨金娘娘?"陈最良道:"受了封诰后,娘娘要金子,都来宋朝取用。"杨氏道:"原来是宋朝美意。"又对李全道:"这等,连你也受了宋朝封典罢。"陈最良道:"只是不要退悔。"杨氏道:"俺主意定了,便可写下降表,回奏南朝。秀才,你担承此事,要黄金多少,随你取用。"李全道:"秀才,公馆留饭,待星夜草表,仍由秀才送去。"明天,李全夫妇等陈最良起身,便吩咐三军:现已归顺宋朝,立即解除淮安之围,齐集海上待命。

丽娘在临安客店里十分无聊,一天晚上,临窗对江赏玩月色,一面与石道姑闲话消遣。等到夜深月落,叫石道姑上灯,才知灯中油尽,就叫石道姑向主家借去。此时老夫人同春香正逃来临安,时已深夜,在街头找寻宿处。看见客店的门半开着,两人走了进去,叫道:"里面可有人?"丽娘问道:"是谁?"外面答道:"是过路妇女来借宿的。"丽娘听是妇女声音,忙开门观看。老夫人一见,好生疑惑,暗问春香道:"你看她像谁?"春香奇道:"好像小姐。"老夫人道:"你快去瞧房儿里面可还有人。倘没人,怕是遇到鬼了。"那边丽娘见了她们,也好像是母亲和春香,心中也在疑惑,便问:"敢问老夫人从哪里来?"老夫人道:"我丈夫是淮扬杜安抚,我们是避兵逃难来这里的。"丽娘见说正是自己母亲,便哭叫着"娘",向老夫人扑过来。老夫人吓得避躲不及,说道:"敢是女孩儿,我怠慢了你,你鬼魂出现了。春香,有随身所带纸钱,快丢! 快丢!"春香在房里没找见人,也以为是鬼,忙拿出纸钱乱丢。丽娘哭道:"孩儿是人,不是鬼啊!"又上前去扯老夫人。老夫人握了握她的手,道:"孩儿,你的手为什么这样的冷? 当初不曾超度你,是你父亲固执,不要怪我!"丽娘哭道:"娘,你为什么这等害怕? 孩儿死不放娘去了!"正在此时,石道姑拿了油灯进来。春香一看,忙向老夫人道:"夫人,来的不是石道姑?"石道姑也惊道:"呀,老夫人和春香哪里来? 为什么大惊小怪?"丽娘道:"姑姑来得正好,奶奶在害怕。"春香道:"这姑姑莫非也是鬼?"石道姑拉过老夫人,把灯照着丽娘,道:"别害怕!老夫人,你看可是小姐?"老夫人遂抱着丽娘哭道:"儿啊! 你便是鬼,娘也不舍得去了!"就问她如何还魂之事。她推说是受东岳大帝的指点,托梦给一个岭南书生柳梦梅,把她掘出来救活的。因为柳秀才到临安科选,所以同住在这客店里。老夫人道:"这等,是个好秀才,快请出来相见!"丽娘道:"他因闻淮阳兵乱,到那里去看望爹娘去了。"当下老夫人谢了石道姑,就同春香也在这店中住下。老夫人非常怀念丈夫,丽娘道:"娘放心! 有我那信托的人儿,他一定会有消息回来的。"

柳梦梅来到扬州,恰巧杜安抚已移镇淮安,因沿途乱兵阻塞,不敢前进。不久李全兵退,他就前往淮安。这时所带银两,已经用尽,没钱租赁客店,只好暂在漂母祠中歇宿。他打听得杜安抚衙门所在,便前去进谒。中军进去报告,杜安抚问:"是怎样一个人?"中军道:"也不怎样,袖着一幅画儿,"杜安抚道:"是个画师,只说老爷军务不闲便了。"中军出去回复。柳梦梅又打听得府中正在请文武官饮太平宴,便回去写成祝贺诗一首,再去进谒。这时杜安抚正接到圣旨,钦取他回朝除同平章军国大事,老夫人也追赠一品贞烈夫人,众文武都向他道贺。忽中军进报,说是:"杜老爷嫡亲女婿求见。"杜安抚大怒道:"我哪来女婿? 分明是个无赖,打他出去!"中军出去,把他推出门外。他硬要进去,和中军扭打起来。杜安抚问知,便命把他拿下,递解到临安监候发落。

其时陈最良奉了杜安抚命,带了李全降表,到京奏报朝廷。朝廷因他奔走有功,赏他黄门奏事官之职。同时因李全平定,考选亦放榜,点中柳梦梅为头名状元,金瓜仪从,杏林赴宴。陈最良听说状元是柳梦梅,且闻有家小在京,便以为他果是同小道姑在一起来到临安,应考中了状元的。但是放榜之后,羽林军请状元赴琼林宴,找尽东西十二门,声声唤叫"柳梦梅"名字,都找不见新状元踪迹。这时郭驼子恰自南安来到京里,在大街上找寻主人,嘴里正也唤着"柳梦梅"名字,给羽林军撞到,便道:"我们在叫柳梦梅,你也在叫柳梦梅,拿你到官里去!"郭驼子以为是梅花观事发了,连称:"小的不知情。"众人笑道:"你一定知情。你是他什么人?"郭驼子道:"我是他家种园的,从故乡来寻他。"众人问:"可曾寻着他?"他道:"哪里寻得到? 只知他到过南安,已经来京。其他都不知。"众人道:"他到京来应试,已得中状元了。"郭驼子喜道:"长官们,他中了状元,还怕没处寻他?"他遂和他们同伙去寻找。

柳梦梅被押解到临安,下在狱里。监狱官便向他要见面钱,他没有,硬要他画儿作抵。正在抢夺之际,有平章府祗候官来到,说是提犯人去审问。柳梦梅被提到相府,杜平章亲自坐堂。他见了平章,立而不跪。杜平章问道:"你是怎等的人,犯了法,在相府阶前还不跪?"柳梦梅道:"生员岭南柳梦梅,乃老大人女婿。"杜平章道:"我女儿已死了三年,生前也不曾纳过采,哪里来的女婿? 你一定是来打秋风的光棍!"便命搜他包袱里,定有假雕书印等物。衙役把包袱打开,搜出画儿呈上。杜平章一见,吃惊道:"呀,见赃了! 这是我女儿春容。你可曾到过南安,认识石道姑吗?"柳梦梅道:"认得。"又问:"认识陈教授吗?""认得。"杜平章道:"正是天网恢恢,原来劫坟贼便是你! 左右,揪下去打! 叫这贼招来!"柳梦梅道:"谁是贼? 老大人你不知捉贼要见赃的?"杜平章道:"这春容就是殉葬之物。"柳梦梅道:"这是我从石缝里发现的。"杜平章道:"圹中还有玉鱼金碗?"柳梦梅道:"这些东西,我俩都拿来用了。"杜平章道:"都是那道姑……"柳梦梅道:"石姑姑拿奸倒还识趣,不如杜爷爷捉贼好逞威风!"杜平章道:"他明明招认了。令史官录下供状,待我判个'斩'字,叫他画了押,叠成文卷,放在那里。"柳梦梅不伏,不肯签押,说道:"生员又不犯奸盗,只为令爱之故。"杜平章道:"你把她尸骨抛在池里,使我痛心!"柳梦梅道:"谁曾见来?"杜平章道:"是陈教授来报知的。"柳梦梅道:"生员为小姐所费的心,除了天知地知,陈最良哪得知? 我把你女儿从棺中救出,又偎熨得活了,反倒有罪无功!"杜平章道:"什么话! 你分明是着了鬼了! 快拿去吊了,用桃枝打他,长流水喷他!"

衙役正在吊打柳梦梅,恰值郭驼子和羽林军经过相府,听得里面呼冤之声。郭驼子一听,很像自家主人,忙同羽林军进内,一看那被吊打的人,郭驼子哭道:"吊起来的正是俺家相公啊!"柳梦梅连声呼救。郭驼子问:"谁吊相公来?"柳梦梅道:"是这平章!"郭驼子举起拐杖,要打杜平章。羽林军把他劝住,对杜平章道:"我们是驾前的,来寻状元柳梦梅。"柳梦梅道:"大哥,小生便是柳梦梅。"郭驼子要去解绑,杜平章不许,还把他推了一跤。柳梦梅一看是郭驼子,便问他:"因何到此?"郭驼子道:"俺一径来寻相公,喜得中了状元。"柳梦梅道:"真的吗? 快到钱塘门外杜小姐处报喜去!"羽林军见找着了状元,也忙回去报知黄门官奏闻。这边杜平章见他们都去了,以为都是光棍一路,还要把柳梦梅吊打。柳梦梅正在叫苦,救星到了。原来是苗舜宾奉命来相府,请状元赴宴。杜平章还以为他是误认了,苗舜宾告诉他:是他房中取中的。才没有话说,让军校把他放下。柳梦梅冠服插花毕,拜见杜平章。杜平章还以为他绝不是真状元,哪有殿试不候开榜,便到淮扬胡撞的? 柳梦梅道:"老平章不知,为因李全兵乱,放榜延迟,令爱闻老平章有兵寇之事,着我一来上门请安,二来报告她再生之喜,三来扶助你为官。

谁知好意反成恶意！今日可是你女婿了？"杜平章道："谁认你女婿？"柳梦梅道："既然如此，老平章请了，你女婿赴宴去也！"

杜平章等他们走后，一个人自言自语道："异哉！异哉！到底是贼？还是鬼？"吩咐堂侯官："快去请新黄门陈老爷来。"陈最良来到，也向他贺喜道："恭贺老先生三喜临门：一喜官居宰相，二喜小姐活在人间，三喜女婿中了状元。"杜平章道："陈先生教的好学生，竟成精作怪了！"陈最良道："老相公葫芦提认了算了！"杜平章道："先生差了！此乃妖孽之事，做大臣的必须奏闻灭除才是。"陈最良道："既如此，容晚生奏上取旨。"

丽娘在客店中虽又有了老夫人、春香为伴，但心里总是想念着父亲和丈夫。这天，她正和春香谈游园惊梦，及观中幽会之事，见老夫人匆匆进来，说道："孩儿快听啊！外厢有人闹嚷嚷，说新科状元是岭南柳梦梅。"丽娘道："有这等事！"话才完，听得有人叩门。开来一看，原来是军校们来传圣旨的，才知柳梦梅果然中了状元，不意他在淮扬触犯了杜平章，要把他做劫坟贼处决，杜平章又不信世间有重生之事，动本上奏，说劫坟贼不可中状元，状元也有本申辩，把皇上弄糊涂了，幸有黄门陈最良奏准，要平章、状元和小姐三人驾前对勘，方能决定，所以来请丽娘明日五更前去朝见。这时，郭驼子也寻到，告诉了状元给平章吊打，他去相救之事。

明天五更，杜平章和柳梦梅在午门外候朝相遇，柳梦梅向丈人行礼，杜平章还是不认，并骂他是个罪人。柳梦梅也说他："你的平章李全，只是哄杨娘娘退兵，只算得'李半'，也是欺君有罪。"杜平章大怒，就扭他去见驾评理。陈黄门听得喧哗声，忙出来劝解，并对柳梦梅道："状元，看下官分上，你们翁婿和了罢。"柳梦梅道："黄门大人与学生有何面分？"陈黄门道："状元不知，尊夫人是俺学生。"柳梦梅道："莫非是鬼请的先生？"陈黄门道："状元忘旧了？"柳梦梅仔细一认，才恍然道："原来是陈斋长！我正要问你，如何妄报我是贼？敢怕你做了黄门，也奏事不实！"这时丽娘也来到，遂一同入朝见驾。

三呼已毕，皇帝传旨："杜丽娘是真是假，着杜宝、柳梦梅出班识认。"杜宝看了看丽娘，便恼怒道："鬼真同人一模一样，大胆！大胆！"回身跪奏道："臣女亡已三年，此女形容虽似，必系花妖狐怪假托而成，愿万岁把她在金阶前打死！"柳梦梅泣道："好狠心的父亲！"也跪奏道："不可，不可！不能这样一下子就把她抹煞！"皇帝又传旨："朕闻人行有影，鬼怕照镜，可着杜丽娘照镜，并看花阴之下，有无踪影。"陈最良取镜相照，并命她站立花街看影，回奏："杜丽娘有踪有影，的系人身。"皇帝问了她一番前亡后化事情。杜平章还是不认。丽娘道："爷，你不认，有娘在。"这时老夫人也来到驾前，杜平章见了，更是惊异，忙跪奏道："臣妻已死扬州乱贼之手，臣已奏请恩旨褒封。此必妖鬼捏作母子一路，白日欺天。"皇帝问："甄氏既死于贼手，何得临安母子同居？"老夫人便将逃难经过一一奏明。皇帝道："听甄氏所奏，其女重生无疑。"就着黄门官送出午门外，父子夫妻相认，归第成亲。

众人辞朝出了午门，老夫妇俩相见，甚是欢喜。丽娘哭呼父亲，杜平章还是不理，说道："青天白日，小鬼头远些远些！陈先生，如今连柳梦梅俺也疑将起来，恐怕也是个鬼。"老夫人道："今日见了状元女婿，女儿再生，真是十分喜事！状元，你先认了丈母罢。"柳梦梅上前拜见。丽娘也向丈夫道喜。陈最良请状元认了丈人。柳梦梅道："我是个贼犯。"丽娘又求她父亲："爹，认了女儿罢！"杜平章道："离异了柳梦梅，回去认你！"丽娘大哭，不觉闷倒。杜平章吃了一惊，不由唤道："俺的丽娘儿醒来！"这时石道姑和春香也寻到，都向状元贺喜。陈黄门叫丽娘劝状元认了平章，以便复旨。丽娘乃强作欢笑，把两人扯在一起，再三相劝，只是不认。

这时有鸿胪官韩子才出传圣旨道："据奏奇异，敕赐团圆。平章杜宝进阶一品，妻甄氏封淮阴郡夫人，状元柳梦梅除授编修院学士，妻杜丽娘封阳和县君，就着鸿胪官送归宅院。"众人谢恩毕，韩子才向柳梦梅贺喜。柳梦梅见是韩子才，忙问："韩兄何以在此？"韩子才道："蒙本府起送先儒之后，到京考中鸿胪之职。"陈黄门道："原来韩先生也是状元旧朋友！"结局皆大欢喜。

此剧本事来源，在过去有种种不同的推测，甚至还有肯定它是影刺当时某人某事的。影刺当时人事并非不可能，也不一定全是捕风捉影，因为中国文人向有这种习惯，诗文小说里，都曾有过。但这不是作品本事的主要来源。相似的资料尽多，但究竟也不如作者自说的可靠。过去许多"红学"家对红楼梦本事所作的种种"索引"，几乎全都是白费，可以从中吸取教训。此剧的本事，作者在《题词》中明明说是："传杜太守事者，仿佛晋武都守李仲文、广州守冯孝将儿女事，予稍为更而演之。至于杜守收拷柳生，亦如汉睢阳王收拷谈生也。"作者自己说得这样清楚，为什么定要别寻来源呢？即有更相似处，也可能出于偶然的巧合，绝没有作者自说的可靠、正确。

"传杜太守事者"当指《杜丽娘慕色还魂》，见明何大抢《燕居笔记》卷九，其主要情节几乎全同《牡丹亭》传奇，人物亦无大的出入，惟添出丽娘有弟兴文从师同读，丽娘因精通史书诗词称为女秀才，柳梦梅父母双全，其父柳恩因接任杜宝的南雄府尹而全家到任，故无"杜守收拷柳生"事，杜宝收服李全等事传中亦未叙及。李仲文、冯孝将、谈生事都出于唐以前的鬼神志怪书中，均可查《太平广记》：李仲文事见《太平广记》卷三百十九引《法苑珠林》，冯孝将事见《太平广记》卷二百七十六引《幽明录》，谈生事见《太平广记》卷三百十六引《列异传》，都叙少女亡魂与少年书生幽媾，但李仲文及睢阳王女均未能复生，独冯孝将之子马子与徐玄方之亡女梦中遇合后，徐女后得开棺复活，与马子成为夫妇。而谈生以睢阳王女所赠珠袍，在市上出售，为睢阳王认出是女儿之袍，以谈生为掘坟贼，捕获拷问，卒认为婿，正与剧中杜安抚见了丽娘春容，而以柳梦梅为劫坟贼,把他吊打一样。

剧中插入的金人收买李全与杨氏骚扰淮扬,乃是南宋时真事,宋人周密《齐东野语》卷九《李全》条叙述甚详。《宋史》卷四百七十六及四百七十七《叛臣传》,亦全叙李全与杨氏扰乱淮扬,声势浩大,连海上亦有他们部众,当地文武官吏无可奈何,直到后来金为元灭,才为宋帅赵范、赵葵所讨灭。杨氏乃山东大盗杨安儿之妹,称小姐姐,亦称四娘子,及统兵后,称为姑姑,善使梨花枪,自称天下无敌手,李全也不能控制她。李全给破灭后,她逃归山东,又过了九年才被消灭。《齐东野语》载她曾降过南宋,因功赐金,封楚国夫人。后来由于南宋政策变更,要剿除她,她又逃往海州。可见剧中所叙,都与真事距离不大。

此剧作于1593年(明神宗万历二十一年)之前,而在此以前,中明世宗嘉靖二十年(1541)时进士的晁瑮所著《宝文堂书目·子部什类》中已列有《杜丽娘记》。《宝文堂书目·子部什类》所著录的大都为话本与传奇文,今人孙楷第氏断为大部分当作于嘉靖、隆庆以前(1572前),那么剧本与传奇文谁先谁后,是个很值得注意的问题。今存明季刊本《燕居笔记》卷九《杜丽娘慕色还魂》、清初刊本同书卷八的《杜丽娘牡丹亭还魂记》,因国内都无传本,不知是否即《宝文堂书目》所录的《杜丽娘记》。只是看了题目,即知内容可能全与剧本相同。但剧本如作于传奇文之后,那么汤氏《题词》中"传杜太守事者"一语中所称的"传",当即指传奇文;但《宝文堂书目》作者却没有见到《牡丹亭》传奇,否则它的《乐府类书目》中不会不收入的,可见在汤显祖之前,没有人作过《牡丹亭》传奇的。

《牡丹亭》是"四梦"中最常见演出的一种,但它不象《紫钗记》很早就有完全的地方戏改编本。《牡丹亭》常演的是单出,《闹学》、《游园》、《惊梦》、《拾画》、《叫画》,是观众所最熟悉的几出。最近有越剧改编本,丽娘不是死而复生,乃昏绝复苏,与柳梦梅结合后,同往杜宝处,杜宝赶走柳生,丽娘亦设法逃走,夫妇俩奔往岭南故乡偕老。这样的改编,却连原作的主题思想都改掉了,似乎值得商榷。

明末松江人范文若所作《范氏三种曲》(今全存)中,有《梦花酗》传奇,系写宋代书生萧斗南与谢女茜桃梦魂媾合,后来茜桃于兵乱中死去,幽魂在道观中仍与萧生相会,三年后借冯翠柳尸体还阳,与萧生结成夫妇。此剧开首就写萧生模绘梦中人像,作为全剧关键。作者在《自序》里也说:"微类牡丹亭而幽奇冷艳,转折姿变,自谓过之。"其实不但"微类",简直全是模仿,实是一部深受《牡丹亭》影响的作品。同时宜兴人吴炳所作《粲花别墅五种》(今亦皆存)中,有《画中人》传奇,亦为模仿《牡丹亭》的作品,写广陵人庾启与郑琼枝有姻缘之分,华阳真人赠以美人图,叫他对她唤拜,琼枝生魂遂与庾生相会,她的真身得病而死。棺停寺中,庾生启棺而琼枝复活,两人遂成夫妇。此故事造意似出自《牡丹亭》的《叫画》,但姻缘由于一幅画像,女子死而和书生幽媾,然后开棺复活而成婚配,那么三剧竟同一轮廓。吴氏本是一位刻意学习汤氏的戏剧作家,那么《画中人》的模拟《牡丹亭》,自更无足为怪了。

(三) 南 柯 记

有东平人淳于棼,他的始祖淳于髡以善饮出名,又好滑稽,次祖淳于意官拜仓公,无子有女,长于医道,到了他父亲,从军边塞,后来不知存殁,传到了他,又精通武艺,任侠好客,累散家财。他曾做过淮南军裨将,想在河北路建立功业,不料偶因酒醉,冲撞了主将,遂弃官回家。他的家在广陵城外十里,庭前有一株老槐树,枝干高大,掩盖着数亩土地,过去常和客人们在树荫下纵酒狂饮。这时乃是唐朝贞元七年九月里,他吩咐家童山鹍儿,在槐树下摆设酒席,请他的酒友武峰周弁、文友处士田子华同来饮酒。这两人都是六合人,是他目前仅有的两个好友。这天他们正因都要回乡,趁此向他告别。他听了不胜惆怅。饮酒已毕，亲自送他们一程。临别，两人忽然叹息道："弟等此去，不知还能再来否？"淳于棼道："二兄何出此言？但你们一去，我只能天天与酒为友了！"他回来后，又问山鹧儿："扬州可有甚么会耍子的人？"山鹧儿推荐了瓦子铺后的溜二、沙三。他就叫山鹧儿去把二人请来。

这时有大槐安国蚁王，建国在大槐之下，政务多暇，大设筵宴，君臣同乐。当下有右丞相武成侯段功，与十八路国公、四门王亲全都来到。国王独与段功同席，段功捧杯祝寿。宴毕，又同游槐荫树下，尽情观赏。其时中宫国母，生有一女，名唤瑶芳，封金枝公主，已到婚嫁之年，从上真仙子读书，灵芝夫人学绣。国王有命，要把她与世人结婚。国母想托一个有眼力的人出去选寻，因此她召唤侄女琼英郡主进宫，告诉她国王的意思，并说："闻得七月十五日，扬州孝感寺请契玄禅师讲经，听讲的人都须向禅智寺天竺院报到。到时郡主可同上真仙子、灵芝夫人同往听讲，如有英俊少年，便请留意。"琼英郡主奉命。金枝公主拿出金凤钗一对，文犀盒一枚，托她献给契玄禅师。

原来契玄禅师系自幼出家修行，住润州甘露寺，今年九十一岁。远在五百年前，他曾造下一宗业债。那时是梁朝天监年间，他的前身也是位比丘，跟达摩祖师渡江。近扬州有座七层宝塔，他手执莲花灯上塔，到第七层时，灯忽倾泻，热油注于蚁穴之中。就有小沙弥告诉他："以前有圣僧天眼算过，穴中有八万四千户蝼蚁，但凡燃灯念佛的时候，它们都出来听着。今天热油下注，当丧坏不少。"他听了很是忏悔，告诉达摩祖师。祖师道："不妨！它们虫业将尽，五百年后定有灵变，待你渡之登天。"他屈指一算，现在刚巧是五百年，就想渡江往扬州一行，了此业债。正在此时，扬州孝感、禅智二寺住持差人奉书前来，请他过江说法。他想道："才想起扬州蝼蚁因果，便有此请，正是因缘会合。"当下以老病谦辞。来人恳请，遂叫他们先行，他随后就到。

那瓦子铺后溜二、沙三,乃是一对酒肉兄弟,一生浪荡风流,专门为人撮科打哄,钻懒帮闲。这几天正没找到衣食父母,看见山鹧儿来请,还装腔作势,不肯就去。一听说是"饮酒的淳于公",跟着就走。淳于棼一见他们,便问:"扬州城内可有甚么消遣之处?"沙三道:"有!有!孝感寺中元节将放盂兰大会,已请到润州甘露寺契玄禅师讲经。"淳于棼道:"那么就去听讲吧。"溜二道:"那里都吃素,淳于公是要喝酒的。"淳于棼道:"哪来的话,我们就此前去。"

琼英郡主奉了国母之命,和上真仙子、灵芝夫人同到禅智寺天竺院报名,见池边紫竹观音前香案之上,放着报名疏簿,三人就焚香拜祷,在簿上都签了名。此时有婆罗门石延,在院中作胡旋舞。三人就在一旁歇息观看。此时淳于棼也来到,在簿上也签了名。三人见有人来,都到池边洗手,琼英郡主要挂汗巾儿,问灵芝夫人:"挂在哪处的好?"淳于棼瞥见了她,暗暗道:"这女子秀入肌肤,香生笑语,莫非仙人不成?"就回头对她道:"小娘子的汗巾儿,待小生效劳,挂在那竹枝之上。"琼英郡主含笑把汗巾递给他。他接来挂了,嘴里说着:"这汗巾儿粉香清婉,小生怎能够似它怀卿袖中,浥卿香汗?"三人都笑着不语。等到淳于棼回身走后,琼英郡主才对两人道:"这书生乃是个有情人。他去听讲,我们跟着看他去。"

其时孝感寺中契玄法师已经上座,许多善男信女都向他参问禅机。淳于棼参禅才毕,琼英郡主三人等也来到。禅师问郡主:"蚁(妮)子为何而来?"她答道:"为五百年因果而来。"禅师暗喜道:"是了!是了!"遂命铺单开讲《妙法莲花经》。讲毕,听众们顶礼受持。琼英郡主问:"禀参大师,妇女也能得度吗?"禅师笑道:"经中明说,人与非人可以平等得度。"郡主便下跪道:"大师真是天眼通。有妹子瑶芳,深闺娇小,未克参承,附有金凤钗一双,通犀小盒一枚,愿施舍讲席,望大师慈悲超度。"此时淳于棼又见了她们,向前问禅师道:"此女子从何而来?"禅师不答,只听里面鹦鹉声唤道:"蚁子转身,蚁子转身。"淳于棼听了,以为是:"女子转身,女子转身。"这时已经日中,禅师要去入定,下座入内。淳于梦问琼英郡主姓名住处,她不回答。又问:"你就是禅智寺看舞的小娘子吗?"琼英郡主笑道:"然也!"淳于梦不由赞道:"哎哟,真妙啊!"琼英郡主也笑道:"我有个妹子更妙哩!"淳于梦急问:"适才那凤钗犀盒,就是妹子附寄的吗?"上真仙子道了声"啐",又说:"你也叫她妹子了!"淳于梦谢道:"小生无聊,小娘子请了。"遂扬长而去。琼英郡主待他去后,对上真仙子道:"这书生真正多情!"上真仙子也道:"此来选择驸马,也没比他再好的了。"琼英郡主道:"这书生我们似乎见过的。"上真仙子道:"他就住在我国相近,叫做淳于梦的便是。"她们遂回去向国母报命。国母奏知国王,决定差紫衣使者前去把他从梦中迎来,招为驸马,并封重要官职。

淳于梦从听了契玄禅师讲经回来,越发无聊,撇下山鹧儿,在街坊上任意游走,逢到酒店,便进去痛饮。山鹧儿出去找他,再寻不见,一直寻到禅智桥边酒楼上,见他已经醉了,忙扶他下楼,还是舍不得离开。山鹧儿把他扶回家中,溜二、沙三也帮着扶住。正走着,哇的一声,吐的两人满脚满腿。山鹧儿扶他到东庑下睡了,溜二、沙三都出去洗脚。

淳于梦正睡间,忽见二个紫衣人从外面进来,口称:"我们是大槐安国使者,奉国王命,召请淳于公为驸马。"他就起身整衣,上了牛车,向古槐树穴下驰去。才到里面,只见山川人物,很是特殊,一路上看见了他都起立回避。紫衣人报道:"已到国门。"他抬头一看,前面一座大城,城上重楼朱户,中间金牌上四个大字"大槐安国"。有旗卒传令:"贵客来临,请在东华馆中暂停车驾。"这时槐安国右相段功奉命招待贵客,恐他住居不惯,已奏明国王,把他的酒友周弁、文友田子华都请了来,将周弁补司隶之官,领军吏数百,巡卫宫殿,请田子华替他宾馆中更衣赞礼。淳于梦来到东华馆,下车入内,只见装潢陈饰,华贵非常。忽报右相段功来谒,相见礼毕,客套了一番。段功道:"有紫衣官在此演礼,明日五鼓漏尽,当来相引入朝。"

明天五鼓，司隶周弁统领军吏和黄门官在殿外候驾。国王升殿，右相段功引淳于棼入朝参见。淳于棼三叩毕，国王道："寡人有女瑶芳，封为金枝公主，前承贤婿令尊之命，不弃小国，许以金枝侍奉君子。"淳于棼伏呼"千岁"，国王又下旨："驸马且就宾馆。"

淳于棼回到东华馆，心里好不疑惑。他想："我父亲从军在外，存亡不知，哪来这桩亲事？或北边番王与槐安国交好，我父亲往来其间，致成此事，亦未可知。"正在想时，外面忽然进来三位女客，原来是琼英郡主、上真仙子和灵芝夫人，都向他道喜。他含羞退避。灵芝夫人道："中元之日，我们在禅智寺天竺院看舞婆罗门，足下与琼英娘子结水红汗巾，挂于竹枝之上，已经记不起了吗？"他想了一想，不觉微叹。琼英郡主也道："我们曾在孝感寺听契玄禅师讲《莲华经》，我在经下供养金钗、犀盒，足下在会中赏叹再三，顾盼好久，还记得起吗？"淳于棼又想了一想，道："中心藏之，何日忘之！"她们约他在修仪宫相候，全都退去。一会儿，田子华来见，说是："奉命来为宾相。"于是淳于棼知道他的酒友文友都在这里，心中不由大悦。这时紫衣人来请："驸马，吉时已到，进宫成礼。"遂有花灯在前引道。田子华送他到修仪宫外，早有群仙姊妹在宫门奏乐相迎。

淳于棼被引进修仪宫，国王夫妇已先在，便命请出公主，同行大礼。礼毕，又拜见国王、国母。国母赐驸马公主合卺酒，夫妇叩谢。欢宴到月上，送新夫妇入洞房同寝。

其时槐安国东有个檀萝国，国王得到槐安国文书，自称"大槐安国"，由于加上一个"大"字，以为是小视邻国，十分恼怒。檀萝国边境隔江就是槐安国的南柯郡，乃是个鱼米之乡，国王遂召聚部落，前去抢劫。槐安国得到南柯郡被侵扰的消息，右相段功奏请国王，在龟山打猎，演习武事。国王准奏，遂命周弁掌武，田子华掌文，驸马与右相护驾，来到龟山，下令六军，杀手打围，大有所获。处士田子华撰成《大槐安国龟山大猎赋》一篇奏上，国王大悦，命驸马："可刻在金镶玉版之上。"又传旨再讲武一番，然后回都。回都之后，国王又传旨："国家大阅礼成，驸马宫中留宴，右相可陪众国公王亲以下，赐宴槐角楼，并商议南柯郡之事。"

金枝公主自与驸马成婚，匆匆已过月余，夫妇情义日深。但她总见驸马蹙眉含愁，长日不乐，便问他缘故。淳于棼道："小生居此甚好，且得卿为偶，再有什么不足！所念者是老父不知消息。但前日成亲，蒙千岁亲口吩咐，说是我父亲之命，使我非常疑惑。"公主道："那你便好向父王问公公的所在了。"淳于棼道："以前未敢造次，直到龟山猎后，留宴内庭，才敢动问。千岁却道：'亲家翁职守北土，音问不绝，卿但修书往候，未可便去。'公主啊！这又使人不能不生疑惑。因此想偷往北土，一探究竟。"公主道："驸马还是听父王之言，先寄书信去的好。"又道："想你在我国中，岂可空书问候，奴家早已做下长生袜一双、福寿鞋一对，可和书信并礼物一同寄去。"淳于棼道："这等，多谢公主了。但教谁送去呢？"公主道："你把书信写好，待奴送与父王，自会差人送去的。"又问："驸马，如今可想做官吗？"淳于棼道："我是一个好酒喜闲的人，哪懂政事？"公主道："你但应承，我当相助。"

书去多日，淳于棼正在盼望，忽然送书人从北边回来，云书已送到，带得回书。淳于棼接书一看，果是父亲笔迹，又惊又喜。书中也是叫他不要北去，到了丁丑之年，便可和他相见。淳于棼因父亲虽然未死，但仍不能相见，不禁拍书痛哭。公主正在劝慰，忽有诏书来到。原来右相等那天在槐角楼商议南柯郡之事，大家一致赞成选一太守前往镇守。正值公主又为驸马求官，国王遂选定淳于棼为南柯太守，且命公主同往。淳于棼谢恩毕。那报人又向驸马公主贺喜，且道："国主已命有司官把太守行装备齐，娘娘也在宫中罗集公主妆奁，而且国主和娘娘还要亲自饯行。"淳于棼大喜，向公主道谢，且说："南柯是个大郡，难以独理，要奏请周弁、田子华二人同往，不知公主以为如何？"公主道："这事但凭尊裁。"

启程之日，淳于梦向国王辞朝。国王已准驸马所请，除周弁为南柯郡司宪，田子华为司农，跟驸马同日起程。车马来到关南，国王夫妇在那里设饯。娘娘传旨：房奁金玉、锦绣、车马、人从，都要列于通衢之上，让百姓们自由观赏。驸马、公主晋见告别，娘娘不由泣下，对公主道："女儿，今日南柯便是你家了。我宫中宝藏，尽作陪奁，你自己点一点吧！"驸马、公主向国王夫妇请训。国王道："南柯是我国的大郡，地腴物博，宜用惠政，驸马好自为之！"娘娘嘱公主："驸马性刚好酒，又正在少年，为妇以柔顺为上，当好好奉事。"夫妇谨领训言，拜别上道。国王传旨，鼓吹旗帜，送过长亭。过了长亭，娘娘和公主还是不忍分别。国王劝道："终须一别，驸马、公主勉之！"夫妇又俯伏领教。国王传旨回驾。

这时南柯郡由幕录事官权时署印，政务废弛。得到飞报，知道新点太守驸马淳于梦就要到任，那录事忙叫各房打点迎接。一面起造驸马府、公主殿，制办珍珠旗、销金伞，准备女户扛抬。等到驸马、公主来到郡境，郡中官吏忙去投批迎接。驸马、公主到了郡中，在公馆休息，明日五鼓升任。

国母娘娘自从女儿跟驸马随任到南柯郡去后，不觉将二十年。最近得到来书，说因儿女众多，肌瘦怕热，近在墅江城清凉地面，筑一座瑶台城避暑，要请佛经千卷供养。娘娘就差琼英郡主到禅智寺去请问契玄禅师。郡主回来报称："契玄禅师说：凡生产过多，定有触污天地之处，可请一千部《血盆经》去，叫她母子们长斋三年，总行忏悔，自然消灾长福，却病延年。"娘娘便差紫衣官一员，马上捧持此经一千部，星夜送去。

紫衣官来到南柯郡，只见城中百姓，不论老幼、妇女、士商，都手中捧着灵香，到太守生祠去进香，为驸马公主祝福。这座大生祠祠宇前后九进，堂高三丈，立有一丈五尺高的几座德政碑，碑上记太守行过德政，二十年中，何止一日一件，共近万条。紫衣官不信道："奇哉！奇哉！难道真有这等深得民心的官府吗？"

那天晚上,公主正同驸马及儿女在瑶台城饮酒赏月。这瑶台城都用白玉砌裹,共有五门十二楼,系由周、田二人督造。但埑江城外,对江就是檀萝国,所以田子华以为公主移居那里,恐有不便。但周弁以为埑江城中有兵马守卫,可保无虞,因此就都不以为意。这时驸马正同儿女们劝公主饮酒,忽报有紫衣使送国王令旨来到,忙听宣读,原来是国王因驸马治郡有功,进封食邑三千户,进爵上柱国,集议院大学士,开府仪同三司,仍行南柯郡事,二男一女俱以门荫授官,许聘王族。紫衣官又传娘娘懿旨,请下《血盆经》千部,送与公主供养流传,消灾长福。驸马公主谢过恩,道了劳。紫衣官回都复命。

在此不久以前,有檀萝国的四太子,小名檀郎,奉命率领赤剥军三千人,镇守全萝西道。这人性格风流,因新丧妻子,听说大槐安国的金枝公主随同驸马来到南柯太守任上,在埑江地方筑瑶台城一座,住在上面避暑,便想点精兵一千,攻入瑶台城,把公主抢来。但恐传言不确,先差一个小卒扮为卖花郎,渡江前去探听真实。小卒回来报称,公主果然住在瑶台城里。檀郎又问:"驸马也在吗?"那小卒道:"驸马已回南柯理事去了。"檀郎大喜,忙命宰羊犒赏众军,分兵两路,一路攻打埑江城,一路由他亲自率领,前往瑶台城抢夺公主。

这时已入新秋,金枝公主病体未愈。驸马因郡事忙碌,好久不来看她。一天,宫娥正在为她寻言解闷,忽然她的长儿前来报告:"檀萝国起兵侵入国境,已逼近瑶台城。"公主听了,急得下泪,便命长儿星夜到南柯去报知驸马,她自己督率城中男女守城防备。驸马得报,急命周司宪前去守御埑江城一带,自己同田司农领兵去解公主之围,长儿暂且留守南柯。当下点精兵五千,随同周司宪前往埑江城,又选精兵三千,随他同田司农星夜驰往瑶台城救援公主。

救兵未到,瑶台城已被紧紧包围。公主命内使女官们督率百姓坚守,一面叫通事官去城上问敌人:"此来作何主意?"檀郎亲自出马,回道:"要问我起兵之意,请公主自来打话。"通事官道:"公主乃一国的贵主,怎与你们打话?"檀郎道:"我乃本国四太子,对你公主就是姊姊一般,可以请来打话。"通事官回报公主,公主只好扶病上城。檀郎见了公主美丽的容貌,连连称妙,道了声:"姐姐请了!"公主道:"太子请了! 你家江北,我处江南,你侵入我境内,却是为何?"檀郎便叫:"公主,你把我的主意猜一猜来?"公主道:"莫不是要些米头鱼骨? 犒赏些去便了。"檀郎大笑道:"非也! 小子岂为哺啜而来!"公主又问:"敢是要牲口?"檀郎道:"不要。""敢是要些金银?""不要。""那你到底要什么呢?"檀郎道:"你不知我们国内少些女人,所以为此而来。"公主道:"原来你们国内独少女人。"檀郎道:"不是少别的女人,是小子自己断了弦,要媳妇儿。"公主道:"这样,待我奏知父王,选个女儿给你。你且休了兵去。"檀郎道:"我乃太子,要与国王做女婿的。"公主道:"我父王只生我一人,别无其他女儿了。"檀郎道:"那我就要你!"公主羞怒道:"休得胡说! 我早已有了驸马,且生过许多小孩了。"檀郎嬉笑道:"公主还很年轻。"公主道:"就是你看不出,我已出了三十外了。"檀郎问:"驸马在哪里?"公主道:"驸马在南柯选将点兵,就要来到,你尝尝他利害。"檀郎道:"不管附马来不来,我要和你做夫妻儿。"到此公主怒不可遏,正要发话,却不防檀郎因要向她示威,一枝冷箭,射中了公主头盔,给金凤钗上的翅儿钩挂住。公主不由惊倒。城上正在惊慌无措,忽报驸马兵到。敌兵遂都纷纷后退。檀郎慌忙迎敌,给驸马杀得大败而逃。公主见驸马兵到得胜,忙命开城迎接。夫妇相见,各道惊慌。驸马命三军驻在城外,重重犒赏,自己在台上与公主把酒压惊。公主道:"瑶台新破,不可久居,我们星夜起程回南柯郡去吧。"

另外周弁率兵来到墼江城,布防守御,檀萝兵来到时,正值军士酣饮,闻警迎敌,却给檀萝兵打得大败。周弁亲自迎战,也因酒醉未醒,战败而逃。檀萝兵正要乘胜直袭南柯,忽然天气有变,主将恐下雨江涨,断绝归路,因就大掠一番,收兵回去。周弁单骑逃回南柯,正值驸马也已同公主回兵南柯,在等周弁告捷消息。谁知周弁只剩一人逃回,带去五千人马,一个也没带回。驸马大怒,要把他斩首。幸得田子华苦劝,命暂时监禁,待奏知国王,再行发落。

此时国王在都,亦已得到檀萝侵境,公主被围,驸马前往解围消息,但未知周弁出兵壐江胜负如何。正待召右相来问,忽右相前来报告,说是:"壐江兵败,周弁丧师,驸马星夜送来奏章,请正周弁之罪。"国王听说,十分不乐,道:"我槐安气势,得时而羽翼能飞,失水则蛟龙可制,区区檀萝,竟为其挫败!唉!驸马太不老成了!"右相道:"这次失事非同平常,但驸马在南柯任职二十年,也太久了。"国王也道:"正是呢。孤也以为驸马在边年久,加以公主屡请回朝,正想召还,止以南柯太守难得其人,因此未定。"右相道:"田子华颇有才略,可代驸马。"国王道:"辱国丧师,责在主将,驸马应该处罪。"右相道:"请看公主份上,可罪周弁一人。"国王道:"既是这样,周弁失机当斩。"右相道:"周弁乃驸马至友,两次举荐,斩周弁恐伤驸马之心,不如免死,待他立功赎罪。"国王依奏。

公主在南柯正专等都中召回消息。她自从在瑶台城被围受惊,病体更形羸弱,极盼回都一见父母,并得好好养息。她也知驸马久任南柯,威名太重,恐朝臣妒忌,也要回去替他牢固基础,而儿女恩荫之事,也须亲自完成,因此归心如箭。这天,驸马进宫问候,一见公主,便问:"贵体如何?"公主凄然道:"多分是不会好的了。驸马听为妻一言:为妻生长王宫,不想与君有缘,助君南柯政事,颇有威名。近日壐江兵败,你威名顿损,兼之二十年太守,不可再留,但恐我死之后,人情有异,你就要千难万难。"说到这里,不由下泪。驸马极意安慰。忽报有令旨来到,原来系宣取公主、驸马回国,进驸马左丞相之职,郡事由田子华接代,周弁准其立功赎罪。夫妇谢恩毕,公主向驸马称贺。驸马道:"我在此多年,离去之前,须把善后料理清楚。公主待孩儿陪送先行,到了朝门之外,等我来了,一同朝见。"公主允诺。正待启行,宫婢来报:"有官属百姓听说公主回朝,都来求见。"公主道:"你去说,公主吩咐,生受你南柯百姓二十年,今日公主扶病回朝,则除是来生补报了!"说毕,一阵伤心,不由哭起来。驸马便命准备轿马,扶公主上轿。

南柯郡父老听说太守被调,经过大家商议,决定尽南柯府城士民男妇签名上奏,挽留驸马再任十年,并央求府中录事官拨快马十数匹,一日一夜三百里飞送奏本上去。谁知录事官不允,他们只好候在路上攀留。此时那录事官因为驸马升任左丞相,回都去的路上车马难行,遂督民夫筑一道河堤,长三十里,两头结彩为门。田子华会同郡中官吏,也在府中设宴送行。驸马交出印信后,向众人辞行。在车马前进路上,百姓们拦途倒卧辙中,攀衣挽留。驸马也为之下泪,且慰且劝。好不容易,才劝住放行。这样将近有百里路程,一路都是如此。父老正在商议派几个人到京请愿,那录事官却由前路回来,对他们道:"你们都还不知,驸马爷在前路得到飞报,公主已不幸了!"父老们惊问:"真的吗?"录事官道:"怎么不真?田老爷吩咐我回城取白绫、素绢、檀香前去行礼,还说不真?"父老们都哭泣起来,道:"天呀!这样,驸马爷不能回郡了,我们一同到公主灵前进香去。"

国母娘娘正在宫中盼望女儿回来,因听说她带病上路,不知一路如何,好不挂怀。这天有宫娥来报:"听得宫外人说,公主病重,千岁与大小近侍哭泣喧哗,不知何故?"娘娘闻言,大吃一惊,正待差人出去问明究竟,国王自己进来了。一见娘娘,便道:"梓童,梓童,淳于家的主儿不幸了!"娘娘急问:"你说什么?"国王道:"公主先行数日,卒于皇华公馆。"娘娘大哭,不觉闷绝于地。宫娥唤醒扶起。娘娘含悲道:"千岁,你我只有这个女儿,凡葬丧礼仪,必须从厚。"国王道:"公主灵车将到,我与你素服往迎,将半副銮驾,迎丧于修仪宫里,其谥赠一应礼节,着右相武成侯议定。"

国王夫妇迎公主丧毕,举朝哭临三日,谥为顺义公主。驸马在途中闻讯,星夜赶回都中,国王命与右相共商公主葬地。右相主葬龟山，驸马主葬国东十里外蟠龙岗上，二人争执不休，共请国王裁定。国王依从驸马之意，差右相择定吉日，备仪仗羽葆鼓吹，赐葬顺义公主于蟠龙岗。驸马谢恩毕，右相向他道贺，还告诉他："驸马想没有知道，周弁已发背疽而死，其子护丧归国去了。"驸马怀念故旧之情，为之下泪。正在此时，有人来请驸马，说是有老国公、老王亲，在朝房设席，请驸马过去赴宴。

驸马回朝任左丞相后，得到国公王亲攀附拥戴，威势依然很盛。琼英郡主很是爱慕他，但无缘得与亲近。她趁上真仙子和灵芝夫人到公主灵座上香经过，约她们回来时到她那里一谈。两人如约来到，共谈驸马之事。灵芝夫人道："二十年来，我们王亲贵族，哪家不受他问安、贺生、庆节之礼，如今须得逐家还礼才是。"琼英郡主道："驸马怀念公主不忘，须与他解闷消愁。"灵芝夫人笑道："郡主，你要与他解闷，你我三人都是寡居，倒要驸马来替我们解闷才是。"上真仙子道："我们是修道的人了，只怕见了男人，惹动情肠，便被黏连难舍！"灵芝夫人笑道："事到其间，也由不得你了。"当下言定，由三人轮流邀请驸马宴饮。

一天，驸马由朝上回来，正在思念公主，忽有女官前来送书。接书一看，原来是琼英郡主邀请他去赴宴。他心中暗喜："许多时不见女子，使人形容枯槁，今夜请客的是女主人，不妨前去一醉。"便叫女官回去复命，说："驸马准时必到。"到了时候，驸马果然前往，主客见礼毕，又见上真仙子和灵芝夫人亦在座。驸马道："小生回朝，已蒙诸王亲公礼相请，哪敢再劳郡主专设此筵？"琼英郡主道："驸马不知，此筵有三意，一来洗远归之尘，二来贺拜相之喜，三来解孤栖之闷。前几天为诸王亲国公占了贵客，我们三人商量，上真姑是修道的人，灵芝夫人与我是两个寡妇，另外又没有别人可以为主，只得我们三人落后，轮流置酒相敬。今日是奴家为主，他俩位相陪。"驸马笑道："那么小生领受了。"郡主遂命内侍们看酒。这顿酒筵，一直饮到月上，郡主还是不住请他宽怀畅饮，直饮得驸马头昏欲睡,说声:"醉了。"郡主道:"不妨,早已安排纱厨枕帐了。"驸马故作醉语道:"难道主人不陪客吗?"郡主笑道:"怕没这个规矩。"灵芝夫人假劝道:"驸马见爱,我们一同陪伴罢!"

右相段功因驸马威势太盛,深为国家担忧。又闻琼英郡主、上真仙子、灵芝夫人三人轮流设宴,与驸马淫乱之事,更觉得不成事体。一天朝会上,国王问他道:"卿可知国中有人上书之事吗?"右相道:"臣不知。"国王道:"书上说的凶,他说,玄象谪见,国有大恐,都邑迁徙,宗庙崩坏。他说的玄象,是什么星象呢?"右相奏道:"臣正要奏知,有太史令奏:有客星犯于牛女虚危之次。"国王道:"那书中后面又说:衅起他族,事在萧墙。好令人疑惑。"右相道:"我国中别无他族,就有他族亦不近萧墙,千岁请想一想!"国王道:"没别人了,只有淳于驸马不是我们族类。"右相道:"臣不敢说。"国王道:"有关国家大变,卿是右相,岂能不言!"右相道:"那么臣只好说了。虚危主都邑宗庙之事,牛女值公主驸马之星。近来驸马贵盛无比,与豪门贵党日夜交游,还有不可言之处,与皇族闺门男女混淆,因此感动天象,所谓衅起萧墙,再有谁呢?"国王恼怒道:"淳于棼自罢郡归朝,威福日盛,寡人早已疑惮。今如右相之言,乱法如此,可恶! 可恶! 真是:非我族类,其心必异!"说到这里,不觉下泪。右相又奏道:"语云:当断不断,反受其乱。驸马事已至此,千岁作何处分?"国王道:"撤去淳于棼侍卫,绝其朝请,把他禁居私第,不准出入。"右相道:"依臣愚见,还是遣他回乡为是。"国王道:"不消再说,等他觉悟了,自然送他回去的。"

从此,淳于棼便被软禁在私第中,但他自己还不知道为了何事。一天,他的长儿从宫里回来,见父亲在母亲灵前哭泣,也倒在灵前大哭。淳于棼忙掩泪把他扶起,问道:"你母亲去世不久,前日父子朝见,主上还悲喜不胜,半月之间,忽动天威,却是为何?"长儿道:"天大是非,爹爹还没知道?"淳于棼道:"你兄弟都在宫中,我连亲友都被禁止来往,教我向哪里打听?"长儿道:"既是爹爹不知,待孩儿细细说来。"他就把当日朝上国王与右相所言,告诉了一遍。淳于棼道:"呀,原来是段君进的谗言。但国母怎么说呢?"长儿道:"说到萧墙的话,国母也不能相劝了。"淳于棼下泪道:"总被你母亲说着了。她病危之时,叫我回朝要谨慎,怕人情不同,事势有变,今日果中其言。"这时,忽有紫衣官来宣召,淳于棼吃了一惊。那紫衣官道:"驸马放心!国王天颜喜悦,不会有什么事的。"

　　原来国母娘娘因不见驸马进宫,便去问国王。国王把国人上书、星象有变以及驸马与琼英郡主等淫乱之事告诉她。娘娘不信,两人争论了一番。国王最后道:"今日设酒送他回去。你把那些外孙收养了,不许多言。"娘娘哭道:"天呵!竟不看女儿一面!"此时淳于棼奉召来到,见过国王夫妇。国王赐平身上殿。娘娘一看驸马比前瘦了,又一阵大哭。酒席摆上,国王亲自为淳于棼把酒。淳于棼叩头起谢。国王道:"幸托姻亲二十余年,不幸小女夭化,不得与君偕老,良用痛伤。"淳于棼道:"公主仙逝,有臣在此,可以少奉寒温。"国王道:"但卿离家多时,亦宜暂归一省亲族。"淳于棼道:"这里是臣的家了,再回哪里去?"国王笑道:"卿本来自人间,家不在此。"淳于棼忽觉一阵昏迷,即又醒来,惊诧道:"臣家在人间,为何在此?"不由又放声哭道:"哎呀,臣忽然思家,寸心如割,不能久侍千岁和娘娘了。"国王便命紫衣官送行。他还要看一看儿女,国王道:"宫中自能抚养,放心便了。"娘娘也劝道:"不用苦伤,只要淳于郎留意,便有相见之期。"淳于棼遂向国王夫妇告别。

　　紫衣官依旧请淳于棼坐上牛车,送他出城。但路上遇到的人,都不起立回避他了。一路送到家中,看见自己卧榻,十分害怕。紫衣官把他推上榻去,叫了三声,他才悠悠醒来,连唤:"使者!使者!"山鹧儿听得主人唤叫,便送上酒来,说道:"甚么使者,我是山鹧。"溜二、沙三也走过来道:"淳于兄醒了,我二人正洗上脚来。"淳于棼问:"日色到了哪里?"山鹧儿道:"日向西了。"他又问:"东边高高的是什么?"溜二道:"喝剩的酒,还没冷呢!"他不由叹道:"呀,斜日未隐于西垣,余酒尚湛于东牖,我梦中已度过一世了!"溜二、沙三问:"做了甚么梦来?"淳于棼想了想,叫山鹧儿取过热茶,喝了两杯,才说道:"呀,溜兄,沙兄,好不富贵的所在也!我的公主妻呀!"山鹧儿道:"甚么公主妻?你做了驸马吗?"淳于棼道:"是做了驸马。"溜二问:"哪一朝的驸马?"淳于棼道:"说来话长,扶我起来细讲。"溜二、沙三把他扶起。他遂把紫衣使者来接他,到槐安国招为驸马,一直到公主夭亡,他被谗送归的经过,详详细细,说了一遍,问:"二兄,你看这是怎的?"二人都说不知。淳于棼又问:"怎生可进槐穴里去?"二人道:"想是老槐成了精了。"

山鹧儿遂去拿了一把锹儿,跟三人同到槐树下瞧看。只见树下有个大窟窿,掘下去时,里面有许多蚂蚁。树皮中间,有蚂蚁穿成的路径。再向高处锹去,只见窟窿两旁,有一丈开阔空处,非常光亮。树根上面,堆积有许多泥土,像一座城墙,中间是一层楼台。城墙里面,都是蚂蚁,约有数斛之多。楼台是红色的,上面有两个大蚁,素翼红冠,长可三寸,有数十大蚁左右辅从,其余的蚂蚁都不敢相近。淳于棼叹道:"这想来就是槐安国王宫殿!"溜二道:"这两个大蚁,岂是令岳丈岳母哩!"再向南方上掘,只见南枝之上,约阔四丈有余,也像土城一般,上面也有小楼子,也有许多蚂蚁住在里面。这就是南柯郡了。淳于棼叹道:"我在此做了二十年太守,好不费心,谁知道只是些蝼蚁百姓!但是他们立的德政碑、生祠记,通不见了。只这长亭路一道河堤还在。"再向西头掘去,约有二丈,见一个穴孔外高中空,原来是块败龟版,其大如斗,积雨之后,蔓草丛生,这就是龟山了。再向东边掘去,约一丈余,有个树根,盘曲成龙的形状,这是蟠龙冈了。淳于棼细细一看,哭道:"你们看,中间有个一尺多大的蚁冢,乃是吾妻葬处。我的公主啊!"正哭时,忽起大风。山鹧儿道:"大风雨来了,这一窝蚂蚁都埋了他罢。"淳于棼忙阻止道:"不可!不可!快把槐树遮好了!"正好遮定,雨来了,大家忙进屋里躲雨。等到雨过,再去看时,那些蚁穴都不知哪里去了。淳于棼道："这也是前定了。他国中先有星变流言,说国有大恐,都邑迁徙,这就应验了。"但他还想找寻檀萝国、壑江城,山鹧儿想了想道："有了! 有了! 宅东长埂古溪之上,有紫檀一株,藤萝缠拥,不见天日,我常在那里打午觉,常见有大群赤蚁往来。"淳于棼道："着了,这就是所谓全萝道赤剥军了。"

他又提到周弁、田子华之事。这时正有一个和尚在门首躲雨,一问是六合县来的,便问他："可知道周、田二人近况?"那和尚道:"两人都无病同日死了。"大家更是称奇不置。淳于棼又把梦中之事及槐树下发掘所见,梦中他父亲又约他丁丑年相见,今年恰是丁丑,一一告诉和尚。那和尚道:"契玄禅师择日广做水陆道场,你何不写下一疏,敬向无遮会上问此情缘?"淳于棼问:"只不知禅师能将大槐安国眷属普度升天吗?"那和尚道:"能的。"

淳于棼果然去赴契玄禅师主持的七日七夜水陆无边道场。道场完毕,禅师问淳于棼有甚祈请。淳于棼道:"小生第一要见父亲升天,第二要见瑶芳妻子升天,第三愿尽槐安一国普度升天。"禅师道:"好大愿心! 你便可燃指为香,我替你铺陈情疏。"淳于棼果然烧了一个指头,禅师为他祈请,又用杨枝洒水,布散香花。等到月上,和他登到坛上,等看天中景象。等候中间,淳于棼问禅师道:"小生青天白日,缘何被蝼蚁扯去作了眷属?"禅师道:"由于彼此有情。"淳于棼道:"小生何曾与虫蚁有情?"禅师道:"你可记得:你在孝感寺听法之时,有二女子来献钗盒,你对她很是恋恋,我曾叫白鹦鹉说蚁子转身,点破与你,你误听为女子转身。由于你自己不悟,因而造成此段姻缘。"禅师又问:"你当初留情,不知她是蚁子,如今知道了,还有情于她吗?"淳于棼道:"识破了,又有什么情来?"禅师笑道:"你道没有情,怎生又要她升天?"正说时,忽见空中金光一道,天门开了,听得仙乐之中,有声音报道:"忉利天门开,檀萝国三万四千户升天!"淳于棼诧道:"檀萝国是我仇敌,我这一场功德,如何颠倒替它们升天?"禅师道:"人间恩怨,诸天是不问的。"淳于梦哭道:"我只要见我的亲爷,见我的公主妻!"禅师道:"既如此,跟我下坛,向三十三天位下,再烧一个指头。"

淳于梦下坛去再烧一个指头,重上坛来,一阵风起,天国再开,果然听得有声音报说:"大槐安国军民蝼蚁五万户口同时升天!"淳于梦大喜,但未见父亲和公主升天,依然十分悲苦。忽然又一阵风起,天门又开,一位老将出现,对他说道:"淳于梦吾儿,你父亲来了!"淳于梦一看,果是父亲,便对着他号哭。他父亲告诉他:"你母亲已久生人世,你不可再去投军,犯了杀戒。"又说:"天程有限,我去了。"遂升天而去。接着是段功、周弁、田子华等出现,谢淳于梦发这大愿,使他们都得升天。接着是国王夫妇出现,娘娘告诉他:"当初送别时曾说:你若垂情,自有相见之期,今天应了。你的子女都已跑上天去,做了天男天女了。"说毕,也向他告别升天。接着是琼英郡主、上真仙子、灵芝夫人三人出现,灵芝夫人还是恋恋旧情,因公主就要到来,只得别了淳于梦升天。最后听得一阵环佩之声,果然公主来了。两人诉说了一番彼此情意,公主又责怪他与三女之事。淳于梦道:"这是我的不是,但也是出于一时孤栖无奈。你如今做了天仙,想这些小事,都也不在怀了。只是我常想你的恩情不尽,还要与你重做夫妻。"公主道:"淳于郎,你既有此心,我在忉利天等你为夫,只要你加意修行。"正说时,云头忽渐渐低下,公主坠了下来。淳于梦要把她抱住,公主忙推开道:"人天气候不同,你别近我,哥哥啊!"淳于梦道:"你怎生叫我哥哥?"公主道:"你也曾在此寺中叫过我一声妹子。"淳于梦想了想道:"果有其事。"公主道:"你前说要个表记儿,这里观音座下我所供金凤钗、文犀盒,就是你当初一见留情之物,你何不取去作为纪念?我要去了。"淳于梦大哭,扯住不放。禅师突然持剑上来,一剑把他们分开。公主升天而去,淳于梦跌倒地上。禅师道:"你说识破她是蝼蚁,哪有什么情来?怎生又是这般缠恋?"淳于梦醒来一看,金钗是槐树枝,犀盒是槐荚子,说了声"要它何用",投弃于地,恍然大悟道:"人间君臣夫妇,与蝼蚁有什么不同? 一切苦乐兴亡,也和南柯有什么两样? 同是一梦,何处升天?"又道:"人生不可求而得,天身亦不可求而得,便是佛身亦不可求而得,一切都是空的!"禅师喝道:"空个甚么?"淳于棼拍手大笑,合掌立而入定。禅师大叫道:"淳于棼立地成佛了!"大众拜伏道:"万事无常,一佛圆满。"

此剧本事来源,全出唐人李公佐所作《南柯太守传》。宋人陈翰的《大槐宫记》,即节略李传而成,故内容亦相同。李传的二友人,剧中作溜二、沙三。李传的右相武成侯段公,本有姓无名,剧中作段功,而段功乃元明间南诏大理的首长名,即郭沫若氏所作历史剧《孔雀胆》中的男主角,当时实有其人。又李传率众拒檀萝兵于瑶台城的乃周弁,以轻敌败绩;剧中则作淳于棼为金枝公主作瑶台城避暑,檀萝国四太子欲夺公主为妻,起兵围城,淳于棼亲自率兵解围,而周弁乃派往瑝江守御的,以酒醉为敌人所败。李传淳于棼在禅智寺与孝感寺相遇的女子,除琼英、灵芝夫人、上真仙子三人外,尚有一人,而讲座所献金凤钗乃此女所舍,文犀盒子乃上真仙子所舍,剧中却都作琼英代金枝公主所舍。又天象示谴,李传系云"国人上表",剧中属之右相。此外若契玄禅师五百年前造下业债,金枝公主系因受惊病重而死,淳于棼与右相因议公主葬地互相争执,琼英和上真仙子、灵芝夫人与驸马淫乱,以及法师建水陆道场,淳于棼烧指发愿,度檀萝、槐安、老父、公主等并升天界,法师指点淳于棼,立地成佛等,都为李传所无,而全是剧中增出的。清人梁廷柟《曲话》云:"《南柯·情著》一折,以《法华·普门品》入曲,毫无勉强,毫无遗漏,可称杰构。"《情著》为第八出,即写契玄禅师在孝感寺讲经,淳于棼向之参禅,琼英代金枝公主舍金钗、犀盒求超度一段。其中禅师所唱曲文,乃将《法华经》中的《普门品》全部谱入。可见作者为了作此剧,还曾学过佛经。

宋人罗烨《醉翁谈录》所录"灵怪"话本中,有《大槐王》一目,不知是否即演《南柯太守传》,也不知与汤剧有无影响关系。略前于汤氏,有上虞人车任远所作杂剧"四梦",其中亦有《南柯梦》,亦演《南柯太守传》事。相传自汤氏"四梦"出而车氏"四梦"遂湮没不彰,仅《蕉鹿梦》因被刊入《盛明什剧》二集中,而得流传到现在。但汤氏是否看到过车作《南柯梦》?作品是否受到它的影响?汤氏自己没有说起,我们现在读不到车作,当然更无从说起了。

(四)邯 郸 梦

有山东人卢生,祖代本是范阳郡人氏,从他已故父亲起,才落籍邯郸县。他很有学问,自以为功名唾手可得,不料到了二十六岁,还是没有得志,只靠农耕生活。一天,他穿着件短布袄,披了件破羊裘,骑着匹小青驴,到外边去游散。一路行来,不觉日色向晚,就在西村一家旅店里借宿,准备明天再走。

这时有仙人吕岩,字洞宾,曾中过文科进士。生性好酒任侠,因在咸阳市上酒醉杀人,出外逃亡。途中遇到正阳子钟离权,他有点石成金法术,将石子半斤,点成黄金十八两,送与吕岩使用。吕岩问:"将来会再变为石子吗?"钟离权道:"五百年后,仍化为石。"吕岩立即把黄金掷掉,说道:"虽然济了我眼前的急,却不误了五百年后那得到它的人!"钟离权呵呵大笑道:"吕岩,吕岩,你一点好心,可登仙界!"遂传授他飞升之术。他修练了三十年,得列为上八洞神仙。他先度了何仙姑,叫她在蓬莱山门外扫除蟠桃树下的落花。最近何仙姑也证入仙班,因此张果老又差他到赤县神州去再觅一个人来接替扫花之职。

当下吕岩别了前来送行的何仙姑,带着磁枕褡袱,驾起云头,来到洞庭湖畔岳阳楼。这时楼前一家大酒店中,有两个酒客在店小二前各夸自己的酒量:一个是庐江人,自称能饮三百杯;一个是从鄱阳湖来的商人,自称能饮八百杯。吕岩也进去饮酒,不觉醉了,对两个客人发话道:"酒是神仙造的,也是神仙吃的,你们这班人知道吃什么酒!"两人听了,不由恼怒道:"哎哟! 常言道:一品官二品客,我们到不如你? 我们穿的细软罗缎,吃的细料茶食,用的细丝锞锭;不看你别的,只看你穿的,稀泥稀烂的像什么? 真是个野狐骚道。"吕岩道:"你们仗着村河势,横死眼,又俗又毒,识得什么!"两客笑道:"好笑,好笑,我看你那葫芦里的药物都是烧酒气,还不是野狐骚道?"吕岩道:"你笑我葫芦里盛酒,但里面很有些好东西;你们满肚子只是酒色财气。"两客道:"酒色财气,人之本等,有什么不好的?"于是吕岩数说了一番酒色财气的害人,又告诉他们他那磁枕的好处。可是两个人只是不悟。吕岩便道:"此处无缘,贫道告退了!"遂别了众人,重驾云头,径往西北方而去。

他在路上望见燕南赵北地方有一道清气,仔细一看,是在邯郸地方。他迤逦寻去,原来此气落在邯郸县赵州桥西卢生住宅中。当卢生出门时,他就看到了他,相貌清奇古怪,真有半仙之份。但他有文武之材,没有得志功名,正满怀郁闷,无法用言语说服,只有另设妙计。他遂投在赵州桥北一家小旅馆中住下。店小二把他招待下来,不久,卢生也骑着青驴来到。店小二迎接入店,口称"卢大官人"。卢生吩咐,把驴子系在树桩上让它吃草。入内看见吕岩,遂与问讯。吕岩道:"贫道姓回,系从岳阳楼来的。足下高姓?"卢生也通了姓名,道:"久闻岳阳楼是个名胜,不知到底怎样?"吕岩把《岳阳楼记》朗诵一遍,且道:"我已到过三次了,有诗为证:朝游碧落暮苍梧,袖有青蛇胆气粗。三过岳阳人不识,朗吟飞过洞庭湖。"卢生道:"老翁吟得好诗! 但苍梧就在南楚地方,不知碧落却在哪里?"吕岩道:"眼前便是。"卢生笑道:"老翁哄我这个庄稼人了。"吕岩道:"既是这等,且说说今年庄稼怎样?"卢生道:"今年正好。去秋一亩打七石八斗,今年整整的打够了九石九哩。"吕岩道:"这等,你过得很好?"卢生道:"还过得去。"说到这里,看看自己身上的破羊裘,不由叹口气道:"大丈夫不能得意,竟穷到了这样地步!"吕岩道："我看你肌肥体胖，为什么还要叹穷？要哪样才得意呢？"卢生道："大丈夫当建立功名，出将入相，列鼎而食，选声而听，使宗族繁盛，家用富饶，才能说得上'得意'两字！"正说间，忽然打了个呵欠，对店小二道："我困倦非常。"店小二道："想是饿了，待我去炊黄粱替你做饭，官人且在榻上打个盹儿。"卢生一看榻上，道："少个枕儿。"吕岩在旁道："卢生，卢生，你要一生得意，我赠你一个枕儿。"说罢，解囊取出那个磁枕来，递给卢生。

卢生便在磁枕上睡下，一睡即着。梦中仔细看那磁枕时，两头都空，里面十分光亮。看了多时，光亮愈大，不觉身体进入里面去，走在一条齐整的官道上。前面是一道红粉高墙，有门开着，就闯了进去。只见里面帘幕重重，原来是座深院大宅。从门口瞧看，前面是太湖石假山，堂上古画古琴，几上宝鼎铜爵，碧珊瑚，红地衣，十分清雅。忽听得有人叫道："哪里来的闲人？快拿，快拿！"又听得叫道："快闭上门！别放他逃走！"他不由惊慌起来，连忙闪避，恰巧道旁有一座芙蓉架，就去躲藏在下面。又听得有老妈妈声音叫道："小姐快来！那人躲到那边去了！"又听是小姐声音说道："是谁跑到了内宅里来？现在躲在哪里呀？"老妈妈道："他多分是在芙蓉架下。"又叫道："那汉子还不出来？拿住了送官打死！"卢生知道躲藏不过，忙喊道："不要拿！不要拿！待我自己出来。"老妈妈一看见他，便道："你这穷酸，还不向小姐低头！"卢生连忙跪下。那小姐问他："何方人氏？家中还有何人？"并叫他抬头。他抬头一看，对面却是位绝色佳人，遂告诉她姓名来历，尚未婚娶。那小姐道："我家清河崔氏，是个世家大族，代代荣华，不比寻常百姓人家，你竟敢来此行使奸诈！梅香，快取绳索来把他捆起，重重打他一顿！"卢生连连磕头求恕。崔氏道："无故走入人家，非奸即盗，法律不可饶恕。老妈妈，你问他愿意私休？还是官休？私休不许他家去，收留在我门下做夫妻，官休送他到清河县衙门去法办。"卢生忙对老妈妈道："情愿私休。"于是崔氏命老妈妈引他到回廊外香水堂去洗浴更衣。

当晚，就由老妈妈为媒，两人洞房花烛，结成夫妇。

这年三月，黄榜招贤，有梁武帝后代、宋国公萧瑀的曾孙萧嵩，大总管裴行俭的晚子、当朝武三思的女婿裴光庭，两人本是异姓兄弟，都要在这届考选中夺取状元。崔氏闻知开榜消息，也对卢生道："我家七代无白衣女婿，但不知卢郎对功名有没有兴趣？"卢生道："功名二字，再也休提。场中只论门望，不看文章，我已试过多次，再也不愿尝试了。"崔氏道："卢郎也怪不得你。你交游不多，才名未广，以致淹迟。我家四门亲戚，多在要津，你去长安，可都去拜在他们门下。"卢生道："那就好了。"崔氏道："我再以所有金钱，助你广交朝贵，那你前去应试，你的文章便字字珠玉了。"卢生不觉拜服道："如此，深感娘子厚意！黄榜期近，当尽速上道。"崔氏道："正当如此。待我即刻备办酒筵，送郎君起身。只是一桩，此去不要再向人家章台乱撞，害我在家盼不到你回来为我画眉啊！"

这次朝廷阅卷的总裁官，乃是左仆射宇文融。这人专好迎合朝廷，取媚权贵。他知道闻喜裴光庭乃本朝宰相之子，故取为头名状元；兰陵萧嵩只是前朝皇帝之后，异代君王，管他不着，所以取作第二。试卷早已进呈，专等皇帝点定。发榜那天，他在午门候朝，遇见高力士，便问："状元可曾点定？"高力士道："已点定了。"又问："点的是谁？"高力士道："山东秀才卢生。"宇文融不信道："是老公公亲眼看见点的是他？"高力士道："亲眼看见皇上御笔题红，还有萧嵩第二，裴光庭第三。"宇文融道："这倒奇了。我阅定的是裴光庭第一，萧嵩第二，哪里来的卢狗才？"高力士道："老先生不知。这不是万岁一人主意，因他与满朝勋贵相知，都保他文才第一。"道罢自去。宇文融暗恨道："可恶！可恶！我阅定了的状元，却被卢生用钻刺抢了去，而他却偏偏不向我钻刺！"

黄榜揭晓，新状元赐宴曲江池，由考试官宇文融代皇帝陪宴，光禄寺安排筵席，教坊司派女妓伺候。新状元一到，大家迎请入席。酒过一巡，宇文融要讨卢生欢喜，命女妓向新状元乞诗。卢生就在女妓珠帘秀的红汗巾上题道："香飘醉墨粉红催,天子门生带笑来。自是玉皇亲判与,嫦娥不用老官媒。"众人都赞道："新状元好捷才也!"宇文融见诗中有奚落他之意,更是怀恨。这时有报子来报："卢生钦除翰林学士兼知制诰,萧、裴二生俱翰林院编修,着教坊司送归本院。"

这时有吐蕃国王赞普,其母乃唐朝皇帝之女金城公主,目下种族繁昌,部落强盛,召丞相悉那逻、大将热龙莽入帐。共商起兵攻唐之事。悉那逻道："臣专任国中调度之事。"热龙莽道："臣专任攻略境外,逢城则取,遇将则擒,唐朝不足虑也!"于是议定出兵十万,先取河西,后攻陇右。

卢生自中状元后,皇帝留他在翰林院单掌制诰。要待三年之后,方许回乡。因此崔氏在家十分孤寂,郁郁寡欢。一天,忽报状元回来,崔氏忙排酒宴接待,问道："听说郎君被留掌制诰三年,因何便得回来?"卢生道："夫人有所不知。我因掌制诰,得便偷写了夫人诰命一道,混在众人诰命内朦胧进呈,侥幸得圣旨批准,所以星夜亲捧王花封诰,送上贤妻。原是瞒过圣上,偷偷来的。"崔氏向他道谢,又问："卢郎,你是怎样中了头名状元的?"卢生道："多谢夫人给我许多金钱,在京广交朝贵,因而竦动君王,在落卷中翻出做个第一。"崔氏道："真好险啊!"夫妻正在欢饮的时候,忽有差官来到,报称："老爷朦胧取旨,驰驿而回,已被宇文爷看破,奏明皇上。圣旨宽恩免究,着老爷去做陕州知州,凿石开河,浚通运道二百八十里。钦限走马上任,不得停留。"卢生道："既这样,我们夫妻同到陕州上任去吧!"

这一条二百八十里的运道,是从东京运粮到西京必经之路。但满路都是顽石,交通困难,损害人、牛脚力很大。卢生来到陕州任后,立即开工钻凿水道,发动沿道居民,都出来服役。又吩咐十家牌,一人管十,十人管百,擂鼓一动,大家动手。果然不到数天,东头沟中有水涌现。但是经过鸡脚、熊耳两山,那里通底都是石头,无法开凿。卢生遂遵用古法,命收集干柴百万束,用火烧山,然后浇上几万担醋,再用锹椎敲击,使顽石都裂开松起,更用几万担盐花投入,石头尽化为水。于是两头的水都接通了。河功既成,卢生又命铸一铁牛,立在河岸之上,用以牵挽重舟,头向河南,尾向河北。一面催动入关粮运,并招引四方商贾奇货都来州中贸易,一面奏请皇帝,东游观览胜景,以见陕州百姓之功。百姓们都很欢跃,并在两岸插植杨柳,增添景色。

开元皇帝见奏,准定东巡。于是州中又忙于准备接驾,安排行宫,制造龙舟。同时还召集棹歌女子一千名,为龙舟摆橹。又吩咐各路粮货船千百余艘,各插五方色旗,编齐纲运,逐队写着"某路白粮"、"某州奇货",每船上都焚着香,各奏本地音乐。准备才完毕,掌头行的高公公早已来到,说:"圣驾已驻三百里外。"卢生忙率领官吏百姓,前往接驾。

这时宇文融已升御史中丞平章军国大事,同中书少监裴光庭护驾东巡。东驾到了潼关,在关外驻跸。卢生率众前来接驾,三呼毕,皇帝问:"前面高耸耸的是什么?"卢生奏道:"因出关路险,搭的天桥。"于是銮驾起行,渡过了天桥。卢生又奏:"圣驾已出潼关,到了河口,请登龙舟。"皇帝奇道:"朕闻此间仅有石路,哪用龙舟?"卢生奏道:"臣已开通河道三百余里,以备圣驾游巡。"皇帝大悦道:"有这等奇事!"于是皇帝向前观望,果然前面天光水色,景物如画。皇帝下了龙舟,卢生又奏:"臣已选下殿脚采女千人,能为棹歌。"众采女上前叩头接驾,齐唱棹歌。皇帝大乐,赞道:"美哉,棹歌之女也!"卢生又奏:"臣妻清河崔氏,备有牙盘一千品献上。"皇帝笑受,命分赐护众人等。皇帝又问:"前面船只数千队,奏着乐器的是些什么船?"卢生奏道:"此皆江南粮饷,各路珍奇,逐队焚香,奏他们本地之乐。"皇帝回头对宇文融、裴光庭道:"两卿知道从前这段路吗? 江南运粮至此,崎岖难行,不能即达京师。因此祖代以来,我君臣们不得不常到东都就食。不想今日有此卢生也!"卢生奏道:

"这条新河望万岁赐以新名。"皇帝道:"可赐名永济河。"皇帝望见铁牛,又问何用?卢生奏明后,遂命裴光庭作《铁牛颂》。颂成,命卢生铭之碑石,且道:"卢生,汝功劳在万万年,真不小也!"卢生叩头高呼万岁。

正在此时,边关遣卒子送来急报,说是:"吐蕃起兵攻入长城,凉州都督王君㚟迎战中计,兵败被杀,陇右、河西动摇,敌兵已深入玉门关了。"皇帝大惊失色,道:"这等如何是好?"宇文融乘机奏道:"除是卢生之才,可以前去抵敌。"卢生奏辞。皇帝道:"朕知卿才,卿不可辞!"即拜卢生为御史中丞,兼领河西、陇西节度使,挂印征西大将军,星夜起程,并赐御衣战袍一领,当场穿挂。卢生辞了皇帝,不及与家人话别,立即率领将士启行。等到崔氏闻知,前来追送,早已人马去远,赶不上了,只好怏怏回去。

卢生来到边关,探明敌情,决定用反间之计,先除掉那悉那逻丞相。这样,热龙莽势寡力弱,就可不战而溃了。他访得军中有一尖哨,叫做打番儿汉,讲得三十六国番语,穿回入汉,来去如飞。卢生唤他进帐,吩咐道:"番中木叶山下,有一道泉水,流入番王帐殿之中。给你竹签儿一片,将一千片树叶儿,刺着'悉逻谋反'四个字,就如虫蛀的一般,上风头放去,让它流入帐下。番王只道天神所使,必起疑心,这叫做'御沟红叶'之计。"打番儿汉道:"此计很好,小番儿就去。"卢生道:"赏你一道红,十角酒,三千贯饷钞,买干粮馍馍去。事成之后,赏你千户告身。"打番儿汉去后,卢生积极整顿人马,俟机出动。

番将热龙莽自撞破玉门关,便长驱甘、凉,正要进攻关陇,已差人回国和丞相悉那逻计议。忽差人回来报告:"悉那逻丞相谋反,给赞普王爷杀了!"原来吐蕃国王赞普见了千片叶儿上的字,果然中计,以为是天神指示,就请悉那逻吃马乳酒,从他脑后一铜锤,脑浆迸流而死。热龙莽闻报,不由大哭道:"我的悉那逻丞相,天啊!天啊!"这时卢生也已得报,知悉那逻已死,立即挥动三军,向前奋击。热龙莽慌忙迎敌。一阵厮杀，吐蕃兵大败奔逃。汉兵跟踪追杀，一直杀出阳关以西。热龙莽看看离祁连山边界还有千里路程，心里一计，就裂帛为书，系于雁足之上，央求唐帅放他一条归路。万一唐帅回兵，那他就有生路了。

卢生率领胜军十万，抢过阳关，一面飞书报捷，一面乘胜长驱，已追了千里路程。一路搜索，紧防中了敌计。中途卢生偶然射下一雁，发现足上系有帛书。拆开看时，上题一诗云："此地是天山，天分汉与番。莫教飞鸟尽，留取报恩环！"卢生领悟诗中之意，心想："热龙莽也是一条好汉，留着他罢。"就问部将："此是何山？"众将答道："就是天山。""离玉门关多少路程？""九百九十九里。"卢生奇道："为何只差一里？"众将道："天山一片石占去一里。"又问："从古有人征战到过这里吗？"答："从来未有。"卢生笑道："怪不得古诗云：'空留一片石，万古在天山。'吾今起自书生，破敌至此，亦已足矣。众将军，可削平天山一片石，在上面记功，然后回师。"石削平后，卢生亲自题曰："大唐天子命将征西，出塞千里，斩虏百万，至于天山，勒石而还，作镇万古，永永无极。开元某年某月某日征西大将军邯郸卢生题。"

大家正在庆功，忽来京报：皇帝看到捷报，举朝文武大宴三日，封卢生为定西侯，食邑三千户，钦取回朝，加太子太保兵部尚书同平章军国大事。圣旨差官迎取已到，命卢生即日班师。众将道贺。卢生命自天山至阳关千里之内，设大城三座，烽墩连接，无事屯田养马，有事声援策应，以防边患，然后回兵。

崔氏自卢生去后，杳无消息，十分怀念。老妈妈怕她郁郁成病，叫梅香取排箫弦子鼓弄，替小姐消遣。崔氏听了一会，还是十分不耐，叫梅香停止。老妈妈正待出去打探消息，忽然有一个将军前来报信，说是："卢爷用兵得胜，飞奏朝廷，万岁十分欢喜，着大小文武官员宴贺三日，封卢爷为定西侯，马上差官钦取回朝，掌理兵部尚书，加太子太保同平章军国大事，早晚就要到了。"崔氏不由松了口气,望空拜道:"谢天!谢地!卢郎终得回来了!"

首相宇文融因卢生不肯拜在他的门下,两次摆布他又不但没有成功,反而弄巧成拙,使他建立奇勋,官升极爵,更是忿恨。因而遣派奸细,搜取卢生阴事。他打听得反间破敌之事,把它说成是:卢生贿赂番将,佯输卖阵,虚报军功,到得天山,得到雁足上的番将私书,就即刻收兵,不行追赶,乃是通番卖国。他草下奏稿,请同平章事萧嵩会同签押,然后上奏。萧嵩不赞成道:"卢生是有功之臣,不可造次。"辩论再三,不肯签押。宇文融怒道:"原来你只为同年,不为朝廷。你如不肯签押,老夫添上你一个通同卖国罪名,待你自去申诉!"萧嵩无奈,只得允许。他字一忠,平时奏本花押就签"一忠"二字,这天他却加上两点,成为"不忠"二字。可是奸相他哪会知道,得意地笑着说:"我说你没有这大胆。明天早朝,齐班奏去。"

这时崔氏由丈夫恩荫封为一品夫人,长大的儿子也都受到荫封。这天她正在府中等候卢生朝中回来,忽然堂檐上堕下鸳鸯瓦一片,跌得粉碎。一问原由,是金弹儿打乌鸦打下来的。崔氏知是不吉之兆,闷闷不乐。一会,卢生来到,崔氏开了皇封御酒,一同宴饮。夫妻饮得高兴,正在相谑为欢,忽报有人传说,有人马刀枪从东华门出来。卢生道:"由他去,我们只管饮酒。"正在饮第三杯酒,一个孩子哭着奔进来报告:"老爷,老夫人,人马刀枪,挤挤排排,将近府门来了!"卢生才大吃一惊,放杯起立。只见许多官校拥进府来,手里都持枪拿索,把夫妇俩团团围住。卢生问故,官校道:"中书丞相奏老爷罪状,奉旨差拿。"并出示驾票道:"奉圣旨,前节度使卢生,交通番将,图谋不轨,即刻拿赴云阳市明正典刑,不许违误,钦此!"卢生与崔氏相抱大哭。卢生要去面奏诉冤,官校道:"已闭上朝门了。"卢生哭对崔氏道:"夫人!夫人!吾家本在山东,有着良田数顷,尽足生活,何苦要出来求什么功名利禄!现在这样,再想穿了破短裘,骑着小青驴,在邯郸道上行走,也做不到了!拿佩刀来,让我自杀罢!"众官校拦阻道:"圣旨不准自杀,要明正典刑!"

卢生道："罢了，罢了！大臣明白的生；明白的死！夫人可领孩子们到午门去呼冤，我就到市曹去罢！"众人遂拥着卢生而去。

崔氏果然率领了孩子们来到正阳门外，大呼"冤枉"。当下有高力士为她转奏皇帝。过了一会，高力士同裴光庭出来，宣圣旨道："既卢生有冤，着裴光庭领赦文到云阳市，免其一死，远窜广南崖州鬼门关安置，限即刻起程！"崔氏哭着，跟同裴光庭来到云阳市。卢生早已吃了御赐囚筵，正延颈待戮。赦文一到，立即解绑。裴光庭道："卢兄与嫂嫂在此话别，小弟复旨去了。"崔氏要与卢生把酒压惊，卢生道："卑人早吃过御囚酒饭了。"两人还要说话，军卒催行。孩子们要跟父亲同去，卢生不许。崔氏只好率了孩子们回家。半路上，她叫孩子们先回去，自己又赶上卢生，送了他一程。

这时宇文融眼看奸计得逞，忽被崔氏母子在朝门外呼冤，卢生又得免死，十分恼怒。但卢生远窜鬼门关外，必难生还，倒是崔氏住在外间，又怕萧、裴二人拨弄生事，因又密奏朝廷，说是："崔氏乃叛臣之妻，当没为官婢；其子叛臣之种，俱应放逐远方。"旨准："其子随便居住，崔氏没入外机坊织作。"

卢生一路乞食，来到潭州。州守是他同年，送他一个小厮叫呆打孩，替他挑负行李。过了连州，就是广东。那里已到了瘴烟地方。呆打孩给老虎吃掉了，卢生又遇到劫盗，险被杀死，幸得一个舟子把他援救上船。船行大海中，又险给鳄鱼翻掉。上岸便是鬼门关，当地居民，生来骨髓都黑，卢生见了，以为白日见鬼。路上遇到一个樵夫，告诉他说："这边州里听得人说，将有一个大官充军到此，不许他在官房居住，连民房也不许借给他。"卢生连连叫苦。那樵夫就留他住在他的碉房里。原来那地方多盗贼，多野兽，多老鼠，多鬼，居民多在山崖树梢排栏居住，养狗守护，叫做"碉房"。

崔氏被没入外机坊后，外机坊大使乃是宇文融同党，一心要借端把她凌辱。一天，督造太监来到，因吐蕃投降中国，率领西番十六国侍子来朝，奉旨到机坊取锦缎赏赐。那大使便撺掇太监，说：

"卢生家宝石珍珠都在崔氏手里,可以向她勒索。"那太监果信其言,硬说崔氏主婢少造了六十四匹锦缎,要吊打梅香。大使假作相劝,叫她们送宝石珍珠赎罪。梅香不屈,正在私刑吊打,高力士来了。崔氏便向他哭诉苦楚,且道:"官锦之外,奴家还亲手制下粉锦一端,上织回文宫词二首,献上御览,也表白罪妇一片苦心。"高力士允许代献,且命放下梅香,并把大使拿下处罪。

西番十六国侍子朝见那天,由掌四夷馆事裴光庭率领,向皇帝进酒祝寿。侍子中有吐蕃大将热龙莽之子,闻知卢生因为放了他父亲负罪衔冤,要趁奏对之时,为他辨冤报恩。奏对之时,侍子们都盛称卢生之威德。皇帝很为动容。朝见毕,钦赏花文锦匹,唱数分给后,齐赴四夷馆筵宴。官锦赐完之外,尚余下一匹,高力士送呈御览。皇帝看时,上面织有《菩萨蛮》词二首,颠倒可读。第一首是:"梅题远色春归得,迟乡瘴岭过愁客。孤影雁回斜,峰寒逼翠纱。窗残抛锦室,织急还催织。锦官当夕情,啼断望河明。"倒读是:"明河望断啼情夕,当官锦织催还急。织室锦抛残,窗纱翠逼寒。峰斜回雁影,孤客愁过岭,瘴乡迟得归,春色远题梅。"第二首是:"还生赦泣人天望,双成锦匹孤鸾怅。独泣见谁怜?流人苦瘴烟。生亲还弃杼,鸳配关河戍。远心天未知,人道赦来时。"倒读是:"时来赦道人知未,天心远戍河关配。鸳杼弃还亲。生烟瘴苦人。流怜谁见泣?独怅鸾孤匹。锦成双望天,人泣赦生还。"一看锦末,有"外织作坊机户臣妾清河崔氏造进"字样。皇帝便问:"崔氏何人?"裴光庭启奏道:"是前镇西节度使卢生之妻。"皇帝道:"呀,原来卢生家口入官为奴,可怜!可怜!可以赦了她。"宇文融忙谏阻道:"卢生通蕃卖国,不宜恕赦。"萧嵩却道:"听方才侍子之言,卢生实是忠臣。"宇文融大怒,责萧嵩反复无常,缘何当时奏本上他也署名。萧嵩道:"臣并无押花。"宇文融取出奏本呈上:"请皇上观看。"皇帝一看,上面果有萧嵩签押,便问萧嵩。萧嵩奏道:"当时宇文融强逼臣签押,臣出无奈,才签'不忠'两字,以表此奏大为不忠,不是本意;不信,可看臣平日奏事花押,都签'一忠'两字。"于是皇帝恍然大悟,不由大怒道:"咳,宇文融与卢生同时将相,为了嫉妒大功,欺君卖友,实属可恶,高力士,与朕拿下!"又谓萧、裴二臣道:"二卿速传旨,星夜差官取卢生回朝,拜为当朝宰相,妻崔氏即时放出,复其一品夫人,仍赐宫锦霞帔,诸子荫封如旧。"众臣奉命。皇帝叹道:"倘非西番诸侍子之言,忠臣的冤枉永不得昭雪了!"

在此以前,宇文融已有密信给崖州司户,叫他结果卢生的性命。因此卢生到了崖州去参见司户时,便被司户叫牢子毒打了一顿。卢生知道是宇文融所使,恨恨地说了声:"宇文融可恨! 可恨!"又被用沸铁铃头烙足,惨苦不堪。正在此时,忽有天使到来,说是取宰相回朝。那司户以为是宇文融差人来取他回朝拜相,不由大喜,命将卢生监候。岂知天使却问:"卢老爷在哪里?"司户一听,才知错了,忙向卢生拜求:"小人有眼不识泰山,合当万死!"卢生笑道:"起来! 此乃世情常态,何独怪你!"这时黑鬼们都来送行,卢生谢了那樵夫,就此起行。

回朝后,皇帝回念前功,大加赏赐:当时有工部营缮厅大使,奉旨督造卢相大功臣坊,内有敕书阁、宝翰楼、醉锦堂、翠华台,湖山海子,约二十八所。等到完工,卢府赏银三千锭,花酒不计其数。皇帝看见卢府诸公子朝马肥瘦不一,命飞龙厩管马大使选内厩马三十匹,送到卢府。卢府赏大使一秤马蹄金,押马的九十余人,各赏金钱一百贯。户部黄册库大使,奉旨赉送钦赐田地三万顷、园林二十一所。卢府赏大使契尾钱一万缗。礼部裴光庭奉旨赐功臣女乐,命教坊司送仙音院妓女二十四名。卢府赏研光插花帽一顶、百花衣一件、金钱一千贯。

从此以后,一帆风顺,卢生做了二十年当朝首相,进封赵国公,食邑五千户,官加上柱国太师,先荫儿男一齐升改:长子卢傅翰林侍读学士,次子卢倜吏部考功郎,三子卢俭殿中侍御史,四子卢位黄门给事中。梅香服侍相公,也生一子,名唤卢倚,因年幼挂选尚宝司丞。孙子十余人,都送国子监读书。每日卢生朝罢回来,崔氏夫人早在府中设宴伺候。饮酒中间,二十四名女乐即席吹弹歌舞。等到月上,侍女们燃上百十枝绛纱灯,细乐导引,送相公和夫人上翠华楼宴饮。楼前碧莲湖三十六景,一一入目。楼上分为二十四房,住二十四名女乐在内。每房门上各挂纱灯一盏,卢生游歇其中,本房即收去纱灯,余房依次收灯就寝。每夕饮至夜阑,才与夫人归寝。

卢生到了八十余岁,忽然得了不治重病,已有三月不能起床。国家重大事机,诏命就床前请决。皇帝又遣礼部裴光庭到各宫观建醮禳保。裴光庭回来,遇见同平章事萧嵩,谈起卢生病况,乃知由于不慎女色而起。两人遂到卢府问安。府中正热闹异常。崔老夫人知卢生之病,由于二十四名女乐而起,声称“老相公如有差池,要那二十四个丫头偿命!”接着有公侯驸马伯四门亲家,王府六部都通大堂上官共八十员名禀帖,小九卿堂上官一百八十员名脚色,会京大小各衙门官三千七百员名连名,都问安到堂。卢生叫诸子出去遂一招呼。这时,高力士领御医来到。御医诊脉毕,祝贺道:“老爷心脉洪大,目下有加官荫子之喜,下官不胜欣贺!”卢生笑道:“难道,难道——”御医偷偷对高力士道:“公公,卢老爷脉息欠好了!”等高力士同御医去后,卢生命进文房四宝,亲书遗表一道,以谢朝廷。写毕,昏倒在床,耳中但闻夫人哭声,唤道:“卢郎醒来!卢郎醒来!”

这时卢生已从梦中醒来,嘴里还在叫着:“哎哟,好一身冷汗!夫人哪里?”店小二上前道:“甚么夫人?”卢生又叫道:“卢傅、卢倜、卢俭、卢位、小的卢倚呢? 你们都到哪里去了?”店小二又问:“你叫谁哪?”卢生道:“叫我的儿子。”店小二问:“你有几个儿子?”卢生道:“五个。他们都往前面敕书阁、宝翰楼耍子去了。”店小二道:“这里只是小店。”忽听得一阵驴鸣,卢生道:“三十匹御赐的马,要好好喂料,不要饿坏了。"店小二道:"只有一个蹩脚驴子在放屁。"卢生道:"替我脱下了朝衣朝冠。"店小二道:"只有破羊裘在你身上。"卢生道:"好生奇怪,我的白须胡子哪里去了!"他看了看店小二,又问:"你是谁? 不是崔家院公吗?"店小二道:"甚么崔家院公? 我是赵州桥店小二,煮黄粱饭你吃哩。"卢生方才大悟,道:"是了!"便问:"饭熟了吗?"店小二道:"还差一把火儿哩。"卢生起身道:"有这等事! 当初从这枕儿里进去,一忽儿六十年光景,黄粱还没熟哩!"

正奇怪间,吕岩笑着上前问道:"卢生,睡得可得意吗?"卢生道:"老翁,大奇,大奇,这一梦实在太奇了!"遂把梦中经历,一一告诉。吕岩道:"你说大丈夫当建立功名,出将入相,列鼎而食,选声而听,使宗族繁盛,家用富饶,才能说得上得意。你梦中所遇,不都是吗? 你此时回想,得意何在?"卢生想了想道:"正是呢? 只有黄粱饭好香啊!"便问:"梦中一切,从何而来?"吕岩道:"妄想游魂,参成世界。"卢生叹道:"老翁,老翁,卢生从此觉悟了! 人生眷属,也是这样,连同那荣辱之数,得失之理,生死之情,我都体会了。罢了,功名身外事,我都不要了,只拜了师父罢。"吕岩道:"你拜了我,便要跟我云游去。"卢生道:"便跟师父云游去。"吕岩道:"求道的人,草衣木食,露宿风餐,你做功臣的人怎生受得? 还有一件,徒弟犯了错事,师父当头挂杖就打死了,眉也不许皱一皱的。"卢生道:"弟子云阳市上没有皱过眉,怎怕师父的打?"

于是卢生跟着吕岩云游。吕岩把他引到一个所在,前面是一簇高山流水。吕岩告诉他:"那边是蓬莱沧海,就是修行之处。"卢生问:"有海船可渡吗?"吕岩道:"你背着师父走。"卢生害怕。吕岩叫他合上眼,果然渡了过去。这时上八洞神仙都已在山门外等候,吕岩替他引见。八仙一一为他点化。最后张果老命铁拐李把磁枕、葫芦都挂碎,何仙姑把扫花帚传给他,叫他直扫得无花无地,忘帚忘箕,便是骑鹤朝元、让圣成仙时节。卢生拜谢,领了那帚。等八仙都去朝东华帝君去了,他开始在蟠桃树下,扫那地上残花。

此剧本事,全据唐人沈既济《枕中记》,亦间用元人杂剧中故事。此外,也有影射某人某事之说。沈记中吕翁有姓无名,此剧作吕洞宾,而且增入吕洞宾先度何仙姑在山门扫花,何仙姑成正果后,须另找扫花的替身,因而在邯郸道上遇到卢生,以引起全个故事。

沈记中的萧嵩与裴光庭,及剧中增出的权相宇文融,都是实有其人。三人在新旧《唐书》中都有传,而且同时为相。萧嵩为梁武帝之后,裴光庭为前朝丞相裴行俭之子、武三思之婿,也全合历史事实。这三个人虽同时为相,但互相排挤,各不相容。剧中叙萧、裴两人出于宇文门下,则并非实事。崔氏织锦成回文诗一事,乃借用唐会昌中边将张揆防戎十余年不归,妻侯氏绣回文作龟形诗进献政府一事(见《太平广记》卷二百七十一及《唐诗纪事》卷七十八引《抒情诗》),但侯氏所作为诗而剧中则为《菩萨蛮》词。沈记开通河道八百里,剧中作二千八百里。至于凿潭通漕、皇帝东巡、歌女迎驾、牙盘上食全段事实,都是明皇时陕州太守韦坚事,见于新旧《唐书·韦坚传》中。记中及剧中吐蕃将攻临瓜沙、节度使王君㚟被杀、皇帝遣卢生出征、卢生用反间杀吐蕃丞相因而大破敌军,据新旧《唐书》,却都是萧瑀的事。但悉那逻《唐书》作悉诺罗恭禄,是将而非相,热龙莽作烛龙莽布支,名字都稍有不同。(《曲海总目提要》以卢生用小番作反间,乃借用宋人种世衡使王嵩间野利事,曾查《宋史·种世衡传》实不甚相似,当以移用萧瑀事较近真实。)

向以《枕中记》本事为出于《搜神记》(亦见《幽明录》)杨林事,而杨林事却出于佛经《大庄严经论》。此种情况,可能是彼此袭用,也可能是偶然相合,总之与宗教思想有关则可以断言。宋人《醉翁谈录》所录话本"神仙"类中有《黄粮梦》一目,明人晁瑮《宝文堂书目》亦有《黄粱梦》,未知是一是二,今已难考。根据《枕中记》而作

的宋、元戏文与元人杂剧,却有主角不同的两类:马致远等合作的
《开坛阐教黄粱梦》杂剧,易吕翁为云房,易卢生为吕洞宾,梦中所
遇亦不同,佚名的戏文《吕洞宾黄粱梦》(见《南词叙录》),虽失传,
顾名思义,内容当与杂剧相同。另有佚名的《吕翁三化邯郸店》、谷
子敬的《邯郸道卢生枕中记》二杂剧,则本事全同《枕中记》。但吕
洞宾乃唐文宗开成时人,后于开元时百余年,《枕中记》的吕翁,不
可能是吕洞宾,因此很有人指汤剧以吕翁为吕洞宾的不合历史真
实。但这不是问题。因为戏曲与小说一样,不同于历史,它们为了
增强作品的思想性或艺术性,是可以这样做的。而且这在戏剧作
品中已是惯例,也不能独责某一个作者。

　　略前于汤氏的车任远所作杂剧(四梦)中,亦有《邯郸梦》,已失传,
不知汤作是否受其影响,也不知剧中仙人是吕翁还是吕洞宾。同时又
有苏溪英(一作元俊)所作《吕真人黄粱梦境记》传奇(有《古本戏曲丛
刊》初集影继志斋本),亦写云房度吕洞宾事,疑是戏文的改作。

　　清人蒲松龄的传奇文集《聊斋志异》中有一篇《续黄粱》,是模
仿《枕中记》的作品,但不知作者看到过汤氏的《邯郸记》没有。这
篇传奇文通过主角曾孝廉的梦中经历,暴露了封建统治阶级的种
种丑恶行为,抨击了他们剥削和压迫人民的罪行,因此它较《枕中
记》更有积极意义,而和汤剧的主题精神倒是很相似的。

第三编 论唐人传奇与后代戏剧

唐代是中国文学史上诗歌的黄金时代,同时也是传奇小说的黄金时代。这一备具现代所谓短篇小说形式的传奇小说,系从汉魏六朝的志怪小说发展而来,由原来琐碎的形体而逐渐趋向于完整,历初唐到中唐,成为"唐代特绝之作"(鲁迅语,见《中国小说史略》第八篇《唐之传奇文》上)。它不但常为后代作家所摹拟、所演述,而且"元明人多本其事作杂剧或传奇,而影响遂及于曲"(同上)。不但如此,更历清代到现在,这些传奇小说里的故事,还不断地通过多种多样的戏剧形式,在全国各地剧坛上和广大观众时常见面。

宋元戏文与金元杂剧,系中国戏剧史上有正式具备戏剧形式的剧本的开始。从一开始,其题材内容除了作家自己创作外,还大量地吸收旧有的故事,如唐代传奇小说,就成为后世戏剧题材主要来源之一。所以中国自从有了正式备具小说形式的小说(唐传奇),它的故事内容就大都为后代戏剧作品所继承;中国正式备具戏剧形式的戏剧刚一开始,它就立即吸收前此所有的小说作品中的故事题材。这样的相互关系是和中国小说与戏剧在其创始和发展的过程中彼此互相影响分不开的。

但唐代传奇小说的黄金时代,要比唐代诗歌的黄金时代较为推迟,它是从盛唐以后才开始的。在此以前所见的作品,多不成熟,都还未脱六朝小说文章琐碎、内容奇诡的不严肃、不现实的遗风。如作于唐初百余年中的《古镜记》、《补江总白猿传》、《游仙窟》诸作品,它们都尚未备具正式小说的形式,而且多少都带有上述的缺点。后代戏剧家从未把它们取来作为戏剧题材,足见他们的眼光都是很善于鉴别的。但是传奇小说的黄金时代一到来,我们现在所见的最早一篇作品《离魂记》一出世,后代的作家,不论话本小说、诸宫调,与戏文、杂剧作家全都取它来改写改编,成为他们的绝好作品,直到现在,《倩女离魂》仍在舞台上演出。此后所作的传奇小说,也几乎每一篇都有改编的戏剧在后代剧坛上出现。这不是偶然现象,而是有其一定的历史根源和内在因素的。

原来传奇小说的最大价值,在于它在中国古代小说里开始有了反映现实并批判现实的成分,如对封建统治阶级罪恶的暴露和指摘,对不合理的封建制度、封建道德的反抗和抨击等等。但这在唐代初期的作品中还没有出现,而在黄金时代一到来,就马上显露出它们灿烂的头角。历史背景给传奇小说作家指出了一定的创作方向,成为他们作品的必然的内在因素。就是这些内在因素,赋予了作品以永恒的生命。由小说题材发展为戏剧题材,就是这些作品内容生命的延续。没有那样的历史背景,没有那样的内在生命,唐代传奇小说就不会与宋元明以来一直到现在的戏剧联系起来。

由于这些原因,这批成功了的传奇小说,凡是曾被后代戏剧吸取为题材的,几乎没有一篇不是反映现实或批判现实的作品。在本编内,除了特别举出十二篇,逐篇详细论述其从小说到戏剧的演变经过和故事发展情况外,在这里先作一次综合性的说明。这十二篇传奇小说,根据它们的内容,以及它们所反映或批判的对象,大约可归纳为如下四类:

1. 显示青年男女强烈反对专制婚姻,及其要求自由恋爱的愿望,并揭露封建礼教、家长制度给予青年男女的苦难和迫害。如:陈玄祐的《离魂记》、李朝威的《柳毅传》、孟棨的《崔护传》等。

2. 抨击封建统治阶级由于内部矛盾所引起的罪恶战争,揭露他们给人民带来的痛苦,尤其是给青年男女造成了无可补偿的损害。如:许尧佐的《柳氏传》、薛调的《无双传》、元稹的《莺莺传》等。

3. 颂扬几个觉醒了的被侮辱、被奴役的女性,为了争取自由幸福生活,而对封建势力作出顽强机智的斗争,终于获得了理想的胜利。如:白行简的《李娃传》、裴铏的《昆仑奴传》、杜光庭的《虬髯客传》等。

4. 反映封建时代失去了自由权利的女性的痛苦生活和残酷遭遇，并对给予她们侮辱与逼害的封建主人以无情的谴责。如：李公佐的《霍小玉传》、陈鸿的《长恨歌传》、曹邺（？）的《梅妃传》等。

在这些作品里，没有一篇不具有历史现实性，它们都能通过现实主义或浪漫主义或两者结合的艺术手法，把当时现实社会的种种不平现象反映、揭示出来，而筑成了一座给后代戏剧作家取用不尽的贮藏题材的宝库。

但是这里需要特别一提的，是一篇特殊的作品——《莺莺传》。因为整个故事的产生，其主要关节，是由于蒲州兵乱，所以上面把它归入了第二类。其实这一篇传奇小说和同时其他作品都截然不同。整篇故事写的是一个既势利又好色的知识青年，由于一时的迷恋，欺骗并侮辱了一个正在热烈追求自由幸福生活的纯洁少女，后来又把她抛弃了另娶他女。既另娶了他女，一时兴到，又想假用亲戚名义和她相见，再去引逗玩弄她。给她发觉了他是个负心人而拒绝不肯相见之后，又披上了封建礼教的外衣，板起伪道德家的面孔，指摘这个被他欺骗侮辱过、想再引逗玩弄而不得的少女为害人的"妖孽"。这简直卑劣、无耻透顶。所以这篇作品，尽管在艺术方面描写人物性格有所成功，但在思想方面，无论如何都是一篇反动透顶的坏作品，而同时作家都该羞与为伍的。幸而后来有了诸宫调的产生，董解元取它为题材来写《西厢记》时，却变更了主题，把原来的卑鄙无耻的男主角张生，改造成为一个为了追求自由幸福生活而向封建礼教作斗争的人物，这才赋予了这个故事以新的生命，使它永远不朽。这一变动，哪里是《莺莺传》原作者所能想象，所能意料到的！因此说什么《莺莺传》是篇"有着反封建的倾向性以及追求幸福美好生活的鼓舞"的作品，委实是说谎，委实是兼读了《西厢记》诸宫调和各种《西厢》戏剧所引起的错觉。这一点，有必要在这里特别提出来先作说明。

一、离 魂 记

《离魂记》在唐人传奇小说中,是一篇产生年代比较早的作品。在它以前还不曾有过像它那样已经具备后代所谓小说条件的传奇小说。这篇作品也见收于宋人李昉等所编《太平广记》卷三百五十八,题目作《王宙》。作者为陈玄祐,但至今还没有考出他的生平事迹和字号、籍贯,只知他写这篇小说,是在唐代宗大历末年(779)。故事的内容是:武则天时代,有清河人张镒,家住湖南衡州。他有个女儿名唤倩娘,和她的表兄王宙很相爱慕。王宙是从小住在舅家的,张镒亦曾有过将女儿许配他的意思。后来两人都长大了,张镒忽把女儿另许别家。王宙郁郁别去,倩娘追随同行。两人在四川一住五年,生了两个孩子。倩娘忽然想起家来,夫妇又同回衡州。王宙先去见张镒,张镒不信,以为谎言。原来倩娘卧病已久,五年来始终未离闺房一步。她听说另一倩娘到来,忽然起床相迎,两体遂合而为一。这时候大家才知和王宙同去的乃是倩娘的灵魂。《太平广记》里所收离魂复合的故事,尚有《幽明记》中的《庞阿》、《灵怪录》里的《郑生》、《独异志》里的《韦隐》,内容颇多相似,可能是出于同一来源。但《离魂记》是篇单行的传奇小说,所以流传独广。

宋人话本小说有《惠娘魄偶》,见罗烨《醉翁谈录》甲集卷一,现尚不知存佚,可能写的就是倩娘故事,而改换了主角的名字。但也可能写的是另外一个离魂故事。曾经有人怀疑《惠娘魄偶》中的惠娘,系明人周朝俊《红梅记》传奇中的李慧娘,但慧娘和贾似道同时,她的在世年代已近宋末,似乎不会有人立即写成话本,而在瓦舍中说讲；而罗烨也来不及收入《醉翁谈录》中。这篇话本小说在明代的各家书目中，也都不见著录，可见已佚失了好久。金人董解元《西厢记》诸宫调里提到过有《倩女离魂》诸宫调，现亦不传。但由此知道，改称"倩娘"为"倩女"，却是从诸宫调开始的。

这故事到了戏剧家手里，就成了绝好题材，从宋元戏文、元明杂剧、明人传奇，一直到清代京剧，始终有人在改编改写。元人杂剧有赵公辅和郑光祖的《迷青琐倩女离魂》，赵作已失传，郑作尚见收于《柳枝集》、《古名家杂剧》和《元曲选》中。故事内容和传奇小说大略相似，惟张倩娘作张倩女，王宙作王文举，两人系指腹为婚，女父早故，母为李氏，无另许他家情事。文举上京应试，路过张家，李氏唤倩女出见，命以兄妹相称，因此文举临行时责问原由，李氏答以"俺家三辈儿不招白衣秀士"，"但得一官半职回来，成此亲事"。这显然是已受了《西厢记》的影响。倩女因此悒郁成病，此后她离魂追随文举，和后来回来时两体相合，与传奇小说没有什么不同；惟文举系上长安赶考而非回四川，离魂复合后，因这时候文举已中了举，李氏也就没有异议，即为两人正式举行婚礼。明人王骥德有南杂剧《倩女离魂》，现已失传，据祁彪佳《远山堂剧品》："方诸生（王骥德别号）精于曲律，其于宫韵平仄，不错一黍，若是而复能作本色之词，遂使郑德辉《离魂》北剧，不能专美于前矣。"可知和明人改北《西厢》为南《西厢》一样，是专为适合剧场演出而改编的，其故事内容当然不会有什么大的变动。

宋元戏文有佚名的《王家府倩女离魂》，见明人沈璟《南九宫十三调谱》，但现在连佚曲也不见一支。此外，南戏还有明人谢廷谅的《离魂记》传奇，见录于《传奇汇考标目》，今亦不见传本。又有佚名的《离魂记》，见明人吕天成《曲品》，《曲海总目提要补编》亦收载，题云："明时旧本，未知谁作，演张镒女倩娘离魂事。"此下即接录传奇小说全文，但没有和戏剧故事互作比较，除了使我们知道女主角名字系从传奇小说没有改动外，其他一无所得。

至于京剧《倩女离魂》，旧本未见，据陶君起《京剧剧目初探》，人物姓名和故事前半全同传奇小说，中间则据郑光祖杂剧，改为王宙离开张家，系上长安赴考，此后则又全同小说。但我所见的冯玉铮整理本，却和旧本多所不同，谓王宙奉母命携书信到清河舅父家求婚，恐舅父母嫌贫，不敢把书信拿出来。后来知道表妹倩娘对他很有情，她又劝他速出书信，才敢把书信送与舅父。谁知此时张镒已将倩娘许了赵家，且已受下聘礼，夫人劝阻亦无效。王宙愤而乘小舟回去，倩娘离魂追及，王宙将她带回家中暂住，自己上京赶考。在清河的倩娘，不饮不食，昏睡了足足三年。赵家催婚不成，只好退亲。此时恰王宙中了状元，奉旨完婚，带了倩娘来到清河。王宙见了夫人，口称岳母，使夫人十分尴尬，王宙还以为她怪他私带表妹离家而不悦。后来知道倩娘没有离家，王宙还以为舅父碍于情面，为了应付赵家催婚，故假托倩娘有病，以绝赵家亲事。同时，张镒却疑夫人故意放女儿逃走，假托有病卧床，因为他三年来没有到过女儿房中，所以被她瞒过。这时他忙到女儿房中探看，女儿却安卧在床。正在惊奇中，王宙夫妇双双进来，两倩娘合而为一，到此疑团才破。于是在翁婿相认、夫妇成婚中闭幕。这个改编本改得不错，后半本很有闹剧意味，在我没有看到其他地方戏本以前，觉得这是一部比较优秀的改编作品。

这些作品都称得上是浪漫主义和现实主义相结合的作品。故事富于神秘性，但主题却反映了当时封建婚姻对青年们的毒害和青年们对自由幸福生活的热烈追求。《离魂记》在唐人传奇小说中是较早出现的一篇。作者首先提出了这样一个青年男女要反对而不敢公然反对，但又影响他们一生幸福的重要问题，并代他们倾吐了欲吐不敢吐的苦闷情绪，又为他们指出了在当时对不自由婚姻作斗争唯一可走的方向。虽然也还不敢明目张胆地叫青年们逃出家庭，而只能用隐喻暗示的手法托之于离魂，这是局限于历史时代。不过它所起的作用还是很大的。

二、柳 氏 传

　　《柳氏传》为许尧佐所作。尧佐的字号、里籍也无考,他是唐德宗贞元中(795 前后)的进士,能诗,官至谏议大夫,《新唐书·儒学传》中曾附带提及。《全唐诗》中录有他的诗篇。这篇传奇小说曾见收于《太平广记》卷四百八十五,《龙威秘书》中又曾转收,改题为《章台柳传》。写唐玄宗天宝末年(756),诗人韩翃(他书或作翊)羁旅长安,与好客的李生相善,居其家。李生有歌姬柳氏,在李生前对韩露爱慕之意,因此李生遂把她送与韩翃,并助以生活费用。明年,韩翃中进士,独回清池探亲。恰逢安史事变,长安大乱,柳氏避居于法灵寺。韩翃亦受淄青节度使侯希逸之聘,往掌书记。他遣使到长安寻访柳氏,并送她一练囊金子,在囊上题《章台柳》诗一首。她收得后,也作《杨柳枝》一首寄回。乱平后,韩翃随侯希逸回京,柳氏却已为蕃将沙吒利用强抢去。淄青诸将中有虞侯许俊,大为不平,又把她劫夺回来。更得侯希逸从中周全,夫妇终得团圆。此事似为实事,在唐时已很盛传。王棨《本事诗》中亦有记载,惟"李生"称"李将"。末段说明这故事是作者在开成中(838 前后)于梧州亲闻大梁凤将赵唯说的,赵曾目击其事。故事和小说没有什么不同,只于最后增出德宗因"春城无处不飞花"一诗,封韩翃为驾部郎中知制诰一段诗坛佳话。韩翃为唐代有名诗人,大历十才子之一,其事附见《新唐书·卢纶传》,但无柳氏事。

　　宋人话本小说有《章台柳》,也见于《醉翁谈录》,不知是否即今传明万历刊《小说传奇合刊》本《章台柳》,内容很简略,但也写柳氏故事。明人晁瑮《宝文堂书目》著录有《失记章台柳》,疑即今传明熊龙峰刊的话本《苏长公章台柳传》，系叙宋苏轼故事，但前半篇写苏轼与妓女章台柳作诗和答，其诗即为《柳氏传》中韩翃与柳氏倡和的《章台柳》和《杨柳枝》。那么，人物尽管不同，内容却不能不说是受了传奇小说的影响。

在戏剧方面，金人院本有《杨柳枝》一目，现在尚未发现它的内容，不知是写韩、柳故事，还是写唐诗人白居易"开阁放杨枝"故事。元明杂剧有元人钟嗣成《寄情韩翃章台柳》，见明人贾仲明《录鬼簿续编》；明人张国筹《章台柳》，见《章邱县志》。但二剧都已失传。钟嗣成《录鬼簿》所录石君宝的《柳眉儿金钱记》和乔吉的《李太白匹配金钱记》二杂剧，所写为韩飞卿和柳眉儿的婚姻故事，主人公亦为一韩一柳，实在也是受《柳氏传》影响的作品。此二剧今仅存乔作，被收于《元曲选》、《柳枝集》、《古名家杂剧》中。宋元戏文有佚名的《韩翃章台柳》，又名《芙蓉仙》，作品虽失传，但尚可在明人钮少雅《汇纂元谱南曲九宫正始》中看到六支佚曲。故事看不出与小说有什么异同，只多出了柳氏可能名唤"芙蓉仙"。明人传奇今知共有四种之多：《远山堂曲品》录有吴鹏《金鱼记》、吴大震《练囊记》与梅鼎祚《章台柳玉合记》，前二种皆不传，但知二书都"插入红线"，想来由于许俊是男子，与柳氏有男女之嫌，故以红线来替代，这当然又是出于道学先生的见地。三种中独梅鼎祚《章台柳玉合记》尚见盛传，今行有影印汲古阁与容与堂刊本。故事虽根据《柳氏传》，然增出很多关目，李生称李王孙，柳氏与侍女轻蛾居郊外章台下别馆。韩翃从此剧开始作"韩翃"。与柳氏相恋，始于在郊外瞥见，接着在法灵寺遇轻蛾，赠玉合道意。李王孙以柳氏配韩翃后，尽将家财付与，自己入华山寻仙修道。此后所叙与传奇小说大致相同，仅增轻蛾于大乱中到华山寻得旧主人，在韩、柳重圆时，他们亦到长安相会。这本传奇可能是就钟嗣成所作《寄情韩翃章台柳》杂剧的基础上发展来的，但钟作失传，一时无从考出他们之间的关系。此外一种为张四维的《章台柳》，见《传奇汇考标目》，今不传,也不知它的内容如何。

京剧与地方戏中演这故事的也不少,我所见有京剧《沙叱利》和川剧《章台柳》。《沙叱利》当然应作《沙吒利》,不知如何把人名搞错的。故事大有变动,惟主题未变,大意为:豪士李天然偕韩翊游妓馆,名妓柳娘与韩翊一见倾心,互订白首。后来韩翊往任故友节度使侯希逸幕客,柳娘寄居佛寺,为武官沙叱利劫去。侯部将许复前往夺回,沙叱利领兵追至,经侯希逸规劝,终让柳娘与韩翊偕归。川剧《章台柳》则比前此小说戏剧都多所增改,李生改为年老功高的李硕将军,这当是根据《本事诗》中的"李将"来的。他将柳娘配韩翊,是由于自己年老,欲为柳娘获得一幸福的归宿,因见柳娘赏识韩翊,又试得二人果然相爱,即为介绍成婚。韩翊中进士后,值北戎来侵犯,李硕挂征北将军印出征,韩翊亦奉召赴淄青节度使行辕就书记职。中间韩、柳寄诗唱和,与《柳氏传》全同。此后增出一富公子钱甲,谋婚柳娘未得,怂恿北番降将沙叱利掳劫柳娘。此时恰韩翊回长安,许俊为夺回柳娘,则又同小说。经侯希逸奏闻朝廷后,唐明皇命沙向韩、柳赔礼,而严惩了钱甲。又嘉许韩、柳二人坚贞不屈,命在金殿重行婚礼。这个戏比《玉合记》、《沙叱利》都好,因为柳氏的主人将她许配韩翊的原因,都没有它写得自然合理,而李硕将军这一慷慨人物,也塑造得很有些逗人喜爱。可以断言,它的舞台效果,一定是胜过前两个戏的。当然,如果现在还要重演的话,那还需要淘汰、精简,但也只是在细节上。其原来主题,对封建军人的横行不法,恶霸地主的仗势欺压良善,使人民受苦不堪,予以沉重的鞭挞,还是十分正确的。

三、柳毅传

　　《柳毅传》为陇西人李朝威所作,在唐时已被收入传奇总集《异闻集》。后来又被收入《太平广记》卷四百十九,题目作《柳毅》,篇末注云:"出《异闻集》。"可见乃是间接收来的。作者生平无考,仅知为唐德宗贞元、宪宗元和间(806 前后)人。故事叙唐高宗仪凤年间(676—679),淮右人柳毅落第南归,道出泾阳,在路旁遇到一个牧羊女子,自说是龙王之女,受丈夫翁姑虐待,托柳毅寄书给她父亲洞庭君。柳毅力任其事,如言送往。洞庭君之弟钱塘君性极刚暴,得讯大怒,遂兴兵问罪,生吞女夫泾河小龙,而劫取龙女回来。因感激柳毅的侠义,欲将龙女配他,为毅严词拒绝。礼待数日之后,厚馈送归。柳毅顿成豪富,连婚张、韩二女,但都不久即亡。后来迁家金陵,又续娶范阳卢姓女。成婚年余,诞一子,弥月,始自认即洞庭龙女,遂全家同归洞庭。直到玄宗开元末年(741),柳毅的表弟薛嘏在湖中遇到他,得赠仙丹五十粒。从此一别,遂无消息。泾河龙王在古代小说中常被写为罪恶的代表,宋元人所作《西游记》中就有《梦斩泾河龙》一段故事,因被编入《永乐大典》卷一万三千一百三十九,而得保留到现在。后来明人吴承恩继续写入他所编的《西游记》。此外,我还在各种地方说唱本中看到不少同样的故事。《柳毅传》作者用江湖的特征来写龙君的个性,而以钱塘江的怒潮象征钱塘君的刚暴,尤为十分相像。这在民间神话故事里是常见的传统表现方法,但在小说里却少见运用。

　　这篇传奇小说在后代似乎没有人把它改编成话本,仅《西厢记》诸宫调里曾提到过有《柳毅传书》诸宫调。这本诸宫调也已失传，只是《柳毅传书》这一题目曾为后来戏剧作家所袭用。宋代官本杂剧中有《柳毅大圣乐》，《柳毅》是题目，《大圣乐》是所用乐曲名。但这一戏剧也只能从题目知道内容，而作品亦未见流传。现存的最早相关戏剧，当推元代尚仲贤的杂剧《洞庭湖柳毅传书》，它有《元曲选》、《柳枝集》、《元人杂剧选》所收的刊本传世。故事大致同《柳毅传》，但添出柳母张氏，龙女称三娘，钱塘君在古代因一怒引起洪水九年，被罚在钱塘水帘洞受罪，泾河小龙与钱塘君互相变化交战，有似《西游记》小说中二郎神大战孙悟空那样场面。小龙败后化小蛇入淤泥中，给钱塘君捉住吞掉。柳毅回淮阴后，即迁家到金陵，凭媒娶卢氏女，前此没有娶过别姓女子。总的说来，无论故事内容、作品主题，都是忠实于传奇小说原作的。宋元戏文有佚名《柳毅洞庭龙女》，见明人徐渭《南词叙录》，但连佚曲也未见一支。明清传奇有明人黄维楫的《龙绡记》，见吕天成《曲品》及《远山堂曲品》；许自昌《桔浦记》，今有《古本戏曲丛刊》初集影印万历刊本；以及清人何墉的《乘龙佳话》，有光绪石印本。《乘龙佳话》全似元杂剧，仅增出柳毅入洞庭送信，书童误为溺死湖中，回家报告柳妻韩氏，她因之急病身死，接着即续娶卢氏女，此外亦都很忠实于《柳毅传》原作。独《桔浦记》另出新局，而以柳毅与虞湘灵的婚姻为主干：柳毅改为泾川人，母胡氏，全家遭到因钱塘君救侄女所兴起的洪水之灾，柳毅于水中救出白蛇、猿、人各一。后来白蛇窃得丞相虞世南女儿湘灵所藏皇帝所赐玉带，送与柳毅；猿以灵药治愈胡氏的病。所救的人名叫丘伯义，因诱虞公子游荡为虞丞相所逐，此时不但不感柳毅救命之恩，见了玉带，反诬毅窃自虞府，向丞相告密邀功，毅因此下狱。洞庭君闻讯，乃以假玉带易真玉带，真物仍归虞家。但由于虞公子因柳毅不肯与他代作试题怀恨，阻止释放。白蛇乃用计使湘灵中毒，胡氏献灵药治愈，柳毅才得释放，并依约以湘灵嫁给他。后来上京应试，途中被邀入龙宫，与龙女成婚。既而中状元，任洞庭县令，遂娶湘灵为妻，以龙女为侧室。这本传奇超出了原来主题,不但反客为主,还正如日本青木正儿在《中国近世戏曲史》中所说:"此记使人界与水府分立,结构分两头,极形错乱。"清人李渔则并合元李好古杂剧《沙门岛张生煮海》(尚仲贤有同名杂剧,今不传)故事而写《蜃中楼》(为《笠翁十种曲》之一)传奇,以张羽所娶东海龙女琼莲与洞庭龙女舜华为堂姊妹,而毅与舜华在先已有婚约,自泾阳救归后,以未得亲命为龙王所阻,后赖张羽学得仙术,煮海水使沸,龙王被降伏,两人才得与龙女成婚。情节巧于融合,比《桔浦记》为胜,但与传奇小说相较,则也支离而不纯了。

至近代现代戏剧,我所见有京剧《龙女牧羊》,内容大致同杂剧,但钱塘君救回龙女时,没有吞食泾河小龙,待龙宫设筵款待柳毅,小龙发兵反攻,才为钱塘君所杀。这一改很有意思,减轻了钱塘君个性刚暴的成分,使人敢于和他接近。此外,滇剧亦有《龙女牧羊》,有四本之多,但剧本未见。华剧有《柳毅传书》,又名《蜃中楼》、《乘龙会》,故事全同李渔《蜃中楼》传奇,但以柳毅为主角。川剧有折子戏《泾河牧羊》,系写龙女舜华被罚牧羊与柳毅相遇一场,故事亦本《蜃中楼》,故中间亦联系到张羽、琼莲之事。川剧还有重庆市川剧院改编的《煮海记》,亦全本《蜃中楼》,但将张羽与琼莲的故事去掉,把张羽的一部分故事,如《听琴》、《煮海》全写在柳毅身上。这样的改写,当然为了便于演出,但破坏了传奇小说原有纯朴气氛和主角柳毅的义侠性格。评剧却有成骏改编的《柳毅传书》,也是根据杂剧的,故事没有什么大改动,有些细节添得很好,如写三娘送柳毅出水府,两人彼此有情,依依不舍,柳毅因拒婚在先,此时懊悔莫及,后得钱塘君竭力劝说洞庭君夫妇允婚,三娘才冒范阳卢氏女之名,由钱塘君亲自送往,得与柳毅成婚,当时柳毅还是不愿,逼于母命,勉强顺从。等到发现是三娘时,钱塘君亦送妆奁到,于是在全家欢乐声中下幕。越剧有和评剧同名的一本,为顾鲁竹据传奇小说与杂剧改编,但较原来故事也增添了不少细节,评剧所有龙女送柳毅出水府一段，这个剧本里也有。但后来钱塘君送龙女与柳毅完婚，却在道白中带过，没有上场。这两个不同剧种的剧本，从它们各自所有的特性看来，都是改编得很好的。

这个故事告诉了我们：封建包办婚姻给予儿女的是危害和痛苦，恋爱婚姻才给儿女带来幸福。这一深刻的现实教训，对当时罪恶的封建婚姻制度以有力的鞭挞，并指出了青年人怎样才能走向自由幸福之路。传奇小说写龙女托名卢女得与柳毅结婚后，还不敢即露真相，直等到生子之后，才说出实情。通过这个细节的描述，真切地反映出封建礼教所定的"七出之条"之中那条最不合理的"无子者出"，给予妇女以何等惨重的迫害！

四、霍 小 玉 传

　　《霍小玉传》在唐时已被收入《异闻集》，作者为蒋防，见于《太平广记》卷四百八十七所收这篇传奇小说题目下的注文。蒋防字子微，义兴人，唐宪宗元和中（813前后），历官司封员外郎，进翰林学士，终于连州剌史。小说叙唐德宗大历年间（772前后），陇西人李益中进士后住在长安，由媒婆鲍十一娘介绍，入赘已故霍王的小女小玉家。二年后，出任郑县主簿，乃与小玉坚订后约而别。任满回家探母，才知他母亲已为订婚表妹卢氏，他不敢违逆母命，遂与小玉断绝音讯。小玉思念成疾，且以霍王所遣紫玉钗易钱度日。后得知李益踪迹，差人前去邀请。李益拒绝不往，挚友相劝，亦不听。一日，李益外出，为一黄衫客强邀到小玉家。小玉力疾相见，痛责他的负心，长恸而死。后来李益与卢氏成婚，由于精神恍惚，疑心卢氏不贞而退婚，再娶再退，以至三娶皆然。李益实有其人，他字君虞，为唐代著名诗人之一，其《夜上受降城闻笛》七绝一首，被称为千古绝唱。《新唐书》卷二百零三《李华传》附有他的传。传中有云：“益少痴而忌克，防闲妻妾苛严，世谓妒痴为‘李益疾’。”又唐李肇《国史补》卷中亦云：“散骑常侍李益少有疑病。”可见传奇小说所写，不是全无根据的。元人辛文房《唐才子传》卷四《李益》传也说他“少有僻疾，多猜忌，防闲妻妾，过为苛酷，有‘散灰’、‘扃户’之谈，时称为‘妒痴尚书李十郎’。”这一说，一定也是根据唐人著作的，惜已不易考出它的来历。

　　这是一篇较早的负心故事，早于王魁、陈叔文、蔡二郎、张协等故事数百年，但它被写成戏剧作品，却反而在后起四家故事之后，而且也不见有人取材来写话本或诸宫调。直到明代伟大戏剧家汤显祖,才先后写作了二本传奇《紫箫记》和《紫钗记》,而后者被列为《临川四梦》(也称《玉茗堂四梦》)之一。《紫箫记》先作,人物完全取之传奇小说,但关目却多不同,主题亦已改易。叙霍王妾郑六娘与女小玉别居府外,花卿妾鲍四娘为诗人李益做媒,益遂入赘六娘家。其后元宵观灯,夫妻失散,小玉于途中拾得一支紫玉箫,乃杨妃之物,因被太监拘捕入宫。及讯明为霍王小女,遂赐箫送归。李益应试中状元,随军出征,小玉思念不已。时当七夕,小玉正在闺中乞巧,忽报益从前方归来,合家欢聚。根据家门,则此戏只写了一半。相传汤氏写此剧时,有人说他讥刺当时宰相,因而引起了许多议论,遂此搁笔没有写完。后来又另作《紫钗记》,亦大致依据《霍小玉传》,而易李益的负心为坚贞不屈,因之故事与传奇小说有两大不同之点:李益之娶卢氏,出于卢太尉的奸计,他不去见小玉,乃为卢太尉所软禁,他没有负心;黄衫客挟李益到小玉家,二人就此重圆,由于李益与小玉相识,起因于拾得小玉遗钗,到此仍将玉钗还于小玉。明代戏剧家好为古人翻案,《紫箫》、《紫钗》外,还有王玉峰《焚香记》的写王魁不负心,但不及《紫钗》翻得自然而合于情理。清人潘炤有《乌阑誓》传奇,也是根据《霍小玉传》写的,而最后也以李、霍团圆结束。据作者自序,是为《紫钗记》补缺而作。故增出李益与霍小玉本是天上的牧童与络丝娘,为织女所降谪转生。又小说谓读书誓言的乌丝阑绢系小玉旧藏,而此剧改为织女所赠。又小玉死后,增出即为织女救活,将返魂香变作灵槎,送小玉至江淮,为易元所救,后与李益团圆。观"家门始末",似卢氏也出场,正如小说所写,卢氏因疑被出,但小玉却得与李益重圆。

近代写霍小玉的却不少,据我所知,有闽剧《紫玉钗》、川剧《玉燕钗》、京剧《霍小玉》等。川剧《玉燕钗》未见。闽剧《紫玉钗》,我所见有两种不同的本子,一为传统剧,是个流行最广最久的剧目,故事全同传奇小说,但从黄衫客强挟李益见小玉起,至小玉痛责李益止。另一本为解放后陈启肃所改编,故事却据汤显祖《紫钗记》,不同处在于中间王哨儿为李益送纸屏、银两与小玉,被卢太尉换了假休书,以致小玉气愤成病,一面卢太尉又买得小玉紫钗,骗李益说小玉已再嫁他人,李益误信其言,允了卢女之婚。最后黄衫客送李益到霍家,夫妇已得重圆,突然王哨儿又奉卢命将李益劫去,小玉遂哀痛而死。这个戏虽然也为李益负心翻案,但最后仍以悲剧结束,对李益、小玉表深切同情,给官僚豪门的野蛮无理、巧取豪夺以无情鞭挞,似高出于汤氏原作。京剧《霍小玉》为数十年前陈墨香所作,亦据传奇小说,而对李益深加谴责。剧中李益之于小玉,始终毫无爱情,由于小玉爱才而嫁给他,他遂想利用霍家为进身之阶,后知小玉之母仅为霍府被遣出的婢女,立即抱轻视之心,所以一中进士,侍郎卢志一看中他,又立即变志。最后写黄衫客强迫他与小玉相见,小玉已奄奄一息,他仍出言无状,小玉生生给他气死。小玉之母和他拼命,他又将她踢死。这时黄衫客已忍无可忍,不能再忍了,遂拔出刀来……。这要写,痛快是痛快的,但原来故事的现实性却被损坏了。过份的夸张,反而损坏了原来的现实性,因为在李益的那个时代,他不可能会受到这样令人痛快的惩罚,而黄衫客最后这一行动,实在太过于理想了。

传奇小说通过李益、小玉的悲剧故事,反映了当时婚姻问题上的社会矛盾,歌颂了小玉刚烈倔强的性格,谴责了李益始乱终弃的卑劣行径。后来根据这故事改编的戏剧,其主题或有所变更,然而对小玉这一可敬亦复可怜的坚强女性,却是始终予以同情的。

五、李 娃 传

　　《李娃传》亦曾收入《异闻集》。《太平广记》卷四百八十四所收，即据《异闻集》转录。传末有"太原白行简述"字样，乃知为唐代大诗人白居易之弟白行简所作。行简（？—826）字知退，下邽人，德宗贞元末（805）进士，历官至司门员外郎主客郎中。《新唐书》、《旧唐书》中都有传，即附见其兄《白居易传》中。《李娃传》作于贞元十一年（795），系应友人李公佑之命而作。李娃为长安名妓，常州刺史荥阳公之子入京应举，因迷恋她而致床头金尽，为老鸨母所逐，流落为丐，唱挽歌度日。荥阳公初以为遇盗被杀，不意遇之途中，怒而挞之至死，弃尸于野。复活后，偶为李娃所发现，拯救至家，遂脱籍伴读，监督很严。后得中状元，官成都府参军。荥阳公感李娃之德，为备六礼亲迎成婚。娃后封一品夫人，生四子亦都做大官。荥阳为郑姓郡望，父子当是姓郑。荥阳郑姓为唐代大贵族之一，想来作者一定有所避讳，故但书郡望而不指实姓名。即李娃亦同样原因而有姓无名。两主角的名字，现在所见最早的记载，为《醉翁谈录》癸集卷一《李亚仙不负郑元和》条，女名亚仙，男名元和，遂为后来戏剧作品所袭用。而《醉翁谈录》和曾慥《类说》，以及明人梅鼎祚《青泥莲花记》，都说亚仙旧名"一枝花"，可见她为妓女时尚不名亚仙，而另有艺名为一枝花。因之在白行简作传的时候，白居易和元稹已在长安新昌里听说话人说《一枝花》话。但《一枝花》是否有话本，那就无从知道了。

　　宋人话本有《李亚仙》，亦见《醉翁谈录》。《宝文堂书目》有《李亚仙记》，与前书不知是一是二。《李亚仙记》今有明万历《小说传奇》合刊本，与《燕居笔记》卷七所收《郑元和嫖遇李亚仙记》不同，后者较前者为简略。《李亚仙记》今已为胡士莹教授全文引入他所著《话本小说概论》第十三章附《明人话本钩沉》中，并有所论述，可供我们参考。

戏剧家采用这个题材来写的作品很多。元人杂剧有高文秀《郑元和风雪打瓦罐》和石君宝《李亚仙诗酒曲江池》，今仅后者见收于《元曲选》和《元人杂剧选》中，并有明人朱有燉的同名改写本。剧中角色都有名有姓，男为洛阳府尹郑公弼的公子元和，女名李亚仙。两人相遇，由于长安大户赵牛觔和所爱妓女刘桃花邀亚仙同游曲江，为元和在马上看见，因贪看其貌，不觉坠鞭三次。以后即由赵牛觔介绍，两人从此结合。元和中第后，授官洛阳县令，不肯认父，经亚仙的苦劝，父子才和好如初。但这时赵牛觔反而做了乞儿了。这些都和传奇小说不同。至于宋元戏文，有佚名的《李亚仙》。原书不见，《九宫正始》中收有佚曲九支，仅凭曲词看不出它内容与小说和杂剧有什么不同。明人传奇有《绣襦记》，它的作者共有三说：明人周晖《金陵琐事》以为徐霖，清人朱彝尊《静志居诗话》以为薛近兖，《古人传奇总目》以为郑若庸。吕天成《曲品》和《远山堂曲品》都无作者姓名。今通行本有两种：解放后重印的汲古阁本作徐霖撰，《古本戏曲丛刊》初集影明刊本作薛近兖。诸说大概以薛近兖作为最近实。《中国近世戏曲史》以为"此记最为忠实演述原作小说之情节者"，其言颇确，因为就是它的结局，也不据杂剧而据传奇小说，仅两主角名字袭用《醉翁谈录》而已。此外，增出荥阳公名郑儋，人物也多一送元和上京的乐道德，但这和原来情节都没冲突。而情节方面的增添，仅多出《剔目教学》一节，这增添得很好，成为后代有名的折子戏之一。

京剧及其他地方戏演这故事的剧目也不少。以我所知，京剧就有《绣襦记》和《烟花镜》，前者还有同名的川剧，后者还有同名的梆子腔。滇剧有《白天院》，梨园戏有《郑元和》，贵州文琴戏有《亚仙刺目》,郿鄠和汉调桃桃都有《刺目助学》……所以它是个比较不冷落的剧目。但我所见到过的剧本,只有川剧和梨园戏,现在就谈谈这两戏的改编情况。川剧《绣襦记》,一名亦作《白天院》,是据明人传奇改编的,整个故事很忠实于原作,但增入了些谈因说果的迷信成分,反而多出了糟粕。剧一开幕就增文曲星和桃花仙由于动了思春之念,在南天私犯了淫戒,玉帝本欲严惩他们,后听从月老之劝,令二星投生尘世,以了五百年前宿缘。又从文昌之言:"荥阳郑儋九世向善,又以正直爱民,理当酌送文曲为子,后魁升甲,以彰积善之报。"又得太白启奏:"天池李洪儒七世向善,广种福田,但有毁谤佛法之罪,故此科名不发,送降桃花仙女脱化亚仙,后落妓场,使其失名不能失身。文星误迷,使此女发心刺目助学,使他身荣,以惩罪恶。"此下全同传奇《绣襦记》。在元和高中之后,又增入观音向眼光圣母借来双目,化为金丹,送与元和,元和往见亚仙,送上夫人冠带,亚仙以妓女不配状元夫人,坚辞不受,经元和再三跪请乃受,元和又送上仙丹,亚仙服了,果然双目复明。以后又全同明人传奇。这样的增添、改编可能为了要收劝人戒嫖的教育效果,但把传奇小说原来主题,也就是"倡荡之姬,节行如是,虽古先烈女不能逾也"这一对李娃的确当的表扬却抹去得一干二净。这是蛇足,反使李娃这一令人可敬可爱的艺术形象平庸化了。梨园戏《郑元和》就不是这样。它把元和落难被他父亲打死一段去掉,他父亲也改名郑春;亚仙和他再遇,乃是由于元和被骗出后,亚仙不肯再接他客,思念元和不已,婢女阿桂唤乞丐唱《莲花落》为她解闷,元和也在其中,借唱《鹅花雪》倾吐他前此的遭遇,才为亚仙认出。她不管鸨母反对,留他住在她所居千秋楼读书,为了他不肯勤读,取剪刀自毁花容,这和其他剧目写刺目不同,比较近于情理。后来元和中状元后回到千秋楼,亚仙拒绝不见,他立誓决不负恩,两人才终于团圆。这和川剧的结局还是相像的。这个剧本大概为了偏重于男女爱情,把原来反映封建家庭里为了维护功名、门第而绝灭父子天性的一段残酷的插曲删去，但这样反而减弱了亚仙对元和的真情挚爱，还是值得研究的。

这是个"落难公子中状元"的典型故事，《李娃传》可能就是写这类故事的第一篇作品。不但后代戏剧家不断把它改编重写，也影响到明清时代专写才子佳人的其他戏剧、小说与说唱文学作品，在人民中间发生广泛久远的影响。我们可在很多的作品里发现和"落难公子中状元"十分类似的情节，它对封建时代的失意的知识青年会起一定的鼓励作用，是可以想像的。

六、长 恨 歌 传

　　《长恨歌传》为陈鸿所作，今传有三种不同的本子：一为《太平广记》卷四百八十六所收本，后代各家丛书编入的多从此本；一为《文苑英华》卷七百九十四本，末后多出王质夫请白居易作歌一段文字；一为《丽情集》本，似已经编者张君房的改作，但开头增多描写杨妃在华清池洗浴一段。陈鸿字大亮，里籍无考，唐德宗贞元二十一年（805）登太常第，太和三年（829）官尚书主客郎中，著作丰富。《长恨歌传》作于元和元年（806），这时他和白居易都在长安，居易作歌，他为之作传。内容叙开元时天下太平，玄宗皇帝溺情声色，值爱后宠妃先后谢世，悒郁无聊，乃命高力士潜搜外宫，得杨玄琰女于寿邸。时已为寿王妃，遂迎之入宫，册立为贵妃。于是六宫粉黛皆无颜色。安禄山叛变，玄宗逃亡四川，经马嵬坡，六军哗变，杨妃缢死。及乱平，玄宗返都，思念不已。有蜀中来的道士，自称能招真魂，因奉命寻访，得之于仙山玉妃太真院中。以皇帝所赐钿合金钗，及七夕长生殿私誓为信。玄宗更为伤感，不久亦故世。所叙大都为历史事实，惟道士搜访一段类似神话，当出于造作。但《长恨歌》中亦咏及，当是当时的传说。宋人乐史更作《太真外传》，把所有史实及前此一切传说都写在内，故所叙尤为详尽。

　　这故事不见有宋人话本，但有元人王伯成所作《天宝遗事》诸宫调，亦亡佚。郑振铎氏曾从《雍熙乐府》、《太和正音谱》、《北词广正谱》、《九宫大成南北词宫谱》等曲选、曲谱中辑得遗曲五十四套。据第一套《哨遍》所叙，内容全和传奇小说相似，不过增多安禄山在宫中行为不检一节，而结束于玄宗回京哭香囊，无道士访魂，似为更忠实于史事之作。

在戏剧方面,用这故事作题材的却很多。金人院本有《击梧桐》,不知内容如何,疑亦用此题材。元人杂剧有关汉卿《唐明皇启瘗哭香囊》、白朴《唐明皇秋夜梧桐雨》、庾天锡《杨贵妃霓裳怨》和《杨太真华清宫》、岳伯川《罗光远梦断杨贵妃》,均见《录鬼簿》。今惟有《唐明皇秋夜梧桐雨》有剧本传世,见于《元曲选》、《古名家杂剧》、《元人杂剧选》、《酹江集》中。但故事内容不全用《长恨歌传》而并参用正史,自安禄山进用,杨妃认为义子,与杨国忠不协,出为范阳节度使起,中历明皇与杨妃七夕在长生殿订盟,和杨妃方食荔枝而禄山反报至,仓皇逃奔四川,马嵬兵变,陈元礼请诛国忠与杨妃,最后叙明皇回京,日对杨妃像思念不已,一夕梦见杨妃,为梧桐雨惊醒,追思往事,怨梧桐不止。这是采用《长恨歌》中名句"春风桃李花开日,秋雨梧桐叶落时",两相比照来写的,所以后半剧的意境非常凄苦,极富于悲剧气氛。明清传奇有明人佚名的《沉香亭》,吴世美的《惊鸿记》,清人孙郁的《天宝曲史》,洪昇的《沉香亭》、《舞霓裳》与《长生殿》。明人佚名《沉香亭》已失传,仅见故事于《曲海总目提要》卷十五中,云:"其情节与《惊鸿记》相同,而提出李白赋《沉香亭》诗以为标目。"《惊鸿记》现有《古本戏曲丛刊》二集影印明世德堂刊本,以梅妃为主,盖据《梅妃传》而作,虽中间亦叙及杨妃事,然主题不同。至清人《天宝曲史》(有《古本戏曲丛刊》三集影原稿本)与《长生殿》,始与杂剧相同,专为杨妃而作。《天宝曲史》自序作于康熙辛亥(1671),《长生殿》自识作于康熙己未(1679),似孙作在先,洪作在后。但据《长生殿》例言,作者自言最先感李白之得遇玄宗,谱其事作《沉香亭》,后去李白事,入李泌辅肃宗中兴之事,名之为《霓裳舞》,后更删杨妃秽事,增其归蓬莱、玄宗游月宫等事,专写两人生死之深情,遂作《长生殿》,盖经十余年,三易稿而始成。这样,其初稿当早于《天宝曲史》,或与之同时。两剧大约为同时作,故曲词不相剿袭;各同据《长恨歌传》,所以情节全部相同。惟

《天宝曲史》开头叙玄宗先宠梅妃，后由高力士介绍，由寿邸召人杨妃，始疏梅宠杨，后来二妃交互相妒；《长恨歌》则以杨妃本为宫女，由玄宗自己拔识，立为贵妃。两剧皆删杨妃与安禄山私通事，而同样终止于玄宗、杨妃天上重圆，可谓英雄所见略同。但《长生殿》久经剧场锻炼，三易稿而成，读之有炉火纯青之感，它是清代最受观众欢迎而最享盛名的优秀作品之一。

近代现代戏演这故事的更多，京剧、滇剧、川剧、昆剧、徽剧、汉剧、湘剧……都有全本戏或折子戏经常见演出。京剧《太真外传》共有四本，乃梅兰芳氏所编，全据《长恨歌传》而增入《长生殿》最后玄宗与杨妃相会一场。折子戏《贵妃醉酒》一折，亦为梅氏拿手杰作，原来颇多幽怨的剧词，突出表现了妇女被拘禁在宫庭里面的苦闷心情，因而很得观众的同情。滇剧《长生殿》共十出，为《长门怨》、《沉香亭》、《西阁藏梅》、《贵妃醉酒》、《安禄山戏宫》、《游御园》、《马嵬坡》、《祭坟》、《九华宫》、《惊梦》。前半部似颇偏重于写梅、杨二妃间的矛盾，亦不删禄山秽乱宫中事，但亦似每出原来各自独立，而强并为全部的，所以显得有些杂乱。川剧《长生殿》却分八场，为：《乞巧》、《兴兵》、《夜怨》、《絮阁》、《破关》、《惊变》、《骂贼》、《埋玉》，这比滇剧似乎精炼得多，但仍未能删除梅妃争宠这一陪衬的关目，尤其《絮阁》一场，不但损毁了作者所着力描写的玄宗与杨妃二人中间的爱情，也破坏了杨妃这个可爱可怜的艺术形象。这远不如国风昆苏剧团为纪念洪昇逝世二百五十周年纪念演出的昆剧《长生殿》，剪裁得恰到好处。它删除了梅妃这一条线索，纯粹写玄宗、杨妃的爱情故事，从生合到死别，从欢乐到悲哀。这个剧本分六场，为：《定情赐合》、《进果》、《鹊桥密誓》、《小宴惊变》、《骂贼》、《埋玉》。但也没有丢掉历史现实，前半部中间插入《进果》一场，暗埋下了最后所以产生悲剧的原因，下半部中间插入《骂贼》一场，显示了人民的爱国气节，反映了封建统治阶级的荒淫腐败和贻害人民，使读者或观众不要由于同情了他们的爱情悲剧，忘记了他们对人民应负的祸国殃民的责任。但这一评价，只适用于这些供一次演出的删节本，不能用之于全本《长生殿》传奇。因为在全本整整五十折的连台戏里，写一个多情皇帝的宫庭生活，六宫粉黛当前，不能不引起爱情的冲突，《夜怨》、《絮阁》只是爱河上偶起的一阵微小的波浪，不但不致损毁他们中间的爱情，反而把他们愈磨炼愈真挚，更使爱情坚定。但在短短的数出里演出整个故事，便不能这样，因为故事简短，如果也插入便显得格外突出，小波浪反而成大波浪，就不免要损害主题。

总之，从《长恨歌传》到《长生殿》传奇，除掉诸宫调的内容还不十分清楚外，对杨玉环这一人物，作者都充满了同情并给予了怜悯，我们只要注意《长生殿·埋玉》折中玉环临死责备陈玄礼的话："你兵威不向逆寇加，逼奴自杀？"她原来只是个被封建统治阶级任意劫掠来的女奴隶，任人宰割的小羔羊，一会儿叫她做皇帝儿子的配偶，一会儿又给皇帝召去供自己的淫乐，她哪里是个有自由意志的人？她只是个被侮辱被损害者，怎能叫她分担统治阶级祸国殃民的责任呢？数千年来，她却给封建卫道的历史家指摘为祸国殃民的重要罪犯，把封建皇帝所犯下的种种罪恶都加在她的身上，这是不公平、不真实的，这是对她的诬蔑。只有正直的文艺家，敢于为她不平，为她翻案，像《长生殿》那样写出她的真实的面貌，使她不致永远负冤含屈。

七、莺　莺　传

　　《莺莺传》为唐代名诗人元稹所作，但他的诗文集《长庆集》中却没有编入，现在所见最早的传本，见收于《太平广记》卷四百八十八。后人因传中张生赋《会真诗三十韵》，故又称《会真记》。实则此传和《长恨歌传》一样，系由李绅作《莺莺歌》，而由元稹作传，则此传亦应名为《莺莺歌传》。但《长恨歌传》亦简称《长恨传》，则此传省去一"歌"字，当与《长恨传》同例。元稹字微之(779—831)，河南河内人，唐宪宗元和中进士，累官尚书左丞、检校户部尚书，兼鄂州刺史、武昌军节度使，卒于任。他是大诗人白居易的好友，诗亦与之齐名，当时并称"元白"。传叙唐德宗贞元中(795前后)有张姓书生，年二十三未婚，游于蒲州，寓居普救寺。恰有崔姓孀妇携女归长安，亦寓于寺中。忽当地军人叛变，扰乱百姓，崔家母女很是恐慌，得张生维护，始得无事。崔母郑氏大为感激，因设宴谢张生，命女儿莺莺出见。张生一见即热恋，遂私托莺莺侍婢红娘通意。先则诗词往来，继之逾墙相会。莺莺始拒之于西厢，终乃临轩相从。自后张生朝出暮入，同居西厢几一月。后张生赴长安数月，又来蒲州，又与莺莺相会累月。迨应考赴京，书信往来仍不绝。越一年，张生别娶，莺莺亦嫁他人。张生至其家，请以表兄礼相见，为莺莺作诗拒绝。自后遂不复相知。据北宋人赵令畤《侯鲭录》卷五所载王铚《传奇辨正》，则传中张生，即作者元稹自己。传中张生无名无字，亦未明言莺莺所嫁为何人。宋人王楙《野客丛书》卷二十四称张生为君端；张珙之名，则始见于金人董解元《西厢记》诸宫调。而以莺莺所嫁为郑恒，亦自诸宫调中郑恒曾与张生争婚一事推想而来。

宋人话本亦有《莺莺传》，见《醉翁谈录》，当据传奇小说所改写，但未见传本。赵令畤用传奇小说原文增入《商调蝶恋花》十阕，编成《元微之崔莺莺商调蝶恋花》鼓子词，内容完全不动。金人董解元作《西厢记》诸宫调，故事遂大有发展。张生有名有字，而且出身宦家，莺莺也做了相国千金。崔家母女寄居普救寺，乃是为了扶相国遗梓入都营葬，因岁时不利，在此守灵以待来年。孙飞虎围寺，本只为就食，后来知有莺莺，才欲将她献与主帅，因而引起张生贻书白马将军杜确出兵解围一事。张生上京应试，本为自动，此增出崔母赖婚，两人私相往来，为崔母发现，才逼他上京。最后则改两人各自婚嫁为团圆，张生入京后，崔母受郑恒骗，允郑娶莺莺，恰张生亦归，两人在法聪房中相会，无计可施，便欲同死，后从法聪计，偕奔蒲州，得杜确之助，始正式成了姻眷。除了开头崔夫人非扶相国遗梓回博陵安葬和最后崔张偕奔蒲州成婚二事外，其余均为后来各本《西厢记》戏剧所取材。

最先写崔张故事为戏剧的，当推宋人官本杂剧《莺莺六么》，《莺莺》为题目，《六么》为曲调名，但作品未见流传。元人杂剧有王实甫《崔莺莺待月西厢记》，共五本。戏文有李景云《崔莺莺西厢记》。前者家传户诵，流行版本极多，不必再介绍。后者曾见收于《永乐大典》卷一万三千九百八十三，原书已佚亡，今仅存佚曲二十八支于《九宫正始》、《南九宫谱》、《南词定律》、《大成南北宫词谱》等曲谱中，其内容故事，似与杂剧《西厢记》没有什么分歧。到了明代，作者更多，有崔时佩《南西厢记》、李日华《南调西厢记》、陆采《南西厢记》，前一种有排印的汲古阁本，后两种有《古本戏曲丛刊》初集影明刊本。但三者都是继承王实甫北曲《西厢记》而改作为南曲，其曲词亦有创作，有袭用，总之都为便于用南调演唱而作。又有樊䔒硕人《增改定本西厢记》，系保留王剧精华，依据各种传奇，并出己意，作了必要的改动的增订本，有影印本，见王季思《玉轮轩曲论》中为本书作的跋语。

此外，历明到清，还有二十二家《西厢记》，其中有传奇亦有杂剧，其故事内容都较王实甫《王厢记》有所调整，其主题亦多所变易。或把原来故事全部推翻，另创新局，如研雪子的《翻西厢》，以郑恒、莺莺为主角，以张生为破坏他们婚姻的丑角，孙飞虎兵围普救寺，乃是张生的阴谋，最后张为白马将军所诛，有《古本戏曲丛刊》三集影明刊本。程端的《西厢印》，以"待月西厢下"一诗为莺莺梦中作，红娘私与张生，西厢佳期，亦系红娘替代莺莺，而郑恒之死，由于杀死为张生送信之人，冤魂索命，但最后崔张还是团圆的。此剧未见传本，内容见《曲海总目提要》卷二十五。或续王《西厢》或《莺莺传》之后，另添枝叶，如黄粹吾《续西厢升仙记》，崔张婚后，莺莺妒忌红娘，不使与张生接近，法聪、琴童都想勾引红娘，红娘却受真仙点化，愿在西厢修行，终于莺莺悔悟，与张生同拜红娘为师，共成仙道。有《古本戏曲丛刊》初集影明刊本。少微山人《砭真记》则超出王《西厢》而直续传奇小说，以元稹由于作《会真记》，诬蔑莺莺，死后受判，罚令投生为张白，一生不得志，沥血作书，一日三纸，遍贴天下名胜游人来往之处，使人人皆知《会真记》为妄言，以赎前愆。此剧有有正书局排印本。或截去王《西厢》最后四折，另开生面，如周公鲁《锦西厢》，张生上京应试落第，郑恒反中了状元，奉旨与莺莺完婚，莺莺不愿，由红娘代嫁，孙飞虎妻伏虎女将欲得张生为夫，误劫琴童，醉中成婚，张生下届亦中状元，奉命征吐蕃，由伏虎琴童夫妇相助，得胜回朝，奏请追究郑崔婚事，红娘始实言，张生仍与莺莺成婚，张、郑两家亦和好来往。此剧亦无传本，故事见《曲海总目提要》卷十一。汤世潆《东厢记》叙张生落第羞归，寓京城外大觉寺东厢，待下届再试，孙飞虎妻芮如花夜往求合，为张生所拒，后张生中第二，韦吏部欲配以女，以已有妻辞，此时芮如花又纠众来劫，误劫将往蒲州送信迎莺莺母女来京完聚的琴童，以致莺莺误信张生已入赘韦府的谣言，独自离家投水月庵修行，直待杜确击败芮如花,琴童得脱,路遇莺莺,告以张生并未负心,全家到京完聚。有申报馆仿聚珍版本。或恢复董、王《西厢》所据原始西厢故事《会真记》之旧,如碧蕉轩主人《不了缘》写张生落第回来,莺莺已嫁郑恒,以外兄求见,莺莺托病命红娘夜出代见,责以中断书信,以致造成此局,并与"弃置今何道"一诗而别。也有不满王《西厢》后四折内容空虚而代为充实的,如查继佐《续西厢》,写张生中举后,以应诏作《明月三五夜》诗称旨,借此奏明与莺莺婚事,得为河中府尹,以便就近完婚,其时夫人欲以莺莺与郑恒,为杜确所阻;又欲将红娘代嫁,红娘被逼欲上吊。恰张生来到,郑恒计败气死,朝命亦下,并封红娘为夫人。以上二作都有《杂剧新编》本。除上述外,余为:佚名《锦翠西厢》,见《宝文堂书目》;王百户《南西厢记》、屠本畯《崔氏春秋外传》,并见《红雨楼书目》;卓人月《新西厢》,见焦循《剧说》;薛旦《后西厢》,见《今乐考证》;叶时章《后西厢》,见《插图本中国文学史》;周坦纶《竟西厢》,见《传奇品》;沈谦《翻西厢》,见朱希祖为研雪子《翻西厢》所作的跋语;杨国宾《东厢记》,见《曲海目》;张锦《新西厢记》,见汤世潆《东厢记·自序》;高宗元《新增南西厢》、周圣怀《真西厢》、陈莘衡《正西厢》、石天外《后西厢》,以上均见《今乐考证》。前述十四种《西厢记》,皆未见传本,其内容亦大都不可考,然总不出于前六例之外,而都是王《西厢》增、补、翻、改之作。

近代、现代剧演《西厢记》的也很多,据我所知,有京剧、川剧、越剧、豫剧、蒲剧、江淮剧、滇剧、赣剧、楚剧、评剧、黔剧等等,一时数说不尽,但见到的剧本却不多。京剧演《西厢记》,开始于荀慧生编演的《红娘》,其与杂剧、传奇不同处,在于全剧终于拷红后夫人被逼许婚,张生自愿即日上京赶考。此剧以红娘为主,写红娘由于对张生、莺莺的同情,反对老夫人的"言而无信",因竭力助成了张生、莺莺的婚姻,反封建的意识极为浓厚。豫剧亦有《红娘》,似根据京剧改编。川剧《西厢记》,大致根据王实甫原作,但以莺莺为崔鹏之女,最后于张生荣归,郑恒欲夺婚,由杜确断张生偿银三百两,命郑恒另娶,郑恒受银回去,崔张当场成婚中落幕。越剧《西厢记》亦全据王剧,但终于长亭送别,其特点在唱词亦多袭用王作。滇剧《西厢记》则自莺莺听琴开始,而终于荣归团圆,也是根据王《西厢》但省掉开头第一本的。独赣剧《西厢记》系石凌鹤根据董解元诸宫调与王实甫杂剧改作,但开首却写郑恒调戏莺莺,后跟崔夫人上场,夫人叫他回去,待服终备礼来娶,似作者曾参用陆采《南西厢》;中间张生得莺莺"待月西厢下,迎风户半开"诗,莺莺本开门以待张生,由于红娘怨小姐瞒过她,故把已开之门复关,以致张生不得不逾墙而入,这是改编者所特创的;最后则全据诸宫调,郑恒复来迎娶,并谎说张生已在京招赘,夫人一诺无辞,法聪和尚上京送信,张生赶回,但崔夫人仍坚持将莺莺嫁郑,莺莺夜晤张生,一时无计欲自缢,终从法聪之计,双双逃走。剧至此尽可以结束,忽又添郑恒率家将追赶一段,殊为蛇足;但删去诸宫调郑恒向白马将军告状一段,却是非常高明的。黔剧即文琴戏《西厢记》,为苍崖子所编,始于《惊艳》而终于《惊梦》,乃是根据王《西厢》前四本而删去最后一本的,内容没有什么大变动。其他各地方戏,都以演折子戏为多,即上述诸剧种,亦尽有单演折子戏的,而尤以《拷红》一折最见流行,而常为名艺人的拿手杰作。

《莺莺传》的故事内容很是平常,除写男女私情外,似别无其他意义可寻,与同时其他传奇小说的多少含有时代意义相较,亦很见逊色。这故事后来所以家喻户晓的原因,全在于《西厢记》诸宫调作者的改易原来主题,把毫无意义的男女私情,发展而为一对青年男女为了争取婚姻自由、终身幸福而与封建卫道势力作坚决斗争,由突破礼教樊笼而自由私会,一直到自由私奔,中间没有表示过屈服,和原来的男主角"始乱终弃"、纯从好色观点出发的男女关系,形成了庸俗和高超的鲜明对比。因此《西厢记》在古典剧中所以成为旷世罕有的伟大作品,应归功于董解元,王实甫乃其忠实的继承者,与《莺莺传》作者元稹全无关系。而在宋、元、明时代,很有人对元稹《莺莺传》加以指摘,这不能与指摘《西厢记》戏剧并类齐观,这完全是两回事。凡是真正能够欣赏文艺作品的人,莫不赞美《西厢记》,其可以赞美之处,真可累千万言而说之不尽。在这里,我只能引数十年前郭沫若氏在他所标点的《西厢》前附载的《西厢艺术上之批判与其作者之性格》一文中的几句话:"《西厢》是超时空的艺术品,有永恒而且普遍的生命。《西厢》是有生命的人生战胜了无生命的礼教底凯旋歌、纪念塔。"而这生命,却是董解元第一个赋予它的。

八、无 双 传

《无双传》亦见收于《太平广记》卷四百八十六，题下注云："薛调撰"。薛调（830—872）字不详，河中宝升人，唐懿宗咸通十二年（871），历官翰林承旨学士知制诰。郭妃曾于懿宗前赞美他的容貌，不久薛暴卒，相传系被毒死。《无双传》叙唐德宗建中年间（780—783），有孤儿王仙客，自幼随母居舅父家，和表妹刘无双相爱，舅母亦有许婚意。及长大，而母故，百计向舅父母求婚，终不见允。值泾原守将叛变，长安大乱，舅父刘震才允亲事，且命仙客伴送母女逃难。乱平后，刘震以受朱泚伪命，夫妇均伏法，无双没为宫婢。仙客得到她私留给他的信，叫他去求押衙古洪相救。古洪为一侠士，仙客尽拿出家财和他交结，古洪果然设计救无双出宫，而他自己却于事成后自杀。仙客遂偕无双逃往诸宫，后归襄邓终老。此事与薛调同时人范摅《云溪友议》卷上《襄阳杰》条所述崔郊秀才事相类，范文中亦提及无双，自注云："无双即薛太保之妾，至今图画观之。"可见无双实有其人。但何以会作薛太保之妾，则当出另外一种传说，这里也无需旁及而为之考证了。

无双事不曾见过话本，古典戏剧今亦仅见明人陆采《王仙客明珠记》传奇。清人钱谦益《列朝诗集小传》和《曲海总目提要》以为陆粲助其弟才成。通行本有排印的和影印的汲古阁本两种。故事全采用传奇小说，惟增无双赠与仙客为信的明珠一双为全书线索，并即用为剧名。此外又改无双父刘震因为得罪卢杞获罪，后来遇赦未死，女母亦与女同没入宫，后亦遇赦得出，夫妇相遇，于同赴成都途中，与仙客、无双之船相撞，刘家般破，过船避难，全家因得重会。清人李渔以其第十五出《煎茶》用男仆塞鸿为茶童以侍宫女一段为不可能，以为宜使侍女采苹代之，试为改作此一出，收入他的《闲情偶记》卷二中。此外《浣纱记》传奇作者梁辰鱼亦激赏此剧，亦曾对原作第二十出有所增添，见其所作《江东白苧》卷上。总的说来，所有增改，都丰腴了小说的原来内容，没有什么败笔。

近代、现代剧演无双事的却不少，除京剧、川剧、闽剧、评剧、蒲剧、越剧外，我还见过话剧。京剧我见到有两种，一种是传统剧，名《古押衙》，故事情节全同传奇小说，惟历史背景不同，仙客求娶无双为舅父拒绝后，接着来的是朱温夺唐朝天下，刘震被逼投顺，后李存勖扑灭朱温，刘震夫妇因从逆被杀，无双却为中使李振所得，强娶为侧室；无双致书仙客，叫他请古押衙相助救出，则又全同小说。这样的改，大概由于朱温、李存勖之名在一般观众中比朱泚、李希烈等为熟悉，但作者不知传奇小说原作写于朱温夺位之前数十年，虽然文艺作品的内容不一定全要符合历史真实，但这要看作品的需要，而在这个剧本里，改易历史时代，似乎是不必要的。另一种京剧名《无双》，故事情节比较单纯些，乃写王仙客入都投舅父尚书刘震，舅父拟将女儿无双许他，恰遇长安兵乱，姚全京起事，刘震畏罪自杀，两家离散。这里面没有刘震先拒后允之事。后半无双教仙客求助侠客古押衙，古定计使无双假死，负之出宫，亦与小说略有不同。川剧名《明月珠》，情节亦比《无双传》和《明珠记》为单纯，写仙客幼丧父母，其母曾为聘舅父户部尚书刘震女无双，因上京应试，乘便向舅父提出婚期。刘震许以待高中后再完六礼，无双私赠明珠一颗以坚其志，也无拒婚之事。但后半写卢杞害刘震，先遣押衙古洪行刺，为古所拒，才乘朱泚之变，诬刘从逆，因有全家被陷之事。最后更与原来故事不同，仙客状元及第，央得古洪叩阙，代陈刘震冤情，刘震始得释放，并放出无双，与仙客完婚，并得荣封。书童塞鸿、婢女采苹亦配为夫妇。这样的结局，远不如原来故事绰有余情，反落入了庸俗的套子。一双历经患难的夫妻，终得鸿飞冥冥,过海阔天空的自由生活,作者的胸襟何等阔大,读者或观众亦随之而感到阔大,有什么不好呢?闽剧名《上京台》,又名《无双女》,却写仙客自幼居舅父家,与无双私订终身,后母死回籍,及服满来京,恰逢李希烈起事,情势仓皇,刘震把无双面许仙客,叫他与仆人塞鸿,先行护送财物,到襄阳等候。不料乱事一起,刘震死于国难,无双被掳。仙客得讯,哀痛焦灼,不知所措,卒从塞鸿言,向当地侠客古押衙求助。古探得无双幽禁所在,履险如夷,见无双告以受仙客之托,时无双正因国难家仇欲投水自寻死,遂为押衙负之飞檐越墙而出。仙客、无双双双逃亡,遂得偕老。此剧情节虽和原来亦都不同,但结局未变,仍是一个比较优秀的作品。评剧《无双传》,蒲剧及越剧《明珠记》,均只知其名,未见剧本。

这个故事虽以写王仙客、刘无双的恋爱过程为主,但其历史背景乃是唐德宗时的政治舞台。其时统治阶级内部矛盾趋于饱和,天下大乱,政府失去统驭力量,各地节度使时起叛乱。泾原兵奉命征李希烈,亦以饥饿无赏而哗变,奉朱泚为帝,占领长安,唐帝出奔。后来朱泚事平,仅将卢杞贬官了事,而李希烈之变,又过了好几年才平息。故小说主题不但对封建家庭有所抨击,而且也反映了在政治腐败、军阀争权下一般无辜人民所遭受的痛苦。像王仙客与刘无双这一对年青男女在历经离乱之后,终得如愿团圆,不免出之于偶然,而像古押衙这样的侠义人物,亦不过是作者的理想和创造,聊以满足读者的意愿而已。

九、虬髯客传

《虬髯客传》最早见收于《太平广记》卷一百九十三,末有注:"出《虬髯传》。"不具作者姓名。但宋人洪迈《容斋随笔》卷十二和《宋史·艺文志》都作"杜光庭《虬髯客传》",则当为杜光庭作。至元人陶宗仪所编《说郛》及后来《王朝小说》、《唐人说荟》、《龙威秘书》都作"唐张说撰",不知何据。前此所见印本,仅《顾氏文房小说》本直接题杜光庭撰。光庭(850—933)字宾至,处州缙云人,唐末曾为道士,后入蜀事王建父子,官终崇真馆大学士,后隐青城山以终。小说叙隋炀帝游江南,杨素奉命守西安,权倾天下,李靖以布衣往见。杨素家有执红拂的侍女张氏,一见即识李靖为英雄,夜往自荐,相偕私遁。途逢虬髯客,客亦张姓,与红拂兄妹相称。客本有得天下之志,遂因李靖往太原,由刘文静介绍,会李世民,一见心死,与之弈棋,又败,因推家财、授兵法于李靖,令助世民兴唐,而他自己则率海盗入扶余国为王。后李靖助世民平天下,出将入相,闻客在海外成功,夫妇具衣冠,沥酒向东南祝贺。此故事亦见杜光庭另一著作《神仙感遇传》卷四,但不作"虬髯客"而名"虬须客",故事并同而字句大异。所以曾有人疑传奇小说系后人据《神仙感遇传》改作。但改作时间至晚当在《太平广记》纂辑之前,距杜光庭去世时期不到五十年。

这篇传奇小说亦不见宋元人改写为话本或戏剧。现在所见最早的戏剧,系明人张凤翼的《红拂记》传奇。内容除全采《虬髯客传》外,增入徐德言和乐昌公主"破镜重圆"的婚姻故事,系出孟棨《本事诗》。剧中李靖从虬髯客张仲坚言往太原助李世民,京中大乱,红拂避难遇乐昌公主,两人本杨素府中旧识,此时公主亦已出杨府与德言同隐居。红拂愿伴公主,劝德言往随李靖建立功名。后李靖征高丽,即以德言为参军,复得虬髯客之助,擒获高丽王。凯旋归来,虬髯亦同至京,在徐德言家中聚晤,庆贺成功。

后张太和亦作《红拂记》传奇,今不见传本,吕天成《曲品》说是:"后起(张凤翼字)以简胜,此以繁胜。"后又说:"此记境界,描写甚透,但未尽脱俗。"但汤显祖曾对此剧颇为欣赏。

明人用此题材写杂剧的,凌濛初一个人就写了三种,为:《识英雄红拂莽择配》,简称《莽择配》,今有影印明刊本;《虬髯翁正本扶余国》,简称《虬髯翁》,今有《盛明杂剧》初集本;《蓦忽姻缘》,今未见传本,但此剧除《远山堂剧品》以为凌作外,他家曲目都不题作者,恐非真为凌氏所作。因《莽择配》以红拂为主角,《虬髯翁》以虬髯客为主角,已无其他余文可另立骨干,除非也如《红拂记》传奇的增入"破镜重圆"故事。但这故事与《蓦忽姻缘》的意义不相符合,恐亦非是。《莽择配》今行本又名《北红拂》,作者乃不满于《红拂记》的收场一出《华夷一堂》的大国主义思想而作,其自叙中有云:"髯客耻居第二流,故弃此九仞,自王扶余。即得事矣,乃谓其以协擒高丽,重蹈中土,称臣唐室;操此心于初时,岂不能亦随徐、李辈博一侯王封,何必自为夜郎耶?剖劂图像,有大冠修髯而随众拜跪者,髯客有灵,定为掩面。"这一批评,极中传奇要肯。故《北红拂》结束于李靖夫妇向东南沥酒庆贺虬髯的成功,即传奇小说《虬髯客传》原来所写。但在同一作者所作的《虬髯翁》,其结束处却和前作有极大矛盾。《虬髯翁》既以虬髯客为主角,不叙红拂私奔一节,而从灵右三侠相会写起,那是对的,但写后来虬髯客助唐朝征高丽,却由于"海外诸国,有能归顺天朝,一心协助者,功成之后,通贡颁朔,加号册封"一檄,岂不自打嘴巴?这个问题,颇难理解。

同时冯梦龙改订《红拂记》传奇为《女丈夫》,今有影印墨憨斋本,刊明系据"张伯起、刘晋充二稿",由"龙子犹更定"。刘晋充从未见过他曾作《红拂记》或同题材的其他剧名作品，当早已失传。这部传奇却增入李靖代龙王行雨一事，出唐人李复言传奇小说集《续玄怪录》，中间舍弃了徐德言与乐昌公主"破镜重圆"故事，而易以柴绍与平阳公主夫妇出兵平乱事，红拂即投在平阳公主麾下，为国立功，虽更表现了红拂英勇的一面，但与张作《红拂记》的原意不相合。因为《红拂记》的女角色，都是受压逼、受苦难，尤其乐昌公主是遭受国破家亡、历尽蹂躏的人，而平阳公主乃是胜国的公主，两人遭遇恰恰相反，因而剧中气氛为之一变。这只能作另一剧本来看，似乎不必假用"更定"之名。但他结末写虬髯客助唐平高丽，系由于李靖去信相邀，事定后兄妹相会，红拂劝他不要回去，说什么"如今有此大功，正好申奏朝廷，奏讨封赏。"这正太是有眼不识泰山了，也不像红拂说的话，怪不得他要申斥道："说哪里话！大丈夫举动自由，岂为区区封赏而来！"李靖也是不识趣，又从旁敷衍道："虬髯公尽忠报国，不图封赏，一发难得！"不知这话更触怒了虬髯客，不由他也申斥道："药师公，你又差了！他得中原，俺得扶余，各自为君，说甚么尽忠报国！只为当初临行之际，与一妹有一言相约，因此冒险而来。如今夷王已擒，不负前诺了，就此拜别。"他就飘然而去。这借虬髯客的口自解释，足使《红拂记》作者也俯首无辞。

至于近代现代剧，据我所见，有京剧、秦腔、和剧《风尘三侠》，闽剧、粤剧《红拂女》和川剧、滇剧《三义图》。京剧《风尘三侠》全据《红拂记》传奇，有徐德言和乐昌公主一条线索，结束亦以虬髯客擒高丽王受唐朝封赐作结，似乎没有注意凌、冯二氏的意见，但对《红拂记》传奇是绝对忠实的。另一种京剧又名《红拂传》，系罗瘿公手笔，为程砚秋演出而作。剧中红拂名张凌华，情节几乎全据《虬髯客传》小说，而结束于虬髯客一见李世民，自以为不及，以百万家财作为红拂妆奁，赠于李靖，嘱他助李世民得天下，自己飘然远行，向海外而去。这样的结束，犹之《西厢记》杂剧的如能结束于《惊梦》，反比团圆常套为优胜一样。秦腔《风尘三侠》为高境支所编,故事亦全同传奇小说,惟女主角名张华鬟,虬髯客则名张道坚,其余全没什么改易,和剧《风尘三侠》与京剧、秦腔大不相同,于《虬髯客传》外兼采取通俗小说或鼓词《瓦岗寨》、《闹花灯》等的内容,如以李靖与杨素为八拜之交,后和齐志远在少华山为大王,王伯当请他们到京师观花灯,宇文忠抢陈姓女子,为齐志远打死,秦琼奉唐璧命送礼物到京祝杨素寿等,都是传奇小说和其他一切戏剧作品里所没有的。闽剧《红拂女》则完全与《虬髯客传》和《红拂记》传奇无关,而是演另外一些故事,只是角色亦为红拂与李靖而已。剧演长安人张林因神经失常失踪,妻孙氏与女红拂出寻,又为虎冲散,红拂为人诱买为妓,有大将汪庚培欲强取为妾,为李靖救出,使母女重圆;又有尉迟栋才欲强纳吴绣姑为续弦,亦经李靖劝免。后二女又为庚培囚禁百花亭,栋才遣仆纵火,二女脱逃,庚培被焚死,恰李靖来救,杀死放火之仆,原本未完,不知结局如何。此故事不知来源,可能出于福建的民间传说。粤剧《红拂女》未见。川剧《三义图》一名《三异图》,亦据《虬髯客传》,自李靖见杨素,至三侠相遇,张仲坚赠财李靖,嘱往太原助李世民建立功业止,有如罗瘿公的京剧,但中间却添出一段,即《虬髯客传》中在客舍切食人头人心时,自言"此人天下负心者,衔之十年,今始获之"的故事。他曾救助过一个能够辨识古董的屈义,赠以千金,叫他贩珠宝营生,后因进奇宝于朝廷,得封验宝官。十年后,他前往探望,不但受到屈义冷待,并想用毒酒杀死他以灭口。因此他一怒将屈义杀死,割头剜心而出京城。恰逢红拂与李靖亦私逃出京,杨素派人追赶,看看追及,虬髯客以为是追他,被他奋勇杀退。于是三人在客舍中相聚。这段插曲构思颇巧妙,又表现了这位老侠客的无比英勇。滇剧《三义图》又名《风尘三侠》,一名《红拂传》,剧本未见,内容可能与川剧相仿佛,但不便妄测。

　　这个故事的主题是颂扬了封建统治时代一个敢于对封建统治

阶级叛逆和对封建逼害反抗的女奴隶；而传奇小说的特别推崇虬髯客，正和其作者身事蜀国，尊崇蜀王有关。其时正是唐末封建阶级互争统治权各不相下的剧烈斗争时代，有些人借此出头了，有些人却坠入没落的命运，但人民所得到的只有苦难，在故事里有着很显明的反映。

十、昆仑奴传

　　《昆仑奴传》最早亦见收于《太平广记》卷一百九十四，篇末注云："出《传奇》。"明人陆楫《古今说海》亦收此篇，不题作者。《传奇》是一部传奇小说集的名称，作者为裴铏。铏的字、里已无考，他在唐懿宗咸通中（866 前后）曾为静海节度使掌书记，僖宗乾符五年（878），曾以御史大夫为成都节度副使。所著《传奇》凡三卷，多记神仙怪诞的事。《昆仑奴传》又曾被编入单行的《剑侠传》内，故也有误以为段成式作的；有的单篇或题冯延已作，也不确。传叙唐代宗大历中（773 前后）有崔姓书生，奉父命往探"盖天之勋臣一品"病，一品命一穿红绡的家妓进一瓯用乳酪浸的含桃。崔生羞近女性，脸红不受。一品叫她用匙送入他口中。临行，又命此妓送他出院。妓出示三指，反掌三击，然后指胸前一镜而别。崔生归后，颇恋此妓，又苦于不解其意。家中有昆仑奴名磨勒，为他解释道："出三指是表示她住在第三院，三度反掌，是示十五之数，胸前镜子，是指明月，即要公子于十五月明之夜前去相会。"于是磨勒负崔生入一品家，逾十重墙垣，和红绡妓相见，又负他们一同出府。二年后，红绡偶然露迹，为一品所知，命甲士五十人捕磨勒。他手持匕首在重围中登屋飞出，不知所往。十年后，有人见他在洛阳市上卖药，容颜如昔。小说中的一品，在后代戏剧中均被指实为唐代中兴功臣郭令公子仪。作者距郭子仪去世时代不到百年，其有所避讳是当然的。

　　写昆仑奴的宋元话本，没有见过记载，仅有戏文名《磨勒盗红绡》，亦简称《磨勒》或《盗红绡》，全本虽已佚失，尚存佚曲七支于

《九宫正始》及其它曲谱中，但看不出它的内容和传奇小说有无异同。明人杨景言有《磨勒盗红绡》杂剧，见《录鬼簿续编》，亦不见传本。明人梁辰鱼有《红绡妓手语传情》，又名《昆仑奴》，梅鼎祚有《昆仑奴剑侠成仙》，简称《昆仑奴》，也都是杂剧，前者已佚失，后者有《盛明杂剧》与《酹江集》本。《昆仑奴》前半部同传奇小说，后半则写磨勒于郭子仪差甲士擒拿逃走后，在青门外出家为道人。郭子仪知道了，想劝他为国效劳，亲自前往，不料他正欲离去，反劝郭急流勇退。而崔生夫妇亦来送别，问他将来何处相会，他约道："十余年后，但向洛阳市中，问那买药的就是了。"这一结束，也是符合传奇小说原作的。更生子又合并上二剧，并梁辰鱼另一杂剧《红线女夜窃黄金合》为传奇，名为《双红记》，红线事出唐人袁郊《甘泽谣》。《红线女》杂剧亦有《盛明杂剧》与《酹江集》本。《双红记》中的崔生名庆，以父荫官千牛，与潞州节度使薛嵩为莫逆交。磨勒、红线都是天上仙女，因获谴下凡，一为崔家之男仆，一为薛氏之女婢。剧先叙磨勒盗红绡，后叙红线盗金合，红绡则为郭子仪宠姜，薛嵩与郭子仪亦为至好。剧终于郭子仪、薛嵩、崔生、红绡在端阳日会于青门，磨勒来会，与红线登仙而去。此剧线索纷歧，人物形象亦模糊，不如原来故事各自分立，两个侠客的形象都鲜明、活跃。明人沈德符《顾曲杂言》曾云："梁伯龙有《红线》、《红绡》二杂剧，今为俗优合为一大本南曲，遂成恶趣。"其言甚确。一大本南曲当指《双红记》传奇，俗优系指更生子，由此知《双红记》作者乃一艺人。

近现代剧我所见有京剧、川剧、滇剧《盗红绡》，越剧《琼宫盗月》。京剧《盗红绡》除据传奇小说外，亦兼参《双红记》传奇，故崔庆上场白中有云："昨日节度使薛公，在汾阳王府弈棋，令公忽然思我先人，急欲召我一见，以叙通家僚谊之情。"这与传奇小说崔生奉父命往探一品病完全是两回事。后来郭子仪发现红绡在崔庆家中后，遂命武士往拿二人到府，追问根由，并欲毒打红绡，这时磨勒赶到，对郭子仪说道："我念你在朝内忠心肝胆，若不然，管教你命丧眼前!"当场劫取二人逃走。武士追拿,为磨勒击退。是后,磨勒再入郭府,留书一封,叫郭子仪不再追究此事,然后同二人逃往别处。这与小说和一般戏剧也全都不同。还有别本京剧名《昆仑剑侠传》,一名《青门盗绡》,与前一本不同。崔生名芸,中间全同传奇小说与《昆仑奴》杂剧,结束磨勒逃脱后,"郭子仪欲荐举之,磨勒辞,引崔夫妇见郭,冰释前隙"。收场是和平解决的。原剧本未见,此据《京剧剧目初探》页一二八。川剧《盗红绡》开首崔庆上场白同前一种京剧,当亦受《双红记》传奇影响,但最后可能为了精简剧情,于磨勒同崔生初入郭府盗红绡时,即恐连累别人,也为避免郭子仪追寻,对崔生说:"请郎君将白扇取来,待我留下字迹,使王爷一见便知。"明日,郭子仪发现红绡逃跑,又看扇上的字,道:"戴南冠,学楚囚,豢神龙,烹走狗,急提防江心船漏。这明明是要我功成思退呀! 如此看来,红绡果然去了! 我也应该解笼放雀,顺水行舟。"他反劝下人不用惊奇,也不用扬言于外。这个结束,愈显出了磨勒不但有绝世的武艺,更有超人的机智,指挥若定,连郭子仪那样"盖天之勋臣",也被他玩弄于手掌之上。滇剧《盗红绡》剧本未见。越剧《琼宫盗月》亦未见剧本,但看过云华越剧团的演出,舞台装置相当富丽,剧情大致不出传奇小说,详细关目现已记不真切,姑置不谈。

这个故事表现了在封建社会多妻制下一个觉醒女性要求脱离奴隶生活,争取自由幸福的一场剧烈斗争。终于得到了一个平时隐藏着无比英勇与机智的也是过着奴隶生活的男子的同情,不顾蹈危临险,帮助她脱出牢笼,完成了她的愿望,而他自己为了避免陷入阶级敌人的毒焰,却不得不远走高飞。这种行为是值得赞扬的。在故事里,也反映了统治阶级日常生活的荒淫无耻,和对待给他奴役的人们的无比残酷。由于当时的历史局限,作者对郭子仪这样的人物自然抱宽恕的态度,但为了有所避讳而不书出他的姓名,这是有它一定的意义和作用的。

十一、崔 护 传

  《崔护传》本来没有题目,《太平广记》卷二百七十四所收,题作《崔护》,注云:"出《本事诗》。"《本事诗》为唐人孟棨所作,今尚传世,此篇编在《情感第一》的末一篇。孟棨字初中,里籍、官职都无考,仅知他在唐文宗开成中(836—840)从梧州罢官。《本事诗》自序作于唐僖宗光启二年(886),借以推知他的在世年代。这篇文章向来不以传奇小说见称,但既为《太平广记》所收,内容又是一个非常美丽的民间传说故事,尽可和一般传奇小说并肩齐列,其评价亦不会低于后来的杜丽娘还魂故事。博陵崔氏在唐代佳话频传,不止一二事,这故事的主人翁崔护,正出于这家门第。他应试下第,清明日偶游城南,在村庄上遇一美丽少女,向她乞饮。两人一见钟情。明年此日再往,门锁无人,题诗而归。诗即有名的"人面桃花相映红"七绝。过了数天又去,有老人出问,才知那少女是他女儿,自去年以来,精神恍惚,若有所失,见题诗后即病倒绝粒而死,因责崔护杀死其女。他要求进屋内抚尸一哭,遂将女子的头枕于自己股上,且哭且祝,一会儿,少女张眼复活。老人大喜,遂将女儿配与崔护。

  这故事传到宋代,就有人编为《崔护觅水》话本,见《醉翁谈录》。还有《崔护谒浆》诸宫调,见《西厢记》诸宫调引。两书惜都失传。仅明人冯梦龙所编《警世通言》卷三十《金明池吴清逢爱爱》用作入话的一段故事,今尚传世。

  用这故事写戏剧也很早,而且很多,宋代已有官本杂剧《崔护六么》和《崔护逍遥乐》,《崔护》是题目,《六么》、《逍遥乐》都是曲调名。宋元南戏有和话本同名的《崔护觅水》，见《宦门子弟错立身》杂剧引，元人杂剧有白朴和尚仲贤的《十六曲崔护谒浆》，可惜都已佚失。南戏《崔护觅水》，尚有佚曲十六支，被收于《九宫正始》等曲谱内，但故事内容却仍无可探索。白朴的《崔护谒浆》，《曲海总目提要》以为"所记皆即《本事诗》中事"，则此剧在清初似尚未失传，明人传奇有金怀玉《桃花记》，杨之炯《玉杵记》，佚名的《题门记》、《登楼记》和《崔护记》，也都不见传本，仅能考见故事内容于《曲海总目提要》等曲录中。《桃花记》的故事较原来颇有发展，如写崔护所遇女子名庄慕琼，崔护父崔鹏与女父庄隐本为同年，幼时曾割襟订婚；后来崔鹏夫妇双亡，崔护因年幼不知其事，发解后，于西湖遇女，因改名秦晋，佣书其家，与庄女私订婚约，后人都登第归来，适庄女他出未遇，因有题诗门上、哭女复活之事，则和原来故事完全相同。《玉杵记》乃合裴航、崔护事为一，裴航事出唐人裴铏《传奇》，前此也有过不少杂剧和传奇作品，此记取《传奇》中有"谒故旧友人崔相国"一语，遂指实崔护为相国家子弟，与裴航交游，巧为扭合，但仍以裴航为主，因裴的事迹比崔护多。崔护所遇女名庄慕琼，则同《桃花记》。《题门记》一名《桃花庄》，《曲海总目提要》卷十七以为明初旧本，内容亦与其他戏剧多不同，在《本事诗》外，又添出王维与楚莲香的婚姻故事。崔护所遇女子名谢娇英，父谢确，母秦氏，住桃花庄。女复活后，又增出崔护被荐为郭子仪参军，出征吐蕃，元载、鱼朝恩因乞崔护为父母作寿文和墓志不遂，借桃花庄事，勘其引诱民间妇女，唐明皇搁置不究；后崔护奏捷回京，明皇命王维、孟浩然为媒，赐金花为聘，送他到谢家成婚。《登楼记》情节和《桃花记》相似，女名亦同，但崔护本在庄宅佣书，也没有改名之事，而以登楼作关目。慕琼独居小楼，崔护爱她美貌，乘夜登楼。她背灯解衣，持针缝纫，崔突前乞爱。她很是持正，但亦心爱崔护，不忍声张。后听得人声，崔护才不得已下楼而去。此剧情节比《桃花记》为单纯，似先有此剧，金怀玉据之改写为《桃花记》的。《崔护记》向未见曲录家著录，仅明人曲选集《群音类选》中收有此剧散出，见《明代传奇全目》卷六。明清杂剧，明有孟称舜《人面桃花》、凌濛初《颠倒姻缘》，清有曹锡黼《桃花吟》、舒位《桃花人面》，今仅孟、曹两作尚存。孟作《人面桃花》全据《本事诗》，但以女主角为叶蓁儿，崔护寻春乃在登第而非下第之后，其余完全相同，可见是忠实于原来故事的。曹氏《桃花吟》则写崔护之父崔琼曾官尚书，母韦氏封楚国夫人，女名谢婷婷，父母双全，两人结婚时，恰朝旨到来，封崔为弘文馆学士。中间又插婷婷死后，阎王因她阳寿未终，命小鬼送回一段，实为赘疣。但整个故事，也是忠于原作的。舒位《桃花人面》未知曾刊行与否，而《颠倒姻缘》据《远山堂剧品》说是："微之《会真记》，张负崔也。欲传此张女以崔舍人死，死而复生，盖报张也。……《人面桃花》，崔、张卒以合卺。张负崔，崔何尝负张哉！"于此略见作者主旨，且知此剧女主角系姓张氏。

近现代剧我所见有川剧、华剧《金玩钗》和京剧、评剧《人面桃花》。川剧《金玩钗》将崔护乞浆事插入卢充与崔护之妹艳娘婚姻故事中，犹似杨之炯《玉杵记》之插入裴航故事，《题门记》之插入王维、楚莲香故事，都为旁及，而非主要关目。但《金玩钗》中，崔护遇村女姚晓春，至姚女复活订婚，亦有四场之多，即第六《借水》、第八《念崔》、第九《赠诗》、第十《赠钗》。故事与《本事诗》不甚殊异，倘独立演出，亦可自成全本。最后又作崔护高中回来，尽可不要。华剧内容全同川剧，但姚女却名小春，不作晓春。京剧《人面桃花》我所见为欧阳予倩订正本，女主角为杜宜春，家住杜曲村，中间添出与邻女们玩乐跳舞场面，使本来十分冷寞的剧情增出不少融怡的气氛，故事全同《本事诗》，没有什么更改。评剧似是即从京剧改编的。

这个故事的女主角，是和《牡丹亭》中杜丽娘同一类型的女性，但丽娘出身官家，而崔护所遇乃是一个乡村少女，因而连姓名也没被《本事诗》作者记录下来。由于出身的不同，同样为情而死，死而复生，崔护所遇之女可以公开的相思而死，得到爱情的安慰立即回生，无阻碍的满足她的愿望，而杜丽娘只能憧憬意中人于梦中，结合之于死后，回魂之后，还只能私下同居，不能公然出现。就是《离魂记》中的张倩女，也因出身宦家，对王宙也不能公开恋爱，只能离魂相从。从这里，正反映了封建家庭对儿女的无情，和封建礼教给儿女的痛苦，只有在不受封建礼教束缚的草野间，儿女们还可以获得争取自由幸福生活的机会。所以这个故事，终不失是个很富于现实性的民间传说。

十二、梅 妃 传

《梅妃传》最早见于元人陶宗仪《说郛》卷三十八,明人《顾氏文房小说》也收入,但都不题撰人姓名。后来清人陈世熙辑入他的《唐人说荟》(一名《唐代丛书》),始题曹邺撰,《曲海总目提要》引《梅妃传》亦作唐曹邺撰,当有所据。篇后有宋佚名的跋语,云:"得于万卷朱遵度家,大中二年(848)七月所书。"大中乃唐宣宗年号,正是唐代传奇小说盛行之际。曹邺字邺之,桂林人。大中四年(850)进士,官终洋州刺史,有诗集三卷。曹邺在世年代,又和跋语所云书写年代正相符合,《梅妃传》很有是他所作的可能。但不知何故,向来都以《唐人说荟》为伪题,而指为北宋人作。此一问题姑不多讨论,待将来发现其他材料时再说。小说叙唐玄宗开元中(727年前后),蒲田医生江仲逊女采蘋被选入宫,玄宗极为宠爱,因她最好梅花,戏称为"梅妃"。每当筵会,吹白玉笛,作惊鸿舞,一座尽倾。后杨玉环入宫,她被迁居上阳宫。一夕,召会翠华阁,突为杨妃惊散,玄宗颇不悦。她尝作《楼东赋》以表哀怨。玄宗赐珍珠一斛以慰之,她又作诗以谢。玄宗命付乐府,用新腔唱出,即名《一斛珠》。天宝之乱,她被遗弃在长安。玄宗乱平回都,即命人寻访,不得。忽于梦中相见,告以她已死于乱兵,埋骨池东。后果于温泉汤池旁梅林中掘地得尸,胁下果有刀伤痕,玄宗大恸,自制诔文以祭,并以妃礼葬之。考之正史,没有梅妃这个人,当出于民间传说。

这篇传说故事也未见有宋元话本,仅清人褚人穫《隋唐演义》第七十九回并九十七至九十九回曾叙及其事,且以梅妃乱中未死,在观中出家,后玄宗回都,仍迎回宫中,但不久即故,玄宗亦因之郁郁而死。这一段增出的故事,是否根据明人《隋唐两朝志传》,或《唐书志通俗演义》,或《唐传演义》等书,因以上各书国内向少传本,没有见到,不得而知。但《隋唐演义》是部民间习见的通俗小说,所以它影响于戏剧很大。

金人院本中有《梅妃》一目,为最早出现的戏剧,现已不传,不知内容如何。至宋元戏文、杂剧,似都没有写这故事的作品。明清传奇据我所知,明有佚名《沉香亭》、吴世美《惊鸿记》,清有孙郁《天宝曲史》,但都与杨玉环故事并叙,没有一部专写梅妃的。清人程枚有《一斛珠》传奇,不知是否写梅妃事,如果是,那么它是明清传奇中唯一专写梅妃故事的作品。此外,《长生殿》传奇中亦插叙及梅妃,但仅《夜怨》、《絮阁》二出,后来就不再道及。佚名《沉香亭》已失传,但故事内容尚可在《曲海总目提要》卷十五中看到一二。《曲海总目提要》以此剧为"明初人作","其情节与《惊鸿记》相同,而提出李白赋《沉香亭》诗以为标目。盖曰《惊鸿》者,以江妃赐白玉笛惊鸿舞而名;曰《沉香亭》,则取杨妃赏花,李白赋诗为大关键"。所叙内容,除据传奇小说外,又添出汉王与杨迴设计害江妃,乘间介绍杨玉环入宫,及江妃作诗讥杨妃肥胖,杨亦答诗以讥江瘦弱诸事,而"明皇回京以后,诣元都观,江妃时出家为尼,捧茶出谒,明皇问其履历,复召入宫"。后一事与《隋唐演义》正复相同。但《隋唐演义》却是别人发现,而先迎入宫,以待明皇回来的,彼此并不相袭。《惊鸿记》今有影印明世德堂刊本,内容果然全如《曲海总目提要》所说,与《沉香亭》相同,即江、杨二人互相讥讽的诗,也一字不易。看这情形,倘《沉香亭》果为明初人作,那么吴世美至多只是个修订者罢了。但《惊鸿记》虽江、杨并叙,而它的家门大意,却全以江妃为主,且贬杨褒江,末二句云:"看往代荒淫败乱,今朝垂戒词场。"这才是全部作品的主题所在。《天宝曲史》也从玄宗宠爱梅妃写起,但终于杨妃接引玄宗登天,而无梅妃的下落,故实际上是一部江、杨同传的作品。

近现代剧很少写梅妃的,我所见只有程砚秋在1925年编演的京剧《梅妃》。但这倒是本完全据《梅妃传》改写的作品,而原来所有细目,几乎无不吸收。中间虽然也写及杨玉环《絮阁》一场,但这一场也是传奇小说所原有的,而且最后删去了寻尸重葬一事,其结尾为玄宗回都后,一天,偶然到梅亭游玩,忽然想起梅妃,在感伤中睡去,依稀听到歌舞之声,命高力士摆驾入上阳宫,命宫人舞惊鸿舞,瞥见梅妃在内,急上前相见,诉说离情,醒来却是一梦,惆怅歔欷,回宫而去,这在一切梅妃戏里,也是写得最好的。中间增入长生殿惊变及郭子仪迎銮等场,这全是为了牵合关目而设,在小说可以数言表过,而戏剧则不能不添设专场,使之前后接榫。就戏剧艺术而论,这个剧本的评价应该是很高的。

这个故事中的主角梅妃江采蘋,是封建统治阶级所恣意掠夺得来的可怜的女奴隶之一。她的遭遇更惨于杨玉环。杨氏尚能利用封建主人对她的迷恋与偏爱,提携她的弟兄姐妹也享受一时的安富尊荣,有时连她的主人也受她颐指气使。而梅妃自从被强逼离开生身父母的膝前,从此除了供封建主人兴到时的玩乐外,永远只是孤独的一人,在寂寞中度着凄凉的岁月,一直到死于兵乱。谁能对这样一个可怜的女子不同情呢?谁能对给她遭受这样侮辱、这样损害的社会制度不痛加抨击和谴责呢?这个故事还可以加以发展,更充实一些内容,提高它的舞台效果,使它继续与广大观众见面。

后　记

　　本书所收有关戏曲的论文，最早写于一九三〇年，如叶小纨、梁夷素、吴藻等，曾收载于是年出版的拙著《中国的女性文学生活》中；最晚写于本年，如许燕珍，但内容贫乏，无可称述，已成强弩之末。本书写作时间先后共历五十七年，可称为余生平著作中唯一的历时最长久的一部论文集。其中关汉卿在元代杂剧家中、汤显祖在明代传奇家中均居魁首，故各专为立传，介绍其生平及其著作，依时代先后列为第一、第二编。至第三编所收明清女戏曲家，凡余所知者均已尽数收入，即有遗漏，亦必无几。以后如有所见，当于重版时补述。其第四编则仅能当为附录，因由传奇文改编的戏曲，举例不多，仅供略见一斑而已。盖欲全备，非数百万言不能尽述，自不敢轻易下笔也！年迈健忘，恐多失记，如蒙专家不吝指正，是所至幸！

一九〇一年生谭正璧六月八日

志于螺斋时年八十有七

　　注：此书成稿于《中国女性文学史》重版前，因此第三编原收《明清女戏曲作家》内容在《中国女性文学史》得以修订再版后就没有必要再采用，此处已删去。